現代ラテンアメリカ文学併走

ブームからポスト・ボラーニョまで

安藤哲行

松籟社

目次

現代ラテンアメリカ文学併走

――ブームからポスト・ボラーニョまで

第I部

ラテンアメリカ文学の過去・現在・未来

メキシコ現代文学

現代文学の開始

メキシコの現代文学はどの作品から始まるのだろう。この問いはまず現代という時代区分が問題になる。そこに文学という条件が課されると歴史的な時代区分との違いが生まれかねない。過去の作品との関わりを強く持たざるをえない文学を一線で画すことができるのかという疑問もある。それでもなおメキシコには現代文学の原点であり、一つの頂点とも言うべき作品が存在する。それがフアン・ルルフォ（一九一八～八六）の『ペドロ・パラモ』（一九五五）。革命前後のメキシコの一寒村を舞台に、父親探し、楽園の喪失、現代人の孤独、愛することの難しさ、魂の救済等様々なテーマを凝縮して、読み返すたびに新たな発見をさせてくれるこの奇跡的な小説は四年間で一〇〇〇部しか売れず、五九年にようやく再版された。今から見れば話題にもならなかったのではと言えそうだが、売れゆきの悪さはたぶん、本よりパン（トルティージャ？）という事情、あるいは、本は回し読みするという習慣のせいだろう。再版時にはすでに数カ国語に翻訳されているくらい海外での評価は高かったのだから。

だが、一九一〇年に勃発した革命の進展の中で生まれる革命小説と、革命政府が主導したインディオ文化の評価から育まれたインディヘニスモ文学の流れを超えて輝くこの傑作がメキシコの新しい小説の先駆となったわけではない。その栄誉はアグスティン・ヤニェス（一九〇四～八〇）の『嵐がやって来る』（四七）に与えられるべきだろう。プルーストや欧米の作家を読み込んだヤニェスはその序章を「喪に服した女たちの村。ここ、あそこ、夜に、夜明けの家事に、朝の流れの中に、高い太陽の輝きの下に、午後の――強烈な、明るい、薄い、死にかけた――光の中にいる。老婆たち、中年の女たち、みずみずしい女の子たち、幼子たち。教会の前庭に、人気のない通りに、わずかばかりの家や店の内側に」と始めて「……祭りのない村……木々も果樹もない乾いた村……並木道のない村。干あがり輝く太陽の村。……閉じた村。喪に服した女たちの村。荘厳な村……霊魂の村……やわらいだ声の村……乾いた村……」[1]と、以後の物語の舞台となる革命前夜の一寒村をドス・パソス流のカメラ・アイで捉えていく。この序章こそ、カルロス・フエンテス（一九二八～）の処女長篇『大気澄みわたる地』（五八）の冒頭「おれの名はイスカ・シエンフエゴス。メキシコ連邦区で生まれ、暮らしている。（略）停止した太陽の町、長い焼成からできた町、ゆるやかな火に燃える町、首まで水につかった町……黒い神経の町、三本の臍の緒をもつ町、黄色い笑い声の町……」[2]へと引き継がれるものに他ならない。現代的な小説技法を駆使し、五四年のメキシコを現在として、革命勃発からその現在にいたるまでの様々な人物の生を中心に、革命がもたらしたものと革命が奪ったものを批判的に描いたこの作品は国の内外の反響を呼び、フエンテスは一躍若い世代の最右翼と目され、さらに『アルテミオ・クルスの死』（六二）で欧米でブームとなるラテンアメリカ文学の旗手としての地位を早々と確保することになる。その後もバルザックの〈人間喜劇〉を目指し『脱皮』（六七）、『テラ・ノストラ』（七五）、『胎内のクリストバル』（八七）等のおおがかりな作品を発表していくうちにセルバンテス賞、アルフォンソ・レイエス賞を初め数多くの文学賞を受賞し、いまや、オクタビオ・パスやバルガス＝リョサらとともにラテンアメリカ全体に影響を及ぼすような存在になっている。今のところ代表作といえば『アルテミオ・クルスの死』か『テラ・ノストラ』が挙げられるだろうが、ラテンアメリカ文学から見れば彼の功績はやはり『大気澄みわたる地』にあると言える。コルタサルの『石蹴り遊び』やドノソの『夜のみだらな鳥』の書き方に影響を与えたのだから。この二つの作品がなければ、現代ラテンアメリカ文学はいかに貧弱なものになっていたことか。

都市小説

一方、『大気澄みわたる地』はメキシコ文学にも多大な影響を与えることになった。ルイス・スポータ（一九二五〜八五）の『まるで楽園』（五六）、そしてヤニェスの『目に隈、化粧して』（六〇）とともにメキシコ市を舞台にした都市小説の幕開けを告げる作品となっただけでなく、メキシコ市の下に埋まっているアステカの首都テノチティトランの影を濃く描いて、現在のメキシコ市が古代と繋がっていることを読者に知らしめたからだ。旧市街の中心にあるカテドラルの側のテンプロ・マヨールは今世紀初頭に一部が発見されたが、七八年に電線の地下埋設工事の最中に月の女神コヨルシャウキの円盤の石彫りが出てから発掘が本格化し、やがて一般公開される。そうして首都の住民は自らの地に潜む古代を日々見せつけられることになる。そんな流れを予測していた感さえある『大気澄みわたる地』だが、いずれにせよ、古代と現代の首都という二重の性格を帯びるメキシコ市は一九五〇年におよそ二九五万、六〇年五一二万、七〇年八六二万、八〇年一三三五万……と人口が加速度的に増えていく。むろん、この増加はメキシコ市そのものが旧市街に留まらず、郊外へ空間的に拡大していくせいでもあるが、それでも質的な変化はまぬがれようがない。環状道路、新興住宅街、地下鉄、落下傘兵《パラカイディスタ》と呼ばれる不法土地占拠者たちが占拠した場所が町になり、さらにそのまわりに新たなパラカイディスタが集まって新たな町を作るという繰り返しの中で、旧市街をはじめ呑み込まれていった市街地には失われた町《シウダー・ペルディーダ》という名のスラムが現出する。こうした首都の変貌をやがてフエンテスは『焼けた水』（八一）所収の四つの短篇で見事に描く。だが首都をテーマにするのはフエンテスだけではない。グスタボ・サインス『パラシオ・デ・イエロのプリンセス』（七四）、アルマンド・ラミレス『プー（八一年の再版で「ポランコの暴行」と改題）』（七七）、ルイス・サパータ『ローマ区のヴァンパイアー』（七九）、ルイス・アルトゥーロ・ラモス『ビオレータ＝ペルー線』（八〇）、ホセ・ホアキン・ブランコ『火事のような通り』（八五）、マヌエル・カペティージョの『サント・ドミンゴ広場』（八七）、グアダルーペ・ロアエサの『ポランコの女王たち』（八八）等々、そのタイトルからも首都での話と分かるような作品をはじめ、首都を舞台にした作品は枚挙にいとまがない。むろん、スポータやフエンテス、ヤニェスらが小説のテーマに都市を選んだことがその理由の一つに挙げられるが、もう一つ、六〇年代に現れるオンダの世代の影響も見逃せない。なんといっても、その世代の作家は自分の住む街を中心にして物語を構築していったのだから。また、エレナ・ポニアトウスカ（一九三二〜）の『すべては日曜に始まった』（六三）、『生き抜いて』（六九）、『沈黙は強い』（八〇）といった都市住民の生活の証言となるような作品群もある。その書き方はクリスティーナ・パチェーコ（一九四一〜）が新聞紙上に〈お話の海〉として連載している掌篇と共通するものがある。メキシコという巨大都市に住む人々が日々織りなすささやかなエピソードをパチェーコは一つの小品に仕上げるのだが、『ここで生きるために』（八三）から『愛と冷淡』（九六）までそうした掌篇をまとめたものがいったい何冊になるのだろう。その一篇一篇は人々の喜怒哀楽や幸・不幸を綴ったものに過ぎない。だが、集まって、壮大な都市小説を形作っている。そう、かつてスタンダールは「小説、それは道に沿って持ち歩く鏡である」[3]と言ったが、リアリズム、シュルレアリスム、魔術的リアリズムといった様々なイズムを超えて、この言葉はメキシコ小説にふさわしいものである。社会の変化とともに様々に変容していくからだ。

オンダ

メキシコ経済は四〇年代から急成長。第二次大戦中は建設ラッシュで、その建設ブームは四八年に一段落するものの、六〇年代にいたる、いわゆる安定成長期にはメキシコ市やその周辺、アスカポサルコ、メキシコ州のトラルネンパントラ、ナウカルパンに大工場が建設され、国内最大の大工業地帯を形作ることになる。その様子は『忘れられた人々』（五〇）を初めとするブニュエルのメキシコ時代の映画の背景からも見てとれるが、工業化はアメリカ資本によるものが多く、零細企業を倒産させもする。こうしてメキシコは経済面でアメリカに牛耳られるばかりか、文化面でも強い影響を受けることになる。

五四年のエルビス・プレスリーの登場で五〇年代後半からロックが世界的な規模で広がり、ビートルズやローリング・ストーンズが音楽シーンの前面に出てくる六〇年代はまさしく若者の時代となった。ロックという音楽は、電気で増幅するエレキギターに象徴されるように、新たな時代を告げるもの、過去の伝統と決別する道具と化し、ベトナム戦争（一九六〇～七五）に対する反戦運動とともにヒッピー、ドラッグ、ロックが世界の若者文化の共通項になる。ロックがメキシコに来るまで、若者たちを魅了していたのはジェームス・ディーンであり、その主演映画『理由なき反抗』（五五）だったが、メキシコでも同じ現象が起きる。メキシコのヒッピー、つまり〈ヒピテカ〉が現れ、膠着した大人の世界に対する挑戦的な態度、他の者とは違っていたいという願望、親子の断絶、当時の社会では受け入れられなかったフリー・セックスとドラッグの使用が人間性の解放の同意語ともされるような時代に突入する。そうした時代風潮に色濃く影響されたこの世代はやがてオンダの世代と呼ばれることになる。「音楽＋ドラッグ＋セックス＝オンダ」[4]という図式で捉えられる世代の中から（むろんここでの音楽はロックのことだが）、彼らの思いや感情を代弁するかのように、サリンジャーの『ライ麦畑でつかまえて』（五一）やケルアックの『路上』（五七）に影響を受けた若い作家がそれまでのメキシコにはなかったような書き方の小説を携えて登場する。それがホセ・アグスティン（一九四四～）とグスタボ・サインス（一九四〇～）であり、アグスティンの『墓』（六四）、『横顔』（六六）、サインスの『ガサポ』（六五）はこの時代を如実に映しだす鏡となった。オンダの文学を特徴づけるのは、若者のあいだで使われる隠語やロックから学んだ英語句をそのまま使い、言葉遊びを多用する口語体の文章であり、テーマとして挙がってくるのはセックスとドラッグ、そして、物語の背景となる首都は若者たちを押しつぶすような怪物ではなく、読者となる若者たちの日常の冒険の舞台に他ならない。自分たちが暮らしている町と自分たちの飾りけのない世界が描かれているのだ。だからこそアグスティンやサインスたちはルルフォやフエンテスといった一つの規範の如き存在になった作家を敬遠する若者たちを惹きつけることになった。そのうえ彼らの成功が若者たちに文学活動を身近なものにさえする。首都の若者たちの話し方、思考、行動、そのすべてを代表するものとして登場したオンダの世代の象徴ともいうべき作家がパルメニデス・ガルシア＝サルダーニャ（一九四四～八二）である、彼自身破滅的な生活を送り、ドラッグの多用で死亡することになるが、そのガルシア＝サルダーニャは『オンダの路上』（七二）で「一般的な話し方と異なることは他人と違っていようとすること、あらかじめ共通の言語を設定する法や秩序から抜け出すことだ」[5] とオンダの作家の言葉遣いの特徴を述べているが、「フランスから来た女の子《ザ・ガール・フロム・フランス》はランボーの詩とボードレールの『悪の華』を読んでいてぼくが電話すると決まってシルバ・ヘルソグの選書を読めと言う。／なあとぼくは言うくだんないことはおっぽりだせよフランス語が話せたってともかくうまく書く役にはたたんしそれに根本的になんにもないんなら形式とスタイルなんかなんの役にも立たんしきみが助言してくれるときにぼくが深みにいて窓から顔を出すとバルコニーからきみに似た女の子がその深みが無だと知ってて落ちていくのが見えることがあるんだあんなくだんないことはおっぽりだして生きることを学ぼうよワーオ！」[6] と書き出される『緑の牧草』（六八）はその一つの成果と言えよう。むろんガルシア＝サルダーニャの書き方はオンダの作家と呼ばれる作家たちの中でも先鋭的であり、まるで言語実験小説の観さえある。このガルシア＝サルダーニャもアグスティン、サインス同様、中流階級の若者の姿を描いたが、アルマンド・ラミレスは『チン、チン、アル中』（七二）で、テピートと呼ばれるスラム街の青年たちの生態を描いてメキシコのもう一つの大きな階層を浮かび上がらせた。六〇年代後半から七〇年代初めにかけて噴出するオンダの作家たちの数もその作品数も多いため、ここで逐一取り上げるわけにはいかないが、アグスティンがやがて様々に変貌し、サインスが言語実験的な書き方を模索するようになっていっても、今日にいたるまで、たとえば、六八年から八五年にかけて流行したロック歌手・グループやその音楽とメキシコ人との関わりを『過ぎ去りし日々』（八六）に描いたファン・ビジョーロ（一九五六〜）の世代にまで大きな影響を及ぼしているのは明らかである。

トラテロルコ、政治小説

首都における若者たちの文化が認知されはじめたころ、メキシコばかりか世界を震撼させる事件が起きる。それが一九六八年一〇月二日のトラテロルコ事件。この六八年という年は五月にパリの街路は燃え上がり、八月にはプラハの春がソ連の戦車に蹂躙された年でもあり、メキシコでは高い失業率に悩む中産階級と連帯して大学改革―世界革命を目指す学生運動がピークに達した年でもある。だが、その運動は間近に迫った国威掲揚のためのオリンピックを無事にすまそうとする政府の呼びかけに応じて集まった一万人の学生・労働者・主婦たちにむけて軍が無差別発砲し、三、四百人の死者とおびただしい負傷者、逮捕者を出すことで終焉を迎える。人民を守るべきはずの革命軍が人民を弾圧するという、およそメキシコ人には考えられなかったこの事態が以後のメキシコに大きな影を落とすことになる。だが、混迷の時ほど文学を豊かにするものはないらしい。この事件はオクタビオ・パス『追伸』（七〇）やカルロス・モンシバイス『守るべき日々』（七二）といった事件をめぐる評論やポニアトウスカの迫真のノンフィクション『トラテロルコの夜』（七一）を生む。また小説では、ルイス・ゴンサレス・アルバ『日々と歳月』（七一）、スポータ『広場』（七一）、レネ・アビレス＝ファビラ

『官邸の深い孤独』（七一）、マリア・ルイサ・メンドーサ『彼と、わたしと、わたしたち三人と』（七一）、ゴンサロ・マルトレ『透明のシンボル』（七八）といった直接この事件に言及している作品、フェルナンド・デル・パソ『メキシコのパリヌーロ』（七七）、ホルヘ・アギラル・モーラ『きみと離れて死んだら』（七九）、アルトゥーロ・アスエラ『沈黙のデモ』（七九）といった間接的に触れている作品、あるいは単なる背景として使われている作品等々、様々な形で以後、言及されつづけることになる。一九六八年という年は、メキシコ革命の戦いが開始された一九一〇年とともに象徴的な年になったのだ。事件はいまだ、人々の記憶に疵となって残っていることは、あるいはそのときの真実を知ろうとする人々がいることは、トラテロルコ広場を望む高層アパートに住む一家族が一〇月二日に体験する出来事を撮ったホルヘ・フォンスの映画『赤い夜明け』（九〇）がメキシコのアカデミー賞ともいうべきアリエル賞の一一部門にノミネートされ主要四部門を独占したことからも察せられる。このトラテロルコ事件ののち、学生運動、労働運動は急速に弱体化していくが、その隠れたエネルギーはときどき思い出したようにくすぶる。

ともかく、この事件をきっかけにしてメキシコそのものが、その執政者、権力者たちのあり方が問いなおされることになった。それが政治小説の数の多さとなって現れてくる。メキシコ人は一〇年という単位ではなく、大統領の任期である六年間《セクセニオ》でものを考えると言ったのは誰だったのだろう。その六年間のあいだ、メキシコの大統領は強大な権力を掌握する。むろん、常に大統領を送りだし、一党独裁のごとき権勢を誇ってきたPRI（制度的革命党）の力は北部の州や都市部、特に首都ではすでに八八年の選挙のときから弱まっているのは確かで、このとき次期大統領になったサリナスは当時話題となっていた映画のタイトルをもじって〈PRIのラストエンペラー〉と呼ばれたし、九七年には首都を統治する連邦区の長には野党のカルデナスが就任するまでになった。野党のリーダーが大統領になり、各地で武装蜂起が起きるという事態を、すでにフエンテスは『胎内のクリストバル』で描いているが、九四年一月のチアパスや九六年六月のアグアス・ブランカスでの武装蜂起を考えあわせると、どうやら現実が小説に近づきつつある感さえある。ともかく、ホセ・エミリオ・パチェーコ（一九三九〜）が『砂漠の戦い』（八一）でアメリカ文化のメキシコへの侵出とかつてのメキシコの消滅を描いたミゲル・アレマン時代（四六〜五二）、その後に続く、ひたすら産業振興による国力の上昇を狙ったルイス・コルティネス時代（五二〜五八）やロペス・マテオス時代（五八〜六四）、トラテロルコ事件のあったディアス・オルダス時代（六四〜七〇）、経常収支の赤字が七二年の九億ドルから七六年には四〇億ドルに膨らみ大幅なペソ切り下げを余儀なくされたエチェベリア時代（七〇〜七六）、任期終了間際には世界最大の累積債務国という事態に直面したポルティーリョ時代（七六〜八二）、財政再建を政府の急務としたミゲル・デ・ラ・マドリー時代（八二〜八八）、ペソを実質価値以上に固定して物価の安定をはかったが、チアパスでの武装蜂起によってメキシコが多民族・多文化の国であることを再認識させられることになったサリナス時代（八八〜九四）、そして、ペソの切り下げで世界の金融不安を引き起こした現セディーリョ時代（九四〜）。こうしてミゲル・アレマンから九代におよぶ大統領期にメキシコでも様々な事件が起き、それに呼応して様々な小説が書かれることになった。先に述べたトラテロルコ事件は作家たちに刺激を与えた最大の事件だが、それ以外にも政治と絡めて書かれた小説は多い。マルティン・ルイス・グスマン（一八八七〜一九七六）の『領袖の影』（二九）以後見るべきものがなかったこの分野はここ三〇年のあいだににぎやかなものになった。たとえば、デル・パソ（一九三五〜）は一九五八年の鉄道員の労働運動を『ホセ・トリーゴ』（六六）に、ホセ・レブエルタス（一九一四〜七六）は独房の男が語る刑務所内部のありようを『懲罰房』（六九）に、スポータは次期大統領を目指す男たちへの現大統領の影響の大きさを『権力のシナリオ』（七五）に、アグスティン・ラモスは六八年から七〇年代半ばの都市ゲリラの戦士の姿を『襲撃のための空』（七九）に、ビセンテ・レニェーロは大新聞への弾圧を『ジャーナリストたち』（七八）に、エクトル・アギラル＝カミンは組合リーダーの堕落を『ゴルフォに死す』（八五）に、また、ジャーナリズムへの圧力を『ガリオの戦い』（九一）に、フランシスコ・マルティン・モレーノは革命から四〇年代にいたる政情を『黒いメキシコ』（八六）に、カルロス・モンテマヨールは七〇年代前半の農民を守るための武装蜂起を『エル・パライソの戦い』（九一）に……。なぜこれほどの政治小説が書かれつづけるのか。むろん作家の数が桁違いに増えたことが第一の理由だが、このジャンルの小説が書かれつづけられること自体、六年間の独裁者と揶揄される大統領の権限の強大さ、そこに利権を求めて群がる者たち、汚職、反権力に対する弾圧といった昔ながらの構造を変えられないメキシコのもつ脆弱さの証拠と言えよう。一方、遠い時代の事件を扱ったいわゆる歴史小説、たとえばエウヘニオ・アギーレはマヤの地に漂着してマヤ族の中で暮らした征服時代のスペイン人を『ゴンサロ・ゲレーロ』（八〇）に、シルビア・モリーナは一九世紀半ばのユカタンでのマヤ族の反乱を『アスセンシオン・トゥン』（八一）に、ホルヘ・イバルグエンゴイティア（一九二八〜八三）は革命後の反乱を『八月の稲妻』（六四）に、そして独立戦争を『ロペスの足音』（八二）に、デル・パソはフランスのメキシコ侵略を『帝国の情報』（八七）に、エルミニオ・マルティネス（一九四九〜）はメキシコ西部を征服した男の冒険を『ヌーニョ・デ・グスマンのいまわしい日記』（九〇）に綴っているが、こうした作品にも常に、過去を語るのは現在を語るためといった視座がある。メキシコの歴史小説はたいていい政治小説とも読み替えうるのだ。

ジャンルの拡大

すでに触れたが、首都がメキシコ一の工業都市に成長するにともない、生産性の上がらない農村からの人の流れと都市内部での自然増等が重なり合って首都は異常なほど急速に空間的にも人口的にも膨張していった。ところがこの首都は盆地という地理的条件のせいで工場からの煙と車の排ガスの増大で空気は空港に降りたとたんに分かるほど臭うようになり、最近では少しでも排ガスを減らすために風のない冬には学校を閉鎖するほどひどいものになっている。「大気澄みわたる地」という言葉はもはや皮肉の意味でしかない。

そんな劣悪な環境でも人は集まり、現在、二〇〇〇万を超える人口を抱える巨大都市と化したメキシコ市だが、この都市の変貌はそれまで未発達であったミステリーという分野を確立していくことになる。本格推理はすでにロドルフォ・ウシグリ（一九〇四〜七九）が『犯罪のリハーサル』（四四）で始めているが、アメリカ化しすぎたきらいのある首都ではむしろハードボイルドが似合うらしい。メキシコにおけるこのジャンルの最高傑作は冷戦時代の政争に巻き込まれたスナイパーの活躍を描いたラファエル・ベルナル（一九一五〜七二）の『モンゴルの陰謀』（六九）であることに異論はあるまい。そのあとをパコ・イグナシオ・タイボ二世（一九四九〜）が受け継ぐ。『闘いの日々』（七六）で彼が創りだした探偵ベラスコアラン・シェインは今のところ『さらば、マドリッド』（九三）まで九冊のシリーズとなり、そのうちの三作が映画化されるほど好評を博している。むろん、シェインの目を通してタイボ二世はメキシコの町をも描いており全体としては都市小説の様相を呈することになる。最近になるまでミステリーが自立しなかったのは、まず、ミステリーを専門に書く作家がいなかったことが挙げられるが、なによりも、タイボ二世のシェインが嘆くように、メキシコで私立探偵というのは、警察官に対する国民の信頼が低いためリアリティがないと思われてきたせいである。たとえフエンテス、イバルグエンゴイティア、スポータらが書いても、それは自分の作品世界の一部として書いていたために、著名作家が書いた娯楽作品という程度の理解しかされなかった。タイボ二世自身、本来は他のジャンルのものも書く作家なのだが、何度かハメット賞を受賞して、このジャンルではメキシコに留まらず広くラテンアメリカのリーダー的な存在になった。むろん、推理、サスペンス、スリルといったこのジャンルに必要な要素は物語を展開させ読者を釘づけにするには便利なものであり、ダニエル・レイバ『思い出の詰まったピニャータ』（八四）、ビジョーロ『アルゴンの照射』（九一）、アギラル＝カミン『月の誤算』（九五）、エンリケ・セルナ『獣への恐怖』（九五）等、多くの作家が物語の骨組みに利用している。

ところで、『大気澄みわたる地』やオンダの作家たちの影響で現在の小説は首都を舞台にした作品ばかりかというと、むろんそんなわけはない。日本でも池澤夏樹や灰谷健二郎が沖縄に、丸山健二が長野の大町に移り住んで創作を続けているように、メキシコの作家たちの中には自分の故郷に帰って、あるいは好きな町に移り住んで、リカルド・ガリバイ『夜燃える家』（七一）、フェデリーコ・カンベル『ティファァーナの人たち』（八九）、エルナン・ララ＝サバラ『シティルチェンについて』（八一）等、そこを舞台にした作品を出したり、その町で文学のワークショップを開いて後進の指導にあたったりしている。さらにはマリア・ルイサ・プーガ『憎悪の可能性』（七八）、ララ＝サバラ『同じ空』（八七）、デル・パソ『リンダ67』（九五）等、メキシコ以外の国に舞台を移して、その国の住民を主人公にしている作品さえ出現している。

アメリカ合衆国のメキシコへの影響は大きく、合衆国で何か変わった動きがあればすぐに伝わる。陸続きで国境を接しているという利点・欠点がメキシコの文化状況にも反映されるのだ。九四年のＮＡＦＴＡ（北米自由貿易協定）発効に合わせてメキシコ市の中心街ソナ・ローサの真ん中にもマクドナルドやケンタッキー・フライドチキンが出店して若者たちを集め、それまであった同種の業者の存続を脅かしているのはマイナス面だろうが、プラスになる面もある。たとえば合衆国で高まったホモセクシュアルの権利を求める運動に影響されて、一九七九年、メキシコで初めて同様のデモが組織された。そしてその年、ルイス・サパータ（一九五一〜）が『ローマ区のヴァンパイアー』を発表する。首都に住むゲイの売春夫を扱いグリハルボ賞を受賞したこのピカレスクは、それまでメキシコではほぼ隠されていたゲイの世界を表に出すことになった。サパータはその後も『しおれない花びら』（八一）、『ばらばらに』（八五）等、ゲイを主人公にした作品を出しつづけてマチスモ一色のメキシコ男性社会に一石を投じているが、彼に引きずられるようにホセ・ホアキン・ブランコ（一九五一〜）も『供物を戴く乙女たち』（八三）、『殺してみろ』（九四）を、また、ロサマリア・ロッフェル（一九四五〜）はメキシコで初めてレズビアンを扱った長篇『女の愛』（八九）を出す。こうして、メキシコではいまだホモセクシュアルが市民権を得ているわけではないが、文学の面では一足早く、大きな一角を占めることになった。

このホモセクシュアルの運動と並んで合衆国でのフェミニズム運動に影響されたわけではないのだろうが、最近のメキシコ文学における女性の台頭は著しい。メキシコにおける最初の女性作家と言えばメキシコの十番目のミューズと称されるソル・フアナ・イネス・デ・ラ・クルス（一六四八〜九五）ということになるのだろうが、その作品はメキシコ独立百年祭のときに再評価されたものにすぎない。ソル・フアナ以後、女性が文学世界に登場するのは今世紀に入ってからであり、エレナ・ガーロ（一九二〇〜）とロサリオ・カステジャノス（一九二五〜七四）まで三百年を待たねばならなかったし、彼女たち以上に女性作家が脚光を浴びるのは七、八〇年代に入ってからのことである。つまり、ジャーナリストとしてのポニアトウスカの活躍に道を開かれたかのようにアリーネ・ペテルソン（一九三八～）、エステル・セリグソン（一九四一～）、マリア・ルイサ・プーガ（一九四四～）、シルビア・モリーナ（一九四六～）、バルバラ・ハコブス（一九四七～）、アンヘレス・マストレッタ（一九四九～）、エテル・クラウセ（一九五四～）、ラウラ・エスキベル（一九五〇～）、カルメン・ボウジョーサ（一九五四～）等々、様々な傾向を持つ女性作家が一挙に登場する。

そうした若い女性作家ばかりでなく男性作家にも今後のメキシコ文学の軸になっていくような作家たちが輩出している。前に触れたが『航行可能な夜』（八〇）でデビューし、『アルゴンの照射』ですでに海外でも不動の位置を確保してしまったファン・ビジョーロ、『自分は王だと思った男』（八九）から『獣への恐怖』（九五）にいたる一連の作品で着実に自分の文学世界を築いているエンリケ・セルナ（一九五九～）、そして、『たいしたことじゃない』（九一）、『なんでもあり』（九四）等、ピカレスク・ロマンで才能を見せるオスカル・デ・ラ・ボルボージャ（生年を一九三九年から六八年まで、著書ごとに変えているので不明）。

これまで述べてきた作家たちと一線を画すように、ヨーロッパ文化に傾倒するサルバドル・エリソンド（一九三二～）、ファン・ガルシア・ポンセ（一九三二～）、セルヒオ・ピトール（一九三三～）といった作家たちは小説を社会を映す鏡としてではなく、芸術のためのものと見なして独自の文学活動を続けているが、そんな彼らに続いてウーゴ・イリアルト（一九四二～）やアルベルト・ルイ＝サンチェス（一九五一～）らがメキシコ文学の、と言うよりはどこの国の文学にもそなわるこの側面をいっそう豊かにしている。

メキシコはかつてカルデナス時代（一九三四～四〇）にはスペイン内乱による亡命者たちを迎え入れたが、そのときと同様、七〇年代には軍政下のアルゼンチンやチリ等からの亡命者を受け入れる。彼らは様々な大学で教鞭をとったり、文学のワークショップを主催したり、ジャーナリズムに関わったりしてメキシコ人作家にはない視点を教える。一方、高等教育や文化事業を担う機関の創設・増設により、知識人や若い作家たちの経済的基盤を支える仕事が増えたために自由な立場で書くことができるようになる。さらに七〇年代も後半になると、新聞・雑誌の創刊が相次ぎ、出版社も増加、また文学賞の数が増えて若い世代の文学界へ門戸が広がる。むろん、昔から文芸書を活発に出版して数多くの作家を育ててきたベラクルス大学や、文学理論や評論の専門書を出版するＵＮＡＭ（メキシコ国立自治大学）やコレヒオ・デ・メヒコがメキシコの文学界の発展にいかに寄与してきたかは言うまでもない。こうして現在、メキシコの文学は未曾有の幅の広がりを持つようになった。ただ、九〇年代になって多くの出版社がラテンアメリカ全域に販路を拡大しようとするスペインの大手出版社と資本提携をしたり、その傘下に入ったりしている。そうした状況下で、才能ある若い作家をどれくらい発掘して育てられるのか一つの心配事だが、いまのところ、実力があってもこれまで他国ではまるで無名だった作家たちが他国に紹介されるといういい面がでている。

註

（1）Agustín Yáñez, *Al filo de agua*, Porrúa, 1971, pp.3-14.
（2）Carlos Fuentes, *La región más transparente*, FCE, 1969, pp.10-11.
（3）スタンダール『赤と黒』大岡昇平・古屋健三訳、講談社文庫、一九七三、一〇四頁。
（4）Parmenides García Saldaña, *En la ruta de la onda*, Editorial Diógenes, 1972, p19.
（5）*ibid*., p.51.
（6）Parmenides García Saldaña, *Pasto verde*, Editorial Diógenes, 1985, p.11.

（「季刊 iichiko」No.46、一九九八年一月号）

アルゼンチン現代文学

Ⅰ　ゴンブローヴィチとアルゼンチン

一九六九年七月二四日深夜、ヴィトルド・ゴンブローヴィチはフランスのヴァンスで病死。没後三〇年の今年、七月二五日にアルゼンチンの日刊紙「クラリン」が特集を組んだ。そこにはプイグの『リタ・ヘイワースの背信』（一九六八）、オスバルド・ランボルギーニ（一九四〇～八五）の『フィヨルド』（六九）と並んで、書き方の斬新さと荒々しさで物議をかもした前衛的な処女作『小瓶』（七三）以来同世代を代表する作家の一人としての道を着実にたどったルイス・グスマン（一九四四～）が「『フェルディドゥルケ』はぼくの世代の小説の一つだった。事実、『ポルノグラフィア』の序文で表明されるひとつの美学を扱っていた。そこにははっきり記されているのだ。人間それぞれが〈自分の仮面に苦しめられて密かに、私的に用いるために、サブカルチャーのようなものを、つまり、上品な文化世界の屑でできた世界を作りあげる〉と。〈恥ずべき詩が、ある種の危険な美が生まれる〉ような口に出せない情熱の世界を作り上げるのだと。この〈宣言〉のおかげでぼくたちは制度化された文学体系に反対することができた。ゴンブローヴィチはどうしたら作家になりうるか、それを想像するための裂け目をボルヘスよりもたくさん残してくれていた」と書き起こし、彼の作品に対する思いを綴った短文を載せている。

友人を介して自国の大西洋航路定期船の処女航海に招待してもらったゴンブローヴィチは一九三九年八月二二日、ブエノスアイレスに到着。だが、ヒトラーのポーランド侵略でアルゼンチンでの亡命生活を余儀なくされる。ビクトリア・オカンポやボルヘスたちがつくっている文化界に戸惑い、やがて「この知的な、唯美的、似非哲学的なアルゼンチンとわたしが理解しあう可能性はどこにあったのだろう。——わたしはこの国では低いものに、むこうは高いものに魅了されていた。わたしはレティーロの暗闇に、彼らはパリの光に魅せられた——」と『日記』に記す。オカンポが主宰し、ボルヘスやビオイ＝カサレスらが中心となって絶えずアルゼンチン文学をリードしてきた「スル」誌にゴンブローヴィチが登場しないことからも、彼らとの目指すものの違いが分かるのだが、やがてゴンブローヴィチはフォード財団の援助を得て六三年四月八日、アルゼンチンを離れ、ヨーロッパに向かう。二四年におよぶ彼のアルゼンチン滞在をレイナルド・アレナスは『夜になるまえに』のなかで「二人〔ゴンブローヴィチとビルヒリオ・ピニェーラ〕とも離郷と戦慄の生活を過ごしていたし、制度化した文化を、また、あまりにも生真面目に捉えられた文化をも信じていなかった。ホルヘ・ルイス・ボルヘスは当時すでにアルゼンチン文学において最も重要な人物となっていたが、そのボルヘスは文化をあまりにも真面目に捉えていたのだ。二人はボルヘスをいくぶん残酷に嘲笑していたのだろうが、それもむりのないことだった。ゴンブローヴィチはヨーロッパで生活するためアルゼンチンからついに離れることになったとき、何かアルゼンチン人に助言はありませんか、と誰かに訊かれて、「ボルヘスを殺せ」と答えた。むろん皮肉たっぷりの答えだった。ボルヘスの死でアルゼンチンは存在しなくなったが、ゴンブローヴィチのその答えはむしろその国で体験したことすべてに対する復讐だったのだ」と記している。

なぜボルヘスを殺さなければならないのか。ゴンブローヴィチの言葉は当時のアルゼンチン文学がボルヘスの呪縛から逃れられずにいることを示すが、それを受けたアレナスの「ボルヘスの死でアルゼンチンは存在しなくなった」という言葉はいっそう過激であり、ねじれてもいる。自国の詩人ピニェーラに親近感を抱くアレナスにもかかわらず、ボルヘス以外にアルゼンチンは意味がないといっているようなものなのだから。

しかし、アルゼンチンでの体験のすべてがゴンブローヴィチにとってマイナスだったとは思われない。彼の作品の大半がアルゼンチンで書かれ、構想されたのであり、ランボルギーニの作品集をまとめたセサル・アイラ（一九四九〜）は「オスバルド（・ランボルギーニ）はぼくたちのゴンブローヴィチなんです（が、こう言うと不正確かもしれません。ゴンブローヴィチもぼくたちのものなんですから）」と述べているが、アルゼンチンではゴンブローヴィチの著作のほとんどを手にすることができ、彼を受容する読者も多い。また、ベルリンに移ったゴンブローヴィチが、ブエノスアイレスにいたころチェスを楽しんだレクスやラ・フラガータといったカフェでの相手であり「わたしの秘密をたくさん知っている」というフアン・カルロス・ゴメス宛てに六三年四月から六五年三月にかけて書いた手紙をまとめた『アルゼンチン人の友人への手紙』がこの六月にアルゼンチンのエメセ社から出た。アルネストという名で登場するエルネスト・サバトの序文、アイラの「大笑いのくだりがあちこちにある実に楽しい読み物、一〇〇パーセント、ゴンブローヴィチ。まるで小説、むさぼるように続けられる」というコピー、そして一三枚の写真等からなる同書からはゴンブローヴィチのアルゼンチンへの愛着が浮かびあがる。

ゴンブローヴィチの名を西ヨーロッパに知らしめることになった『フェルディドゥルケ』のフランス語版が出たのは五八年のことだが、スペイン語版はすでに四七年、アルゼンチンのアルゴ社から出ている。その翻訳にあたってはゴンブローヴィチ自身はむろん、ピニェーラ、そして数多くの彼の信奉者たちが関わった。さらに、六四年、この版は大手のスダメリカーナ社から出版される。そこにサバトは『フェルディドゥルケ』の初版のころを回顧しながら序文を載せているが、それによると、六四年当時のアルゼンチンは「アルゼンチンの人々がパリで評判をとらずに来るような作家をあえて非凡な作家と見なすようなことはまずありえない」という状況にある。ボルヘスにしてもサバト自身にしても似たような体験をしているのだが、六四年になっても四七年当時と同じでパリというブランドの物差しを常に必要とする国のままだったようだ。

Ⅱ　軍部独裁と亡命

『フェルディドゥルケ』の最初のスペイン語版が出版される前年、ファン・ドミンゴ・ペロンが政権に就く。同時にボルヘス、コルタサル、サバト、その他多くの知識人たちが迫害される時期が始まる。ここで、アルゼンチンのこの五〇年の政治的動向を概観してみよう。文学と政治の関わりを少しでもはっきりさせるために。

一九四六年二月、ペロンは都市労働者と軍の大半の支持を得て政権に就き、外国企業の国有化や急激な工業化を進める。だが、その政策は経済的社会的バランスを崩して国内的な危機を迎え、五二年七月に国民の圧倒的人気を得ていた妻マリア・エバ・ドゥアルテ（通称エビータ）の死後は、反対勢力が増大し、五五年九月一六日の陸海空三軍の反乱でペロンはスペインに亡命。その後、大統領は八人代わるもののペロン派と反ペロン派の対立の激化、超インフレ、政治テロに国内情勢は混迷。結局、スペインにいたペロンを呼びもどす形で七三年一〇月一二日にふたたびペロン政権が誕生するが、国内の混乱を終息させるような政策がとれないままペロンは七四年七月一日、病死。憲法に従い、副大統領だったペロンの妻マリア・エステラ・マルティネス（通称イサベリータ）が大統領に就任。深刻な経済危機に頻発するテロという状況下、七六年三月二四日、ビデラ、マセラ、アゴスティら三軍の司令官がクーデターでイサベリータの政府を転覆させ、三月二六日にビデラを大統領に任命。ビデラは議会を解散し、政党を禁止。その後、この軍事政権はビデラ（一九七六～八一）、ビオラ（一九八一）、ガルティエリ（一九八一～八二）、ビニョネ（一九八二～八三）と続くが、この間、ガルティエリは八二年四月二日、国民の不満をそらすため、以前からイギリスとの領土問題でくすぶるマルビナス島を占拠。いわゆるマルビナス（フォークランド）戦争が始まるが、六月一四日にイギリスが島を再占拠することで終結。敗戦の責任をとってガルティエリは辞任し、ビニョネに交代。八三年一〇月三〇日に民主的選挙で急進党が勝利を収め、その党首アルフォンシンは一二月一〇日に大統領に就任する。ところが民政移管後も経済危機は好転せず、八九年七月ペロン党のメネムが大統領となり、貿易自由化や国有企業の民営化などを進めインフレを沈静化、九五年五月再選され現在にいたるが、高い失業率と所得格差の拡大、治安の悪化といった問題を抱えている。

二〇世紀後半のアルゼンチンの文学はこうした政治・社会的に不安定な状態の中で生まれる。その文学の現状を考えるときペロン時代以上に大きな問題となるのが、七六年三月二四日から八三年一二月にいたる軍部独裁である。この政権が掲げた「国家再編」という目標は果たされず、膨大な対外債務と国内産業・公教育・公共医療の破壊を引き起こす一方、三万人の失踪者、何千もの逮捕者・被暗殺者、亡命者という、二〇世紀アルゼンチンの歴史のなかでも未曾有の犠牲者を出すことになった、再編というよりは解体というにふさわしい悪夢は単に歴史的事項として片づけられるわけもなく、次世紀の文学にも影を落とさざるをえない。悪夢を作りだしたのも、また悪夢にうなされるのもアルゼンチン（人）であり、両方の側にアルゼンチン（人）の本性が現れている以上、かつての悪夢を繰り返さないためには両者の心性を考察しつくす、そんな立場に作家は立たされるからだ。

表現の自由のないこの時代、作家たちは、濃淡の差こそあれ、闇につつまれる。実際に生命を奪われた作家は二人。『アメリカの猟師マスカロ』（七五）でラスアメリカス賞を受賞したアロルド・コンティ（一九二五～七六）は七六年に誘拐されたまま行方不明。そして『虐殺作戦』（五七）や『誰がロセンドを殺したか？』（六九）を著したロドルフォ・ワルシュ（一九二七～七七）は七七年に「出版報道に対する検閲、知識人への迫害、ティグレにあるわが家の家宅捜査、愛する友人たちの殺害、そしてあなた方と戦って死んだ一人の娘の喪失、そうしたことがわたしに、ほぼ三〇年にわたって作家そしてジャーナリストとして自由に発言してきたあとで、こうした形の非合法な表現の形を強いる出来事のいくつかである」で始まりクーデター後の一年を問う長い公開質問状を軍事評議会にあてて書き残した翌日の三月二五日、彼を逮捕しようと通りで待ち伏せていた一隊に抵抗して致命傷を負い、連れ去られたまま。

ボルヘスやビオイ＝カサレス、サバトといった一部の作家をのぞけば、あるいはすでにパリに住んでいたコルタサルやフアン・ホセ・サエール（一九三七～）、メキシコに移っていたプイグをのぞけば、選択は二つにひとつ。国に残るか、出るか。アスンシオンでブエノスアイレスへの転勤を待ち望んでいるスペイン帝国の官吏の日常を描いてドイツでベストセラーになった『サマ』（五六）のアントニオ・ディ・ベネデット（一九二二～八六）はクーデター直後に逮捕され七七年九月に放免されたあと八五年までアメリカ合衆国、フランス、スペインと移動。詩人のファン・ヘルマン（一九三〇～）は七六年に家宅捜査にきた政治警察が不在の彼にかわって息子と妊娠中の妻を連行、その二人が行方不明になったのを機にローマ、パリ、メキシコへと亡命の旅をつづける。『これ以上苦痛も忘却もない』（八三）を原作にした映画がベルリン映画祭で銀熊賞を受賞し、『冬営地』（八三）がイタリアの最優秀外国小説賞を受賞したオスバルド・ソリアーノ（一九四三～九七）は七六～八四年のあいだベルギー、パリと亡命。コルタサルが「この小説を読むことはこの小説を夢見るようなものだった」で始まる紹介文を載せた『全生活』（八一）のファン・マルティニ（一九四四～）は七五年から八四年までバルセロナに。マルビナス戦争の最中に着想した『記憶の聖なる仕事』（九一）でロムロ・ガジェゴス賞を受賞したメンポ・ジャルディネッリ（一九四七～）は七六年から八五年までメキシコに。一六歳のときに出した詩集『太陽とわたし』（六七）で二つの賞を受賞し、やがて小説『わたしは患者』（八〇）でロサーダ賞を受賞、児童文学の面でも名高いアナ・マリア・シュア（一九五一～）は七六年に家族が離散し自らは夫とともにしばらくの間パリに。ジャーナリストとしても活躍し、『死者の通夜をするな』（八五）といった小説をも書いているマルティン・カパロス（一九五七～）は七六年から八三年までパリに亡命。

亡命は精神的に大きな負担を人々に与える。いつ帰国できるか分からないままに待ちつづけなければならない、まるで『サマ』の主人公のように。アルゼンチン文学は昔から自発的にであれ政治的理由からであれ、亡命という事件が大きなウエイトをしめてきたが、亡命は国との直接的な接触を遮断し、国そのもののありようを見つめなおす期間を与える。だが、このむりやり与えられた宙ぶらりんの状況は、いつ終わるともしれないものであり、ガルシア＝マルケスが描いた大佐の待つ手紙みたいなものである。国から離れてその現状を自らの五感で感じることのできないことからくる無力感、自分は不必要な存在となったのではという焦燥感、帰国に対する期待と復帰に対する不安。また、国に残った者は残った者で自らの命を守る術を考える一方で、表現の自由を奪われたもどかしさ、民主主義を取りもどさねばという思いを抱きつつ、自己表現の方法を探らなくてはならない。強権政治に無関係なものを書くか、それともその権力の構造と恐怖をいかに巧みに寓話化するか。そうした検討をへて、リカルド・ピグリア（一九四一〜）の『人口呼吸』（八〇）、アイラの『囚われの女、エバ』（八一）といった作品がぎりぎりのところで政府批判を暗示するような形で書かれ、民主化された段階でブラディ・コシアンシチの『ウイリアム・シェイクスピアの最期の日々』（八四）が出てくる。

この軍部独裁の間に何が書かれ、何が書かれなかったのか。そして民主化されたあと、何が復活し、何が新たに生まれたのか。この時期はアルゼンチン人にとっては何であったのか。亡命したジャルディネッリは「ぼくは自分の文学を政治的なものとして規定されたくない。その意味では〈反〉政治的なものをぼくは書いている。だがそれは政治との訣別を意味してはいない。ぼくは政治をするために文学をしているわけではないし、自分の文学のために、また自分の文学のなかで政治を利用することはしない。とはいえぼくは政治的人間である。政治参加の文学を信じてはいないが政治参加の人間は信じている。……そして、残念ながら避けられないようなことが起きて……自分が書いているもののなかに意に反して政治がしみ込んでくる……」と語り、政治と関わらざるをえない立場を説明する。一方、強権政治の無謀ぶりに対する記憶が薄いながらも、まったく無縁ではなかったファン・フォルン（一九五九〜）は「八年前に生まれていたらきっとそういった問題に首を突っ込んだと思います。……少なくともぼくは、自分にはそれほど厳しいものでなかった、ぼくの生命は危険にさらされなかった、かなり耐えられる期間だった、そうしたことに責任があるように感じてるんです。それは年齢の問題だと思うんです。その当時とっても革命的、とっても政治的に活動的であった人たちと坐っていて、彼らがそのテーマをあれこれ考えていると、うんざりして、『ねえ、もういいよ、そんな話はやめなさいよ』といってやりたくなります。そして、もっと反動的な、もっと――ぼくの世代かもっと若い人たちだから、そのテーマにもっと無感覚な人たちといっしょに坐ってると、そんなときには『もうやめろ、そんなに浮かれるな、ことはそんなふうにはとられやしないんだ！』といってやりたくなります」と、自身の微妙な立場を吐露すると同時に、この問題に対する前後の世代の関わり方を明らかにする。

新聞には一九八五年一二月の裁判で終身刑を言い渡されたビデラ、ビオラ、ガルティエリの三人の話題がいまなお登場する。広場では行方不明になった家族を求める母親たちの声が響く。それが人々の記憶を新たにし、ふたたび心の傷を広げ、あるいは怒りを燃えあがらせる。思いを伝えなくては、いや、忘れるほうがいいという、人々の記憶と忘却のあいだで揺れるアルゼンチンのこの暗い過去は、当然のことながら、どの国で起きても同じような現象を生むことだろう。政治的な異常は社会全体をひずませ、ねじれさせる。ところが、どうにも皮肉なことに、そうした異常さが文学を養ってもいるのだ。

Ⅲ　ボルヘスの影

軍部独裁の記憶はアルゼンチン人全体を刺激しつづけているが、作家たちにとってのもう一つの気がかりはボルヘスである。アルゼンチン人にはゴンブローヴィチの助言は聞き入れられなかったようだ。フォルンはスペインから出した短篇選集『ブエノスアイレス』（九二）で次のように書く。「〔この選集に収録されている作家たちは〕フランスの実存主義、ビートニク、そしてキューバ革命の影の下で、もしくはポップの誕生、性革命と構造主義、あるいはパンクの到来、コンピューターとエイズの影の下で書きはじめた。基本的には三つの世代に属している。みんなボルヘスが書くのをやめるまえに書きはじめた。みんなボルヘスがアルゼンチンの外で〈有名に〉なるまえに生まれた。（そして、それでもみんな個人的な特徴に比べると明確なボルヘス的特徴を見せることはずっと少ない。）それでもみんな、すでにアルゼンチンの（ここラプラタ川流域といってもいいだろうが）本当の文学的伝統であるもの——つまり、短篇、偽りの単純さと複雑な時計仕掛けの仕組みをそなえた構造に一つの物語を凝縮したもの——のなかに見事なくらい自然に身を落ちつけている」

ボルヘスが以後の作家に残したのはこの「偽りの単純さと複雑な時計仕掛けの仕組みをそなえた構造」だろう。ただ、〈言葉の節約〉という点に関しては、まずウルグアイのオラシオ・キローガ（一八七六〜一九三四）の名を挙げなければならない。短篇の名手として名高いキローガは短篇を書く際の〈十戒〉を残したが、その〈IV「川から冷たい風が吹いてきた」このような状況を表現するには、ここに記した文章以上の表現は人間の言葉には存在しない。ひとたび言葉を自分のものにしたら、それらが協和音なのか類音なのかを気にする必要はない〉〈VII　余計な形容詞を用いてはならない。力のない名詞にいくらきらびやかな形容詞をくっつけても意味はない。まず、正確な名詞を見つけ出すこと、そうすればその名詞はひとりでに類まれな煌きをもつだろう。なにをおいてもまず名詞を見つけ出すことである〉〈VIII　……短篇とは一切の夾雑物をのぞいた小説である……〉（木村榮一他訳『エバは猫の中』、サンリオ文庫）といった条項で、すでに〈言葉の節約〉は一つの指針となっており、これが以後のラプラタ文学を方向づけたともいえる。ボルヘスはそれを完成の域にまで押し進めたのであり、『伝奇集』（四四）、『エル・アレフ』（四九）といった作品に収録されている短篇がそれを実証する。しかし、キローガ、ボルヘスと続く〈言葉の節約〉は現在の若い作家も心しているが、これまで実に多くの作家がボルヘスやビオイ＝カサレスが審査員をつとめる文学賞を受賞して世に名を知られるようになったとはいえ、ボルヘスのようなスタイルの短篇を書く者は見あたらない。では、どんな短篇を書こうとするのか。

ブエノスアイレスとモンテビデオを中心とする、いわゆるラプラタ文学の特徴のひとつに幻想小説があげられる。ボルヘスも好んだジャンルで、特に短篇に優れたものが多いのだが、それにしてもなぜ、幻想小説が他のラテンアメリカ諸国と比較にならないくらい多いのか。その誘因のひとつは作家自身が立っている足元の不安定さゆえといえるかもしれない。ブエノスアイレスは二度創設された。一五三六年ペドロ・デ・メンドーサが建てたプエルト・デ・ヌエストラ・セニョーラ・サンタ・マリア・デル・ブエン・アイレは先住民に破壊され、住民はアスンシオンに移住、やがて一五八〇年フアン・デ・ガライが町を本格的に再建する。つまり現在のブエノスアイレスは廃墟の上に、記憶の幻影の上に作られたのだ。そして一九世紀初頭に独立、内乱、ロサスの独裁とインディオの駆逐、一九世紀半ば過ぎからはヨーロッパ移民、とりわけ大量のイタリア人が流入して、絶えずヨーロッパを見つめながら暮らす人々が住む。サバトの言葉を借りれば〈虚無の上に建設された混沌の都市〉が根本に持っている危うさ。

ボルヘスがフランスで評価されはじめたころ、彼の作品のどこにもアルゼンチン的なものが出ていないため、アルゼンチンの作家ではないという的外れな批判がなされた。ではアルゼンチン的なものとは何か。アルゼンチンとは、アルゼンチン人とは。サバトは『英雄たちと墓』（六一）の中で登場人物の口を借りて「あの作品〔「バベルの図書館」〕では彼は無限の概念を使って凝ったことをしているが、不定の概念と混同しているんだ」等々ボルヘスの作品に対する批判をする一方で、「彼のヨーロッパ主義でさえこの国のものだ。ヨーロッパ人はヨーロッパ主義者ではない。単にヨーロッパ人であるだけだ」としてボルヘスが具現しているアルゼンチン人の一つの特性を主張し、「確かなことは彼の散文は今日スペイン語で書かれたものの中で最も際立っているということ。しかし、偉大な作家であるためにはあまりにも言葉に凝りすぎる。たとえばだよ、主人公の一人が生きるか死ぬかという場面でトルストイがどの副詞を使えば読者は眩惑するかなどと考えたと思うかね？　しかし、ボルヘスの作品のすべてがビザンチン的であるわけじゃない。彼の最も素晴らしい作品の中にもひどくアルゼンチン人的なものがある。郷愁とか形而上的悲しみといった……」と語る。サバトのエッセイのなかにも同様の表現は出てくるのだが、いったい人はボルヘスのどちら側を問題にするのだろう。多くの作家・批評家たちがとりあげるのは謎めいた短篇を書く作家としてのボルヘスであり、対談に見かけられるようなユーモアのあるボルヘス、ブエノスアイレスを愛してやまないボルヘスが話題にのぼることはほとんどない。誰もが、短篇のなかにまぎれこんだボルヘスの幻影をとらえようと必死になる。結局、みんな探偵に憧れているのだ。

若い世代の作家も好んで幻想的な雰囲気をたたえた作品を書くが、ボルヘスとともに大きな影響を与えているのはコルタサルである。『遊戯の終り』（五六）や『秘密の武器』（五九）といった作品集は彼の作風をよく表しているが、そこに収められた短篇の多くはいずれも結末が、読者をKOして終わるものとなっている。つまり、「複雑な時計仕掛け」は最後に爆発するように仕組まれている。むろんコルタサルに限らず、アルゼンチンの短篇を読む場合、誰もがそうしたトリックを期待するのだが、最近の短篇にはそうしたKOシーンはなく、これでおしまい？　という気にさせられることが多々ある。ところが、読み返してみると、なるほどと思わせられるような結末になるよう工夫されていることが分かる。それが、コルタサルをはじめとする前の世代の短篇の名手たちと彼らを区分する特徴かもしれない。

Ⅳ　二つの短篇選集

事情をよく知らない国の文学活動の状況を一瞥するには短篇選集に目を通すのがいちばんである。だが、これがけっこう難しい。編者しだいというところがあるからだ。売り上げを考えて評価の定まった名のある作家しか選ばない、編者の好みの作家に偏る、知り合いの作家を含める、等々、作家・作品の選択が往々にして恣意的なものとなり編者の意図・力量がさっぱり見えてこないようなものが多い。ただ、最近のアルゼンチン文学に関していえば、そうした欠点を極力減らしている興味深い短篇選集が二つある。一つはすでに触れたが、フォルンの『ブエノスアイレス』。これは八八年の年末にブエノスアイレスで世界編集者会議が開かれたとき、スペインそしてラテンアメリカ諸国が各国の経済的・政治的理由から疎遠になっていると話題になったのを機に、スペインの読者のために編まれたもの。三三年生まれのイシドロ・ブライステンから、六三年生まれのロドリーゴ・フレサンまで編者自身を含めて一五人（うち女性が四人）が選ばれている。この選集にフォルン自身が九一年三月に書いた序文を載せているが、そこではアルゼンチン作家の置かれた状況が次のように述べられている。「現在のアルゼンチンの作家たちが書いている現状に関していえば、他の国のそれと特に差があるものではないということだけはぜひとも知っておいてほしい。民主主義があり、社会的不正があり、ぼくたち作家はあまり報われずほとんど読まれていないと思っており、白紙やコンピューターの画面のまえに坐って自分たちの個人的な夢や悪夢によく似た世界をつくりだすために、程度の差はあれ渋々、実入りの少ない多種多様な仕事についている。結局は、世界のたいていの作家と同じ」

そしてもうひとつはメンポ・ジャルディネッリがメキシコで出した『現代アルゼンチン短篇』(九六)。一九四〇年以降に生まれた作家を対象にして、というメキシコの作家エルナン・ララ＝サバラの注文どおりに、四二年生まれのカルロス・ロベルト・モランからフレサンまで一五人(うち女性が七人)。こうした短篇集を組むと必ず収録されるブライステン、アベラルド・カスティージョ(一九三五〜)、ピグリアの三人は――フォルンの選集には含まれている――、そして編者自身もわざと除いてあるのだが、「エドムンド・バラデスと彼の雑誌『短篇』(一九七六〜一九八三)で緊密に協力するという幸運にありつき、フアン・ルルフォの友人・弟子という特権を享受し、アルゼンチンでは雑誌『まぎれもない短篇』(一九八六〜一九九二)を創刊し主宰した」豊かな経験が、他に類を見ないような選択をさせている。その序文のなかでジャルディネッリはこう語っている。「七、八〇年代のアルゼンチン短篇のなかに、政治―イデオロギー的な印と亡命のテーマを発見することはほぼ避けられないとしても、九〇年代においては、そうしたことは変化している。今日では、イデオロギー的な言及を取りのぞいた、あるいはそうしたものから離れた問題が現れている。変化する社会に浮かび上がる多くの女性問題が舞台の半分をしめており、四〇歳になるまえにこの千年を終える作家たちの新たな、様々な情熱や心配事が湧きだしているのが見てとれる。ユーモアとアイロニーの探究と頻繁な繰り返しがある。そして、今日のテキストにおける性の認識は一〇年前には考えられなかったことだろう。しかし、これらの作家——みんな一九四〇年から六五年のあいだの生まれ——の多くの倫理的な心配事は国民生活の今の問題に関わらざるをえない。多くの短篇には歴史や過去のわたしたちの国に対する郷愁、独裁、活動的な記憶と倫理的低下がロックや行き過ぎ、ドラッグ、失望とともに現れている。つまり、ここに収録した短篇にはいまやわが国の短篇の最良の伝統——つまり幻想的なもの、パロディ、不条理、実験、風俗写生主義、メタ文学、都市的なものの優越性——の、多様で非常に豊かな美的傾向と結びついた、ポストモダンの美学のあらゆる要素が現れている。現在のアルゼンチンの短篇には声とスタイルの健全な複数性がある。わたしたちは例外的な時期を過ごしているといえるだろう。だがおかしなことに、また逆説的なことには、それはわたしたちが社会的経済的に最大の危機にあるまさにその時期に起きているのだ。その逆説は市民社会が民主主義の時期のなかでも最悪の時期にあるようなときにアルゼンチンの小説が開花期にあるということ」

フォルンとジャルディネッリの選集の間には四年の差があり、それが作家・作品選択にも影響を及ぼしていると思われるが、今世紀後半のアルゼンチン文学を概観すると、二人の紹介文は短篇という枠にとどまらず、長篇にも適応できるのではないだろうか。二つの選集いずれにも収録されているのは女性ではセシリア・アブサッツ（一九四三〜）、男性ではフォルンと「嘆きに、郷愁や約束にうんざりした世代の側からアルゼンチン人の悪しき生を語っている」とソリアーノが評した『アルゼンチンの物語』（九一）で圧倒的な読者の支持を得たフレサンの三人だが、残念ながら、彼らを含めて合計二七人の作家の誰一人としてわが国には翻訳紹介されていない。拙文中に記した作家たち以外にも欧米での紹介がなされている作家は多い。それにふさわしい文学の伝統がアルゼンチンにはあり、それ相応の扱いがなされてしかるべきなのだが、紙面の都合があり、個々の作家については別の機会にゆずりたい。

主な参考文献

Forn, Juan: *Buenos Aires*, Anagrama, 1992.

Giardinelli, Mempo: *Así se escribe un cuento*, Beas, 1992.

——: *Cuento argentino contemporáneo*, UNAM, 1996.

Gombrowicz, Witold: *Cartas a un amigo argentino*, Emecé, 1999.

Kohut, Karl (ed.): *Literatura del Río de la Plata hoy*, Vervuert, 1996.

Richter, M. M. (ed): *La caja de la escritura*, Vervuert, 1997.

Saavedra, Guillermo: *La curiosidad impertinente*, Beatriz Viterbo, 1993.

Sábato, Ernesto: *Antes del fin*, Seix Barral, 1999.

（『ユリイカ』一九九九年九月号）

マッコンドとクラック――新しいラテンアメリカ文学をめざして

昨年、ガルシア＝マルケスが八〇歳になるのを、そして、『百年の孤独』（一九六七）が出版四〇年を迎えるのに合わせて、著者自身が校閲した同書の記念版がスペイン王立アカデミーとラテンアメリカ諸国のスペイン語アカデミーの協力の下、アルファグアラ社から出版された。アルバロ・ムーティス、フエンテス、バルガス＝リョサらのエッセイに加えて、登場人物の簡単な説明、ブエンディーア家七代の家系図、語彙集等々、至れり尽くせりの本になっている。『百年の孤独』は、一九六〇年代から七〇年代にかけての、いわゆるブームのピークをなすときに出たが、反面、アストゥリアスやカルペンティエルの作品とともに、ラテンアメリカ文学＝魔術的リアリズムという、短絡的なひとつの図式を創りあげてしまった。このラベルは剝がしにくいらしく、ブームが消滅したあとでも、日本や合衆国はもとより、スペイン語圏でもそうした面があったらしい。誰も、ブームの先頭を走ったコルタサルやフエンテス、バルガス＝リョサの作品にこの魔術的リアリズムという言葉を使わないにもかかわらず。だが、被害にあったのはおおむねポスト・ブームの作家たちではないか。一部の作家を除けば、魔術的リアリズムに囚われるか、それとも、ラテンアメリカ（メキシコ、アルゼンチン等々）とは何か、といった大仰なアイデンティティの問題に関わり続けるか、あるいは、自国の読者だけに了解されるような世界に閉じこもるか、いずれにしてもブームの作家の後塵を拝すしかなかったからだ。

それでも、社会は絶えず動き続ける。一九六八年メキシコのトラテロルコ事件、七二年チリのピノチェトによる軍事クーデターとその後九〇年にいたるまでの独裁、七六年から八三年にかけてのアルゼンチンの軍部独裁、米ソの代理戦争とも言われたグアテマラ、ニカラグア、エルサルバドルの長期におよぶ内戦等々、そうした国内の劣悪な政治情勢はその後の文学にも重くのしかかり、当然のように、数多くの小説に格好の、重いテーマを与える。だがそれだけに留まらない。八九年のベルリンの壁の崩壊と九一年のソ連の解体という世界的規模での激震が起きるからだ。そして合衆国の一人勝ちという世界に変わった九〇年代からこちら、ポスト・ブームのラテンアメリカ文学を揺さぶったものは何だったのか。それを、いくつかのテキストを通して、一瞥してみたい。

先触れとなったのは、一九九三年にチリで出た短篇集『ウォークマンと短篇を』。編者はアルベルト・フゲッ（一九六四〜）とセルヒオ・ゴメス（一九六二〜）で、両者連名の「必要に迫られた、使い捨ての、移動する（短篇群）。気ままな紹介」と題した序文によれば、チリの新聞エル・メルクリオが毎週金曜日に折り込む青少年文芸特集「ソナ・デ・コンタクト（接触ゾーン）」に一九九一年三月から翌九三年七月の間に載った一七〜二五歳の二〇〇人の若い作家たちの掌篇と、その中の九人の未発表短篇をまとめたもの。いずれも「いわゆるバーチャル・リアリティーの時代に属し、ほとんど皆、コンピューターに直接書いている」若者たちであり、「もちろん、多くの映画を、あまりにもテレビを見てきた。だからストーリーというものが分かっている。年代的には独裁時代に属している。多くが、ピノチェトの統治下に生まれたが、あまりに非政治的であるため観念的になっているのが特徴である。映像文化で育てられ、文学よりもロックやビデオに詳しい。だからといって、無教養ということにはならない。別のタイプの情報を操り、〈ポップカルチャー〉と呼ばれがちになったものをむさぼっている」。自分たちの世代をカナダのダグラス・クープランドがその作品で用いたジェネレーションXにもたとえ、「他の世代の後にやってきた。クーデターの、失脚の後。〈ポスト・すべて〉の世代。ポスト・モダン、ポスト・ヤッピー、ポスト・共産主義、ポスト・ベビーブーム、ポスト・オゾン層。ここには魔術的リアリズムはない。あるのはバーチャル・リアリズムである」。ではそんな彼らは何を描いたのか。「これらの短篇や物語を読むことは、アクセルをふかした、パンク・ファンや召集兵で満員のバスに乗ってスモッグがたちこめるサンティアゴを巡るようなもの」とは言え、舞台がサンティアゴではない作品もある。ただ、「チリを映す立派な鏡であろうともしていないし、社会的倫理的な亡霊を抱え込もうともしていない」のは確かで、作者個人の日常の些事を脚色してスケッチしたもの、体験を膨らませたもの、主人公の心理をピンポイントで描いたものが多い。序文には、最初、悪評を恐れてこの本の出版をためらったものの、それを振り切って出版、確信も何もないまま二〇人を「未来の作家」として紹介、それでも、やがては文学に飽きて別の仕事に就く者もいるだろうという断りもある。その予測どおり、現在、作家として名を成しているのはパブロ・イジャネス（一九七三〜）、アルフレド・セプルベダ（一九六九〜）の二人で、他の作者たちは、大学、ジャーナリズム、ラジオやテレビの番組制作に関わるなど、別の道を進んでいる。そのため『ウォークマンと短篇を』に収められた作品の善し悪しをここで云々してもはじまらない。むしろこの短篇集、とりわけ序文の意義は、ひとつのきっかけ、つまり、それなりに平穏だった文学界に一石を投じたことにある。その波紋はやがて大きく、マッコンドへと成長するからだ。

一九九五年、合衆国で映画『赤い薔薇ソースの伝説』がヒットし、「ラテンがホットである」ということに目をつけた雑誌の編集者が、アイオワ大学に来ていた三人の若い作家たちに原稿を依頼する。三人はアジアや中欧の作家たちにねたまれながらも、「ラティーノである、スペイン語で書いている、ラテンアメリカで生まれた」という理由だけで、著名な文芸誌に書けることに至福の気分になる。だが、作品ができ、英訳されたものを見せると、編集者は三人のうち二人の作品をつき返す。できが悪いからではなく、「魔術的リアリズムの聖痕が欠けているからだ。その編集者は、その二つのテキストは『第一世界のどの国ででもうまく書かれうる』と言って議論を切り上げた」が、おかげで、その日、二人の脳裏には『ウォークマンと短篇を』にヒントを得たマッコンドという着想が生まれる。

一方、このころ、アイオワにいたメキシコのダビッド・トスカーナ（一九六一〜）は『ウォークマンと短篇を』を読み、その国際版を作ることを考えていた。そうして三人の考えが一致し作業にかかる。だが、最大の問題は出版社探し。「国境を消し、この選集を単なる選集というだけでなく、発見と征服の旅とするためにも、イスパノアメリカ全体に流通を確保してくれる」出版社でなくてはならない。そして、そうであるためには、また、どこででも読んでもらえる作家であるためには、「バルセロナで出版し（おそらくは住んで）なくてはならない。国境を越えるということは大西洋を渡るということだった」。スペイン、メキシコ、アルゼンチンには友人たちがいたが、他の国の同世代の作家たちが何を書き、出版しているのか皆目見当がつかない。そのため、友人、特派員、ジャーナリスト、編集者、批評家、ツアー中のロック歌手、バックパッカー等、ありとあらゆる人に訊き、ファックス、郵便、ＤＨＬ、インターネット、電話等、あらゆる通信手段を用いる。が、結局、少なくとも一冊の著作があり、その国で少しは認知されていること、未刊の、少なくとも本にはなっていない作品があること、「アイオワでのできごとの敵討ちみたいなものだが、魔術的リアリズムの臭いのするものは除外」という三つの基準で選ぶことにする。その段階で、いくつもの国と何人もの作家が除外されてしまうと同時に、魔術的リアリズムが除外され、ラテンアメリカのアイデンティティという大きな問題も除外される。「『マッコンド』の短篇は個人的、私的な現実に集中している。これは世界的な民営化熱の遺産のひとつだと思う。このことをイスパノアメリカの若い文学のしるしとして思い切って指摘したい」。選集の特色ともなる共通経験の範囲を決めるためにさらに濾過器として用いたのが、まず作家の生誕年。それは「一九五九年（キューバ革命の年と一致）から一九六二年（チリやその他の国々にテレビが来た年）の間だった。とはいえ、大多数が少し後に生まれている」。そしてもうひとつは、「三〇歳になる前に本を出版して、まずまずの成功をおさめていること。書いたもので、論争、紛争、過度の批判を巻き起こしていること」だった。

それでも、大使館に問い合わせても、わが国には詩人しかいない、とか、いちばん若い作家は四八歳でまだ本は出していない、とか言われる状況を乗り越えて、彼らの熱意は形をなし、一九九六年、フゲッ、ゴメス共編『マッコンド』としてスペインのモンダドリ社から出版される。最年長が、『ウォークマンと短篇を』出版に際して相談にのったアルゼンチンのファン・フォルン（一九五九〜）、その逆がスペインのホセ・アンヘル・マニャス（一九七一〜）で、一〇カ国一七人が選ばれている。アルゼンチンからはほかにロドリーゴ・フレサン（一九六三〜）とマルティン・レットマン（一九六一〜）、コロンビアはサンティアゴ・ガンボア（一九六五〜）、ボリビアはエドムンド・パス＝ソルダン（一九六七〜）、チリはフゲッとゴメス、スペインは他にマルティン・カサリエゴ（一九六二〜）とライ・ロリガ（一九六七〜）、メキシコはトスカーナにホルディ・ソレール（一九六三〜）、ナイエフ・イェヤ（一九六三〜）である。

「マッコンド」McOndoという名は『百年の孤独』の舞台となるマコンドMacondoをもじったものだが、「むろん、ジョークであり、風刺、でまかせである。わたしたちのマッコンドは本物のマコンド（それはそうと、これは実在のものではなくバーチャル）と同じくらいラテンアメリカ的でありマジカルな（エキゾチックな）ものである。わたしたちの国マッコンドはもっと大きく、人口過剰であり、汚染、高速道、地下鉄、ケーブルテレビ、スラムにあふれている。マッコンドにはマクドナルド、コンピューターのマック、マネーロンダリングで建てた五つ星ホテルのほかにコンドミニアム、そして巨大モールがある。わたしたちのマッコンドでは、マコンドと同じように、なんでもあり。ただ、わたしたちのところでは、人が空を飛ぶのは、飛行機に乗っているか、ドラッグのやりすぎかだが」

こうして『マッコンド』出版にいたる経緯を見てくると、当時、ラテンアメリカ文学という名でくくられるものがひどく表層的なものであったことが、そして全体に流通しているのはブームで名をなした作家の作品だけで、それ以外の作家のものは、スペインに在住していない限り、それぞれの国でしか、ときにはそれぞれの国でさえ認知されていなかったことが分かる。だが、モンダドリ社という、ラテンアメリカにも支店を持つ大出版社が『マッコンド』を出すことで、確かに若い作家たちは他の国の同時代の作家たちと出会い、またスペイン語圏という広範な地域の読者をも獲得することになったと言えるだろう。

この『マッコンド』が出版される五ヶ月近く前の一九九六年七月、メキシコでは、もう一つの事件が起きる。それは、翌月の雑誌「デスクリトゥーラ」に掲載された「クラック宣言」である。そこではペドロ・アンヘル・パロウ（一九六六〜）、エロイ・ウロス（一九六七〜）、イグナシオ・パディーリャ（一九六八〜）、リカルド・チャベス・カスタニェダ（一九六一〜）、ホルヘ・ボルピ（一九六八〜）という五人の若い作家が、自分たちの小説の類似性を述べ、新しいイスパノアメリカ文学の針路を提示する。

まず、宣言の冒頭部を飾るパロウはイタロ・カルヴィーノの『新たな千年紀のための六つのメモ』の五つの言葉「軽さ」「速さ」「多様性」「視覚性」「正確さ」をクラックの小説が挑戦すべき言葉として捉えてパロウ流に解釈したあと、カルヴィーノが書き残さなかったもうひとつの言葉、「一貫性」をなすための四つの戒律を記す。「使い捨てのもの、束の間のもののもつ軽さに対して、クラックの小説は、声の多重性、自律的世界の創造を対置する。第一戒、誰にもまして、プルーストを愛せ」。クラックの小説は、確信からではなく、疑念から生まれるため、「クラックの小説のタイプはひとつではなく、たくさんある。預言者はひとりではなく、たくさんいる。小説家はそれぞれが自らの血統を見つけ、それを誇らしく提示する。(略) 第二戒、隣人の小説を欲するな」。クラックの小説は教養小説ではなく、自伝も初恋や家族の話も扱わない。作家のもっとも大切な所有物は想像する自由である。「作家にとって自分自身について書くことほど容易なものはないし、作家の人生ほど退屈なものはない。第三戒、分裂症を敬い、他の声に耳を澄まし、その声を文章の中で話させておくのだ」。クラックの小説は楽観的な、バラ色の、優しい小説ではなく、「あの新たなエスペラント語、つまりテレビで標準化した言葉で書かれてはいない。言語と新たなバロックの祝宴である。ときには統語上の、ときには語彙の、そしてまたときには、形態的な遊びの。第四戒、メンバーとして迎え入れてくれるようなグループには加わるな」。

続いてウロスは、『ファラベウフ』『地上の日々』『夜の服従』『ホセ・トリーゴ』『アルテミオ・クルスの死』といった作品には畏敬の念を抱いているが、六〇年代生まれの自分たちが模範とし、その息の根をとめ、取って代わる目標となるような小説はない。七〇、八〇年代の文学は「貧血と自己満足で死につつある。刷新の欲望とリスクは衰えた」と断言し、その一因に、大出版社が真に深みのある小説を出すことをためらい、「羊頭狗肉」でしかないものを売るようになったことを挙げる。そして自分たちは、二〇世紀前半に『同時代人』の詩人たちが「本当の、形式的、審美的リスクをおかす決意をして以来、国の文化を鍛え上げてきた系譜」に続くのであり、クラックの小説に共通するものは「審美的なリスク、形式的なリスク、一つのジャンル（この場合は小説のジャンル）を刷新するという欲望に常にともなうリスク、表層的なもの、不誠実なものを前置きなしに排除し、最も深みがあり努力を要するものとともにありつづけるというリスクだ」と述べる。

さらにパディージャは、クラックの小説とともに起きているのは、一つの文学運動ではなく、単純明白な一つの姿勢であり、「クラックの小説は「多くのものではない」。それはボルヘスがシェイクスピアを見事に定義した表現だが、すべてであり無である」、「〔ベケットの『勝負の終わり』の〕ハムとクレヴのように、ぼくたちは、古めかしい、この世の終わりからではなく、終わりの彼方にある世界から書いている。〔クラックの〕小説の中に一見、ウィドブロが用いた字義通りの意味ではなく、フォークナー、オネッティ、ルルフォそのほかの作家にも広がるような広い意味において、創造主義《クレアシオニスモ》的な欲求があるとするなら、それは、そのグロテスクなコスモスを創ったあとそれを破壊するためのより大きなもっともらしい権利をうることが必要であると判断されるからだ。そしてひとたび破壊されたそのときにのみ、クラックの小説はカオスの帝国の内部に現れ始める」、「クラックの小説が追い求めるものは、物語を成すことであり、その物語のクロノトポス――バフチンの言葉だが――は、ゼロである。無・場所と無・時間、あらゆる時間と場所であり、どの場所でもどの時間でもない」。

またカスタニェダは、「〔クラックの小説は〕実験するというリスクを冒している。（略）本質的な複合的なテーマ、それに呼応する統語的、語彙的、審美的な提案で、また、必然的な一つのポリフォニー、一つのバロック、そして一つの実験で、自己満足や言い訳のない厳しさで、小説というジャンルを極限まで探求する」と語る。こうして、各自が好きなように「クラック」なるものを、また、自分の文学観を吐露したあと、最後にボルピが、この宣言以前に出版されたクラックの四作品について論述し、その共通項を探る。

以上が「クラック宣言」をかいつまんだものだが、一つの統一した見解が述べられているわけでも、提言が明瞭になされているわけでもない。およそ宣言というには相応しくないが、この宣言全体からうかがえることは、ラテンアメリカ文学＝魔術的リアリズムというレッテルに対する憤り、小説を改革してきたブームの作家や革新的であった自国の作家・詩人たちに対する賞賛、それとは逆にポスト・ブームの作家の生ぬるい作品に対する拒否、またそうしたものを安易に売ってきた出版界とそれを受け入れてしまう読者に対する警鐘、そしてなにより、当然といえば当然なのだが、大きく変化している世界に対応する新たな文学を創造しようという意気込みだろう。

ともかくこの宣言はその後、大きく取り上げられて多くの批評家が云々するところとなったが、売名行為、若い作家グループの自己中心主義といって非難され、誤解されもした。ところがやがてボルピが『クリングゾールを探して』で、一九九九年に再開されたスペインのブレベ叢書賞を受賞して一躍欧米で時の人となると風向きが変わり、さらに二〇〇〇年にパディーリャが『アムピトリュオーン』で、やはりスペインのプリマベーラ賞を受賞すると、いっそう世界的な注目を集めることになる。

そして、クラックとマッコンドを後押しするかのように、二〇〇〇年にはエドムンド・パス＝ソルダン、アルベルト・フゲッ共編『スペイン語話します、ＵＳＡのラティーノの声』が、合衆国をも含め一八カ国（当時、現在一九カ国）に支店を持つアルファグアラ社から出版される。ソ連が崩壊し合衆国が唯一の強国として残ったため、グローバリゼーションとは他国の合衆国化、英語の国際共通語化をも意味することになったが、その合衆国では逆にラティーノ（ヒスパニック）が急増し、二九州で英語を公用語と規定しなければならないほどスペイン語に脅かされている。アメリカ合衆国とラテンアメリカという二つのアメリカは「合衆国を入れずにラテンアメリカを語ることはできない。そして、ラテンアメリカを考えずに合衆国を把握することはできない。むしろ、二つのラテンアメリカと言うべきか」という状況にある。これまで合衆国の作家たちやハリウッドがラテンアメリカを舞台にして多くの小説や映画を生み出し、ラテンアメリカのステレオタイプを創りあげてきた。そこで編者たちはその「逆の旅。逆方向。裏返し。コメディやドラマ、冒険やスリラーのまわりで、合衆国――驚異的な、エキゾティックな、エキセントリックな、豊かな、そして、とりわけ、危険な場所――の深みで行方不明になった・捕らえられた・誘惑されたラテンアメリカ人を探すこと。そして、旅の終わりに、ステレオタイプ以上の真実があることを願」い、「USAにおけるラテンアメリカ人の経験の多様性を語る」ために、合衆国をめぐる、ただしスペイン語（スパングリッシュを使用したもの、原著が英語のものを含む）で書かれた選集を構想する。そして、生年が一九六〇年を境とする作家たち、合衆国を含め一五カ国（プエルトリコは国ではないが）三六人の作品が選ばれ、その旅は「完全にスペイン語が話されている」マイアミをスタートとして、かつてのパリに代って「ラテンアメリカ人の欲望と失望の新たな大都市」と化したニューヨークで締めくくられることになった。ここには、パス＝ソルダン、フゲッ、ボルピ、パディージャはむろん、マリオ・ベジャティン（メキシコ、一九六〇〜）、マイラ・サントス＝フェブレス（プエルト・リコ、一九六六〜）、すでに邦訳のあるフノ・ディアス（ジュノ・ディアズ、ドミニカ、一九六七〜）、ロドリーゴ・レイ＝ローサ（グアテマラ、一九五八〜）らの短篇が含まれている。

マッコンド、クラックに名を連ねる作家たちが話題作を提供し始め、ほぼその名をスペイン語圏に刻んだころ、二〇〇三年六月末に、スペインの出版社セイス・バラル社がセビーリャで第一回「ラテンアメリカ作家の出会い」という集まりを主宰する。そこにはロベルト・ボラーニョ（チリ、一九五三〜二〇〇三）、フェルナンド・イワサキ（ペルー、一九六一〜）、ホルヘ・フランコ（コロンビア、一九六二〜）、ロドリーゴ・フレサン、マリオ・メンドーサ（コロンビア、一九六四〜）、クリスティーナ・リベラ＝ガルサ（メキシコ、一九六四〜）、サンティアゴ・ガンボア、イバン・タイス（ペルー、一九六八〜）、ゴンサロ・ガルセス（アルゼンチン、一九七四〜）、パス＝ソルダン、パディージャ、ボルピが参加し、自らの文学観や新しいラテンアメリカ文学について語ったが、この集いのほぼ三週間後の七月一五日にボラーニョが病死する。ボラーニョは、すでに五〇冊を超える作品を発表しいまも旺盛に書き続けている孤高のセサル・アイラ（アルゼンチン、一九四九〜。ディエゴ・レルマン監督『ある日、突然』の原作者と言えばなんとなく分かる人がいるかもしれない）と並んで、というよりは、前世紀はボルヘス、そして今世紀はボラーニョと言われるくらい大きな存在として、とりわけこの集まりに出た作家たちの多くに影響をもたらしてきたが、たとえいまなお遺稿が順次出版されてはいるものの、やはりその早すぎる死は惜しまれる。振り返ってみると、皮肉なことに、この二〇〇三年ほど、クラック、マッコンドの世代が作品を出版した年はない。フレサン『ケンジントン・ガーデン』、フゲッ『ぼくの人生の映画』、ガンボア『ボゴタの包囲』、パス＝ソルダン『チューリングの妄想』、パロウ『死を握りしめて』、パディージャ『砲の螺旋』、ボルピ『狂気の終わり』、ガルセス『未来』等々。

ところで、このときの講演・発表は翌一九九四年一月に『アメリカの言葉』として出版された。ボラーニョに捧げられた同書は、その集いで発表予定だったものの未完に終わって読まれなかったボラーニョの「セビーリャに殺される」で始まる。「新しいラテンアメリカ文学はどこから来るのか。答えはごく単純。恐怖から来るのです。どこかの事務所で働くとか、アウマーダ通りで安物を売るとかいった（ある意味、かなり納得のいく）ことに対するすさまじい恐怖から。立派な地位に対する欲望から。でもこれは恐怖を隠すだけです。（略）率直に言って、わたしたちは、一見すると、三〇代、四〇代、数人は五〇代の嘆かわしいグループを構成しています。それもみんなゴドーを待っている。この場合はノーベル賞、ルルフォ賞、アストゥリアス皇太子賞、ロムロ・ガジェゴス賞ですが」と作家の本音を鋭く指摘していき、「わたしたちの父親たち、推定上の父親とみなしたあの人たちの残してくれた宝は嘆かわしいものです。実際、わたしたちは小児性愛者の屋敷につかまっている子どもみたいなものです。あなたがたの誰かは、人殺しのなすがままになるよりは小児性愛者のなすがままになったほうがましと、言うかもしれません。そう、ましでしょう。でも、われわれの小児性愛者は人殺しでもあるのです」というところで突然終わるが、全体として、おそらくは長年の闘病生活の影響もあるのだろうが、かなりペシミスティク、シニカルなものとなっている。

また、新しい文学の動きを説明する適任者とみなされたイグナシオ・パディージャは「マッコンドとクラック、二つのグループの体験」と題した話をする。クラック宣言を出したときには魔術的リアリズムはすでに過去のものであり、「自分たちはその死を宣告し、墓碑銘を書き、死者のための祈りを捧げたにすぎません」として、クラックもマッコンドも必然的な自然な流れと見なし、直近の先輩作家たちの軽薄さを指摘しつつ、「明らかに、『マッコンド』に作品が収められている作家たちは、現実と取り組む方法を、自分の個人的な文学観や現在のラテンアメリカでの自分の経験、自分の世界観と最も合致した方法を提示しようとしました。同じように、クラック宣言は、ラテンアメリカの偉大な巨匠たちに戻るというだけでなく、自分たちを育ててくれた古典作家たちに、文学を、国々や亜大陸や植民地の専売ではなく、ほんとうに普遍的にしているものにもどる自由に固執したのです」。一方、同書にはボルピが二〇〇二年に書いた「ラテンアメリカ小説の終わり」という一文も収録されている。その中で、ボルピは、ラテンアメリカ文学の今後を検討し、「ブームの作家たちが実際にやってみせたように、ラテンアメリカの小説は、ラテンアメリカの作家それぞれが日々それを破壊し再建しようとすれば、活力のある豊かな伝統として持続するだろう」と結ぶ。その集いに同席した作家間の討議などが載せられていないのが残念だが、顔合わせ的なこの種の集まりではそもそもそうしたことはしないのかもしれない。

そして同年九月、『クラック、使用説明書』(二〇〇四)が出る。宣言後、グループにはアレハンドロ・エスティビル(一九六五〜)とビセンテ・エラスティ(一九六七〜)が加わったが、同書はクラックの意味、誕生の歴史、宣言以後の扱われ方等々をめぐる七人の共著である。ボルピはその中で、「クラックの文学的手続き法」を書き、法文をまねてクラックを説明している。まず「「クラックとは何か」という問いに対しては、望まれるアイロニーの程度に応じて様々な答え方がある。クラックとは何よりも文学の冗談、つまり、真面目な冗談であることに起因するからだ」と断ったあと、クラックという言葉の使われ方に触れ、クラックとは七人からなる文学グループであり、その七人が出版する本の総体であり、文学(とりわけラテンアメリカとメキシコの文学)理解の仕方と文学界での振舞い方であり、メンバーの野心であり……等々、一言では定義できないと記したうえで、そうではないものを列挙する。文学ゲリラ、出版社やエージェントが発明したもの、政党、閉鎖的排外的なグループ、一二世紀の異端カタリ派、多国籍出版社の支店、文学世界のマフィア、一つの世代等々。クラック Crack という名についても、当時はクラックがドラッグを指す言葉であることを知らなかったため除外できるが、それが、太っていたパディージャが壊した椅子の音だったのか、九四年のメキシコ財政破綻だったのか、それとも他のものであったのか特定できない。また、なによりもボルヘスとプルーストを愛することが、クラックのメンバーになる条件の一つだが、メンバーが勝手に名誉会員と考えているのはブームの作家たちをはじめ、セルヒオ・ピトール（メキシコ、一九三三〜）、ボラーニョ、リカルド・ピグリア（アルゼンチン、一九四一〜）、ハビエル・マリアス（スペイン、一九五一〜）、ムニョス＝モリーナ（スペイン、一九五六〜）らであり、リベラ＝ガルサ、ベジャティン、パス＝ソルダン、フゲッ、ガンボア、フレサン、イワサキらをもメンバーと見なしている。ボルピの綴った条文はいずれもユーモアにあふれ、確かに「真面目な冗談」である。一方、パロウは「クラック小事典」をまとめているが、そこからいくつか拾ってみると、「魔術的リアリズムラテンアメリカ文学の墓。ひどく不実な模倣者たちが書くもの。ガルシア＝マルケス以後、誰もいない。どこにも」「フォークナー　北アメリカの作家の中でもっともラテンアメリカ的な作家。単純化すれば、この広大な大陸で最大の小説家」「ボルヘス　文学の科学者、つまり極限の正確さ。真似のできない人、常に真似される人。白いページを前にしたぼくたちの厚かましさを正当化する鏡。ボルヘスを読み返すと、書くことを通しての幸福の探求もある。ボルヘスはビオイでもある。共犯的な友情が作品を生む証拠。『イシドロ・パロディ』『ブストク・ドメック』、だが『モレルの発明』『悪党列伝』もまた。倫理としてのボルヘス。美意識としてのボルヘス。人間の愚かさを前にした振る舞い方としてのアイロニー」。

以上が、この十数年のラテンアメリカ文学界の一つの大きな流れだが、別々に始まったクラック、マッコンドがいまや相乗りしている観がある。作家は自由に好きな場所に住み、作品の舞台はギリシア、ローマ、ヨーロッパ、合衆国、中国等々、世界に拡散し、ラテンアメリカ出身の人物が一人も出てこない場合もある。むろん、作者の出身地と小説の舞台が一致する必要はまったくない。想像する自由こそ、作家にとってはかけがえのないものである。だが、九〇年代にはラテンアメリカ文学＝魔術的リアリズムという図式がいまだ生き残っていた。その押しつけられた枠を、先入観をどうやって完全にとっぱらうか。クラックとマッコンドはその困難な作業に取り組み、一〇年あまりかかった。そして、その軛がなくなったいま、新たなラテンアメリカ文学はどう進んでいくのか。直近の先輩作家たちに異議を唱え、文学を刷新する意欲に燃えた彼ら、いわば志を同じくする作家たちの緩い共同体は、もしかしたら知らない間に同じ轍をふむことになるのかもしれない。だが、作家の言動がどうであれ、やはり、作品がすべてである。いい作品かそうでないか。

（『ユリイカ』二〇〇八年三月号）

主要参考文献

Alberto Fuguet, Sergio Gómez (ed.), *Cuentos con Walkman*, Planeta, 1993.
Alberto Fuguet, Sergio Gómez (ed.), *McOndo*, 1996.
Edmundo Paz Soldán, Alberto Fuguet (ed.), *Se habla español*, Alfaguara, 2000.
VV.AA., *Palabra de América*, Seix Barral, 2004.
VV.AA. *Crack. Instrucciones de uso*, Mondadori, 2004.

第II部

現代ラテンアメリカ文学併走

第Ⅱ部所収のテキストは、『ユリイカ』（青土社）に「ラテンアメリカ文学の現在」（一九九〇年一月号～九〇年一一月号）および「ワールド・カルチュア・マップ」（一九九一年五月号～二〇〇三年一一月号）として掲載されたものをまとめました。各テキストの末尾に、『ユリイカ』掲載号の発行年月を記載しています。ただし例外として「ブエノスアイレスの創造」は『現代詩手帖』（思潮社、一九九四年一一月号）に、「アギラル＝カミンとマストレッタ」は『季刊 iichiko』No.46（日本ベリエールアートセンター、一九九八年一月号）に掲載されたものです。また「バルガス＝リョサの受賞と『ケルトの夢』」および「死後の名声――ボラーニョ現象」は、今回新たに書き下ろされたテキストです。

影の傑作

八九年度のサントリー・ミステリー大賞はベゴーニャ・ロペス『死がお待ちかね』が受賞した。受賞理由は巧みな人物描写、キューバの風土色、ユーモアといったところ。共産圏のミステリーということでも話題になった作品だが、キューバはけっこうミステリーが読まれる国であり、推理文学賞のコンクールもある。たとえば七五年にこの賞を受賞したアルベルト・モリーナ（一九四九〜）のスパイ小説『沈黙色の男たち』はロシア、チェコ、ポルトガル、ドイツ語等に翻訳されて広範な読者を獲得している。従って、なぜわざわざロペスが日本に原稿を送ったのか、それが一番のミステリーと思われるが、作者が故人となったいま、この謎は解けないものとなった。

ロペスに限らず、ユーモアと言えばラテンアメリカの推理小説には不可欠のものであるらしい。メキシコのラファエル・ベルナル（一九一五〜七二）が最初に書いた『墓の中の死者』（一九四六）はメキシコ人の陽気さを示す好例。オアハカのピラミッドの墓が初公開される日、州知事、国会議員をはじめとするお歴々の前で墓の石が数人がかりで開けられるが、中にあったのは胸に石のナイフを刺し、手には黄金の装飾品を握りしめている次期州知事候補の死体。ピラミッドに詳しい考古学者が警察に協力して犯人探しを開始するが、やがて死者の兄である地方の顔役が登場して関係者をホテルの一室に集め、犯人が名乗りでなければ一人ずつ殺すとすごんでからは、まるで吉本のドタバタ喜劇。ところが、『モンゴルの陰謀』（六九）になると、馬鹿笑いは消え、笑いには苦みが加わる。この作品は一人の作家がこれほど作風を変えられるものかと感心させられるほどのハードボイルド。ダラスでのケネディ暗殺後、まもなくメキシコを訪問するアメリカ大統領を狙って毛沢東のスナイパーが放たれたという情報が外モンゴルから入ったという話がメキシコのソヴィエト大使館筋からもたらされる。その陰謀を明るみにし、密かにメキシコに入国したスナイパーを割り出すよう老スナイパー、ガルシアは警察の上層部から依頼されてKGBやFBIの部員と連絡をとりながらメキシコ市の中華街を調べ始めるが……。しっかりとした人物描写に加えて、二転三転し、息もつがせずに読ませるこの作品はいわゆるブームの作家の作品と較べても遜色ない。面白さという点では群を抜く。

このベルナル亡きいま、メキシコの推理小説界をリードするのはパコ・イグナシオ・タイボ二世（一九四九〜）と言える。「メキシコにハメットとチャンドラーの後継者がいるのは驚きだ」とはドイツの批評家のタイボ評だが、かつて国際推理作家協会の副会長を務めたこともあるタイボの創りだした探偵は欧米の著名な探偵たちとは一味違う。シリーズ化している探偵はエクトル・ベラスコアラン・シェイン。最初に登場するのが「この人生では／死ぬのはたやすいこと。／生きることは／はるかに難しい」というマヤコフスキーの言葉からとった『たやすいこと』（七七）。ベラスコアランはスペイン内乱後メキシコに渡ったバスク人の父親とアイルランド人の母親の間に生まれたメキシコ人で、離婚した妹と弟がいる。三一歳で離婚経験はあるが子供はいず、現在の恋人は遙かヨーロッパに滞在中。かつてアメリカの大学で修士号を取り、メキシコの大会社で高給取りのエンジニアとして働くが、ある日映画を観ての帰りにそれまでの過去と訣別し、今の職に就く。探偵小説ファンで中華料理が好み。所持拳銃は三八口径。探偵事務所は一つのオフィスを鉛管工、室内装飾業者、下水修理業者の三人と共同で借りている。その三人の名前がいっしょに掛かっている事務所の案内板を毎朝見ては、映画に登場する探偵の中に、事務所を共用している探偵なんかいるのだろうかとぼやく。

そんなベラスコアランのところへあるとき申し合わせたように三つの依頼が一度に舞い込む。その三つとは①暗殺されたはずの革命指導者サパータの生死の確認。つまり、サパータは暗殺者の手を逃れて二六年に若いサンディーノと知り合い、ニカラグア解放めざしてアメリカ軍と戦うが、サンディーノの死とともに帰国し、ルベン・ハラミージョの農民反乱に加担するもののハラミージョ暗殺後はどこかの洞窟に隠れ住んでいるという噂の究明。②肉体を売りものにして有名になった女優の一八歳になる娘がたびたび事故にあうのが不審であり誰かに狙われているのではないか、その真相解明。③とある大会社の工場内で技師を殺した犯人の割り出し。こうした依頼は警察にしてもよさそうなものだがそこはメキシコ。コリン・ウィルソンの『現代殺人百科』にも所収されている売春宿での惨殺事件をもとに『殺された女たち』（七七）を書いたホルヘ・イバルグエンゴイティアは「メキシコではどんな犯罪者と較べたって警官のほうがよほど質が悪い」と、ある短篇の中で主人公に言わせているように、残念ながら警察があまり信用されていないぶん、私立探偵の活躍する場が存在することになる。

「メキシコで探偵であること、それは一つの冗談だ」と思い、〈私立〉探偵という言葉の響きが嫌いなベラスコアランは〈自立〉探偵と名乗って聞き込みを開始するが、娘は白昼、在校中に誘拐され、工場では発砲騒ぎが起きててんてこまい。娘は下水修理業者や深夜放送のＤＪの助けをかりて無事救い出すのだが、やがて何者かに後をつけられはじめる。ゆっくり休むまもない仕事の他にも、両親の遺産をめぐって妹や弟とも相談せねばならず、国外にいる恋人からは何通も手紙が届いて彼女のことも考えねばならず……まさしくタフでなければつとまらない。言葉少ないベラスコアランだが愛飲するコーラが高くなったと言っては嘆き、事務所の共同利用者の馬鹿話には相槌をうち、いかにもメキシコ人らしいユーモア感覚を具えている。だが、車が使えずバスに乗るときにはドス・パソスの『マンハッタン・トランスファー』を買って車中で読んだりもする。「どんな都会にもその都会にふさわしい探偵がいる」と思うベラスコアランの目を通して、タイボはメキシコ人の等身大の姿を、そして、当時すでに人口一二〇〇万になっていたメキシコ市のありようを見事に描き、『たやすいこと』は都市小説として読んでも一つの傑作に仕上っている。

タイボは多彩な才能の持ち主であり、労働者たちの姿を描いた最新短篇集『本物の蜘蛛の帰還』（八九）他のシリアスな作品、メキシコのコミュニズムの歴史を綴って国立芸術院歴史賞を受賞した『ヴォルシェビキ』（八六）やチェ・ゲバラのサンタ・クララの戦いを再構成した『チェの戦い』（八八）等、歴史家としての作品も発表するかたわら、ジャーナリストとしても幅広い活躍を続けている。

（一九九〇年一月号）

書かない理由

エルネスト・サバト『文字と血の間で』

フアン・ルルフォ（一九一八〜八六）は『燃える平原』（五三）、『ペドロ・パラモ』（五五）の二冊しか残さなかった。だが、ルルフォの作品に対する評論・研究書はいったい何冊になるのだろう。来年、八〇歳になるエルネスト・サバトについても似たようなことが言える。

カステルが嫉妬のあまりマリアを刺殺する事件をとおして現代人の意志疎通の難しさ、孤独を描いた『トンネル』（四八）、盲人に対して強迫観念を抱くフェルナンドの不可解な行動、その娘アレハンドラとマルティンの奇妙な恋、そして、小説について、母国について探求するあまり一作も書けずにいるブルーノ等、個性的な人物を配してアルゼンチンの全体を描こうとした『英雄たちと墓』（六一）、前二作の登場人物ばかりかサバト自ら一人物となって登場してサバトの総体を語る一方で、二日の間に〈虚無の上に建設された混沌の都市〉ブエノスアイレスで起きた出来事とそれに至る過程を描きつつ、この世界の本質をつきとめようとする『破壊者アバドン』（七四）。いままでに発表した僅かこの三作でサバトはセルバンテス賞をはじめ、数々の国際的な文学賞を受賞し、何度かノーベル文学賞の候補にもあげられている。だが、そのノーベル賞に対しては、「その賞はトーマス・マンやフォークナーといった偉大な作家たちに与えられた。また、ジョイスやプルーストといった偉大な作家たちには授与されなかった。だから、受賞しなくても、それほど悲しまなくてもいい。逆に、〔受賞しても〕それほど有頂天になる必要もない」と淡々としたもの。

「賞のために書いてきたのではない」三作の発表がくしくも一三年ごとであるため、この何年かのあいだ、もう新作が出る頃と心待ちにしていたが、サバトはもう小説は書かない気らしい。その理由を『文字と血の間』（八九）で語っている。この対談集は八七年七月にカルロス・カタニアとの間でなされた一一回の対談をまとめたもの。二〇年来の知己であるカタニアと、自らの人生観、強迫観念、自作を含めた文学や音楽、哲学、教育、独裁等々について語るが、いままでに発表したエッセイ集や対談集での発言と根本的な違いはない。『英雄たちと墓』の中で、サバトのスポークスマンともいうべきブルーノは「確かなことは彼の散文は今日スペイン語で書かれたものの中で最も際立っているということ。しかし、偉大な作家であるためにはあまりにも言葉に凝りすぎる。たとえばだよ、主人公の一人が生きるか死ぬかという場面でトルストイがどの副詞を使えば読者は幻惑するかなどと考えたと思うかね？」と語ってボルヘスを批判するが、サバトは別の意味で推敲を重ねた作家である。推敲のあげく破棄してしまうような。

——どうして、作品の大半を燃やしてしまったんですか？

——いつもわたしには少々、放火魔的なところがあってね。（頬笑む）どうして、すべてを発表しないといけないんです？　人が何かを書く、時の流れに耐えうるような本を一冊だけは書くという運に恵まれるなら、それは素晴らしいことです。

『アバドン』の中で、ブルーノは故郷の墓地で「エルネスト・サバト　彼はこの地に埋葬されることを望んだ。その墓に〈平和〉というただ一語だけを記して」という墓碑銘を見つける。

——『アバドン』の中で、あなたは自らの遺体を見せ、自ら墓碑銘を記しています。それは虫の知らせみたいなものだった。数年後には目が悪くなって、いまは読むことも書くこともできないのだから。

——そう、手紙を口述したり、それをタイプで打ったりすることはできます。でもそれ以上は……。わたしの目は千枚もの原稿を書くことになりそうな作品を書かせてはくれません。一方、発表した僅か三冊のフィクションで、わたしは言うべきことをすべて言ったと思います。なんのために繰り返さなくちゃならないんでしょう？　それに、本の量が大事ということであれば、アガサ・クリスティはシェイクスピアよりも重要だということになります。わたしには自分の作品が重要性を持つものかどうかは分かりません。しかし、二つに一つです。つまり、わたしの作品がよいものであれば、わたしの実存的な大きな疑問をそれらの作品はすっかり表現しています（その場合、他に作品を書く意味はありません。書けば紙幣を発行するようなものとなりますから）。また、悪いものであるなら、その場合、どうして不備や欠陥をこれ以上増やさないといけないんでしょう？

文学に関する断章からなる『作家とその影』（六三）は「神は小説を書かない」で終わる。それでは人間はなぜ小説を書くのか、それがサバトの小説のモチーフの一つになっている。「芸術作品はおそらく無謀な試みではないのか、一枚の絵、一冊の本という限界の中に果てしない現実を描きだすという」「たった一つの心を掘り下げていけば、〈真実〉に到達するのではないか？　結局はその一つの心がすべての人間の心と同じものになるのではないか」「二人だけで十分なのだ。もしくは二人か三人、それとも四人かで。彼らの心を深く掘り下げていけば」そう語るブルーノは結局、小説が書けないままになる。ブルーノ同様、サバトもも う書かない、すべてを書いたというのであれば、「小説についての小説、小説を二乗したような小説を作ろうとしたのです。フィクションであると同時にフィクションに対する問いかけでもあるようなもの、小説というジャンルの方法そのもの、その可能性と限界を究明する方法を描きたかった」という、読者にとっても実作者にとっても興味尽きない『アバドン』の邦訳がいっそう待たれる。読後、なんの後味も残さないような軽い外国文学の翻訳が流行っている昨今、本を読んだと実感させてくれるような作品は貴重である。ただ、英・独・仏語に通じ、辞書の翻訳に苦言を呈するほどのサバトであり、翻訳者に対しても一家言持っている。「感受性」に加えて、

――なによりも二つの言語を完全に知っていること。次に、作家とその本を愛すること。そして、原作を〈良くしよう〉とはしないこと。ちょうど、いいショパン演奏家であればショパンをショパンよりも〈ロマンチック〉にしてはならないのと同じように。

（一九九〇年四月号）

理性が眠らなければ魔物が生まれる

フエンテス『コンスタンシア』

現在、プロ野球パ・リーグは日曜日の先発投手を予告することになっている。球団側とすればファン・サービスのつもりだろうが、ファンであれば誰が投げても見にいく。いちばん辛いのは現場をあずかる監督じゃないだろうか。その後の試合のローテーションまで相手に教えるようなものだから。似たようなことをしたのがカルロス・フエンテス。

フエンテスは『老いぼれグリンゴ』（一九八五）の扉に《カルロス・フエンテスの物語作品》と銘打った著作リストを初めて載せた。短篇集、中篇、長篇、全部で二二の小説作品が一二のグループに分けて挙がっていたが、その中に未発表作品名が当時、八つ。年齢を考えてのリストなのかと疑いもしたが、大部な『胎内のクリストバル』（八七）ではあいかわらずの創作意欲を見せつけられ、そして、最新作の『コンスタンシア』では、これでは残り六作を書きあげられるのだろうかと、逆に、妙な心配を抱かされることになった。というのも、リストでは『仮面の日々』（五四）、『盲人の歌』（六四）、『焼けた水』（八一）という三つの短篇集とともに〈仮面の日々〉と名づけたグループに入っていたため、これも短篇集と予測していたからだ。本文だけで三二〇ページあまり、五篇から成るこの小説集に収められた作品は短いものでも中篇で通っている『アウラ』（六二）より長い。また、リストでは単に『コンスタンシア』だったのが、実際には、『コンスタンシア、その他、聖母たちのための小説集』と補足され、全篇の物語の背景に様々な土地の聖母＝処女をうまく利用した作品に仕上がっている。

表題作「コンスタンシア」は一種のモダン・ホラー。しようと思えばスティーブン・キング風に終わることもできたはずだが、そうしないところがフエンテスらしい。主人公ハルは第二次大戦でイタリアで戦ったことのあるアメリカ人外科医、アトランタで仕事をしているが住まいはサバナで六九歳。妻のコンスタンシアは彼がセビーリャで学んでいた頃に知り合ったスペイン人で六一歳。二人が結婚して四〇年たったある日、会えば挨拶をするくらいの付き合いしかない隣人、プロトニコフという年老いたロシア人の俳優が訪ねてきて、「あなたが私を訪ねてこられるのは、あなたが死ぬ日だけです。ちょうど、今日、私が訪ねてきたように。それが私の条件です。覚えておいてください。私たちの健康はそれにかかっているのです」と謎めいた言葉を残して帰っていく。夕方、プロトニコフの家のすべての明かりが一瞬、点滅する。それが合図とでもいうかのようにコンスタンシアは仮死状態に陥る。ハルはアトランタの病院での手術をすべてキャンセルして妻を見守る。二週間たって彼女はようやくハルの存在が分かるほどになるがベッドからは離れられない。一方、プロトニコフの家の前には新聞が散らばり、牛乳壜がたまっていく。ハルは不審に思い、彼の家に行くが、鍵はかかっていない。中に入ってみると、プロトニコフの前で幼児を抱いた少女時代のコンスタンシアの写真が飾られている。羽音を耳にし、寝室に入ると、むきだしの地面。その中央には柩が置かれている。蓋を開けてみると、プロトニコフが一歳半くらいの子供を抱いて横たわっている。あわてて家に帰るが、妻の姿はなく、それきりコンスタンシアは帰ってこない。ハルはプロトニコフの柩に妻が入っているのではと疑うが、確認に行くほどの度胸はない。だが、謎を謎のまま放っておけないのがアメリカ人気質。コンスタンシアの謎の原点ともいうべきセビーリャを訪ね、役所に行き結婚届を閲覧するが、彼女の名は消えている……。「コンスタンシア」にはオクタビオ・パスが完璧な作品と評価した『アウラ』ほどの簡潔さ、美しさ、凄味はない。そうしたものを犠牲にしてまでフエンテスが語りかけているのは何か。それは幸せな未来を希求する人間の業、生への執着、そんなもののような気がする。

コンスタンシアがゴヤの画集に載っている一枚の絵に見入っているとき、ハルは「理性が眠らなければ魔物が生まれる」と茶化すが、彼女が見ていたのは《カプリチョス》シリーズの中で最も有名な四三番の版画〈理性が眠れば魔物が生まれる〉。この《カプリチョス》や《闘牛技》をはじめ、完全に耳が聞こえなくなってから描いたゴヤの作品群に触発されてフエンテスが書いたと思われるのが「我が名は永久に」。ゴヤの《闘牛技》シリーズの中に、椅子に坐ったまま牛とやりあう無鉄砲な闘牛士を描いた版画があるが、その闘牛士と同じように、ルベンはこれまでの闘牛の慣例を破った大胆な闘いぶりを一度見せたきり、観客の前から姿を消す。そして一六年後、四〇歳間近の彼はある日曜の夜、妻の愚痴にうんざりしてマドリッドの街に飛び出すが、女に声を掛けられ、女の部屋で一夜を過ごす。だが、目覚めたとき、女は売春婦ではなく、ルベンと知っていて誘ったと言う。そのとたん、クロージットから大男が飛び出し、ベッドや女の顔に糞や泥を塗りたくる。おまけに、その男には首がない……。ここから物語は二つに分かれ、交差しながら進んでいく。一つはその首なし男、実はゴヤ（一八二六年、八二歳のときボルドーで死亡。九九年に遺体をスペインに移すために柩を開けてみると首がなかったという）が語る当時のマドリッド市民を熱狂させた著名な闘牛士と喜劇女優、そして、ゴヤ自身との関わり。もう一つが、孤児院で育ったルベンの過去と彼の故郷の現在。やがて、この二つの物語は、自分の首を探しつづけるゴヤの見守る中、ルベンが一六年ぶりに闘牛場に立つところでふたたび一つになるが……。闘牛士と牛の関わりの中で生と死、そして芸術とは何かを語る好篇。

その他の三篇にもどこか不気味さが漂う。マネキンに恋した男たちの奇妙な生活「不運な女」、双子の若い建築家が非現代的な世界に足を踏み入れる「分別ある人々」そして、ある准将の秘密を知りその臨終の際に遺産を脅しとった男が殺人事件に巻きこまれる「ラス・ローマスの囚人」（この作品には『盲人の歌』『焼けた水』に収められた短篇の人物の名が再び登場する）。

フエンテスの新作を手にする楽しみの一つは小説の新たな書き方を教えられることだが、今回はそれほど目新しさはない。だが、フエンテスのストーリー・テラーとしての才はこれくらいの長さの作品にその真価を発揮する。

（一九九〇年六月号）

そして、船は行く

――ムーティス『不定期貨物船の最後の寄港』

零下四〇度、一一月のヘルシンキから車で二〇分。半島の先端に立ち、霧の晴れる僅かな時間、遙か彼方を眺めると「白い建物、血の色をした花崗岩の埠頭、燦然と輝く教会のドーム、運河にかかるイタリア風の魅力的な橋」が見える。その〈ロシアの窓〉、サンクト・ペテルブルグの港に、鏡のような海を割いて、船が入っていく。船尾にはホンジュラスの旗。船の名は消えかかり、〈……シオン〉だけしか読めない。まわりの美しい風景とは不釣り合いなそのオンボロ貨物船に詩人はなぜか親しみを覚える。それから二年後のコスタリカ。プンタ・アレーナスからクルージングをし、ニコヤ湾入口の小さな島で昼食をとる。帰路、太陽とワインのせいでまどろんでいると、大きなエンジン音。見上げれば、ヘルシンキで見た貨物船。そして、数ヵ月後、パナマから飛びたったプエルトリコ行の飛行機はエンジン・トラブルでジャマイカのキングストンに緊急避難を余儀なくされる。着陸許可を待っての旋回中、荷上げ作業をしている例の貨物船を目撃する。その地で一夜を過ごさねばならなくなった詩人は船を見に港に行くが、船は静かに岸壁を離れていく。それから何年たつのか、今から十数年前のこと、詩人がオリノコ川河口のデルタからトリニダードに戻るとき、必死に川を遡っていく貨物船に遭遇する。

ヘルシンキ以来、その船、特定の航路を持たず仕事があればどこへでも行く不定期貨物船《トリャンプ・スティーマー》は詩人のオブセッションとなり、眠りの中にも、まるで幽霊船のように、姿を現す。どんな人々が乗り込んでいるのか。何を運んでいるのか。だが、運んでいるのは資材ばかりではない。

オリノコ河口への旅ののち、詩人は自国、コロンビアを流れるマグダレーナ川をバランキージャに向けて下ることになるが、そのとき乗ったタグボートの船長と親しくなるうち、意外な事実を知らされる。そのバスク人船長があの貨物船の指揮をとっていたのだという。船長は詩人を船の、そして、自分の人生の目撃者と思い、それまで誰にも話したことのない貨物船の過去と、その最期を語り始める。

　船長はアントワープでレバノン人の富豪に雇われる。雇用の条件は二四歳の末の妹、ワルダの持ち船に乗ってほしい、報酬は利益の半分。船長はアドリア海のポーラでデッキ入りしている船を見に出かけ、ワルダと会うが、彼女は犯罪になるようなものは運ばない、時々、会いたいから連絡するようにと注文をつける。船の名は詩人の推測どおり〈アルシオン〉号、つまり、ギリシア神話に登場するアルキュオーン、あるいは、カワセミ等、さすらう鳥の総称。三〇年以上、大掛かりな補修はしていない僅か六〇〇〇トンの貨物船はこうして五〇歳の船長を迎えて動き始める。ハンブルグからグディニア、リガ、キール、マルセイユへ。荷下ろし中に、ワルダが来て食事に誘う。親しく話しているうち船長は自分が彼女に恋したことを知る。マルセイユ、ダカール、アゾーレス、リスボン。訪ねてきたワルダと町中にでかけバーで飲むが、傍にいたいとワルダに言われる。歳も習慣も違うと口籠もるものの、とあるホテルで関係を持つことになる。リスボンからヘルシンキへ。その町の雰囲気に耐えられなくなったワルダは停泊中は船に泊まりこむと言う。そして、ヘルシンキからル・アーヴル、マディラ、ベラクルス、バンクーバーと船が港に着くたび同じような出会いと暮らしが繰り返される。だが、プンタ・アレーナスで出迎えたのはワルダではなく兄のアブドゥル。アブドゥルは船長に、二人の関係が続くのは船が動きつづけるあいだだけ、ワルダはやがて国に帰ってヨーロッパのことを忘れ、家族一純粋なイスラム教徒になるのだと言う。カリブ海をあちこちしてキングストンに入港するころにはワルダの望郷の思いは募り、船の状態も悪化。ついにワルダはブラジルのレシフェで連絡すると言い残してキングストンの飛行場からベイルートに向けて飛びたつ。別れの時を引き延ばすためには船を長持ちさせねばならない。船長は船をニューオーリンズのデッキに入れる。だが、船はベネズエラのラ・グアイラでは荷の半分しか引き受けられないほど。それでもオリノコ川を遡る。雨期で川は土砂と植物を押し流し、川底を浅くしている。船は座礁し、「濁流に揺さぶられ、眼の前で、粉々になって」

いく……。

北海、大西洋、太平洋、カリブ海……。鏡のような北の海を行く船のイメージは濁流の大河に呑みこまれて消える。現実と想像という二つの世界に船を行き来させて、詩人のオブセッション、そして、船長のラヴ・ロマンスという幻想を軽やかに描いたこの美しい中篇『不定期貨物船の最後の寄港』（一九八八）の作者はアルバロ・ムーティス。日本ではほとんど未紹介だが、スペイン語圏では代表的な詩人の一人。一九二三年、コロンビア生まれ。幼少年期はベルギーで過ごすが、帰国後、「エル・エスペクタドール」紙で文学活動を開始。五六年からメキシコに居住。八八年にはメキシコの詩人・劇作家の名を冠したハビエル・ビジャウルティア賞を受賞。

ムーティスと言えば、マクロールの名が浮かぶ。国籍不明の船乗り、〈檣楼員《しょうろう》〉マクロールの冒険を綴る『提督の雪』（八六）、『イローナは雨とやって来る』（八七）は『美しい死』（八八）で完結し、先頃、フランスのメディシス賞（最優秀外国小説賞）を受賞。マクロールはもともと彼の散文詩に登場する人物であり、ムーティス自身のオブセッションでもある。四八～七〇年に発表したすべての詩を『〈檣楼員《エル・ガビエーロ》〉マクロール大全』（七三）としてまとめていることからも、また、詩の制約を取り除き、もっとのびのびと活躍させてやるために小説化したところからも、それが分かる。『不定期貨物船の最期の寄港』は知らないまにマクロールが武器密輸に巻き込まれる『美しい死』の後に発表された作品だが、ここでもマクロールは脇役として登場して読者を喜ばせてくれる。

ムーティスは、わたしはあくまでも詩人であり、小説の技法は知らない、書いているのは小説ではなく、物語だと語る。だが、三部作にしろ、『不定期貨物船の最期の寄港』にしろ、あるいは、ゴシック・ストーリー『アラウカイマの館』（七八）を所収した短篇集にしろ、主人公たちの内面を執拗に書き込んでいるわけではないのに、個々の人物像が見事に浮かびあがってくる。これが詩人の、言葉に対する感覚の冴えというものだろうか。

（一九九〇年七月号）

七月のメキシコ
――マヌエル・プイグの死

六月末から、ほぼ一月、例年のごとく渡墨。おりよく、ワールド・カップの中継は正午から。四年前にはメキシコで開催されて凄まじい熱狂ぶりだったが、今回はメキシコが出場しなかったため、比較的静かに、それぞれ贔屓のチームの戦いぶりに一喜一憂。それでもブラジル対スウェーデン戦をバルで観戦中、ブラジルの攻撃の拙さを指摘されたファンが怒り、なじった相手の頭に四発ぶち込んで逃走、といった事件は起きる。ただ、審判コデサルの例の「疑惑のペナルティ」のほうが大事件らしく、これでメキシコ人はアルゼンチンに行けない、などと囁かれさえした。

あちこち本屋をのぞいてみると、平積みになっているのは最近、日本でもようやく取り沙汰されるようになったミラン・クンデラの本。クンデラはスペイン語圏ではすでに七〇年代から紹介やチェコ語からの翻訳が進み、この三月に出た一番新しい『不滅』は初版が三万部。もう一つ話題の本はウンベルト・エーコの『フーコーの振り子』。昨年翻訳が出てこの三月で五刷、総計三万九〇〇〇部。また、これに併せるように出た『「フーコーの振り子」辞典』はこの二月に改定版が出るほどの勢い。どこまで『薔薇の名前』に迫るか。

ラテンアメリカの作家のものでは、以前、紹介したフエンテス『コンスタンシア』のメキシコ・中南米版。売れ続けるフェルナンド・デル・パソの『帝国の情報』（一九八七）は舞台となった一九世紀半ばのメキシコや登場人物たちの肖像画・写真を挿入して値段も倍にしたハードカヴァー版が登場。初版七万部というガルシア＝マルケスの『迷宮の将軍』（八九）は三刷一万部を加える。七月号で紹介したアルバロ・ムーティスは四八〜七〇年に書いた詩を『〈檣楼員〉マクロール大全』（七三）にまとめていたが、七〇〜八八年の詩も同書に所収した増補版が出ている。そして、オクタビオ・パスの新たな評論・インタヴュー集『大いなる日々の細やかな記録』等々。

一方、この七月には著名作家の訃報が相次いだ。まず、三日に、アルゼンチンのフランソワーズ・サガンと呼ばれたシルビーナ・ブリッチ（一九一五〜）がジュネーブの病院で肺腺維腫。七四歳。

九日には、消化管溢血等に起因する心臓停止でメキシコ演劇界の大物、ルイス・G・バスルト（一九二一〜）。六九歳。三九作が上演され、代表作の一つ『人それぞれの人生』（五五）は現在までに上演回数が八〇〇〇回。

そして、二二日の午前四時に、マヌエル・プイグ。死因は二〇日に受けた胆嚢摘出手術後の合併症。この三月に来日、講演をしたり数多くのインタビューに応じたり、その後もしばらく様々な雑誌に彼の記事が掲載されたこともあって記憶もまだ生々しいが、わずか四ヵ月後、まだ五七歳という若さでまさしく唐突な死だった。死亡記事が出た日のメキシコ市発行の新聞をあれこれ買い込んで読んでみたが、一番印象的だったのが「ホルナーダ」紙。

第一面に顔写真をホノルルでの日食の写真の右斜め上に掲載。文化面にはメキシコの作家たちのコメントとともに『天使の恥部』の冒頭の数ページを転載。ライバル紙ともいうべき「ウノマスウノ」紙は文化欄一ページを使って『村人の顔／ティファーナの思い出』にプイグが載せた序文の抜粋を転載しただけ。ただ、さすがに翌日には作家たちのコメントを載せはしたが、「ホルナーダ」紙と同一作家たちのもので、メキシコでは他にプイグを評価する作家はいないのかと思わずにはいられなかった。プイグの作品のほとんどがスペインの出版社から出ているため、どの本屋をのぞいても彼の作品が全部揃っていることはない。プイグがメキシコでどう受けとめられているのか、その手掛かりになるとも思われるので以下、新聞紙上に載ったコメントを纏めてみる。

短篇の名手として名高いグアテマラ生まれのアウグスト・モンテローソ（一九二一〜）は「プイグの死はとても残念だ。以前、彼がメキシコにいたとき極めて親しく付き合ったこともあり、個人的な損失でもある。誰もが読んでいる彼の作品は極めて重要なものだった。というのも、最近のラテンアメリカ小説の中では他とは違う方向を示していたから。彼は新しいテーマで実験を続けて、大成功をおさめ、この二〇年間で際立った地位を占めることになった。『リタ・ヘイワースの背信』『赤い唇』『ブエノスアイレス事件』は議論の余地がないような美質と実験に対する意欲を具え、実際に新たな道を切り開いた」

映画評論家、作家として活躍しているホセ・デ・ラ・コリーナ（一九四〇〜）は「ぼくは彼をとても評価していた。悪趣味なもの、恋愛小説、プチブルやブルジョワの感傷癖といった（ひどく軽蔑される）世界の中に素晴らしい素材を発見した作家、そうした感情世界の一種の文化を取り戻した作家だと思う」

『横顔』（六六）でメキシコの新しい文学、いわゆる《オンダの世代（カウンターカルチャーを担う世代）》の旗手となり、今も、本を出せば必ず売れるほど人気の高いホセ・アグスティン（一九四四〜）は「プイグは現代文学の中でとても大きな存在だったと思う。『リタ・ヘイワースの背信』でのデヴューは本当に華々しいものだった。『赤い唇』『ブエノスアイレス事件』『蜘蛛女のキス』といった本は才能豊かな作家としての地位を不動のものにしたが、彼には物語に対する直観、そして、文学的密度・口語・高い娯楽性・社会批判・キッチュの素晴らしい使い方といったものを取り込むたいへんな知力を具えていた。『蜘蛛女のキス』以後の作品もぼくにはそれまでの作品同様、興味深いものだった。ただ、彼が口語を芸術に利用しているということで批評家と文壇の大半が彼を過少評価しているのが残念でならない。彼は偉大な作家だった」

読者の首根っこをつかんで自分の作品世界に引きずりこもうとする作家が多い中、一種独特の軽みで楽しく読ませてくれるような作家がまた一人いなくなったことになる。プイグを継ぐ者が出ることを願いながら、合掌。

（一九九〇年九月号）

グアダルーペを聞きながら
――クリスティーナ・パチェーコの世界

グアダルーペ・ピニェーダ。声量はあるし、高音はむろん、低音になっても伸びのある、それでいて、優しい声。急に音階が変化しても難なくこなす技量。そんな彼女のアルバム「メキシコを謳う」にはメキシコのいろいろな時代、いろいろな土地の歌が、スローからアップ・テンポのものまで、バラードから純然たるランチェーロ（歌謡）まで、吹き込まれている。耳を傾ければ、メキシコの男性の激しさが、そして女性の優しさ、芯の強さが、心にしみる。

だが、このアルバムで謳われるような雰囲気がいまのメキシコにあるのだろうか、とも考えさせられる。環境の変化は著しい。天気一つとっても、そう。かつて、雨期のメキシコを旅するときには傘はいらなかった。雨が降るのは夕方で、それも一時間ほど待ったら止んだものだった。それが、今では、朝から一日降りつづくこともあり、傘を持ち歩く人の数もめっきり増えた。「大気澄みわたる地」と呼ばれた首都は膨張をつづけて二〇〇〇万の巨大都市と化し、いまや「ブレードランナー」の都市並みの大気、というのは少し大袈裟だが、それでも、やはりベニート・ファアレス国際空港に降りたてば、その臭いに気づかない人はいない。この首都の大気汚染抑止に政府は様々な政策を立てた。その一つが乗用車の規制。月曜から金曜まで、それぞれ、黄・ピンク・赤・緑・青のシールを車に貼り、週一回、車の利用禁止日を設定。だが、被害を被っているのはやはり底辺層。裕福な家庭はもう一台、車を買えば済む。そこで目をつけられたのがNISSAN・TSURUⅡ。低燃費に排ガス規制もパス、がその理由らしい。かくして、風が吹けば、の譬えどおり、メキシコ市に日産車が増える。

環境は激変したが、それでは、人の情はどうだろう。それを教えてくれるのが、クリスティーナ・パチェーコ。パチェーコはこのメキシコ市に住む二〇〇〇万の人々の一人一人の姿を、その喜怒哀楽を、毎週日曜、「ホルナーダ」紙の最終面に丹念に描きつづけている。六三年にジャーナリズムに入り、ジャーナリストとして活躍し、八五年にはジャーナリズム賞を受賞したが、その一方で、「エル・ディア」、「ウノマスウノ」、そして、「ホルナーダ」と代表的な新聞に掌篇を寄稿し、それを『ここで生きるために』(八三)、『スープ・スパゲティ』(八五)、『屋上の住まい』(八六)、『被災地』(八六)、『ティグレの最後の夜』(八七)、そして、『夜の心』(八九、ただし、この本は初版印刷日が今年の一月になっている)と本にまとめている。最も新しい『夜の心』は三年半のあいだに書いた百八〇篇の中から三〇篇を集めたものという。すると、もう何百篇書いたことになるのか。

どの作品もまるで子供の視線の高さから書かれている。パチェーコ自身が六歳のとき、グアナフアトの農村から未来に夢を託して首都に出てきた両親とともに暮らすが、空腹を紛らすために祖母がいつもいろいろ楽しい話をしてくれたという。そんな経験が彼女の描く掌篇の中にもよく表れており、とりわけ、貧しい人々に対する眼差しは優しい。だが、例えば、八五年九月の大地震のときの模様を伝える『被災地』のように、矛先の定まらない怒りに満たされることもある。それでも、彼女の作品の主人公は底辺に住む、名もない人間たち。そうした人物たちがタブロイド版の一ページという狭さの中で、男と女、夫と妻、親と子、主人と使用人等々のドラマを展開する。

ミシンを踏んで暮らしを立てているテレサは雑音の入るラジオを叩きながら放送を聞いている。頭痛がして、五歳の娘リナに薬を買いに行かせる。そこに、リナができるとテレサを棄てた夫が帰ってきて、よりを戻そうと迫る。テレサは撥ねつけるが、肩を揉んでやる、と言って夫はテレサの背後に回り、愛撫をはじめる。やがて、夫はドアを締める。雷鳴が轟き、雨になる。リナが帰ってきて、開けて、とドアを叩きながら、その場にうずくまる……。「ティグレの帰還」

乾燥した土地にある寒村。男は村人たちのお情けで墓守りを仕事にしている。村人に食わせてもらい、石だらけの川原を通って仕事場に戻るとき、声を出すと木霊が返る。その木霊だけが話し相手。だが、ある日、墓石に〈マルセーラ・トルハーノ　一九一一〜一九四一　女優　私たち皆のために彼女は生きる〉と刻まれたあと、両親と五人の兄弟姉妹の名が連なっている碑文を見つける。それならなぜ誰も来ないのだろう。墓守りはマルセーラを慰めてやろうと、まるで身内のように墓に話しかけはじめるが、やがて、変装してもっと本物らしくしようと考え、村人の衣類を盗む。それが発覚し、気狂い扱いされる……。「石の川の木霊」

薄給の小学校教師、ダニエル。毎月のように金を貸してもらっている兄からは、教師をやめて自分の仕事を手伝えば収入は四倍になる、と言われる。金がすべてではないと分かっているダニエルだが、気持ちは揺らぐ。ある日、担任しているクラスの男の子がインディオの女の子のノートを振り回して冷やかしているところに出くわす。男の子からノートを取りあげ、中を見せてもらうと、その女の子が生まれて初めて書いたという文字が並んでいる。〈わたし、せんせいがだいすき〉と。「わたしの好きな先生」

大学教授が交通事故を目撃する。倒れた女性のもとに駆けより、救急車を呼ぼうとするが、ここは自分のシマではないから、とその売春婦に断られる。自分のシマでは客がいず、遠くまで足を伸ばしたが、パトロールの警官に見つかり所持品を検査された。金がなかったので警官は彼女のパンタロンのポケットに手を突っ込んで調べ、そのうえジッパーまで降ろそうとしたので駆けだし、事故に遭ったのだと言う。人に体を売るのが商売だが、権力を笠に着た男に体を触られるのには耐えられない。たくさんの辞書をそろえて研究を続けている教授は、そんな売春婦の行動から、〈威厳〉という言葉の本当の意味を教えられる。「夜の心」

こうしてまとめていくと、まるで星新一の作品の梗概を書くみたいな気分になってしまう。やはり、翻訳紹介されるのがいちばん。小さな説の原点になるような作品ばかりだが、集まって、壮大な都市小説を形作っている。

（一九九〇年一一月号）

遙か故郷を離れて

——レイナルド・アレナス『ハバナへの旅』

いわゆるブームを支えた作家で創作活動を続けているのはガルシア＝マルケス、フエンテス、ドノソ、バルガス＝リョサだけとなったいま、彼らの後に続くのは誰か、それがラテンアメリカ文学界の関心事なのだが、その最右翼と目されたレイナルド・アレナスが死んだ。昨年一二月七日のこと。ニューヨーク、マンハッタン四四丁目の自宅アパートで、エイズの進行を苦にし、鎮痛剤を大量に飲んで自殺。享年、四七。

筆者はアレナスの熱心な読者ではないが、アレナスの死を機に、彼が生前発表した最後の（?）作品を読んだ。実験的なところはほとんどない。物語に重点が置かれ、その物語は、常套的な言い方だが、来るべき死を暗示してさえいる。

作品は『ハバナへの旅』（一九九〇）。所収された三篇は制作年も違い、内容的にもまったく繋がりがないため、中篇集と言うべきもののはずだが、その三篇を三つの旅に見立てて「三つの旅からなる小説」と銘打っている。アレナスにとっていちばんの旅は八〇年にキューバのエル・マリエル港からアメリカを目指した旅だったはず。だが、その旅の果てに彼は何を見出したのだろう。

第一の旅は「エバよ、怒れ」（七一）。ダンスが上手く、奇抜な衣装で人前に出て、人々の注目を集め、熱い喝采を受けることに生き甲斐を感じているカップル。夫は革命の進展とともに消えていく輸入物の毛糸や糸をどこからか入手し、妻はそれを使って衣装をデザインし、仕上げる。一度袖をとおした服は着られないため、所持金や家財は衣装に化ける。

だが、ある日、自分たちに見惚れない人間がいるのではという強迫観念に取り憑かれる。

その人物を探すために、二人は二七個のトランクに衣装を詰めてキューバ全島を巡り歩きはじめる。やがて、これが最後と思われる村、ハイチが望見しうる灯台のある村にたどりつく。おりしもその村の祭りの日。二人は衣装の早変わりをして座を盛り上げるのだが、そこに、一人だけ二人に注目しない少年がいる。その少年の気を惹こうと二人は必死になるが……。革命後、しだいに制限されていった自由の寓話。

第二の旅は「モナ」(八六)。八〇年にエル・マリエルからアメリカに渡ったラモンは八六年一〇月、ニューヨークのメトロポリタン美術館で公開されたモナ・リザを破壊しようとして逮捕されるが、数日後、監房で変死。自殺に利用できる道具は見つからず、まるで自分で自分の首を絞めたかのよう。そんな記事が出て一週間後、ラモンのキューバ時代からの友人ダニエルは彼の手記をうけとり、その手記を真面目な雑誌か新聞が掲載してくれるよう働きかけるが相手にされず、マリエル誌に載せられないかとレイナルド・アレナスに訊く。すると、アレナスは「マリエルは同時代的な雑誌であり、そんな一九世紀的な話は載せられない」と断る。ダニエルは自費出版を決意するが、オンタリオ湖付近で謎の失踪。手記は九〇年にキューバ人二人が出版したものの、その二人は印刷したほぼすべての本を持って姿を消す。やがて、二〇二五年、初めてラモンの手記の全容が広く公表されることになる……というような幻想文学の常套的な煙幕を張って始まる手記は、モナ・リザの下にダ・ヴィンチの自画像が描かれているという事実を巧みに利用して書かれたゴシック小説(これはこの方面のマニアが読んでも唸りそうな代物)。

そして第三の旅は表題作「ハバナへの旅」(八七)。一九九四年一一月、雪に埋もれるニューヨーク九番街にある古いアパートの一室でイスマエルは妻からの手紙を読み、ハバナでの日々を思いだす。結婚し子供ができ、妻が子供を親類に見せるために一週間家を離れたとき、一人の若者と出会って関係を持ち、いままで体験したことのないような幸せな気分になる。だが、その若者はすぐ警官を連れて部屋に戻ってくる。未成年に性的関係を強要した容疑で彼は逮捕され、裁判にかけられるが、若者は暴行されたが強姦されたわけではない、と証言。結局、彼は三年間の服役となる。出所後、アメリカに渡って働く。キューバの秘密警察に逮捕される悪夢を何年も見つづけながらも反カストロの集会に出たりするが、やがて、そんな運動もむだと悟り、一切の政治活動から手をひく……。あれこれ思い返していくうちにイスマエルは帰国を決意。一五年間働いて貯めた二万ドルを全額引き出して、ハバナに向かう。しかし、一二月二三日、ハバナに着いたイスマエルが、五〇歳の彼が見た街に昔日の面影はなく、海を眺めて涙することになる。そんなとき一人の若者と知り合い、国を脱出する手助けをしてほしいと頼まれ……。

三つの旅（中篇）とも、それぞれに味わい深く、甲乙つけがたいが、エイズ感染後、死期が遠くないことを悟ったアレナスの心象風景がよく表れているのは、やはり、表題作。昨年七月、プイグは遺体となって故国に帰ったが、アレナスはそれすらできない。帰国への淡い期待をこめて舞台の時代を未来に設定して、望郷の思いをこう語る。

「故郷のそよ風を感じてみたかった……しばらくでいい、生涯もう一度だけでいい、あの通りを散歩してみたかった。若かったころ、自分が自分らしかったころ歩いた通りを……。自分の街の通りを散歩するだけではなく、街角に立って壁に、あの壁に触れ、電柱（バスを待っているとき、ときどきもたれたあの電柱）に触れ、あのアーケードを眺め、午後のそよ風が肺に入るのを感じ、夜が、熱帯特有のあの夜が肌を撫でるのを、自分と風景とのあいだには敵愾心はなく、逆に、境という境の消えた甘い官能的な共感があるのを感じ、自分の言葉、スペイン語ではなく、キューバ語の、いや、キューバ語ではなくまさしく、自分の故郷で話されている言葉の変わりようのないあのリズム、あの抑揚を耳にし、人目に立つことなく人々の間を歩きながら、人々のあの歩き方を、あの足の止め方を眺めてみたい……」

「モナ」の中で、アレナス自身は、「一九七〇年代に知られるようになった作家アレナスは八七年夏にエイズがもとで死亡、二〇二五年にはもう忘れられた存在になっている」と自嘲気味に綴っているが、果してそうだろうか。

（一九九一年五月号）

嗚々、ロ〜マンス
――フエンテス『戦い』

グレ、タチウオ、アイナメ、カレイ、メバル、ハマチ……季節が変わり水温が変わるたび、竿を換え仕掛けを換えて近所の魚を追っているまに未読の本は山をなす。昨年、本誌六月号で『コンスタンシア』を紹介してからほぼ一年半のあいだに、現代のバルザックを目指すフエンテスは長篇小説『戦い』、評論集『勇敢な新世界』（一九九〇）、戯曲『夜明けの儀式』（九一）を発表。このまま放っておけば収拾がつかなくなると怯え、ふたたびフエンテスの登板とあいなりましたが、今回は『戦い』だけ。おあとは別の機会に。

前にも触れましたが、フエンテスはこれまでに書いた、そして、これから先に書く作品のタイトルを〈カルロス・フエンテスの物語作品＝時代の齢〉としてリスト・アップしています。この際、そのリストを転載します。ただこれは小説作品に限ってのもの（なお、アルファベットのものは未発表、作品名の下の数字は発表年、★は邦訳のあるもの）

I　時代の悪
『アウラ』（六二）　★（目下、改訳中）
『誕生日』（六九）
『遠い家族』（八〇）☆（近刊）

II　『我らが大地』（創設の時代）（七五）

III　ロマンチックな時代
『戦い』（九〇）
La novia muerta
El baile del Centenario

IV　革命の時代
『老いぼれグリンゴ』（八五）★
Emiliano en Chinameca

V　『大気澄みわたる地』（五八）

VI　『アルテミオ・クルスの死』（六二）★

VII　Los años con Laura Díaz

VIII　二つの教育
『良心』（五九）
『聖域』（六七）★

IX　仮面の日々
『仮面の日々』（五四）★（目下、改訳中）
『盲人の歌』☆（二篇が未訳）
『焼けた水』☆（一篇のみ）
『コンスタンシア』（八九）

X　政治の時代
『ヒドラの頭』（七八）

El rey de México
XI『脱皮』（六七）★
XI『胎内のクリストバル』（八七）

　昔々、甲子園をフランチャイズにしている球団が優勝しようかというときには、あと一球！　なんてエールが銀傘を揺るがせたものですが、フエンテスはまだ六三歳にもかかわらず、残る球数は五。それでは、あと一球！　にあたる作品はいったい何になるのか。いままで一作も出していない〈ロマンチックな時代〉のトップに登場したのがこの『戦い』。

　時は一八一〇年五月二四日の夜、つまりは独立を目指す五月革命前夜のこと。所はいまだ人口わずか四万ほどのブエノスアイレス。ルソーにかぶれ、町のカフェでは啓蒙思想の熱弁をふるう我らが主人公、バルタサルはラ・プラタ副王領の高等行政司法院長官の妻オフェリアの寝所に忍びこむ。目的は夜這いではなく、黒人召使の赤子とオフェリアの赤子をすり替えて支配階級に〈正義〉を思いしらせること。見事、そのすり替えには成功するが、子供の揺籠のまわりに並べられた蠟燭をうっかり倒してしまう。それがもとで火事となり、黒人の赤子は焼死。そのショックからバルタサルはオフェリアの子を黒人召使に渡したあと、パンパで大牧場を営む父のところに戻る。一七歳のときに故郷を出て、いまや二四歳の放蕩息子が帰ってみれば、父は年老い、姉からは、父の後を継ぐか商人になるか決めろ、と迫られる。しかし、粗野な牧童たちの生活を見るにつけそんな気にはなれず、また、赤子をすり替える前にバルコニーから盗み見したオフェリアの美貌、その裸体の美しさが瞼に焼きついて離れない。そうしてパンパで過ごす数カ月のうちにブエノスアイレスの五月革命は指導者争いとなり、穏健派が実権を掌握。友人たちから革命の進行状況を知らされたりするうちに、愛するオフェリアに自分を印象づけるにはまず何かをしなければならない、独立の戦いに参加しようと決意する。しかし、運命の悪戯か、ブエノスアイレスの自治政府からアルト・ペルー（現在のボリビアあたり）の革命軍に中尉として参加せよ、との令状がまいこみ、彼の自由意思は義務と変わる。こうして彼は時代の波に呑みこまれてしまうが、支えは革命の〈正義〉を普及するという使命感とオフェリアへの愛。アルト・ペルーではスペイン語を理解できないインディオ相手に熱弁をふるったり、すべてが光ででぎているエル・ドラードに足を踏み入れたりしたあと、戦いで初めて人を刺殺。そのショックから戦場に背を向け帰郷すれば父は二日前に死亡。ふたたびオフェリアの後を追い、王党派が未だ支配するリマ、サンティアゴと移るが彼女の姿はどこにもなく、その身持ちの悪さを、人殺しまでしたという話を耳にする。愛する者に会えない淋しさからか他の女性に惹かれもするが、そんな誘惑を断ち切ってメンドーサに引き返し、サン・マルティン将軍の軍に参加。将軍は一七年二二日のチャカブコの戦いで王党派を撃破してチリ独立への基盤を築くが、バルタサルは旧友たちを亡くして独立の戦いへの情熱を失くし、オフェリアへの愛だけに生きる決意をして、また彼女の後を追う。行く先々で運命に弄ばれるが、それでも、一一年目にようやくメキシコでオフェリアに再会。しかし、声すらかけられない。

こうして飛行機もなければパン・アメリカン道路もない時代に、ブエノスアイレス→パンパ→アルト・ペルー各地→パンパ→リマ→サンティアゴ（チリ）→メンドーサ（アルゼンチン）→サンティアゴ→マラカイボ（ベネズエラ）→ベラクルス（メキシコ）→ブエノスアイレスと、アンデスを越え赤道を越え、大陸を東奔西走しながら、人妻に一一年のあいだプラトニックな愛を捧げつづけた醜男の一大ロマンスは、それでも一つのハッピーエンドを用意してお洒落に幕を閉じる。逃げる女に追う男（魚を追って世界を巡った開高健も真っ青の、バルタサルの執心ぶり）という一つのパターンをここまで大袈裟に展開できることに脱帽。ロマンスは激動の時代を背景に波瀾万丈、派手であるほど楽しい。嗚々、ロ〜マンス！

（一九九一年一二月号）

救われたアレオラ

ファン・ホセ・アレオラが九二年度ファン・ルルフォ文学賞を受賞。同賞はメキシコ政府機関・大企業がスポンサーとなって、全アメリカ大陸とイベリア半島にある国々で創作活動をしている作家を対象にしたものであり、賞金は一〇万ドル（額面でいくと世界第三番目とのこと）。各国の様々な文化機関から推薦された三〇人ほどの候補の中から、今年はホセ・ルイス・マルティネス、アントニオ・アラトーレ☆（メキシコ）、セイモア・メントン☆（アメリカ合衆国）、クロード・フェル（フランス）、ダリオ・プッチーニ☆（イタリア）、フリオ・オルテガ（ペルー）、サウル・ユルキエビッチ☆（アルゼンチン）、そして、ファン・グスターボ・コボ・ボルダ☆（コロンビア）に昨年の第一回目の受賞者ニカノール・パーラ（チリ）を加えた九人（☆は新審査委員）からなる審査団が検討。その全員一致の受賞理由は「彼の並外れた創造力、寓話を生みだす能力、スタイルの簡潔な美しさ、書き方に対する一つの不変の教訓となる卓越した言葉遣い、絶えず創始的な彼の作品にそなわる効力」を評価してとのこと。

アレオラとルルフォには共通点が多い。ともに一九一八年、メキシコのハリスコ州生まれ。同名。文学活動をグアダラハラ市で開始したこと。本を数冊出版したあと、小説を書かなくなったこと……。二人が時代も空間も共有した友人であったことを考慮すれば、受賞の知らせを耳にしたアレオラが「いまのわたしの経済状態はいままでで最悪のものです。なにしろ、主たる収入源をメキシコ市に置いてきたものですから。グアダラハラで貧しくも幸せに暮らしてはいますが」それでも、ようやく、「これでわたしの貧困も一息つけます。賞金はファンの遺産なんです」とルルフォに素直に感謝する気持ちは理解できる。

アレオラはこれまで賞に縁がなかったわけではない。五三年にハリスコ州文学賞、六三年に『フェリア』でビジャウルティア賞、七五年にはテレビでの活躍に〈黄金のアステカ〉ジャーナリズム賞、七九年にはメキシコ文学賞等を受賞。それでも、華々しさはそこまでで、何年か前に、かつてアレオラに卓球を教えたという日本人から、アレオラは故郷に帰って酒びたりだよ、とメキシコで聞かされたときには、このまま忘却の闇の中に消えていくのかと残念な気がしたが、この賞がそんな闇から彼をふたたび連れだしてくれた。

短篇作家アレオラはボルヘスとよく対照される。そのボルヘスは「わたしは自由意思というものを信じてはいないが、ファン・ホセ・アレオラを一言で要約しなければならないようなことになったら、〈自由〉という言葉をきっと使うだろう。明晰な知性に支配された、無限の想像力がそなえる自由」とアレオラを高く評価するが、その評価に誤りがないことは、かつて白水社から出た『現代ラテン・アメリカ短編選集』に所収されている唯一の邦訳『転轍手』からも理解しうる。線路のないところにはチョークで二本線を引いて全国に鉄道を普及させた国のとある駅に一人の男がT市に向かう汽車に乗りにくる。だが、引退した転轍手から汽車はいつ来るか分からない、T市に着かないかもしれない、その汽車に乗れないかもしれない等々と話を聞かされて唖然となる。やがて、遠くで汽笛が鳴り、男は転轍手にX市に行くと言って、その汽車を待つのだが……。カフカ的な雰囲気をそなえた、この人生の寓話はアレオラの短篇の代表作の一つでもあるのだが、他のいずれの短篇も、五〇年代にメキシコ文学の新たな方向づけをした短篇の名手たち、ルルフォやホセ・レブエルタスの短篇と比べても、いっそう少ない言葉で最大限の効果をあげるよう「経済的」に書かれている。それがまたアレオラの作品の特徴でもある。

「わたしは取るに足らない男です。文学と呼ばれるものがあるとまだ信じている最後の人間の一人なんです。三五年前からわたしは本と無関係になっていますす。繰り返しますが、わたしは取るに足らない男なんです。ファンがそうだったように」と謙遜するアレオラだが、彼のメキシコ文学界に与えた影響は絶大である（ちょうどファン・ルルフォがそうだったように）。前年度受賞したパーラはメキシコ市の主だった本屋にはその詩集が皆無であり忘れられた存在とも言えたが、アレオラの作品はいまも古びれてはいない。なぜなら、『様々な虚構』（一九四九、増補五九）、『共謀』（五二、六二年に増補され『全・共謀』）、『回文』（七二）等の短篇集をはじめ、断章を積み重ねて故郷の村（サポトラン、現在のグスマン市）の生活を描いた唯一の長篇『フェリア』（六三）は作家を志す若者の必読書となり、一般読者からは古典としての根強い支持を得て、どれも版を重ねつづけているからだ。

アレオラはまた、古くは五〇年代後半に監修したロス・プレセンテス叢書にフエンテスやコルタサルを登場させたり、様々な文芸誌を創刊したり、自ら書かなくなってからは、文学サロンを主宰して後進の指導にあたったりして、メキシコの数多くの作家にとっての恩師（人）とも言うべき存在になっている。しかし、だからこそいっそう、「ずいぶん前に、話すという仕事のために、とりわけテレビでの仕事のために、ペンを置いてしまった一人の作家、ふたたび書いてほしいと私たちが願っている作家を救いだすため」にこの賞が役立ってほしいと述べるホセ・ルイス・マルティネスではないが、『ペドロ・パラモ』以後沈黙したまま他界した友人ルルフォの例にならうことなく、新たな世界をふたたび読者の前に提示してほしいと思う。だが、果して、眠れる巨人は起きるだろうか。

＊

七月五日、脳溢血の後遺症でアストル・ピアソラ（一九二一〜）が他界。九〇年八月五日、パリのホテルで血栓症に倒れ、回復不能な脳損傷と診断されて九日後にアルゼンチン政府が手配した飛行機で帰国、二〇日には昏睡状態から覚め、以後、家族に支えられた必死のリハビリで片手片足が動き、車椅子に乗ることができるようにもなるが、九一年初めにはふたたび悪化し、そのまま入院生活を余儀なくされたという。ピアソラは様々なジャンルの音楽と拮抗する新たなタンゴを創りだしたが、彼以後、いったい誰がタンゴを革新していくのだろう。八二年一一月二〇日、関西公演がなかったため、神奈川県民ホールまで聴きにいった昔からの一ファンとして、合掌。

（一九九二年九月号）

一四九二―一九九二
――描かれたコロンブス

八七年にカルロス・フエンテスは『胎内のクリストバル』を発表。新大陸発見五〇〇年を記念して、大統領はコロンブスという名に関わりのある苗字の人間を対象に、一〇月一二日生まれの男子の将来は国が保証するという懸賞を出す。この懸賞のせいで生まれる日を指定され、あらかじめコロンブスに因んでクリストバルと命名された子は母親の五感と両親の遺伝子を通してメキシコの現在（ユカタン半島は人手に渡り、米国との間にはスペイン語と英語が混淆した言葉を話す人間が住む地域メヒカメリカができてメキシコから分離、国政も人心も乱れて……）や過去、未来を見聞きし、考える。『胎内のクリストバル』はそんな大胆な仮説を盛りこんだ近未来小説だが、物語の舞台になった年である今年、幸いなことにメキシコはフエンテスが予感したような黙示録的な事態に陥ってはいない。だが、政治的には野党が徐々に勢力をのばし、経済的には米墨国境地帯に数多くの日米企業が進出。さらには現在のロサンゼルス住民の三分の一が、そして二〇〇〇年の全米住民の五分の一はヒスパニックと言われており、米墨両国から分離してはいないもののメヒカメリカの影がさしはじめているような気がしないでもない。ひょっとしたら、米墨自由貿易がやがてそれを顕在化させるかもしれない。

五〇〇年という一つの大きな区切りに向けてバルセローナでのオリンピックやセビーリャでの万博といった記念行事、コロンブスに関わる記念出版等、様々な出来事があった。いまなお進行中のものもある。お祭騒ぎの今年は、ヨーロッパという一つの統一した単位の終焉と、その夢を託すべく生まれたもう一つの世界の始まりを結ぶ人物、コロンブスについて考えるいい機会ではあるのだが、肝腎のコロンブスその人については五〇〇年たっても謎のまま残りそうな気配である。まずは九〇年にスペインで出版された『コロンブス大全』という本をのぞいてみよう。この本はコロンブス（以下、スペイン語名コロン）に関連する人物や地名、聖人の名の解説、当時の地図や事物の写真、サンタ・マリア、ニーニャ、ピンタの乗組員の一覧表等々を簡潔にまとめた興味深い事典なのだが、肝腎のコロンの履歴は年表では「一四五一年、ジェノヴァで生まれる」で始まり、「一五〇六年五月二〇日、大提督はバリャドリッドで死亡するが、王家の血をひくドニャ・マリア・デ・トレドとすでに結婚していた息子ディエゴを包括相続人に指名。彼の最後の言葉は〈あなたの手に〉だった」と要約されている。ところが、コロンの項目をひくと、「スペインに仕える航海士。新大陸の発見者。一四五一年ごろ不確かな場所で生まれ、一五〇六年、バリャドリッドで死亡。父親はドメニコ・コロンという人物だったと思われる……」で始まり、「バリャドリッドで死ぬと彼の遺体はまずセビーリャに運ばれたが、やがてトルヒージョ、ハバナ等に移送され、遺体の行方も遺体が安置されている場所も決定的に見失われた」で終わる。一冊の本の中で出生地に関する記述が違うことからこの本の信憑性が疑われかねないのだが、いやなに、年表では通説に従い、項目は別の意見に従っている、両者を取り入れた絶妙な解説です、などと言えなくもない。コロンとは何者か。「謎に包まれたところから出て来て、結局のところ人間的な姿の刻印を残すことなく謎の世界に戻ってしまった」（カルペンティエル『ハープと影』）人物を確定する切り札がないのだ。ジェノヴァ人ならイタリア語で書いた書簡があるはずだVS当時のジェノヴァには書き言葉がなかったから書けるはずがない。純然たるスペイン人ではないとするなら、なぜそんな男にスペイン王家が大金を出したのか。コロンはユダヤ教から改宗した人物、あるいは、迫害の手を逃れようとした隠れユダヤ教徒ではないか……。そうした疑問を史料に基づいて解決するのが歴史家だが、想像力に信頼を置く作家はいまだに出生地もその墓も確定できない神話的人物コロンをどう捉えているのか。〈新世界〉で生まれた作家たちの手になるものはと手もとの本をあさってはみたが、手がかりになる作品は『ハープと影』『楽園の犬』ぐらいしかない。いずれもが傑作とあって他の作家はコロンをとりあげにくくなってしまったのか、それとも、コロンという人物に魅力を感じないのか。

ともかく、まずはカルペンティエルの『ハープと影』（牛島信明訳、新潮社）。本書では、クバナカンという原住民の発音をグラン・カンと聞きまちがえてジパング近くに到着したとコロンは喜ぶ、そんなエピソードがあるキューバ、スペインの植民地政策の最初の拠点となり、一八九八年の米西戦争でスペインが敗北するまで、つまり、ラテンアメリカで最後まで植民地でありつづけた島で生まれたカルペンティエルが一九七九年に発表した最後の長篇でもある。カルペンティエルはまずマスタイ（後のピウス九世）という人物に「人類にこの世界の完全なヴィジョンをもたらし、コペルニクスを〈無限〉の探究に通じる扉に導くことになる途轍もない大航海に乗り出した男」という一つのコロン像を提出させる。マスタイは一九世紀、「独立戦争が旧大陸と新大陸の間の溝をますます広く深くしつつある」時代に「両者を統一する要素は信仰」しかないと考え、その統一のシンボルとして同郷のコロンを聖人に列しようと企てる。列聖の理由は「旧世界と新世界のキリスト教信仰を一枚岩にし、そこに、アメリカでも驚くほど多くの信奉者を得ている有毒な思想に対する解毒剤を盛りこむために理想的で完璧なのは、普遍的な信仰の対象となる聖人、その名声が国境を持たない聖人、疑問の余地なく宇宙的な広がりを持つ聖人、その巨大さにおいて伝説的な〈ロードスの巨像〉をはるかに凌ぎ、片足をこの大陸の海岸に置き、もう一方の足をヨーロッパ大陸の地の果てにかけながら、大西洋を越えて広く両半球を視野におさめようとするような聖人である。すべての人に知られ、諸国民によって崇拝され、その偉業と威信において普遍的な〈キリストの運搬人〉〈キリストを支える者〉、聖クリストバル」。この論理は一九世紀であれば説得力を持つかもしれない。だが、神は死んだという説すら出回っている現代ではどうやら信仰は世界中の人心を一つにする力を失くしているらしい。カルペンティエルはこのマスタイのコロン像を執拗に破壊していく。まず、臨終の床についているコロンには「淫蕩そのものといった生活をしていた」人間と認めさせ、イサベルには色仕掛けで金をださせるような男、「カーニバルを活気づけ、もろもろの夢を紡ぎ出す人間としてのみずからの適性に驚きを禁じえない」ほど場当たり的で様々な顔を持つ男、「わたしにとっては〈かの地〉に到達するだけで十分であって（中略）教化だとか公教要理の伝授とかいった任務を引き受けるつもりはなかった（中略）わたしの壮挙がもたらすはずの栄光に関していえば、わたしに対する個人的な名誉と敬意が保持され、その利益の分配が約束どおりになされるかぎり、世界に対していかなる王国がその栄光を固持することになろうとかまわない」いような自己中心的な人物と規定する。

この『ハープと影』を念頭に置き、それを取り込む形で書かれたのが八三年に発表されたアベル・ポッセの『楽園の犬』（鬼塚哲郎・木村榮一訳、現代企画室）。ポッセは、コロンが座礁したサンタ・マリア号の残骸で建てたアメリカ最初の砦が原住民に破壊されたように、一五三六年に創建されたものの原住民の襲撃を受けて早々に放棄され八〇年に再建されたブエノスアイレスを首都にし前世紀半ば過ぎからヨーロッパ（特にイタリア）移民を積極的に受け入れることでようやく成長を開始して世界三大オペラ劇場の一つであるコロン劇場を持つにいたった白人の国アルゼンチンの生まれ。『楽園の犬』ではコロンはジェノヴァのユダヤ人とされ、割礼のシーンまで描かれる。ポッセがカルペンティエルと大きく違う点は、カルペンティエルがコロンを「銀行家のような企業精神を持った男」として描くことでコロンから英雄という飾りを取り去ろうとしているのに対して、ポッセはコロンに「預言者イザヤの末裔を自認」させていることである。従って、そんなコロンが西に向かうわけは、「インディアス事業の推進者たちをつき動かしている単純な――帝国主義的、救世主義的もしくは商業主義的な――動機から自分がはるか遠く隔たっていることにコロンはあらためて思い当った。推進者の中には国王もいれば、経営者もいたし、火刑を恐れるユダヤ人もいたのだが。（中略）彼の本当の目的が、大洋上の〈異界の入口〉を捜し出し、そこを通って地上の楽園といういまだだれも足を踏み入れたことのない――失われた！――領域にたどりつくこと」となる。まるで夢想家のように「死が存在しない土地、あの楽園に帰ること」「取るに足りない人間の時間から開かれた不死の国へ、永遠の空間へ入ること」を考え、ひたすらその楽園に達することに努めてコロンはその望みを果たすことになる。ところが、その楽園の〈生命の樹〉の下に心身ともに埋没するコロンとは逆に、身につけたヨーロッパ的な思考方法から脱却できない部下たちは罪もいかなる制約もない地での生活に耐えきれず、地上の楽園にヨーロッパでの生活を持ち込みはじめる。それが、人間の、楽園からの二度目の追放となり、人間は新たな地でふたたびヨーロッパでの愚を繰り返すことになる。この始まりのきっかけを創った人物、コロンこそ最初のラテンアメリカ人であるとポッセは考えるが、そのコロンは「自分に課せられた使命に比べたら、野心家の英雄が抱くどんな野望も地上的で取るに足りないものだと考えて、深い孤独感を味わ」い、まるで多くのアルゼンチン作家の思いを代弁している感がある。嘆くのはカルペンティエルのコロンも同じで「わたしは地球を縛り上げてしまいたかったが、地球はわたしにとって余りにも大き」すぎて手におえず、「〈かの地〉に到着したあの日、わたしは自分自身と他人のために存在しはじめた、そしてその時以来、海の向こうのあの大地がわたしという人物を規定し、わたしの姿を彫りあげ、わたしを空中に留めおき、さらにはこの目の前で、わたしを叙事詩的人間にまで拡大したが、今では皆が口を揃えてその大きさを否定している」ことに暗澹たる思いになる。

ところが原住民との血の混淆が進んだ国、メキシコのオメロ・アリディスにとってコロンは想像力をかきたてられる人物ではないのかもしれない。アリディスはユダヤ人改宗者である主人公フアン・カベソンのロマンスと絡ませるようにして一三九一年から一四九二年にかけてのスペインの動き（カトリック両王によるイスラム勢力の排除、ユダヤ人に対する迫害と追放）を描いた長篇『一四九二、フアン・カベソン・デ・カスティーリャ』（八五）を発表してその仏訳がフランスでは大評判になったが、この作品の主人公を再登場させてコロンの航海に檣楼員として乗せ、一四九二年の発見から一五一九年のエルナン・コルテスのメキシコ侵略をへて一五六〇年にいたるまでの事件を取り扱った長篇『新世界の記憶』（八八）では八七年度のノベダデス&ディアナ文学賞を受賞。さらには、死後の大提督の五回目の航海を描いた戯曲『クリストバル・コロン、あの世への出帆』（『大世界終末劇場』（八九）に所収）をも発表。このように何度もコロンを登場させているにもかかわらず、登場人物の口からコロンは改宗したユダヤ人、隠れユダヤ教徒といった言葉をはかせ、コロンには「風が出て、我々は西からインディアスに到着することになる。グラン・カン王国とシパングを発見することになる。我々は黄金と財宝だらけになってスペインにもどることになる」「世界は大衆が言ってるほど大きくはない。我らが主は地上の楽園をお創りになられ、そこに生命の樹をお置きになられた。そしてそこから泉が湧き、それがやがて主だった四つの川となる」とありきたりの言葉しか口にさせない。メキシコを考えるとき、アリディスにとってはコルテスのアステカ征服という大事件のほうがコロンの到着という遠因よりは、やはり身近に感じられるのかもしれない。

この夏、「スペイン五〇〇年記念委員会」正式公認作品と銘打ったジョン・グレン監督の映画「コロンブス」（ちなみに原題は「クリストファー・コロンブス、発見」）を見たが英雄コロン像でしかなく、正直言ってがっかり。コロンはまるであの『アマデウス』のレクイエムを作曲しはじめる前のモーツァルト。悩むシーンですら翳がなく明るいばかり。時間の流れに従って出来事を追い、ご丁寧にも〈卵〉のシーンまで取り込んで、いったい何を描こうとしたのかさっぱり伝わってこない単なる活劇。見物と言えば衣装と刺し身のつま程度にしか登場しないマーロン・ブランド（同じ日ににげんなおしに「エイリアン3」を見たら、なおさら腹立しくなりました）。この一〇月には「エイリアン」のリドリー・スコット監督の「一四九二・コロンブス」（原題は「一四九二、楽園の征服」）が封切られる。コロンブスにジェラール・ドパルデュー、イサベル女王にシガニー・ウィーバー。役者が役者だけに期待してます。

〔注〕文中の引用は邦訳のあるものは、その邦訳を利用させていただきました。

（一九九二年一〇月号）

悪夢、吉夢、それとも、空夢？

――ガルシア＝マルケス『さまよう十二の短篇』

「自分の埋葬に立ち会った夢を見た。いかめしい喪服を着た友人たちにまじって、自分の足で歩いていたが、お祭り気分だった。みんな、一堂に会して幸せそうだった。誰よりもわたしがいちばん喜んでいた。ラテンアメリカの友人たち、旧友や親友たち、長いこと会ってない友人たちと一緒にいられる楽しい機会を死が与えてくれたからだ。埋葬が終わって友人たちが帰りかけたので、わたしはついていこうとした。だが、祭りが終わったことを友人の一人がきっぱり教えてくれた。『おまえだけは帰れないんだよ』と彼は言った。そのときはじめてわたしは、死ぬということはもう二度と友人たちと一緒にいられないことなんだと悟ったのだった」

＊

ガルシア＝マルケスが長篇『迷宮の将軍』（一九八九）以来、久々に新作、短篇集『さまよう十二の短篇』（九二）を発表。この作品が世に出るまでの経緯、発表までになぜ一八年もかかったのか、その理由が同書の「どうして十二、どうして短篇、どうして〈さまよう〉なのか」と題された序文に綴られているが、これがまた、作家と作品の関わりを描いた一篇とも見なしうるほど面白い。少し長くなりますが、ここにその顚末を。

＊

ガルシア＝マルケスは七〇年代初め、バルセローナに住んで五年というときに見た夢（拙文冒頭）をきっかけに、ヨーロッパに住むラテンアメリカ人の身に起きる変わった出来事を描こうという気になる。おりしも『族長の秋』（七五）を脱稿したころのことで、その後、二年ほどのあいだ、海のものとも山のものともつかないようなメモをとり、六四のテーマを見つける。ところが、そうしたメモから創るものは長篇ではなく短篇にすべきだと判断。かといって、それまで発表したようなそれぞれ独立した短篇を創るのではなく〔ちなみに、ガルシア＝マルケスはこれまでに三冊の短篇集を出している。『ママ・グランデの葬儀』（六二）、初期の短篇をまとめた『青い犬の目』（七二）、そして『エレンディラ』（七二）〕、トーンやスタイルの点で全部がどこかつながっているものにしたら面白いと考える。七六年に二つを、既に邦訳のある「雪の上に落ちたきみの血の跡」と「フォルベス夫人の幸福な夏」を書きあげ、雑誌の文芸付録にすぐに発表。つづいて、自分の埋葬を扱ったものを書いている途中で、長篇を書く以上に疲れてしまう。四つめのでも同じことが起こり、仕上げる気力が萎えてしまう。なぜかといえば、「短篇を書くには小説を書き始めるのと同じくらいたいへんな努力がいる。つまり、小説は冒頭の一節ですべてを決めなければならない。構造、トーン、スタイル、リズム、長さ、そして、ときにはある登場人物の性格までも。あとは書く愉しみ、考えうるなかで最も密やかな、孤独な愉しみになる。そして、誰もその後死ぬまで本を改訂しつづけるようなことはしない。というのも、それを始めるのに欠かせない鉄のごとき厳しさが、それを終わるときにも必要とされるからだ。ところが、短篇には始めもなければ終わりもない。うまく作りあげられるか、否かでしかない。うまくできなければ、自分や他人の経験がこう教えてくれることになる。たいていの場合、別のやり方で新たに始めるか、いっそごみ箱に放り込んだほうが健康にいい、と。誰だったか、それをこんな慰めの言葉でうまく言いあらわしている。〈いい作家かどうかということは彼が発表したものより、破り棄てたものでいっそううまく評価しうるものだ〉。確かに、わたしは下書きやメモを破りはしなかったが、もっとひどいことをしたのだった。つまり、忘れるという」。

こうしてノートは机の上の紙の山に紛れ忘れられてしまう。ところが、七八年のある日、別のものを探していて、このノートのことをふと思いだし、紙の山を探すが、どこにもない。家具を動かし、本の後ろに落ちていないかと蔵書の棚卸しをし、あげくのはてに友人たちにも訊いてまわるが、まったくの行方不明。紙の整理を頻繁にするため、いっしょにごみ箱に捨てたのでは、としか説明がつかない。そこで、四年近くすっかり忘れていたテーマを、書くのと同じくらいシンドイめをしながら思いだし、ようやく三〇のノートを再構築するが、その際、感心しないものはあっさり切り棄てていき、結局、一八が残る。すぐに書きつづけ作品に仕上げようと決心するものの、いまひとつ気分がのらない。そこで「ものを書こうという若い人たちに常々勧めていることとは裏腹に、ごみ箱には捨てず、保管することにした」。

七九年になって『予告された殺人の記録』を書きはじめたとき、本を書く間隔が開きすぎたせいで、書くという習慣が失くなり、新たに書きはじめるのが難しくなってきていることを痛感。そこで、ウォーミング・アップのつもりで八〇年一〇月から八四年三月まで、様々な国の新聞に毎週、寄稿〈〈幸せな無名時代〉〉にあちこちの新聞に載せたときと同じで、創作ノート、文学・政治・社会等に関するエッセイ、紀行文、真偽のほどが不明なものまでなんでもありだが、やがて、五〇〇ページあまりの本『寄稿文集、一九八〇～八四』として出版される〔筆者の手もとにあるのは九一年初版〕。さっと目を通しただけでもあいかわらずガルシア＝マルケスのジャーナリストとしての凄さに唸らさせられる」。このころ、例のノートは短篇ではなく、新聞に載せる草稿にすべきではと考え、五篇を発表。ところが、また気が変わり、映画にしたほうがいいと思いつく。こうして五篇の映画〔これはもう我が国でも映画祭等でおなじみ〕とテレビのシリーズ物ができる。一方、五人の監督に同時に協力しているうちに、短篇を書く別の方法を思いつく。つまり、暇なときに書きはじめ、疲れたり、何か思いついたりしたら放りだし、また別のを書きはじめるという。そうやって一年ほどで一八のテーマのうち、自分の葬式の話を含めて、六つがくず箱行きとなる。残った一二篇をさらに二年間断続的に書きつづけて、ようやく九一年九月、印刷にまわせるところまでこぎつける。これで例のノートが「ごみ箱とのあいだを絶えずさまよう」こともなくなるはずだったが、短篇の舞台となっているヨーロッパの諸都市が二〇年前の自分の記憶と合っているのかどうか確かめたくなってバルセローナ、ジュネーヴ、ローマ、パリを駆け足旅行する。しかし、記憶とはまったく違い、「どの都市も、現在のヨーロッパと同じように、途轍もない転換のせいで希薄なものになっていた。本当の思い出は記憶の幻影みたいだったし、誤った思い出はあまりにも説得力があったため現実にとってかわってしまっていたのだ。そのせいで失望と郷愁のあいだの境界線をはっきりさせることができなかった。これが決め手となった。本を終えるために一番必要としていたものを、歳月の流れだけが与えてくれるもの、つまり、時間の中での眺望をようやく発見したのだった」。そんな実り多い旅から帰ったあと、「自分の二〇年前のヨーロッパ体験はどれも本当のことではなかったのかもしれないと思うと気が楽になり、どこで生が終わり、どこで想像力が始まるかといったことは考えずに」すんだため、物語るという愉しみを味わいながら、八ヵ月かけて全部の短篇を書き直し、所期の目的を果たす。「どんな短篇でも書き直したもののほうがいっそういいものになっているとずっと信じてきた。それでは、これが決定稿になるなどということはどうやったら分るのだろう。それは仕事上のこつであり、知性の法則ではなく本能の魔術に従うものだ。ちょうど料理人にはスープのできあがりが分るようなものだ」

＊

『さまよう十二の短篇』はこうした紆余曲折をへて生まれるわけだが、自分の埋葬の話と、九二年四月に書かれたこの序文を加えれば十四の短篇ともいえる。いずれにしても、六四のノートから最後まで生き残り、めでたく短篇にまで昇華した一二篇に話を移そう。

若干語句の手直しがされた「フォルベス夫人の幸福な夏」と「雪の上に落ちたきみの血の跡」。ガルシア＝マルケス映画祭として上映された映画の中で、一番人気があった「ローマの奇跡」の原作「聖女」。この三つはここで取り上げる必要もないでしょうから、残り九篇の中から幾篇かを選んで、そのさわりを次にご紹介。

巻頭は「よい旅を、大統領閣下」――カリブのある国からジュネーヴに亡命した元大統領は原因のはっきりしない病気を患い、安ホテルと病院とのあいだを行き来する生活をしている。この元大統領が死んだときの葬式でひともうけしようとたくらむ同郷の男は言葉巧みに彼に近づき、妻に郷土料理を作らせ、自分の安アパートに招待して歓待する。男をすっかり信用した元大統領は自分が持っている宝石を売るよう男に頼むが、イミテーションばかりで金にならない。やがて元大統領が手術を受けることになり……。

「眠れる美女の飛行機」――わたしはド・ゴール空港でニューヨーク行きの飛行機を待っているとき、絶世の美女を目撃する。その年一番の豪雪で飛行機が遅れ、さんざん待たされる。ようやくのことで搭乗し席に着くと、なんとあの美女が隣に坐る。夕食がすみ、明かりが消え、美女は眠る。そして、わたしは束の間、川端康成の『眠れる美女』の老人のような気分を味わう。

「電話をかけにきただけなの」――レンタカーの故障で、夫との約束の時間に遅れそうになったマリアは雨の中、道路脇で助けを求める。ようやくのことで一台のバスが止まり、マリアはそれに乗り込むが乗客は女ばかり。疲れからいつしか寝込んだマリアが目を覚ますと大きな建物の中庭。だが、夫に電話をかけたいだけだ、と言っても取り合われず、マリアは他の女たちと同じように、その精神病院に放りこまれてしまう。そこから抜け出そうと彼女はあれこれ手をつかうが……。

作品から喚起される強烈なイメージという点で最もガルシア＝マルケスらしさが発揮されているのは、原文でわずか五ページしかない掌篇「光は水みたいなもの」――九歳のトトと七歳のホエル、この二人の兄弟はクリスマスにもう一度ボートを両親にねだる。だが、いま暮らしているのは家の庭が入江に面してヨットを浮かべられるほど広かったコロンビアのカルタヘナではなく、マドリッドのカステリャーナ通りにあるマンションの六階。それでも、学年で最優秀になれば六分儀と羅針盤つきのボートをプレゼントすると約束していたため、父親はやむなくアルミ製の綺麗なボートを買い、ガレージに置く。子供たちはクラスメイトたちを呼んでそのボートを階段から六階まであげ、女中部屋に入れる。そして水曜日の夜、両親がいつものように映画に出かけたのをみはからって子供たちはドアと窓を閉め、居間の点灯していた電球を割る。すると黄金色の光が水のようにあふれだす。その光が床上八〇センチほどたまったとき、二人は電気を切り、ボートを浮かべて家の中をこぎまわる。こうして水曜の夜はいつも両親が映画から帰ってくるまでにはきれいに片づけてベッドで寝入るという遊びを続けるが、やがてもっと遠くに行きたくなり、スピア・フィッシングのセット（マスクにフィン、酸素ボンベ、水中銃）を、優秀な成績をとる褒美に買ってほしいとねだる。両親はその場は確約しないが、また二人が優秀な成績をおさめたため、望みのものをプレゼントする。そして、水曜の夜、両親が「ラスト・タンゴ・イン・パリ」を見に出ていったあと、二人は光を床上二尋まで満たして潜水を楽しみ、家具やベットの下から、長年失くなっていたものを発見したりする。やがて学年末になり、二人は成績優秀な模範生徒として校長から表彰される。両親は褒美に何がほしいと尋ねるが、二人は友だちを呼んでパーティがしたいと言うだけ。それを両親は子供たちの成長の証拠だと喜ぶ。そして、例によって水曜日の夜、両親が映画館で「アルジェの戦い」を見ているとき、カステリャーナ通りを通った人々は木々に隠れた古い建物から光が滝のように流れ落ちて広い通りを輝く黄金色の川に変えているのを目撃する。消防隊が駆けつけてみると家は天井まで光に埋まって、ソファや肘掛け椅子、ホーム・バーの酒瓶やグランド・ピアノが漂い、台所の空をテーブル・ウエアが飛び、母親が飼っていた色とりどりの魚が水槽から抜けでて泳いでいる。バス・ルームではみんなの歯ブラシや父親のコンドーム、母親の化粧瓶や替えの入れ歯が漂い、夫婦の寝室では横になって浮いているテレビが大人向けの深夜映画を流している。そして、廊下の突きあたりではトトがボートの船尾でマスクをつけオールを握りしめたまま港の灯台を探し、ホエルは船首で六分儀を使って北極星を見つけようとしている。一方、三七人のクラスメイトたちはゼラニウムの鉢に小便をしたり、校長の悪口を替え歌にして校歌を歌ったり、ブランディーをこっそり飲んだりする、そんなポーズで家中に漂っていた……。

この短篇集には全体として死や別れといった結末が多い。だが、読んでいて鬱々とした気分にさせられることはない。なぜなら、ユーモアが救ってもくれるが、むしろ、短篇の結構のあざやかさに唖然とさせられたままになるからだ。

（一九九三年二月号）

ボルヘスとウルトライスモ
――エンリケ・セルナのバーレスク

ちょうど七〇年前の一九二三年、ボルヘスは処女詩集『ブエノスアイレスの熱狂』を出す。終生、詩人でありつづけようとしたボルヘスだが、その詩人としての履歴の染みとなっているのがウルトライスモ。一九一四年にヨーロッパに渡り、一八年から二一年までスペインに滞在したボルヘスはマドリッドでラファエル・カンシーノス＝アセンスの知遇を得て、彼の説くウルトライスモに傾倒する。そのカンシーノスの教えを胸に若いボルヘスは二一年に帰国すると十二月には『ノソトロス』誌に「ウルトライスモ」と題するエッセイを掲載。ルベン・ダリオとモデルニスモ（近代主義）を批判し、新たな詩の創造に向けてウルトライスモを称揚する。

「このウルトライスモの姿勢はつぎのような原則に要約しうる。

一、詩を詩の第一義的な要素、つまり、メタファーに還元すること。

二、共有となる語句、連結語、無用の形容詞の抹消

三、装飾具、信条主義、逸話、説教、凝ることから生まれる曖昧さの廃止

四、二つ、もしくはそれ以上のイメージを一つに統合し、イメージの暗示機能の幅を広げること。

つまり、ウルトライスモ詩は一連のメタファーから成り立っているが、そのメタファーそれぞれはそれぞれの示唆に富み、また、生の断片の未知のビジョンを要約している。既存の詩とわたしたちの詩との根本的な相違点はつぎのようなものである。つまり、前者においては詩の斬新さは称揚され、誇張され、拡大されるが、後者では簡略に記されるということ。しかし、そうしたやり方では感情の力が弱まるなどとは思わないでほしい！〈真髄はごたまぜのものより効き目がある〉と『批評好き』の作者は言っているが、この言葉はウルトライスモ美学を申し分なく要約したものといえるだろう」

このエッセイと同じ月にボルヘスは壁新聞ならぬ、一枚の大きな紙にウルトライスモ宣言と数篇の詩を印刷して壁に貼るという壁雑誌『プリズム』を、翌年には『舳先』誌を創刊。こうした、いわゆる前衛運動を続けているうちに綴った詩をまとめたのが『ブエノスアイレスの熱狂』だが、そこには飛行機も鉄道もエレベーターも交通信号も、前衛詩に特有な、新時代を謳う言葉はない。浮かびあがるのはヨーロッパからもどったボルヘスが眼前にするブエノスアイレスではなく、時に紛れ神話化したブエノスアイレス。「ボルヘスは初めてウルトライスモ詩を書いたときウルトライスモ詩人ではなくなった」という批評家ネストル・イバッラの有名な言葉があるが、以後、ボルヘスは前衛運動から、あらゆるイズムから離れ、このウルトライスモに関わった時期を否定しようとする。

＊

エンリケ・セルナはこの時期のボルヘスをだしにしてバーレスクな短篇を書いた。タイトルも「ボルヘスとウルトライスモ」。主人公シルビオはフィラデルフィア近くにある大学で文学理論を教えるかたわら、「ボルヘスとウルトライスモ、アヴァンギャルドからの逃亡者に関する考察」というテーマで博士論文を書きつづけている。本当に関心があるのは『伝奇集』や『アレフ』のボルヘスだが、こうした作品にはすでにおびただしい研究書が出ているし、「ハーバード大学のエミル・ロドリゲス・モネガルや彼のボルヘス研究チームとあえて張りあう気」にもなれない。そこで、自分でも重要でないことは分かってはいるがボルヘスのウルトライスモ詩「には彼の円熟期の作品にはっきりと表れることになる時への反駁というテーマが垣間見られる」と信じて今までのボルヘス研究の隙間を埋めようとする。ところが彼の勤める大学に客員教授として「イタロ・カルヴィーノやボルヘスとケンブリッジで交遊し」「セルバンテス賞を受賞し」「ノーベル文学賞にウインクしながら世界を駆けめぐり、スーザン・ソンタグやミッテラン大統領と親しくし」ているブームの作家フロレンシオ・ドゥランが現れ、「なぜテーマをかえないんです？　ボルヘスはウルトライスモを棄てたし、そのことについては多くを知らなかった、そう思いませんか？　彼の作品の中でもそのあたりのことに関心をもつ人はいません。若いころの気まぐれだったのです。ばかなことをしたいというなら、それもいいでしょ。それが若さというものですから。でも、ボルヘスの身にもなってやりなさい。自分の産声であなたが博士号をとるなんて、彼にしてみれば嫌でしょうね」と同僚の研究者たちの前で言われる。そのの言葉に悶々としているとき、ふとしたことからドゥランの若い妻メルセデスと知り合い、やがて、懇ろになる。そうして物語はドゥランに一泡ふかせてやろうとするシルビオと冷淡な夫から救い出してくれる男を待っていたメルセデスのシリアスにして滑稽な恋愛、二人のドゥランに対する劣等感、そしてシルビオとドゥランの文学観の相違をうまく織りこんで展開していくが、最後のどんでん返しがこの短篇にいっそうメリハリをつける。あと一ページというところで語り手がそれまでのシルビオからドゥランに変わり、この物語を書いたのは妻を寝とられてほっとしているドゥランだと読者は教えられるのだ。作家と研究者（批評家）、いったいどちらが人が悪いのか。「ドゥランはイミテーションのインテリだ。『最近の大気』以降価値のあるものは何一つ書いちゃいない」というシルビオ。「多くの博士論文なんかよりもスポーツ紙のほうが文学にあふれている」というドゥラン。どちらがしたたかか、較べるまでもない。

ところで、この短篇、ドゥランのモデルかもしれない実在の作家とセルナの間の闘いを描いたものとして読むのも一興。親殺しをして頂点に立った者が今や殺される立場にある、もう交替だよ、と先輩に肩たたきする若い作家の皮肉が聞こえてきそうだからだ。

この作品が収録されている『中古の恋愛』（一九九一）の他七篇も様々な人間の心の綾を描いて泣き笑いさせる。作者エンリケ・セルナは一九五九年メキシコ生まれ。メキシコ国立自治大学でスペイン文学を専攻後、アメリカ合衆国のプリン・モー・カレッジ大学院で研究。メキシコの日刊紙『ウノマスウノ』の土曜日の文芸付録に寄稿しながら、これまでに『ファースト・レディの落日』（八六、カルメン市文学賞受賞）と『自分は王だと想った男』（八九）の二作の長篇を発表している。

（一九九三年六月号）

バルガス＝リョサの裏切り

バルガス＝リョサがスペイン国籍を取得。ウッソー、と叫びそうになるが、事実は事実。メキシコの雑誌「プロセソ」（七月一九日号）にこの不可解な事件の波紋がレポートされている。筆者はサンフアナ・マニティネス。そのレポートを信じてこの帰化問題を考えれば、バルガス＝リョサは実に愚かな選択をしたと言わざるをえない。スペイン在のペルー人ばかりか本国でも総スカンをくったからだ。その原因はバルガス＝リョサに対してスペイン政府があまりにも簡単に帰化を認めたことにある。現在スペインには帰化を願う人々が一万人あまりいる。その中には七年前から申請している人、また、実際にペルーでゲリラ組織センデロ・ルミノソに襲われ生命を危険にさらされたためにスペインに在住している人たちもいる。ペルー労働者総同盟の代表でスペイン在のペルー人のために働いているエミリオ・メンドーサは「彼には迫害問題はない。経済的問題はない。スペインに不法滞在しているペルー人たちの大部分が耐え忍んでいるような問題は何一つない。どうして移住者を同じ物差しで測らないのだろうか。なぜ彼には広く、何も持たないわれわれには狭いのか」と語り、名前に弱いスペイン政府高官とそれを利用したバルガス＝リョサの不正を弾劾する。返す刀でメンドーサは、五八年にペルーを出て以来、一時的に帰国することはあっても、スペインやフランス、ベルリン、そして、いまはロンドンに居住するような、まさしく片足をヨーロッパに置いた彼の生活ぶりを槍玉にあげ、「合衆国とヨーロッパとスペインが彼に授乳してきた。彼はペルーの問題、ペルー国民の貧困からかけ離れたところにいたのだ」とペルーに対するバルガス＝リョサ自身の態度をも手厳しく批判する。こうした批判は大統領選挙で彼に投票したものの、以後の彼の言動から逆に反感を抱くようになった学生たち、また、彼を研究している心理学者ロランド・ポマ・リマも同じで、ポマ・リマは「彼は個人的な利害に賭けたのです。というのも、長いこと彼はニュースにはならなかった、だからいま、ニュースになるために一つのドラマを創りだしたのです。ナルシストなんですよ。……彼には自国に対する誠実な判断力がない。これまでもありませんでした。彼は人として一度もペルーを助けたことがない。確かに、彼の作品によってペルーは知られるようになりました。でも、彼はそこから利益を上げたにすぎません。彼はペルーのためにいったい何をしてくれたのでしょうか？」と分析、批判している。

スペイン帰化はバルガス＝リョサが大統領選挙にまで出馬した人物であるがゆえに、彼の見識、倫理観のなさをことさら際立たせ、その人格をも疑わせることになったようだ。スペイン人になったいま、もうペルーの政治には直接的に関われない。いったいあの三年前の大統領選挙は何だったのか。単に御輿に乗って、敗戦したら、はいそれまで、あっさりタオルを投げた、無責任な裏切り者といった誹りは免れようがない。『都会と犬ども』、『緑の家』、『ラ・カテドラルでの対話』等々、常にペルーとの関わりの中で傑作をものにしてきたバルガス＝リョサが自らのアイデンティティを断ち切る理由はどこにあったのだろう。彼自身、これほど早く帰化できたことに驚きながら、「わたしはこれまでもあらゆる攻撃の犠牲だった、これから先も……ペルーのパスポートを持つ人間が世界を移動し、ビザをもらうことは極めて難しいことなんです……わたしはずいぶんまえにペルーから亡命している。それは自発的な亡命だった……スペインでは自分が外国人だという気分になったことがない」と語るが、いまは亡きレイナルド・アレナスやセベロ・サルドゥイらの置かれた立場を考えれば、その言葉にはほとんど説得力はない。

「プロセソ」誌以外の資料が手もとにないため、いったいバルガス＝リョサの真意はどこにあるのか、フジモリの脅威にさらされていたというのは本当なのだろうかと思いながら過ごしてうち、この九月、スペインで戯曲『バルコニー気狂い』を出版。物語作品は小説『継母礼讃』以来五年ぶり。物語の展開の巧みさはあいかわらずで、読んでいて厭きない。

場所は一九五〇年代のリマのエル・リマク。一八世紀副王時代の中心であったこの地区もいまやスラム化し「荒れ果てた、不潔で猥雑な無法地区」となっている。登場人物は四〇年あまり前にフィレンツェから移住し、いまは美術史を教えるブルネッリ教授。二七歳になる、その娘イレアナ。建築家カネぺ。その息子ディエゴ。文化財保護局局長キハーノ博士。農村出身のインディヘニスタ、ウアマニ。酔っぱらい。そして、老女ドニャ・エンリケータ、ドニャ・ロサ・マリーア、大学生リカルド、パンチンといった教授の活動を支援する〈十字軍戦士〉たち。

エル・リマクが寝静まっている朝の五時、「シエリト・リンド」を声高に歌う酔っぱらいの声とともに『バルコニー気狂い』の幕が上がる。酔っぱらいは、バルコニーによじ登ってロープを手にしている老人を目撃。老人は彼を相手に、築後二一七年たつそのバルコニーを始め、市中の古いバルコニーの意義、意味を力説する。話があわない酔っぱらいははやまって首を吊るなと言い残して去る。一人残された老人はこれまでのことを回想しはじめる。この老人がブルネッリ、人呼んで〈バルコニー気狂い〉。リマにある植民地時代のバルコニーの保存に情熱を燃やす彼は文化財保護局に保存を訴えたり、〈十字軍戦士〉たちとともにデモをしたり、壊されそうなバルコニーをもらいうけたり買い取ったりして自宅の内庭に集め、その清掃、修復をしたりするような日々を送っている。イレアナもそんな父の仕事を手助けしているが、あるとき、カネぺがブルネッリにバルコニーを寄贈したことがきっかけで、ディエゴと知り合う。彼女に一目惚れしたディエゴはまもなく〈十字軍戦士〉の一員となってブルネッリの仕事を手伝うようになる。このディエゴの発案で、今後取り壊されそうなバルコニーや内庭に積み上げられているバルコニーを他の建物や新たに作られるビルにつけてもらうための〈バルコニーを養子に〉キャンペーンを展開するが世間の反応はない。やがて、ドニャ・エンリケータが強盗に襲われる。この事件がもとで彼女もドニャ・ロサ・マリアも家族の要望で〈十字軍〉をやめる。二人が作業場に来なくなると他の〈十字軍戦士〉たちの足も遠のき、運動自体がすぼんでしまう。一方、テオフィロに好意を抱いていたイレアナは父と折り合うはずのない彼を諦め、ディエゴと結婚。父親と訣別するために彼をイタリアに留学させ、二人で旅立ってしまう。「父さんはわたしをこんな墓場で暮らさせてきた。ここにあるバルコニーはやがて復活すると信じさせてきた。父さんもわたしもそんなことは妄想だとわかっていた。それでも、わたしたちはひどい生活をしてきたのよ。父さんが稼いだものを残らず、こんな屍に浪費しながら。父さんがつぎこんだのは自分がかせいでいる教授の給料だけじゃないのよ。わたしにはなかったわ、少女時代も、勉強するはずの学生時代も、わたしを自立させてくれたかもしれない仕事も。みんなつぎこんでしまったのよ…(略)…貧困と不正がこんなにひどい国で、植民地時代のバルコニーのために闘うことに人生を捧げるなんて、不道徳よ」と娘に断罪されたことにショックを受けたブルネッリは内庭に山積みされたバルコニーに火を放ち、燃え上がるバルコニーを見ながら「いまのペルー人はおまえたちを造った人たちにはおよばない。おまえたちにふさわしい人間じゃない。生気のない家、魂のない建物がよけりゃ、それでいい。この町はもうわたしたちの町じゃない」と別れを惜しむ。バルコニーでの老人の回想が終わるころ、酔っぱらいがもどってきて翻意を促す。それでもブルネッリは自殺を図るが、足もとが崩れ一命をとりとめる。バルコニーが哀れんでくれたのだという酔っぱらいの言葉にブルネッリは希望を見いだし、その酔っぱらいを新たな仲間に、運動の再開を決意するところで幕が降りる。

すでにビデオ化されているが、映画『豚と天国』ではペルーの現代人が抱く疎外感、人生に対する欺瞞、癒しがたいほどの貧困といった問題が描かれていた。そうした問題をも含めて、バルガス＝リョサはこの戯曲で現代ペルーの抱える諸問題の源を、成長を始める頃のリマに移して検討している。それでもドラマが深刻にならず、軽いタッチで進展していくのはひとえにブルネッリ＝ドン・キホーテ、酔っぱらい＝サンチョ・パンサという枠組みを用いたことにある。本とバルコニーの差こそあれ二人の〈気狂い〉は作品中ではいずれも散々な目にあうが、傍観者である読者はそんな二人だからこそ逆に声援を送るものだ。ブルネッリがまるで人間のように接したバルコニー、そのバルコニーにはどんな意味があるか。かつてフンボルトはリマを〈バルコニーの町〉と呼んだ。とすれば、リマのアイデンティティでもあったバルコニーの消滅は一つの町の消滅を意味する。このバルコニーをめぐるブルネッリとカネパ、そして、ブルネッリとウアマニのやりとり、そこにバルガス＝リョサがペルーをどう捉えていたかが明らかにされている。

カネパ——わたしはこの町に善をなそうとしているんです。一二階建ての近代的な、衛生的なビル。そこでリマの人間が暮らしたり働いたりするんです。二〇世紀の人間にふさわしい、きちんとした環境で。あなたの十字軍には共感しますし、認めています。でも、いくつかのバルコニーのためにリマは進歩を諦めろ、そんなことをあなたは要求できるものじゃない。

ブルネッリ——（略）未来を建設するためには三〇〇年の過去を消さねばならない、そんな場所にどうしてあなたはビルを建てるんです？　あなたやあなたの同業者はリマから魂を奪っているんだ。リマの不思議な魅力を、神秘を葬りさりながら。

カネペ——わたしたちはリマに電気を、水道を、下水をそなえつけています。まるで兎みたいに増えるリマの人間たちのためにオフィスや住まいを。生きるためには具体的なものが必要なんです、教授。魅力や神秘なんかじゃ誰も生きていけません。

＊

ウアマニ——征服者の子孫たちは被征服者の子孫たちを軽蔑しつづけている。四〇〇年たっても征服の悪弊はつづいているんです。これを変えるためには、そんな過去をふるい落とさねばなりません。こうしたバルコニーは燃やさねばならないんです、教授。

ブルネッリ——それじゃ、修道院も燃やさなきゃならん。植民地時代の絵画も。スペイン語を、キリスト教を禁止しなきゃいかん。ビラコチャ、太陽、月に対する信仰を、そして人身御供を復活しなくちゃならん。そんなことができるのか？

ウアマニ——いいえ。望ましいことでもありません。でも、あなたのお望みどおりに、副王時代を甦らすこともできません。インカ時代も植民地時代も。何か新しいもの、過去のしがらみのない別の国を。ともかく、燃やすというのは一つの比喩だったのです。ぼくは放火魔じゃありません。

ブルネッリ——ああ、わかってる。ウアマニ、きみは一つ間違っている。芸術作品を保護するというのは進歩を否定することじゃない。国というものは過去に生みだした良きものに支えられて前進しなくてはならない。そうすれば、生活には中身が、文明には支えが与えられる。それが文化というものだ。

ウアマニ――この国が進歩するためには、昔はよかったなんていう考え方は終わらせなくちゃなりません。それに、それこそ、あなたがキャンペーンでみんなに吹き込んでいることじゃないですか。

ブルネッリ――わたしの望みは美しいものを壊すなということだけ。わたしも進歩には賛成している。古いバルコニーを犠牲にすれば、ペルーに正義はなくなる。

ウアマニ――民衆のエネルギーをいい方向にもっていかなくちゃなりません。イデオロギーがかった怪しげな内容の企てに浪費してはいけないんです。美的なものにも。

ブルネッリ――こうしたバルコニーが美しいとは思わないか？

ウアマニ――イミテーションのイミテーションじゃないですか。カイロ、マラケシュ、コルドバのオリジナルモデルの三、四番目か五番目くらいの翻案。ぼくは寄生芸術を称賛できません。

ブルネッリ――すべては多様な伝統や混淆から生まれるんだ、ウアマニ。独創性というのは新たな色調や経験を加えて異質なものを補完することにある。それこそ、こうしたバルコニーの歴史なんだ。

＊

スペイン人となった以上、こうした言葉も今後のペルーに関する発言も、裏切られたと感じているペルー人には何の効力ももつまい。選択を誤ったと思われるバルガス＝リョサはカネパの次の言葉からすればどちらにあたるのだろうか。「理想主義者というのは様々なものを改良し、生活を完全なものにし、人間と社会の状態を高めたがるものです。わたしは理想主義者です、教授。ロマンティストというのは夢追い人なんです。ひねくれた、非現実的な夢想家で不可能なことを夢見ている。雲に家を建てようなんていう」。あるいは、現実主義者だったのか。

（一九九三年一一月号）

遍在する果実
──フエンテス『オレンジの木』

ブームといわれて三〇年ほどになる。ブームは過ぎるものだが、ラテンアメリカ文学はどうやら欧米の文学の中にしっかり根をおろしたらしい。フランスやアメリカで次々とラテンアメリカ作家の作品が翻訳されているのが、その証拠といえるだろう。だが、かつて〈ブームの作家〉と呼ばれた作家も数が減り、いまや、あいかわらず精力的に作品を発表しつづけているのはカルロス・フエンテスひとり。量でもバルザックに迫ろうとしているかのように、また新作。タイトルは『オレンジの木』。オレンジといえば、メキシコの詩人ホセ・ゴロスティサの詩が思い浮かぶ……。

　誰がオレンジを買ってくれるのだろう
　わたしを慰めるために
　心の形をした
熟れたオレンジを

……

『オレンジの木』はメキシコ征服の影の立役者となった通訳の思い出を綴った「両岸」、コルテスの同名の二人の息子、つまり、原住民の愛人マリンツィンとの間にできたマルティンと正式のスペイン人の妻ファナ・デ・スニガとの間にできたマルティン、この二人の葛藤を描いた「征服者の息子たち」、スキピオ率いるローマ軍に包囲されて人肉を食べるほどに食料に事欠いても降伏を潔しとはせず、最後には町に火を放ち全員壮絶な死をとげ侵略者ローマ軍には何一つ与えなかったヌマンシアの人々の姿を謳ったセルバンテスの戯曲『ヌマンシアの包囲』をもとに、スキピオの立場から描き直した「二つのヌマンシア」、アカプルコに旅し、そこで知り合った八人の商売女たちとクルージング、七人を相手にセックスをしている最中にショック死した映画俳優が語るB級映画の俳優にふさわしいドタバタ騒ぎ「アポロと商売女たち」といった四篇の中篇と、新大陸、というより楽園に到着して脱俗的な生活を続けるコロンブスのもとに日本企業が進出、コロンブスと組んで観光事業を開始するという短篇「二つのアメリカ」からなる作品集。

この五つの物語をつないでいるのがオレンジ。アギラルがユカタンに植えたオレンジ。失脚したコルテスが死にかけている部屋に入ってくるオレンジの花の香り。飢餓に陥った冬のヌマンシアで来年の夏には実をつけるはずのオレンジの木。死んだ俳優の墓の横にある六、七メートルもあるオレンジの大木。新大陸に種をまき、五〇〇年の時を越えてコロンブスがスペインに持ちかえるオレンジの種。フエンテスがオレンジの実から連想するものは、繰り返し本文中で使っているのは、ゴロスティサのような心（ハート形）ではなく、太陽。オレンジがたわわに実るのを見れば納得しうるし、コロンブスに「見つめ、触り、皮をむき、噛み、呑み込む、わたしにとってはそうした最も身近な肉感的な悦びがオレンジには集まっている。そしてまた、最も古い感覚も。母、乳母、乳首、球、世界、玉子……」と語らしめるような果実であるのも当然と思える。

いずれ劣らぬ出来の五篇だが、ここでは「両岸」をもう少し詳しく見てみよう。

この中篇はヘロニモ・デ・アギラル（ユカタンに漂着しマヤ人の間で八年間暮らしたスペイン人。キューバから逃げだしてきたエルナン・コルテスと遭遇。彼の通訳として遠征隊に参加）とマリンツィン（原住民からコルテスに贈られた奴隷の一人。マヤ語とナワトル語に通じ、コルテスの愛人となる）という二人の通訳とメキシコ征服との関わりを通説とは違った角度から描いたもの。当時のスペインの九倍の土地、三倍の人口を抱えたメキシコがわずか五〇〇名あまりの人間にどうして征服されたのか。アステカの伝説にあるケツァルコアトル神が予告した帰還の年とコルテスがメキシコの地を踏んだ年の偶然の一致。予言が果たされ、神とは戦えないと諦めたアステカの王モクテスマの指導力。新大陸にはいなかった恐ろしい生き物、馬に対する原住民の恐怖。アステカの被支配部族トラスカラのコルテス支援。投石があたってあっけなく死んだモクテスマの神性に対する原住民の側の疑念等々、様々な要因が挙げられるが、数において圧倒的不利な立場にあるコルテスが本当にアステカを征服できると考えていたのだろうか。様々な局面でコルテスの、また、メキシコの運命を決定したのが二人の通訳。征服の初期の段階では原住民↕マリンツィン↕アギラル↕コルテスという通訳経路をとるが、マリンツィンはアギラルがナワトル語を覚えるよりも速くスペイン語に習熟していく。そして、メキシコに愛着を抱いていたアギラルはアステカ側に、憎悪を感じるマリンツィンはスペイン側に立って、おたがい相手を滅ぼそうとするような、恣意的な通訳、悪訳をする。だが、「コルテスは通訳としてだけではなく愛人としてマリーナの言葉に耳を傾けた。そして通訳、愛人としてこの土地の人間の声に注意を払っていた。モクテスマは神々の声しか聴かなかった。わたしは神ではなかった。彼がわたしに耳を傾けるのはエメラルドのように素晴らしいものの、オームの声みたいに気まぐれな儀礼の一つの表れだった」。通訳としてアギラルは負け、マリンツィン（マリーナ）が勝利をおさめる。仮にアステカ側がコルテスを倒していればアステカはヨーロッパを発見し、スペインを侵略していたかもしれない。「両岸」はそんな仮説までをも物語に取り込んで展開する。

だが、事実は受け入れねばならない。アステカは滅び、やがては、征服者たちも栄光の極みから引きずり降ろされる。コルテスにしても、その息子たちにしても。「発見と征服という企てにおいては誰も無傷ではなかった。自分たちの世界の破壊を見た敗者も、自分たちの野心をすっかり満足させることができなかったばかりか、終わりのない失望と不正を味わった勝者も。両者は分かちあった敗北をもとにして、新しい世界を造らなければならなかった」とアギラルは語り、「わたしたちはスペイン王室の継子なのだ。父はそれを知っていた。彼はメキシコを好いてはいたが、祖国とはしなかった。彼はメキシコを愛した。わたしは愛している。息子であるわたしたちは新しい国を手にしているだけではない。わたしたちが新しい国なのだ」と庶子マルティンは語る。メキシコ人にとって去年のコロンブス騒ぎはおよそ他人事であり、一五二一年の征服のほうが大きな意味をもつ。フエンテスのメキシコのアイデンティティ探しが常にこの時点にもどるのもそのせいである。

（一九九三年一二月号）

プラネタ賞、初版二一万部
――バルガス＝リョサ『アンデスのリトゥーマ』

詰所の入口にインディオが姿を見せたとき、リトゥーマにはその女の言おうとしてることがわかった。女は話した。だが、ケチュア語で。歯のない口の隅から糸のような唾をたらしながら、もごもごと。

「なんて言ってるんだ、トマシート？」

「よくわかりません、伍長」

警官はやってきたばかりのその女に、ゆっくり話すよう両手で合図しながら、同じようにケチュア語で話しかけた。そのインディオの女はまた聞き分けられないような音を出したが、リトゥーマの耳にはすさまじい音楽のように響いた。突然、彼はむかむかした。

「なに、言ってんだ？」

「夫がいなくなった」と彼の部下はつぶやいた。「四日前、らしいです」

「これで三人か」リトゥーマは顔が汗まみれになっているのを感じながら、口ごもった。「くっそー」

バルガス＝リョサの新作長篇『アンデスのリトゥーマ』はこのように始まる。古い話だが『ユリイカ』でバルガス＝リョサの特集を組んだとき（九〇年四月号）、原文・既訳からの引用を極力多用しながら、バルガス＝リョサが偏愛するこのリトゥーマという登場人物を追いかけたことがある。リトゥーマはこれまでに『ボスたち』（一九五五）所収の短篇「ある訪問者」、『緑の家』（六六）、『フリアとシナリオライター』（七七）、戯曲『ラ・チュンガ』（八六）、そして、『誰がパロミノ・モレーロを殺したか』（同）に登場。今回で六度目となる。

『誰がパロミノ……』はリトゥーマがシルバ中尉とともにタラーラでの殺人事件の捜査にあたり真相を究明するも、体面を重んじる軍の工作でフニンの寒村に転任という辞令をもらうところで終わった。『アンデスのリトゥーマ』の舞台はフニン州のナッコスという

「かつては鉱山町としてにぎわった。道路工事がなければいまごろ存在していない」ような場所。一方、物語の最後でリトゥーマは軍曹に昇進しサンタ・マリア・デ・ニエバへ転任という電報を受け取る。結局、この新作はリトゥーマの経歴から見れば、『誰がパロミノ……』と『緑の家』をつなぐ作品となる。

物語は、冒頭の訳からも分るように、「世界の果て」と噂されるナッコスで起きた連続失踪事件をリトゥーマと二三歳の部下トマスが捜査するという推理小説仕立てとなっている。事件は解決するのだろうか、真相は何かという謎解き、そして、トマスが暇つぶしに夜毎リトゥーマに話してきかせる過去の自分の恋愛沙汰（アンデス山岳部の町で、自分の好きな女がいたぶられていると誤解して男を射殺。その女を連れてスリリングな逃避行。リマで治安警察の実力者である名付け親に事件の片をつけてもらうものの、女には棄てられる）の滑稽さ、この二つに読者は緊張と緩和を心地好く強いられ、さらには、失踪した三人（治安警察の詰所で下働きをしている口のきけないペドロ。アンデスの村や町を行商していた、異常に色の白いカシミーロ。坑夫の監督、デメトリオ）の過去、『語り部』（八七）でも描きだされているような精霊や悪霊が闊歩するアンデスの神話世界、その美しい自然の景観が織りなす物語に目を見張らされることになる。

リトゥーマは伍長に昇進してはいるもののタラーラからの左遷は明らかで、ナッコスのある地方はセンデロ・ルミノソのゲリラが出没し、社会の敵と見なされた人間は人民裁判にかけられて即刻処刑されるような物騒なところ。「あなたとぼくは生きてここを出られません。囲まれてるんです」というトマスの不安を同じように抱いているが、「あんたは立派な警官だ。キャンプの誰もがそう認めてる。権威を笠に着ることがない。そんな警官は多くないよ。山地を自分の掌のように知ってる人間がうけあってるんだ。……みんなそう思っている証拠に、あんたもあんたの部下もまだ生きてるじゃないか」と酒場の主人には妙な慰められ方をされたりもする。むろんゲリラばかりか「朝は息づまるような暑さ、でも、夜は氷」という厳しい自然にも気をつけねばならない。隣村でおきたゲリラ襲撃事件の調書をとりにいった帰り道、リトゥーマは山津波に襲われるものの九死に一生を得る。だが、その土砂崩れが原因でナッコスの道路工事は中止、詰所は撤去、非常事態宣言が出ている場所に勤務していたということで二人は栄転。結局、リトゥーマは自然の猛威のおかげでゲリラの恐怖から解放されることになる。

リトゥーマが失踪事件にどう片をつけるかは紙面の都合で省くが、この作品は『誰がパロミノ……』同様、単なる推理小説ではない。ペルー人の非合理性、アンデスの謎めいた部分をあの手この手で描こうとしてもいるからだ。たとえば、フランスからの旅行者を、そして、長年ペルーの環境保全のために働いていたエコロジストを単に外国人という理由だけで殺害するゲリラ。また、「北部、あのピウラやタラーラではリトゥーマは魔女や魔術など信じたことがなかった。だが、ここでは、山では、そんなにはっきり否定できなくなっていた」というほどいまなお大きな存在でありつづける古来の神々や精霊の存在。ペルーの外にいつづけるバルガス＝リョサは外国人教授の口を借りて説明する。「間違っているのはわたしたちなんです。そうした虐殺を頭で理解しようとしたから。合理的な説明はないんです」。また、その外国人はペルーのどんなところに熱を上げるのかという質問には「理解できる人がいない国なんですよ。……不可解なものほど人を惹きつけるものはありません。わたしたちのように明解で透明な国々の人間にとっては」と答える。

本書はスペインの九三年度のプラネタ賞を受賞。一九五二年に始まったプラネタ社主催の同賞は応募原稿の中から選ばれるものらしいが、とすれば、いまやどこの出版社からでも出しうるバルガス＝リョサがなぜ応募したのか。まさか、受賞作は初版二一万部という驚異的な発行部数に惹かれたわけでもないだろうが。スペインに帰化という事件以来、バルガス＝リョサの行動がよく理解できないが、作家は作品がすべてと考えれば評価は簡単。受賞はスペインの側からのお祝いではなく、受賞して当然の作品。読みはじめたらやめられないほど素晴らしいエンタテインメントに仕上がっている。分量的には、結構楽しめた『誰がパロミノ……』の倍近いが、面白さはその何倍にもなる。それもこれも、一重にリトゥーマのおかげか。

（一九九四年一月号）

ポール・ボウルズを魅了した作家
——ロドリーゴ・レイ＝ローサ

どこにいても、一日一回は本屋に行かないと落ちつかない。そうそう書棚が変わるはずはないが、何か面白い本が出ているかもしれないという衝動に駆られるからだ。ときには棚ぼたということもある。この二月、東京のある書店の棚からそのぼた餅は落ちてきた。見知らぬ作家の本があればまず裏表紙の簡単な解説を見る。すると「ここに集められた短篇の舞台はグアテマラである。だがニュースで知るグアテマラではなく、たえず暴力に脅かされながらも、ほぼいつもと変わりなく暮らしつづける人たちのグアテマラである。どの物語も定理と同じように強烈にして簡潔。シンボルやメタファーは排除されテーマは簡明直截に表されるが、それがあまりにも簡素な表出に慣れていない読者を驚かすことだろう」というポール・ボウルズの紹介文。ふーん、と思いながら扉を見ると、ボウルズ自身が英語に翻訳とのこと。さらにこの『乞食のナイフ／穏やかな湖面』の巻頭の作品を読むと、文の歯切れのよさに感心させられ、これは買いと思って、ふたたび棚を見れば、もう一つのぼた餅、中篇集『木の牢獄／船の救い主』が並んでいた。

作者、ロドリーゴ・レイ＝ローサについてはスペインのセイス・バラル社から九二年二月に同時発売されたこの二冊の本の扉に書かれている「一九五八年、グアテマラで生まれ、同国で学ぶ。やがてニューヨークに移り、何年も前からモロッコ在住。彼の小説は英語（ポール・ボウルズ訳）、フランス語、ドイツ語に訳されている」というきわめて短い著者紹介しか今のところ手元にはない。従って作品の正確な出版年も不明だが、ⓒは『乞食のナイフ／穏やかな湖面』が八五年、『木の牢獄／船の救い主』は九一年。また『木の牢獄』はボウルズに捧げられており、八九年タンジールで脱稿と記されてもいる。

まったく無名の若者の処女作の推薦文や書評を書いたというだけならどんな作家にもありそうなことだが、自ら翻訳までするほどレイ＝ローサの何がボウルズを刺激したのだろう。どこが気に入ったのか、気になるのか、それが逆に気にかかって何篇か訳したが、次に「黄色い猫」という掌篇を一つ紹介したい。

＊

寝入るまえ、彼は長いあいだベッドでのたうちまわった。悪夢は夜に食べたもののせいにちがいなかった。目がさめ、ふくれた腹の上に手をもっていく。バス・ルームに行こうと思い、ゆっくり起きあがった。そこで顔を洗っているとき、思い返しはじめた。

とある家に入ると、黒いウールの服を着た二人の男に迎えられた。何も言わずに彼は裏口までついていく。外にでると、庭のむこう側に停泊している船に彼らを運ぶボートが待っている。船上では死んだ祖父が彼を待ちうけている。会うと二人はしっかり抱きあう。キスをかわし、目を見つめあい、頬笑む。するとそのとき、一人の司祭が現れる。司祭は瓶を手にしている老人を非難の目で見る。老人は言い訳をするような仕種をする。そして、二人は鉄格子のむこうに姿を消し、議論しはじめた。

彼は自分のベッドがある部屋に向かう。黄色い猫が一匹、枕の上に横たわっている。しばらく休もうと思って服を脱いだとき、その猫が彼に飛びかかり、爪を立てた。ガラスが粉々になるような痛みが首まで走り、すぐに胃に降りた。ベッドに横たわると、屋根をとおして空の星を見ることができた。

＊

『乞食のナイフ／穏やかな湖面』に所収された作品、短いものは原文一ページ、長いものでも九ページといった三八の掌・短篇は書き方、プロット、いずれの面でもバラエティに富んでいる。だが、拙訳からもわかるかもしれないが、夢を扱ったものが目につく。正夢、逆夢、悪夢、そのいずれであれ、たいていの人が夢を見る。およそ自分が見るはずもないような夢、他人の夢を夢見る人もいるかもしれない。そんな夢の意味を、夢に象徴を見いだそうとするのは別人にまかせて、レイ＝ローサは夢から覚めたときの心ここにあらずといった状態、夢と現実の間の狭間で揺れる意識のありようを「強烈にして簡潔」に見事描いている。

褒められるだけのことはあると思いながら『木の牢獄／船の救い主』に進むともう脱帽。掌・短篇では測りしれないようなストーリー・テラーとしての才能が明らかだから。「『木の牢獄』は大作家の作品であることに議論の余地はない」というのがル・モンド紙の評。物語の舞台は中米のある国。優秀な女性研究者が数多くのオウムに一音ずつ覚えさせ、詩を朗読させるまでになる。一人の政府役人はこの博士の研究を援助し、反体制側の死刑囚をどんな命令にも従う奴隷に作りかえようとする。囚人たちは脳に手術を施され舌を切られたあと、まるでオウムと同じようにそれぞれ一本の木につながれ、ある時間になると集められ、全員で一つの文章を言う訓練をさせられる。だが、手術が失敗したのか、まだ正気を保っている一人の囚人がたまたま見つけた鉛筆と紙で、過去は思いだせないため、ひたすら現在の様子を書きとめはじめる。看守と猛犬に怯えながらも彼は隙を見ては自分と同じような人間を探しまわる。ある日、そんな人物が現れ筆記で交信。やがて別々に木の牢獄から脱獄……。物語はその囚人のノートを中心にして進むが、密林の多い、だからこそ秘密が保てそうな中米なら起こりかねないと思わせるような内容だけに底知れない迫力がある。

もう一篇の『船の救い主』の舞台も中米のある国。職務を遂行しうるかどうか判断するため軍人は全員精神鑑定を受けねばならないという大統領令が出る。提督はどんなテストなのか不安になり図書館に調べに行くが、そこで見知らぬ男からパンフレットを渡される。読むと、〈我々は君たちの本を読むことができない。だが、我々が住んでいるのはそうした本の中、インキや紙の中であり、我々はそこから君たちを観察している〉といった異様な文面。翌日、心理テストで一つの模様を見たとき、その文章が脳裏につきまとい、先に進めなくなってしまう。友人の医者は不審に思い、ふたたびテストをするがまた同じところで提督はつまずき……。見知らぬ男は何者なのか、すべては陰謀だと思う提督はどう対処するのか、ミステリアスな雰囲気を漂わせながら先へ先へと読ませてくれる好篇。

ひさしぶりに、次作が読みたくなるような、ユニークな視点を持った作家の登場！

（一九九四年五月号）

切ない恋の物語

――ガルシア＝マルケス『恋と、もろもろの悪魔たち』

『迷宮の将軍』以来、ひさびさにガルシア＝マルケスの長篇。とはいえ、原文で二〇〇ページほどの読みごろの長さ。メキシコでの初版が五万。『迷宮の将軍』の七万と較べれば少ないが、それでも出版社にしてみればあいかわらずのドル箱。というよりはこれくらい売れねばならない理由があるのかもしれない。この作品も『コレラの時代の愛』同様、カリブ海に面した港町、植民地時代の拠点でもあったカルタヘナを舞台にした恋愛小説だが、いささか趣が変わっている。

序文を読むと、この長篇を書くきっかけは四五年あまり昔、いわゆる「幸せな無名時代」に入った頃に目にした出来事にまで遡る。ガルシア＝マルケスは一九四八年五月からカルタヘナの「エル・ウニベルサル」紙で働き、四九年一二月にはバランキージャに移り、翌一月から「エル・エラルド」紙でセプティムスというペンネームでコラムを担当しはじめるが、ちょうどこの変わり目の四九年一〇月二六日、カルタヘナのサンタ・クララ修道女院の納骨堂の解体工事を記事にするよう命じられ、現場に行って工事の様子を眺める。すると主祭壇の三つ目の壁龕に、「つるはしで一撃くらわせると、墓碑は飛び散り、濃い銅色の生々しい髪が納骨堂の外にあふれでた」が長さを計ると二二メートルあまりあり「いまだ少女の頭蓋骨にくっついていた」。その墓碑にはシエルバ・マリア・デ・トドス・ロス・アンヘレスという名が刻まれているだけ。この髪を目にして、ガルシア＝マルケスはつまり、「髪の毛がちょうどウエディング・ドレスの裾のように垂れ、犬に嚙まれて狂犬病で死に、彼女がした多くの秘跡によってカリブの国々で崇められていた一二歳の小侯爵」をめぐって、小さな頃、祖母が話してくれた話を思いだす。二つのことを結びつける想像力、そして、それをもとにして物語を作りあげる創造力には脱帽するしかない。その物語は……

財をなした初代の後を継いだカサルドゥエロ侯爵は初恋の女性との仲を親に裂かれ、逆に、親の勧める女性と結婚。この賢明な女性は献身的に夫につかえ、彼の心を開こうとしてテオルボ（昔のリュート）を教える。侯爵はそんな彼女に惹かれるようになるが、ある日、木の下で二人で合奏しているとき、彼女は雷に打たれて死亡。ショックのあまり侯爵は相続した財産の大半を教会に寄進。四二歳で失意のうちに過ごしているとき、人夫頭の陰謀にはまって二三歳のその娘ベルナルダを妊娠させ、結婚せざるをえなくなる。やがて、月足らずで娘シエルバ・マリアが生まれる。ベルナルダは娘をうとましく思い、黒人の女中頭に預けて育てさせるが、「奴隷たちの中庭に移されたシエルバ・マリアは話ができるようになるまえから踊りを覚え、アフリカの三つの言葉を同時に覚え、断食には鶏の血を飲み、まるで空気でできているかのように、誰にも見られずに、また、気づかれないまにキリスト教徒の間に忍びこむことを学ぶ」。ところが、一二月のある日、一二歳になる誕生日の直前、シエルバは奴隷売買でにぎわっているカルタヘナ港の市場を女中と一緒に通りかかったとき狂犬に噛まれる。女中はたいした傷ではないと思い報告が遅れる。やがて報告を受けた母親もそれを夫に言うことを忘れ、侯爵は家を訪ねてきた民間治療をする老婆からその事実を初めて知らされ、狂犬病がどんなものかを見に病院に出かける。その帰り道、町で一番と評判の医者と出くわし相談する。いつ発病するか分からないという状況の中で公爵は娘に白人の習慣を教えはじめるが、三月半ばのある日、娘が発熱。侯爵は「この五〇年のあいだに異端審問所は一三〇〇人にさまざまな罰を下し、七人を火刑にしていた」状況下であっても、怪しげなものをも含めて、ありとあらゆる治療を試みる。やがて、侯爵は司教に呼ばれ、「あなたの哀れな娘さんが淫らな痙攣にとらわれて床をころがりまわり、なにやらおかしなことを叫んでいるというのが公然の秘密とか。悪魔が乗り移った明白な徴候ではありませんか」と言われて、侯爵は経緯を語るが、結局、娘をクララ修道女院に預けざるをえなくなる。こうして、シエルバは犬に噛まれて九三日後、院の一番奥まったところにある「六八年のあいだ異端審問のための牢獄として使われた別棟」の独房に入れられるが、黒人奴隷たちの間で身についた粗野な言動がもとで、完全な悪魔憑きと見なされてしまう。一方、司教の側に仕える司書であり神父でもあるデラウラはある夜、実際に顔を見たこともないシエルバを夢に見る。その奇妙な夢の話を聞いた司教はシエルバに会って研究するよう命じる。デラウラは一目会っただけで彼女に惹かれ、僧侶としての自分と男としての自分との狭間で悩むものの、やがて、秘密の通路を通って夜毎、シエルバの独房を訪れ、自分の高祖母の祖父ガルシラーソ・デ・ラ・ベガの詩を口にして彼女の心の扉を開けようと必死になる……。

むろん、全体の物語は時間の流れにそって進むわけではなく、物語の進行にあいまって、必要な過去が挿入されていくのだが、語り口が『予告された殺人の記録』に近いため、読者の脳裏には三三歳の僧侶と一二歳の少女の切ない恋の物語がつかえるところなく再構築されることになる。それに、なんといっても人物設定がいい。植民地時代末期の世界に呑みこまれる主人公二人は無論のこと、脇役にまで実に目が行き届いている。植民地の支配者の側の狭量さ、妄信を浮かびあがらせるのは、気弱な痩身の侯爵、痩せるためにありとあらゆる手段を講じる身勝手なその妻、自分の理に外れたことは悪魔の仕業と見なす修道女院長たち。逆に、その批判者として配置されているのは、豊かな読書量とヴォルテール全集を始めとする蔵書を持ち、キリスト教世界の偏見にとらわれないユダヤ人医師。

その医師は「恋というのは自然に反する感情なんです。見知らぬ二人に卑しい不健康な隷属を強い、はかないものであればあるほど強烈になるものなんです」とデラウラに説くが、馬の耳に念仏。恋の虜が、牢獄に囚われている愛しい人を救いだそうとする様はまさしく騎士道小説だが、それを暗示するのがデラウラが一二歳のとき夢中になって読み、神学校の校長に禁書を理由に取り上げられてから、ずっと結末を知りたがっていた本。彼がユダヤ人医師の蔵書の中で再会するその本は『アマディス・デ・ガウラ』。ガルシア＝マルケスは同書を一つの仕掛けとして用いたが、彼に限らずラテンアメリカの現代作家たちの多くがその物語の面白さを口にする。スペインの古典として燦然と輝く騎士道小説であり、『ドン・キホーテ』理解のためにも邦訳が待たれる。

（一九九四年八月号）

回想の六〇年代
――フエンテス『ダイアナ、孤独な狩人』

わたしに老いを感じさせたのはダイアナがはじめてだった。わたしは四〇になっていた。恋敵は二四にしかなっていなかった。ダイアナは三二歳。わたしは笑った。イタリアで一八歳のアメリカ人の女の子をつれてディスコに入ろうとしたとき、警備員がわたしの行く手をさえぎり、「ここは若い人だけです」といった。「父親なんだ」とわたしは落ちついて答えた。そのとき三五歳だった。

＊

一九七〇年、ビートルズ解散。マリリンの死、ケネディ兄弟、マルコムX、キング、ゲバラの暗殺、ヴェトナム戦争、パリの五月、メキシコのトラテロルコ事件、そしてアームストロングが月の神話を破壊した六〇年代の残像はそこで永久に消え、息子が父に反旗を翻す時代が終わってまもなく四半世紀になる。当時を振り返れば、まるで七〇、八〇年代には何もなかったかのような錯覚にとらわれる。だが、六〇年代を語っても思い出に過ぎず、当時、共通に幻想を抱いたことのない人たちに記録は提供できても時代の空気や熱気までをも伝えることはできない。彼らはその時代の外にいて、体感できず冷静に理解しようとするから。反面、彼らと同じように傍観している自分を見て怖くなるときもある。時の流れを感じさせられるからだ。

フエンテスは五月に新作『ダイアナ、孤独な狩人』を発表。独立時代の南米を舞台にした『戦い』が壮大なプラトニック・ラヴ・ロマンスだったとすれば、『ダイアナ』はエロティックな恋愛小説＋六〇年代を総括した回顧録といえる。一人称で語られるこの作品にはルイス・ブニュエル、ウィリアム・スタイロン、クエバス、ティナ・ターナー等々が登場、また、主人公である作家は一九二八年生まれのメキシコ人、名前もカルロス、そして映画女優と結婚し離婚、再婚等々のエピソードからすれば、フエンテスの自伝的色彩の濃い作品、かつてのウィタ・セクスアーリスを綴ったものとも読める。

一九六九年の大晦日の夜、主人公である作家は妻とともにメキシコ市の友人の家で開かれた年越しパーティに参加。帰ろうとするころ、映画の仕事で来墨したアメリカ人女優ダイアナ・ソーレンが現れる。作家は妻を先に帰して彼女と話しこみ、パーティがお開きになった後、ホテルで一夜を過ごす。それがきっかけで、作家はダイアナの誘いに乗ってロケ地であるドゥランゴ州のサンティアゴ（西部劇の撮影によく利用された町）に赴き同棲を始める。昼間はダイアナは撮影、作家は創作、そして、夜には熱い欲望を充たすという生活を送るうち、作家は彼女の際限のない、奇妙な欲望に気づきはじめる。ある日、ベッドのそばにクリント・イーストウッドから贈られた〈荒野の用心棒〉の写真が貼られているのを目にして「ベッドにいるとき、多くの男たちがきみの肌を通りすぎていくのが見えるんだ。きみの最初の恋人から、ここにはいないがいまもつきあっている愛人たちさえもが……。これまできみとやってきた男たちみんながきみと寝ている、そう思うのが好きなのか？」という。さらにある夜、目が覚めると、彼女は受話器に向かってティナ・ターナーの歌を歌っている。深夜の電話はその後も続き、作家が盗み聞きすると、アメリカにいるブラック・パンサーの幹部にかけている。不安になった作家は、町当局が主催した夕食会のときに口論した将軍から、恋人に気をつけなさい、といわれたことを思いだし真意を確かめに行く。ＦＢＩが動いている、友人の政府高官に援助を求めたほうがいいという将軍の忠告に従い、早々にメキシコ市にもどるが頼みの政府高官は外国に出かけていて不在、妻からは離婚を迫られる。サンティアゴに帰ってみると、新しい恋人ができたからお別れ、とダイアナにいわれる。その恋人は作家が町の薬局に剃刀を買いにいったとき知り合った左翼学生。「彼女は彼の中に革命のヒーローを見ていた。そして、わたしの中には自分の夫の退屈な反復を」。それでも、このダイアナとの体験のおかげで作家はそれまでの創作上のスランプを抜け出し、「わたしを待ち、必要とし、わたしに人生最大の喜びを与えてくれた作品」へと跳ぶことができるようになる。以後のダイアナの消息は新聞や人づてに知るのだが、彼女はメキシコで妊娠。ＦＢＩは〈対破壊者諜報活動〉に従って黒人の活動を抑えるためにダイアナを利用、ハリウッドのスキャンダルにする。やがて彼女は子供を産むが三日後にその子は死亡。夫のいるパリにもどった「彼女は映画にもどるために痩せようとした。急激なダイエットが彼女を衰弱させ、気をたかぶらせた。不安を鎮めるためにアルコールの量が増えた。痩せるために、そして飲むのをやめるために薬の量が増えた。さまざまな診療所に出入りした」後、結局は「パリの路地に停まっていたルノーの中で腐りかけているのが発見された。二週間たっていた。彼女はサルティージョのサラーペにくるまっていた。サンティアゴでわたしと一緒に買ったサラーペだろうか？　遺体のそばにはミネラル・ウォーターの空き瓶が一本と遺書しかなかったと外電は伝えている。……腐っていない箇所は煙草でつけた火傷の跡だらけだった。それでもわたしは、彼女は最期に、死ぬときに、自分の肌に快感を覚えたのだろうかと思った」

メキシコ版が一万五〇〇〇部、アメリカを含めて一〇ヵ国で同時出版された『ダイアナ』はすべてを文学のための肥しにする傲慢な作家とそばに男がいなければ生きていけない孤独な女優の二人の姿を、そして、最初から先が見えているような二ヵ月たらずの彼らの危うい関係を描きながらも単なるロマンスに終わってはいない。マッカーシーの赤狩りが映画界に与えた影響、黒人運動、トラテロルコ事件とメキシコ、そして、『老いぼれグリンゴ』にもまして舌鋒鋭いアメリカ批判といった六〇年代をめぐる様々な話題がこの作品をフエンテスとしては短めとはいえ、中身の濃い、読みごたえのあるものにしているからだ。『ダイアナ』で作家は「ぼくは書く時間がない状態が怖い。書くことが大好きなんだ。どんな作家にも限られた時間しかない。書く気になった瞬間から死との闘いがはじまる。毎日、死はぼくの耳もとに近づき、『一日減った。時間がないぞ』というんだ」といってダイアナの撮影現場に出かけるのを拒否する。フエンテスは《時の齢》と銘打ち今後の作品をも含めて自分の全小説のリストを作っているが、『ダイアナ』は〈現代の記録〉というタイトルでまとめられた作品群の最初のもの（他の二つは『アキレス』『プロメテウス』と神話に因んだタイトル。ダイアナはローマ神話の月の女神で狩猟の守護神でもあるディアーナの英語読み）。『老いぼれグリンゴ』に初めてこのリストが載って以来、作品数は二二冊から二八冊に増え、未刊のものが九冊となった。フエンテスの最近の旺盛な創作活動は時間のなさによるものなのだろうか？

〔フエンテスは五月一三日にスペインの大きな文学賞の一つであるアストゥリアス皇太子文学賞を受賞、また七月八日にはユネスコのピカソ勲章を受勲〕

（一九九四年一〇月号）

ブエノスアイレスの創造

一九一四年一五歳のとき渡欧したボルヘスは二一年、「先に付随する情報があってこそ感動するものだが、わたしはそうしたものを追放した、剝き出しの感動を表現する芸術に憧れる。皮相なもの、形而上学的なもの、そして、自己中心的であったり辛辣であったりする背景を回避する芸術に。そのためには——どんな詩にとっても同じことだが——不可欠な手段が二つある、つまり、リズムとメタファー。音の要素と光の要素。リズム、それは韻律の五線譜に監禁されずに揺らめき、自由奔放、だしぬけに中断する。メタファー、それは二つの——精神的な——点と点の間にたいていいつも最短の道をひく言葉の曲線」と考えながら帰国。その年の一二月には「ルベン主義はその生の一一時四五分にある。……ルベン的な美は完成し、終わり、消滅している」としてルベン・ダリオが推進しスペイン語圏で花開いたモデルニスモを否定する一方、スペインでカンシーノス＝アセンスから薫陶を受けたウルトライスモ体験をもとに、ポスター・サイズの一枚の紙からなる壁雑誌「プリズム」を創刊し前衛運動を開始するが、この雑誌とも呼べないような雑誌は二二年三月に二号で廃刊。人の目にさらしえたものはウルトライスモの主張と数篇の詩に過ぎない。同年八月には薄っぺらな雑誌「舳先」を創刊、これは二三年七月に三号で廃刊になるが、二四年八月に第二期「舳先」が月刊誌として復刊し一四号まで出て、翌年廃刊。ボルヘスはこの二つの雑誌を主宰してアルゼンチンの前衛運動への端緒をなしたが、その運動の隆盛は、二四年に創刊され二七年に政治的圧力で廃刊された雑誌「マルティン・フィエロ」によるものとなる。

前衛詩人として自らデビューしたはずのボルヘスだが、「ボルヘスは最初に書いたウルトライスモ詩でウルトライスモ詩人ではなくなった」という批評家ネストル・イバッラの有名な言葉がある。何がボルヘスを転向させたのかと問えば、ブエノスアイレスの再発見という答えがもっともらしく返ってくる。誰も時と所という座標からは離れられない。この時期のボルヘスはどの点に位置していたのだろう。

アルゼンチンは一八一〇年にスペインからの独立を宣言したものの、統一派と連邦派に分かれての内乱、ロサスの独裁等々で揺れ動き、八〇年九月にようやく、国会が満場一致でブエノスアイレスを首都に決定する。ここからブエノスアイレスは本当に発展しはじめるのだが、まず最初の市勢調査がなされた八七年の総人口は四三万三〇〇〇人（このうち、移民はイタリア人の一三万八〇〇〇、スペイン人の四万を含めて二二万八〇〇〇）。九五年には六六万三〇〇〇人（移民三四万五〇〇〇）。それが、一九〇四年には九五万一〇〇〇人（移民四二万八〇〇〇）、さらに一四年には一五七万六〇〇〇人（移民はイタリア人三一万二〇〇〇、スペイン人三〇万七〇〇〇を含めて七七万八〇〇〇）、三一年には総人口二一九万五〇〇〇人あまりを抱える世界六番目の大都市となる。その人口を収容する家屋・ビルの数は八七年には三万三八〇〇、九五年には五万四八〇〇、一九一四年には一三万二〇〇〇。建築ラッシュで一万八〇〇〇件もの建築許可申請が出された一九〇九年当時、港の埠頭から見ると視界に飛び込む建物は竣工したばかりの高さ六〇メートル九階建てのプラサ・ホテルだけだが、一四年の記録では町の全家屋・ビルのうち複数階ある建物は五分の一の二万六〇〇〇（二階建てが二万七五二でその大半を占め、七階建て以上は一三八）。プラサ・ホテルの建築がビルの高層化の先鞭となり、一五年には劇場、キャバレー、展望レストランを持つ高さ八〇メートル一四階建ての多目的ビル、ガレリア・グエメス、二三年には高さ一〇〇メートル一八階建てのパラシオ・バロロ、そして、二九年になると市で初めての二〇階建てパラシオ・ミハノヴィッチを皮切りにニューヨーク的な摩天楼の建築が開始され、三六年にはコリエンテス大通りの拡張工事の終了に伴い、高さ八八メートル二一階建てのコメガとタワーを別にして一〇〇メートル二六階建てのサフィコ、一二〇メートル三二階建てでラテンアメリカ一の高さを誇るカバナーと、ブエノスアイレスはまるでバベルの塔を築くかのように高層化に熱狂する。それにともない一三年から三六年の間に町の中心部からは昔ながらの景観がすっかり消えてしまう。一方、ブエノスアイレスの風景の中に一八九二年初めて自動車（二人乗りのベンツ）が登場。当時、〈馬のない車〉と呼ばれた車だが、一九〇一年に四人乗りの国産車が誕生。三年にはタクシーが、四年にはバスが走りはじめ、六年には登録車両台数四四六（そのうち二四台がトラック）。五年、最初の自動車事故死により町の中心部では時速一四キロという制限が設けられるものの自動車への熱狂は一〇年の最初のグラン・プリ開催となり、ブエノスアイレスとコルドバ間七六〇キロを雨で泥沼と化した道を三〇時間四二分（平均時速二四キロ）で走った車が優勝。また、この年、飛行機は初めてラプラタ川を越す。それを皮切りに、一二年にはモンテビデオまで、一九年にはチリの首都サンティアゴまで、そして、二六年にはニューヨークからブエノスアイレスまで飛行。

移民の「黄金世紀」ともいわれる一九〇四‐一四年、その後も、三二年には世界第六位の大都市になるほど、増えつづけていく人口。平らな町から摩天楼の町への変化。日常生活へのスピードの侵入。一四年から二一年にかけて、多感な時代に祖国を離れていたボルヘスが目にしたのはそんな変わり果てた、そして、さらに大きく変わろうとしているブエノスアイレス。時も所も急激な変化を続け、人の足をすくいかねないほどの落ちつかない座標に置かれたボルヘスがしたことは自分の内部に不動の座標軸を創りだすことだった。その苦悶が『ブエノスアイレスへの熱狂』（一九二三）『正面の月』（二五）『サン・マルティンの手帖』（二九）といった初期の詩集から読みとれるが、ここではブエノスアイレスへの熱狂』を例にとってみよう。

　ブエノスアイレスの街は／もうわたしの一部／それは群衆と雑踏に落ちつかない／貪欲な街ではなく／薄闇と夕陽に哀れを誘い／日常の中で見逃しがちな／下町の意欲のない街／そして、慈悲深い木々とは無縁の／町外れの先にある街／不変の距離にかすみ／空と平原の／奥深い風景に消えかかる／簡素な家々がかろうじて立つところ……

三三篇からなる処女詩集の巻頭にあるこの「街」という詩からはボルヘスが心にとりこもうとしている街が眼前の激変している街とは違うものであることがわかる。それでもボルヘスはブエノスアイレスを歩きまわる。

　わたしはこの通りのたったひとりの観客／見るのをやめれば、この通りは死にたえてしまう／……

（「遠足」）

　わたしは名づけてきた／やさしさが広がるところを／そしていま、わたしはひとり、わたしとともにいる

（「近しさ」）

歩きまわるうちに、見いだしていくのだ。ブエノスアイレスの中にある自分に近しい場所である通りや街、場末を、そして近しい時、夕暮れを。だが、誰でも「私は自然が好き」というが、「でも、自然は君が好きなのだろうか」と問いただされたとき、どう人は答えたらいいのか。そんな戸惑いをボルヘスも抱く。

　流浪の歳月ののち／わたしは子どものころの家に

帰った／そこはまだわたしによそよそしい／わたしの手は木々に触れる／眠る人をなでるかのように／わたしは昔歩いた道をなんども歩いた／忘れられた歌を取りもどそうとするかのように／……

（「帰還」）

少年期になじんでいたものとの交感不能。どちらが変わったのか。ボルヘスか、それとも彼をとりまく風景か。ブエノスアイレスは二度建設された。まずは一五三六年、「イグサや川辺の植物に覆われた」場所にペドロ・デ・メンドサの艦隊は拠点を築いたが、インディオの襲撃をうけて放棄。それを一五八〇年、フアン・デ・ガライが再建。その史実と同様、ボルヘスのブエノスアイレスも二度建設される必要があったのだ。一度目はヨーロッパに発つまでの少年期の間に。二度目はウルトライスモにかぶれて帰国したとき。時代の流れに破壊されたブエノスアイレスを前にして。すでに眼前にはないが少年期の記憶に残る、いわゆる古き良き時代のブエノスアイレスを礎にしてボルヘスは自分の中に新たなブエノスアイレスを、時の流れに左右されない不動の場所を見いださねばならない。

わたしはブエノスアイレスを感じた／過去と思ったこの町は／わたしの未来であり、わたしの現在／ヨーロッパで過ごした歳月は幻なのだ／わたしはいつもブエノスアイレスにいた（そして、いることだろう）

（「場末」）

ヨーロッパ体験の否定、それはウルトライスモの否定へとつながる。ボルヘスが初期の三つの詩集でしたことは自分の居場所としてのブエノスアイレスの創造にほかならない。ボルヘスの詩としては形而上的な詩よりもこの時期の、ブエノスアイレスを歌った詩のほうを評価する作家、批評家もいる。ボルヘスの生地を見せてくれるからだ。一九六九年に『ブエノスアイレスへの熱狂』に付した序文で「『ブエノスアイレスへの熱狂』はその後わたしが作るものすべてを予知している」とボルヘス自身が語っているように。この期に創りあげたブエノスアイレスの記憶を新たにするために、また、確かなものとするために、その後、いったい何度、ボルヘスは自らのブエノスアイレスを歌うことになるのか。晩年の詩集、八一年の『命数』にさえ……

わたしはやはりブエノスアイレスと呼ばれていた別の町に生まれた／……／思いだすのはガス燈、棒を持った男／思いだすのは寛容な時代、予告もなくやってくる人々／……／思いだすのは自分が目にしたもの、両親が話してくれたこと／……／わたしを棄てたブエノスアイレス、そこでは、わたしは他所者かもしれない

（「ブエノスアイレス」）

＊参考文献 Molinari, Ricard Luis, *Buenos Aires 4 siglos*, Bs. As. TEA, 1983
なお、人口等の数字は概数に直した。

（『現代詩手帖』一九九四年一一月号）

目の悪夢
――フアン・ビジョーロ『アルゴンの照射』

悪夢ばかりをフィルムに定着したような「アンダルシアの犬」の中でもいちばんショッキングな場面は開いた目を剃刀で横一文字に切るシーンじゃないだろうか。目に見える現実を、そして、目を通してものを見ることで成り立っているリアリズムを断ち切ろうというメッセージなのだろうが、何度見ても背筋が寒くなるのはなぜなのだろう。どんなに小さなゴミが入っても目はチリチリと耐えがたい痛みをもたらす。それが切られたらいったいどんな痛みなのか想像してしまうせいなのか、あるいは、ものが見えなくなることに対する潜在的な恐怖を新たにされるせいなのか。医学の祖ヒッポクラテスは優れた眼科医でもあったという。以来、視力をなくさないための研究が続けられ、近年の飛躍的な科学技術の進歩によるレーザーの開発とあいまって、いまでは眼底の治療には光の熱エネルギー

を利用して組織を凝固させる光凝固という方法が確立され、アルゴンレーザー光凝固装置を使っての治療が主流という。

ブニュエルがリアリズムを切ったとすれば、ファン・ビジョーロは『アルゴンの照射』（一九九一）で悪夢のような現実にメスを入れる。文字を通して読者の脳裏に浮かびあがる悪夢はフィルムのそれと比べれば直接的でないため鮮烈さに欠けるが、ボディーブローのようにじわじわと効いてくる。

物語の語り手であり主人公でもあるバルメスはメキシコ市のサン・ロレンソにあるアントニオ・スアレス眼科病院に勤めている。この病院は四階建てだが、最上階には病院の開設者であり、まもなく七五歳を迎えようとしているスアレスと三〇年ほど前に手術で患者の視神経を切って以来メスを棄ててずっと病院の運営を担当している副院長ウガルデの部屋が、三階にはバルメスをはじめとする医師たちの部屋、そして、一階には街の事情に通じ、得体の知れない商売をしているとの噂のある医師イニエストラの部屋がある。病院は金曜日には一般市民のために無料診察をするほど繁盛しているが、それは世界的な名声がありメキシコ社交界でも著名であるスアレスによるところが多い。ただ、彼は数ヵ月前から不在であり、なぜか新聞の社交欄にも姿を見せていない。また、網膜科の科長をしていたハウプトがアメリカのヒューストンの病院に引き抜かれたため、二ヵ月前から、そのポストは空席。そのポストにウガルデはサン・ロレンソで生まれ育った三五歳のバルメスを抜擢しようとする。彼は即答を避け、同僚に相談するが、逆に、イニエストラが目を売っているという話を聞かされて、少し前にウガルデから渡されたイニエストラの報告書に目を通す。そこには、アメリカ国境沿いに広がるティファーナのマキラドーラ・ゾーン（メキシコの輸出保税加工地区）では八二年に一二万七〇〇〇人が、八八年には三五万人が仕事に就き、二〇〇〇年にはその数は一〇〇万になるという予想が、そして、そこでの労働者たちの目は劣悪な条件下で酷使されているため、眼鏡や角膜移植等々、目に関わる技術は充分金儲けになることが記されている。バルメスはイニエストラと一緒に働いている医師を問い詰めるが「一九八九年、アメリカじゃ、角膜移植が五〇〇〇回足らなかったんだ。当時、一回の手術に四〇〇〇ドルほどかかってる。計算してみろ！　角膜不足で二〇〇〇万ドルがストップしているんだ。我々はここから二四時間以内に角膜を供給できるが、衛生上の規制がそれを妨げてる。ティファーナの連中はもうルートを見つけてるってことさ」と言われ、それが病院に最新治療機器を購入するための影の取引であることを教えられる。父親の誕生日であったためバルメスはパーティに出かけるが、氷を買いに寒い夜の街をふらついたのがもとで熱を出し寝込んでしまう。元気になり、病院の内情を知るためには網膜科長の地位に就いたほうがいいと考えたバルメスはウガルデに受諾の返事をするが、すでに別人に決まっている。やがて病院が何者かに襲撃され、イニエストラが射殺される。その事件が新聞記事となり角膜売買がマスコミに暴露されたため、診療予約の取消が相次ぎ、病院経営は窮地に追い込まれる。ウガルデはバルメスらとともに、田舎で休養しているスアレスを訪ねて事態収拾のために現場復帰を依頼するが、スアレスは目が見えない。そして、大学時代の恩師でもあるスアレスの希望でバルメスは成功率の低い網膜手術をせざるをえなくなる。ところが、その手術の成功を阻止しようとする何者かに頼まれた男が拳銃を片手に、手術を成功させれば命がない、とバルメスを脅す。そんな難しい状況下で、バルメスはスアレスの眼底にアルゴンを照射する……。

物語はこのようにミステリー・タッチで展開するが、サン・ロレンソという架空の地区を舞台にしながらもメキシコの下町の様子やその住民たちの姿、バルメス自身や家族の過去、彼に近づくモニカという謎の女性の動きが絡みあい、全体として読者は変貌する現代メキシコの不気味な影を、アメリカとメキシコの暗い繋がりを目のあたりにさせられることになる。この長篇は九四年夏にドイツ語訳が出版され二九人の文芸批評家による推薦図書リストの一冊となったが、フリッツ・ルドルフ・フリースは「言葉遣いの巧みさという点で傑作である。……今後、ラテンアメリカ小説を読むとき、フアン・ビジョーロのこのデビューと、隠れた意味に満ち、目を覚まさせるような彼の語りを思いださざるをえないことだろう」と記し、絶賛している。

ところで、作者ビジョーロについては八七年の「すばる」六月号で「ガラスの沈黙」という短篇とともに紹介したことがある。ここでまた簡単に触れておくと、一九五六年、メキシコ市生まれ。父親は著名な哲学者ルイス・ビジョーロ。父親の思惑もあったのだろうが、四歳のときにドイツ学校に入れられたため最初に習得した書き言葉はドイツ語だったという。高校に入る前の休暇のときに読んだホセ・アグスティンの『横顔』とガルシア＝マルケスに影響されて短篇を上梓。これが七三年、「出発点」誌主催の短篇コンクールで次席。その後、アウグスト・モンテローソらのワークショップにも参加して文学形成をする一方、七七年から教育ラジオでロック番組を担当。八〇年に処女短篇集『航行可能な夜』を、八一年にはドイツに渡り二作目の短篇集『プール』を脱稿し八五年に出版。また八六年には、六八年から八五年にかけてのロックとその担い手の変化を背景にしてメキシコ市に住む若者たちを描いて「音楽から文学を創ろうとした」掌篇集『過ぎ去りし日々』を発表するなどしてメキシコの若い書き手の中でも最も期待されてきたが、この『アルゴンの照射』で不動の地位を築いたといえる。

（一九九五年一月号）

モビー・ディックの影

――ルイス・セプルベダ『世界の果ての世界』

わたしたちは何を知らされ、何を伏せられているのだろうか。

＊

・横浜港で抗議行動　反捕鯨「グリーンピース」

・二十一日正午過ぎ、横浜市中区錦町の三菱重工横浜造船所の沖合で、「反捕鯨」を訴える国際的な自然保護団体（本部オランダ・アムステルダム）のメンバーが、クジラの形をした模型を引いた小型ボート三隻に分乗、捕鯨反対を訴えた。横浜海上保安部の調べによるとメンバーは、女性二人を含む六人。カナダ、アメリカ、ノルウェーなど五カ国の国籍を持っていた。三菱重工横浜造船所には捕鯨船第3日新丸が停泊中で、同メンバーのカナダ人（三五）は「日本が再び調査捕鯨に乗り出すことに反対するために」と話している。

【八七年一二月二二日、朝日新聞、一四版】

＊

一九八七年、日本は国際捕鯨委員会総会で投票時に欠席したにもかかわらず、〈科学調査〉を目的とした南氷洋での小型鯨三〇〇頭の捕獲を認められる。同年一二月二一日朝、虹の旗を掲げるグリーンピースのボート四隻が日新丸の離岸をほぼ三〇時間にわたって妨害。その間、グリーンピースの活動家たちはヨーロッパ各国の政府関係者と折衝を続け、二二日午後三時、捕獲許可を取り消させる。現地にいたニュージーランド人ブルース・アダムズはボートを日新丸の右舷につけ、船長との会見を求める。

＊

トシロウ・タニフジが現れた。

「あなたの負けです、船長。我々は南氷洋へ出帆しようとするどのような試みも海洋保護の国際法違反として弾劾します」

タニフジはハンド・マイクで答えた。

「諸君は不法行為を犯した。許可された操船を妨害することは海賊行為に等しい。私は諸君のボートの上を越えていくこともできた。それが私の権利だ。諸君が掲げる旗は諸君を守りはしない。私は空に出る虹を見るのは好きである。次回はあれこれ考えはしないと諸君に警告しておく」

「次回はないと我々は確信しています。仮にあったとしても、またそこで我々と対面することになるでしょう。捕鯨は不法です」

「次回があると考えておくがいい。捕鯨が可能であり合法的なものであることを示すために私はできるかぎりのことをするつもりだ。諸君と私を結びつけるものがある。つまり、私たちは夢想家であるということ。そして、私の夢は大規模な商業捕鯨を再開すること」

「我々は違う夢を見てる。我々の夢は外洋ではあらゆる種類の生き物が平和に、また、人間の欲求と調和して暮らし、増殖しうることなんです」

タニフジは合図をした。すると、日新丸の甲板からゴミが滝となってボートの上に落ちてきた。

＊

半年後の八八年六月一五日、チリ南部の港町プエルト・モントから、ジャーナリスト四人がハンブルグで設立した環境問題と大国の弱小国搾取に関する情報収集機関にファックスが入る。

＊

〈……一七時四五分、チリ海軍のタグボートに助けられて、日本国旗を掲げる捕鯨船日新丸がこの南極間近の港に入港。トシロウ・タニフジ船長はマゼラン海域で一八名の乗組員を失ったと報告。負傷した乗組員の数は不明だが、海軍病院で治療中。チリ当局はこの件に関して情報提供の検閲を命令。環境保護機関に至急連絡されたし〉

＊

ファックスの発信人は彼らの機関のチリ連絡員であるサラ・ディアス。主人公はグリーンピースのデータ・バンクにコンピューターを接続、日新丸のデータをもらう。

＊

〈日新丸。一九七四年ブレーメンの造船所で建造された捕鯨船。船籍証明、横浜。排水量、二万三〇〇〇トン。全長、八六メートル。全幅、二八メートル。甲板数、四。乗組員、航海士・医師・船員・銛打ち師・解体要員合わせて一一七名。船長、トシロウ・タニフジ（自称、南太平洋の略奪者）。目的地、東京のグリーンピースのデータによれば、五月初旬からモーリシャス諸島近くを航行中〉

＊

このデータとサラのファックスをつきあわせれば、インド洋にいる船がチリ沖にもいることになる。日新丸は幽霊船かと噂しあっているところに、グリーンピース事務局のアリアンヌから電話があり、主人公はでかけていく。そして奇妙な情報を聞かされる。五月二日にチリ政府が調査目的でのシロナガスクジラ五〇頭の捕獲を許可したという。このシロナガス捕鯨は八六年の国際捕鯨委員会が決定したモラトリアムに違反しているのだが、一〇月までチリ領海にはシロナガスはいないという情報もあり、行動を起こす時間的余裕がある。ところが、もう一つの情報は五月二八日に日新丸がチリのプエルト・モントの南一五〇マイルのところにいると電話連絡してきた男がいるとのこと。タニフジ船長はシロナガスではなくゴンドウクジラを追っている、そして、海が荒らされるのを防ぐため応援にきてくれと男は要請したという。だが、グリーンピースの船はいずれも補修中であったり他の海域で監視を続けたりしているため、チリ沖にまではまわせない。主人公が自分の事務所にもどると午後八時に東京のグリーンピースからファックスが入る。

＊

〈東京発、一九八八年六月一六日。日新丸はマダガスカルのタマターブ港向けて航行中。横浜港港長事務所での入手情報〉

＊

主人公は日新丸が別々の海域にいる謎を考えはじめる。真夜中になって、ふと窓の外を見ると解体されるボロ船が曳航されていく。その光景から閃くものがあって、船の解体業者のことをルポにした友人のジャーナリストに電話、ここ何年かのうちに解体された船があるかどうかを訊く。その友人がデータを呼び出すと、日新丸はインドネシアのティモール島のオクッシにあるティモール金属で一月に鉄屑にされたとのこと。

＊

「確かか？」

「この世にゃ、何かを確信できる人間なんていやしないよ。おれの持ってるデータは古鉄会社、ティモール金属からおれが盗みだしたんだ。いいか、こんな段取りなんだ。船会社はもう浮かべておけない船があると言って予約をとり、船を運ぶ。すると、ティモールの住民というのはスペイン語でどういう？　ティモラート？　まあ、そんなことはどうでもいい。ともかく、連中はあっと言う間にその船をバラバラにし、船会社は廃棄証明書と金属価格の五〇パーセントをうけとる」

「ちょっと待ってくれ。何か組織はあるのか？　解体された船が以前、特定の名前と旗をつけて航行していた船と本当に同じものであることを確認するような」

「おまえ、無邪気学かなんかで博士号でもとったのか？　船会社はティモールに船を送って、この船はタイタニック号ですと言う。すると、タイタニック号には再利用可能な金属が何トンあったかを詳しく説明した書類がもらえる。ひどい貧乏国だから、おかしいなんて思う贅沢なんかさせてもらえないよ」

＊

その会社の最大株主が日本の漁業団体ということを知って、ようやく主人公は日新丸が二隻いることを確信する。一隻はマダガスカルに向かっている日新丸二号、そしてもう一隻は廃棄証明を受けて本来は存在しないはずなのに幽霊船のごとくチリ沖に出没し、不法に捕鯨をしている日新丸。その結論をアリアンヌに伝えようとする矢先、逆に彼女から電話が入り、以前、チリから日新丸の情報を電話してきた男から連絡が入ったことを知らされる。主人公はアリアンヌのところにでかけ彼女とその男ニールセンの会話を録音したテープを聞く。

＊

ニールセン……情報が飛びかってるみたいだ。どうやって知った？　同じだよ。一八名の乗組員が消息不明になり日新丸は沈没するとこだった。

アリアンヌ……ひどいわね。あなたはそうしたかったんでしょうけど、わかってください、わたしたちはそういうやり方はしないんです。あらゆる形の暴力を非難してるんです。その事件とわたしたちが結びつけられたら、いったいどういうことになるのか考えてないんですか？

ニールセン……信じてくれ。乗組員の身の不幸を最初に悼んだのはこのわたしだ。わたしは海の男でもあるんだ。でもわたしには手のうちようがなかった。この悲劇の責任者がいるとすれば、それはタニフジ船長だよ。心配いらんさ。事件は絶対に漏れはしないから。日本人たちは数千ドルで生存者の口をふさぐだろうから。そして、将来、ふと誰かが事件の話をする気になったって気狂い扱いされるのがおちだよ。

＊

アリアンヌはスペイン語の分かる人にもう一度状況を説明してほしいと頼んで電話を切る。ニールセンは約束どおり、三時間後に電話をかけてくる。主人公がプエルト・モントには連絡員のアナがいるから彼女に電話して説明してくれというと、彼女は日新丸の写真を撮り、写真屋で現像してもらって出てきたところを車にはねられて入院している、何か盗られたらしいと教えられる。それを聞き、主人公はチリに向かう決心をし、ハンブルグ→ロンドン→ニューヨーク→ボゴタ→キト→リマ→サンティアゴ→プエルト・モントと二万キロの旅の後、六月二一日、二四年ぶりに故国に帰り、南極間近の地域〈世界の果ての世界〉に入る。そこはまた主人公が一六歳のとき『白鯨』を読んで感動し、エイハブ船長に憧れて本物の銛打ち師に会いに一人旅をし実際の捕鯨を目のあたりにして、銛打ち師にはならない決意をさせられた世界でもある。主人公と初対面のニールセンは自分の過去を語る。マゼラン海峡に惹かれて様々な海路を見つけたデンマーク人冒険家であった父とフエゴ島のインディオ・オナ族の娘を母にして生まれたこと、母と父が亡くなったあとも一人極地に残って生活を続け、船乗りとして世界の海を航海、やがて、年老いて生まれ故郷にもどったこと、白人たちが極地のインディオたちを絶滅させていったこと……。

＊

「パタゴニアやフエゴ島に定住したイギリス人やスコットランド人、ロシア人、ドイツ人、スペイン系白人たちから迫害されたんだ。…(略)…片耳ごとに銀何オンス、やがて腹わた、乳房、最後には一首ごとに何オンスというように…(略)…インディオ狩りは牧畜業者たちのスポーツになった。そうして、運河に蒸気船が現れはじめた。大陸から追い出すだけじゃ不足だったんだ。何百万ヘクタールもの森を焼かれて、彼らはもう消え去る運命だったが、それじゃ足らんかったんだ。一人一人絶滅させられなきゃならなかったんだ。凍えた小鳩撃ちという話を聞いたことないか？　それが牧畜業者たちのスポーツだった…(略)…インディオの一家を全員流氷に、氷山に乗せる。その後、撃つんだ。まず脚を、つぎに腕を。そして、賭けるんだ。誰が最後まで溺死しないか、凍死しないか」

＊

主人公はそんな話を聞いてニールセンを信用する。そして海軍の造船所に入っている日新丸を確認したあと、フィヨルドのあいだを縫うようにして南下。そこで、いまだに事故の跡を物語る浮遊物を目のあたりにしながら、事件の真相を聞かされる。捕鯨する日新丸に抗議に行ったニールセンの助手が日新丸からゴミを、水を、小便さえもかけられるのを見た鯨たちが死をも顧みず日新丸に体当たりし、座礁させたのだという。鯨は憐れみの心を持つという先住民の言い伝えどおりに……。

＊

セプルベダのこの新作『世界の果ての世界』(一九八九)はスペインでフアン・チャバス中篇小説賞を受賞。だが、その中の虚実をどう捉えたらいいのだろう。拙文冒頭の文章は朝日新聞から転載したものだが、その記事を補うかのようなタニフジ船長とアダムズの会話はこの中篇の一幕。また、小説ではもう一つ、八五年七月一〇日のグリーンピースの旗艦「虹の戦士」爆破事件の言及があるが、これは朝日では翌一一日に報道された。わたしたちには報道されたことを事実と見なす癖があるが、目で確認できる二つの記事以外のもの、たとえば、これまでわたしたちの目に触れたことのない日新丸のデータや様々なファックスの内容をも事実として読めば、死傷者さえだした日新丸事件がなぜ報道されなかったのかという疑問が生まれ、チリと日本が報道規制をして事件を秘密裏に処理したのだというショッキングな結論になる。だが、それほどの事件が漏れないはずがないからフィクションだと楽天的に考えたほうがいいのかもしれない。チリの森林を伐採して日本の紙にかえる、象牙の取引で利潤をあげる等々、日本人に対する批判をちりばめたあげく、日新丸という実名のままで不法な捕鯨をさせるのは、反捕鯨と環境保護に対する強い意思表示であり、鯨が弱者を憐れみ捕鯨船に体当たりするというクライマックスに向けての布石にすぎない。セプルベダは捕鯨ばかりか、あらゆる迫害を弾劾しているのだ。その証拠にヨーロッパ人によるインディオ虐殺をも描いているのではないか。『世界の果ての世界』はエイハブ船長とモビー・ディックが象徴するものを骨組みにした巧みな構成で小気味よく展開するが、前述のように、とりわけ日本人には苦々しい。

＊

ルイス・セプルベダは一九四九年にチリの首都サンティアゴから北へ四〇〇キロほどのところにあるオバージェという観光都市で生まれ、旅行家になろうという決意どおり、世界各地を転々としながら書きつづけ、八九年に出した小説『恋愛小説を読む老人』はティグレ・フアン賞を受賞し、ベスト・セラーともなって一四ヵ国語に訳されている。この作品についてはまた別の機会に。

（一九九五年二月号）

帰還のエレジー

——メキシコ、そして神戸

永遠なるものはない、それは分かっていた。
だが、思ったことはない
一瞬のうちにすべての最期を見ることになるとは
なぜ町をつくり、住み、子をもうけるのか
名づけようのない激怒の爆発だけで
わたしたちがすっかり終わるなら。

思い返してみると……。

一月一七日の午前五時四六分（後で、そう知らされた）、出し抜けに目が覚めた。それが、地響きのせいだったのか、妻子の叫びのせいだったのか、五感以外の感覚が働いたせいなのかは分からない。覚えているのはいったいいつまでと思えるほどの長い揺れ（わずか二〇秒ほど、と後で知らされた）と、凄まじい轟音。揺れがおさまるまで物理的に動けなかった。そして、小刻みにぶりかえす揺れに戸惑いながら、本の海と化した廊下を進んで娘たちの様子を見にいくと二人は一つの机の下の狭い空間で向かいあっておさまっていた。布団の上には旧型の重いワープロが落ちていた。家族一か所に集まったあと、燭台の蠟燭にライターで火をつけた（ガス漏れという可能性には気がまわらなかった）。だが、火をつけたものの、揺れたら怖いと言われて消し、懐中電灯を探すことにした（誰も神戸に地震があるなどと思ってもいなかった）。足の踏み場もなくなった部屋や廊下をライターの光を頼りに動き、ようやく光を手にした。次にラジオということになったが、大きなラジカセしかなく、おまけに乾電池も入っていない。ウォークマンがあると長女に言われて部屋に行ってみたが、本箱が倒れ、飛びだして山となった本に遮られてわたしが中に入れるほどもドアは開かない。そんな部屋から娘がかろうじてウォークマンを探しだしてきてラジオを聞いた。地震、震度6、淡路沖……。やがて空が白みはじめた。だが奇妙な、赤黒い空だった。赤は夜明けの、そして黒は煙の色だった。山の端にはあちこちから煙が帯となって上がり、それが上空で一つになっている。太陽が、火事の黒い煙にすすけた太陽が、まるで皆既日食のときのように、丸い輪郭を見せた。

日は夜となる、
土埃は太陽
そして轟音がすべてを充たす。

とてつもないことが横尾山と高取山（この二つの山に断層があることは後で知った）の向こう、浜側で起きていると直観した（が、その全容を知ったのは電気が来てからだった）。外の光に浮かびあがる室内は惨憺たるものだった。本棚が倒れ、食器・陶磁器・ガラス器が砕け散り、冷蔵庫の中身が、調理具が飛びだし、電子レンジ、エアークリーナー、スピーカーが落ちていた。最初耳にした轟音はそうしたものが一時に立てた音だと分かった。こうして一七日早朝の一時間は過ぎた。

地は人間の存在の礎を
支える大地、
庇護する床。それなくして
町はできず、権力が抜きんでることもない。
「地に足をつけて」
わたしたちはそう口にする、
良識を、現実感覚を称えるために。
だが、突然、
地は歩きだす、
庇護はなく、
堅固であったものがみな崩れおちる。

それからひと月あまり、行動も思考もすべて受け身になってしまった。夜は余震のたびに目覚めさせられ、昼は新聞とテレビに釘づけ。地震の後、列に並んで水を汲んでは五階まで階段をあがるという日々がつづいたが、不通になっていた地下鉄が一部通じた日の翌日、家族とともに板宿まで降りることにした。テレビの画像や新聞の写真で見るものが、変わり果てた街の姿が信じられなかったからだ。家から直線距離にして四・八キロのところにある板宿まで満員の電車で行き、ＪＲの新長田駅めざして一・六キロを歩いた。

突然、最も堅固なものが割れる、
コンクリートや鉄が動きやすいものとなる、
アスファルトが裂け、生と町が
崩壊する。惑星は
侵略者たちの計画をくつがえす。

立ち入り禁止となった幹線道路、細い道に覆いかぶさるように倒れた二階家、かしいだ家々、倒壊したり深い亀裂が入ったりしているビル、歩道にあふれる瓦礫の山……まさしく廃墟だった。

ゆるしてほしい、ここで眺めているのを
かつては建物があった場所で
深い隙間を
わたし自身の死の穴を。

焼け跡を前に腕組みしている人、何かを掘り出そうとしている人、崩れた自分の家を撮っている老人……普段と比べれば無人というに等しい街。

生まれ、育ち、愛したり憎んだりする、
だからこそ（何も誰のものでもないとは知りながら
も）わたしの町、
そういいうる町のあの場所が
破壊されつくしてしまった。

焼けただれた電線が垂れ下がる瓦礫の道を歩いて、ようやく新長田の駅に着いたのだが倒壊して跡形もなかった。

大地は慈悲を知らない。
……
わたしたちが破壊した大地が姿を現した。
「大地の復讐だった」とは誰にも言えない。
大地は口がきけない。災禍が代わって話す。
大地は耳が聞こえない。叫びが聞こえない。
大地は目が見えない。死がわたしたちを見つめる。

もう帰ろうと妻に言われ、その先にあった商店街までは足をのばさなかった。子供が持ってくる漫画でさえ気前よく買ってやっていた老夫婦の古本屋、旬の材料を使ったメニューで楽しませてくれた中華料理屋、商店街の一角にいい匂いを漂わせていた鰻屋、世界中の豆を売っていたコーヒー屋……みんなどうなってしまったのだろう。

見えないだろうが、いまはない
二度と建つこともないあそこのあの家は
以前は
わたしが生まれた家だった。
被災者たちが住むあの大通りは
わたしに歩き方を教えてくれた。
いまはテントにあふれるあの公園で
わたしは遊んだ。

自分たちが何を失くしたのかを娘たちの記憶にとどめさせたくもあったのだが、むしろわたしたちのほうが感傷的になってしまった。生きれば生きるほど失くすものも多くなるものらしい。

誰も無事ではない。
無傷だったわたしたちでさえ
わたしたちの昨日を、記憶を失くしたのだ
……
わたしの過去が終わった。
廃墟はわたしの内部で崩れおちる。

惨状を目の当たりにして、テレビや報道写真の限界を知った。被災現場に立ったときの、あのヒシヒシと押し寄せるような何かが、衝迫感が欠けているからだ。

夜や寒さ、戸外の過酷さ、
冷淡さ、飢えや渇き、
そうしたものからの防御であった家が
処刑台や墓となる。
生きのびた者は砂に、
ひどい窒息の網に捕らえられる。

その後出版されたどの写真集を見ても、また、テレビのビデオを見ても、そう思わせせられる。逆に、そのことが惨事を前にして目を曇らせた、決定的瞬間を棄ててまで人命救助を優先させたカメラマンたちの心優しさを物語っているのかもしれない。

震災後、これまで仕事で三度、大阪に行った。阪急・JR・阪神という神戸と大阪をつなぐ三つの大動脈、そして山陽電車、地下鉄が寸断されたため、六甲山系の裏側にあるわたしたちの地区は、浜側の凄まじさと比べれば被害は微々たるものだったのだが、陸の孤島と化した。普段なら二時間もかからないところへ、渡し船で、六甲山の裏側を走る鉄道で、あるいはバスと寸断された動脈を利用して、五、六時間かかった。行くたびに何日か泊まらなければならなかった。だが、大阪に着くたび、というよりは、神戸を離れるたび別世界が広がっていた。地震とは無縁な日常が続いていた。大阪でこれなら関東ではどうなのだろう。テレビの報道はまるで映画でも見るかのように見られているのではないのだろうか。他人事。対岸の火事。そんな雰囲気を感じた。被災地ツアーは糾弾されて中止されたが、カメラ片手の見学者は（廃墟の前でVサインをして被写体になっている輩も含めて）後を絶たない。いま思えば、神戸と縁のある人、神戸が好きな人だけが来るべきだったのだ。来て、傷ついた神戸を見て、写真や画像では語りえないものを多くの人々に語ってほしかった。崩れたビルの解体、瓦礫の除去、鉄道の復旧、仮設住宅の建設等、急ピッチで進んでいるが、その反面、ビルの解体はアスベストを飛散させ、瓦礫を載せたトラックは道路にこぼしながら走り、野焼きされる大量のゴミは悪臭と煤を周辺に拡散させている。激震地もその周辺部も震災の後かたづけに追われるばかりで、崩れたブティック、商店への泥棒、余震に対処するため貴重品をまとめて入れてあるリュックを狙っての空き巣、焼失した街のレイプ騒ぎ、若者たちの喧嘩等々、治安に対する不安を解消するまでにはいたっていない。

破壊の叙事詩の中では
決して生き方を学びはしない。
出来事は絶対に受け入れられはしない、

こう言って地震と和解することも、

「過ぎたことは過ぎたこと、忘れたほうがいい。最悪じゃなかったはず。ともかく、死者はそんなに多くない」

だが、誰もそんな気休めをうのみにしない。

誰も忘却を信じない。

いつまでも喪に服そう。

死者は
わたしたちが生きているかぎり死なない。

*

思い返せば、一〇年前の九月一九日。アカプルコを震源とするM八・一の地震で当時一八〇〇万の人口を抱えたメキシコ市の市街地は未曾有の打撃を受けた。死者九五〇〇名を越すその大災害を前にしてオクタビオ・パス以後を代表するメキシコの詩人ホセ・エミリオ・パチェーコは「メキシコの廃墟（帰還のエレジー）」を詠んだ（『大地を見る』（一九八六）所収）。自然と文明の関わり、自然を前にしての個々人の無力さを綴り、災禍を契機として結ばれた都市住民の連帯感を称揚し、地震を利用する者を弾劾、そして、新たな世界を創りあげようと呼びかけるこの詩はまるで今回の兵庫県南部地震を詠んでいるようにも思われる。拙文中、太字の部分は同詩からの引用であり、六二〇行におよぶこの長篇詩は次のように終わる。

心の痛みと休戦したくない
死んだ人たちを忘れたくもない
戸外にいる人たちも。

わたしたちはみな、敗北した、
わたしたちは災禍の犠牲者。
だが、泣くかわりに行動しよう、

廃墟の石で創りあげねばならない
別の町を、別の国を、別の生を。

（一九九五年四月号）

文明と未開

――ルイス・セプルベダ『恋愛小説を読む老人』

アマゾンは広い。ブラジル一国に収まってはいない。その世界最大の川の源流をたどればベネズエラ、コロンビア、エクアドル、ペルー、ボリビア……というように多くの国々にまたがっているかが分かる。ブラジルの側からの開発は進み、環境汚染が問題になっているが、広大なアマゾンの流域には未知の部分が多い。そこにはいまだ人知れず移動生活をする人々がいるかもしれない。バルガス＝リョサはペルーのアマゾンに住むマチゲンガ族の世界を、その神話世界をも含めて『密林の語り部』（一九八七）に描いた。そして、ルイス・セプルベダはエクアドルのアマゾンを舞台に『恋愛小説を読む老人』（八九）を。

主人公アントニオは首都キトの北部にあるインバブル火山のふもとの村に生まれ、一五歳で同い年のドローレスと結婚して妻の実家で暮らすが、一九歳のとき義父が死に、その遺産を受け継ぐ。だが、猫の額ほどの土地では生計はたてられず、他人の土地をも耕さねばならない。妻に子供が産まれないため石女、「初めて流した血には死んだオタマジャクシが混じってた」という噂がたち二人は怪しげな医者にすがりさえする。そのうち、問題があるのは夫ではと矛先が変わったとき、ペルーとの係争中のアマゾン地区の植民計画を耳にして、二人は荷物をまとめて出発。バス、トラック、徒歩で二週間、南部の都市サモーラ、ロハを経てエル・ドラドの町に、そこからカヌーでさらに一週間かけて他の植民者たちとともにブリキの小屋しかない場所、エル・イディリオ（牧歌的恋愛詩、恋愛関係の意）に着く。二人は早々に小屋を建て、一晩たつと植物にふたたびおおわれてしまうような土地を耕しはじめる。雨期になって食料が底をつくが、旧式の鉄砲では獣の動きについていけず、川の魚も目の前ではねて小馬鹿にする。植民者の中には見慣れぬ果実を食べて死んだり、大蛇に呑み込まれたりする者もでてくる。そんなとき「ベニノキの果実で顔を黄赤色に塗り、頭と腕に多彩色の飾りをつけた半裸の人々」シュアル族が救いの手をさしのべる。植民者たちは彼らから狩りの仕方、魚の捕り方など「密林と共生する術を学ぶ」。雨期が過ぎ、植民者たちはシュアル族がむだというにもかかわらず山の斜面を開墾し種をまくが、次の雨期が来ると畑は元の木阿弥。二年目にドローレスはマラリアで死亡。アントニオは「貧しい人々はなんでも赦すが失敗だけは別」であることを知っているため、故郷には帰れず、その地に残らざるをえなくなる。シュアル族と狩りをするうちに彼らの言葉を覚え、吹き矢と銛に熟練し、シュアル族から自分たちのことをどう思っているかと訊かれて「オナガザルの群みたいに感じがいい。酔っぱらったオウムみたいにおしゃべり。悪魔みたいにやかましい」と冗談がいえるほどに親しくなり、五年もすると彼らと同じくらいジャングルを知るようになる。だが、「彼は彼らの一員ではなかった。だが、彼らの一員のようだった」。そのため彼はある時期が来ると彼らから離れなければならない。というのも「おまえはわしらの一員じゃないのがいいんだ。わしらはおまえに会い、おまえを自分たちのものにしたいんだ。それに、おまえがいないのを、おまえと話ができなくて淋しいのを、おまえがまた姿を見せると心がひっくりかえるくらい嬉しい気分になるのを望んでもいるんだ」。一員ではないためシュアルの女性と結婚できないが、彼らは部族と一家の誇りのために自分の妻を彼に提供する。アントニオは「自分たちのからだの美しさを、そして、描写するという魔力のせいで無限に増幅する快楽の悦びを描いた鼻唄」をいつも歌いつづける女と「愛そのものだけが目的の純粋な愛。所有欲もなければ嫉妬もない」ような愛を体験する。

やがて文明の利器がアマゾンの道を切り開きはじめ、それとともに多くの植民者や黄金めあての山師たちが入り込んでくる。シュアル族は人の立ち入れないような密林を求めて東に移動しはじめる。アントニオは吹き矢を外したことから自分の歳を悟り、エル・イディリオにもどることを決意する。そこはすっかり様変わりし、二〇軒ほどの家が川沿いに並んで道を作っている。アメリカ人が来てオセロット狩りをして記念写真だけを撮って帰っていくようになると動物たちは次第に密林の奥深くへ移動。アントニオは奥歯は自分では抜けないため、半年に一度エル・イディリオを訪れる歯医者ルビコンドに治療してもらい、入れ歯を買う。そのとき選挙の投票事務を行う役人たちも下船する。この投票のおかげでアントニオは自分がなんとか字が読めることに気づく。村長は古い新聞を貸してくれるが、どの記事も自分とはかけ離れた世界のことに思われ興味がわかない。ある日、子どもたちの洗礼のために訪れた司祭からアントニオはこの世には様々な本があることを教えられる。本が読みたくてたまらなくなったアントニオはエル・ドラドの町に行けば手に入ると考え、まず船賃を捻出するために密林に入って白人が珍重する猿や鳥を必要な数だけ捕まえ、それを担保に町に向かう。町には川沿いに百軒ほどの家が並び、警察に役所、教会と学校がある。アントニオにとっては四〇年ぶりに戻った巨大な世界。歯医者の紹介で女教師を訪ね、五か月の間、虫眼鏡を片手にいろいろな本を読んで過ごすが、いちばん興味を惹かれたのが恋愛小説。すでに司祭から「知り合い、愛し合い、自分たちが幸せになるのを妨げる困難を克服するために闘う二人の人物の話を語っている」のが恋愛小説と教えられていたアントニオは女教師から一冊借りて帰るが、それ以後、ルビコンドに毎回二冊づつ恋愛小説を持ってきてくれるよう頼む。そうして、〈読むことができる〉という「老年の悪意にみちた毒に対する解毒剤」を得たアントニオは恋愛小説を読むことで「記憶の井戸を開けっぱなしにして、時よりも長びく恋愛の喜びや苦しみでその井戸を埋め」ながら日々を過ごす。

ある日、シュアル族がカヌーにアメリカ人の死体をのせて町までくる。村長はシュアル族が殺したのだというが、アントニオは遺体のにおいをかいで、大きな雌の山猫が自分のものであることを他の動物たちに知らしめるためにかけた小便のにおいであると指摘。アメリカ人が仔猫たちを射殺、雄猫は負傷、怒った雌猫はアメリカ人を殺してから小便を死体にかけたものだが、人間を殺した雌猫はまた人間を襲うかもしれないと推論し、村長の無知をつく。翌日、黄金めあての山師の死体がカヌーで運ばれてくる。村長に頼まれ、死体を見るとこれも山猫の仕業。その山師の死から雌猫が川のこちら側に、それもさほど遠くないところにいることが分かる。食後、とある小説の「ポールは、自分のアヴァンチュールの片棒をかついでいるゴンドラ漕ぎがあらぬ方角を見ているふりをしているとき、彼女に激しくキスをした」という一文を読み、慎み深かった妻とはほとんどキスしたことがなく、また、長年共に暮らしたシュアル族にはキスという習慣がないため、〈激しく〉という言葉がどんなぐあいか、また、〈ゴンドラ〉という乗り物がどんなものか想像しているうちに寝入ってしまう。目が覚めて、ふたたび読書にかかろうとすると、ロバの鳴き声がする。出ていってみると、興奮したロバの体には山猫に襲われた傷痕が残っている。ロバの持ち主は七キロ離れたところに住むミランダ。翌朝、村長はアントニオを案内人に五人でミランダの店に向かう。密林では五時間で一キロしか進めない。ようやくのことで小屋に着いてみると、ミランダ、そして、宝石を探し歩いている男が死体となっている。夜になり、小屋のまわりをうろつく山猫に怯えた村長は闇に向かってやみくもに発砲。翌朝、村長はこのまま居つづけては恥をさらすばかりと考え、アントニオに山猫をしとめるよう頼んで帰ってしまう。一人残ったアントニオは小屋を中心に円を描くようにして山猫の探索にかかり、やがて山猫を発見。山猫は南北に動いては西に迂回するという行動をとりつづける。夜を待っているのだと判断したアントニオは安全な場所へと移動するが、あと少しというところで山猫と出くわす。銃の狙いを定めるが、山猫は襲ってはこない。山猫が鳴き、別の山猫が応えたことからアントニオは瀕死の雄猫を発見し、とどめをさしてやる。山猫が姿を消したため、黄金めあての山師たちが棄てた小屋まで無事たどりつく。彼が置きっぱなしになったカヌーの中で眠り、夢から覚めると、眼前に山猫がいる……。

食事と会話のときだけにする入れ歯と「苦悩と不幸な恋愛とハッピー・エンド」からなる恋愛小説を読むための虫眼鏡を宝物とする七〇歳間近の老人。スペイン移民の庶子として生まれ政府というものを嫌悪し、老人に持っていく恋愛小説を贔屓の売春婦に選んでもらっている歯医者。使い込みが発覚して左遷されたという噂があり、太っていつも汗をふいたハンカチをしぼっていることから〈ナメクジ〉とあだ名されている鼻つまみ者の村長。この三人が中心となって『恋愛小説を読む老人』の物語は長短さまざまなエピソードをまじえながら、ユーモラスに、また、シニカルに、テンポよく展開していく。かつてチリにいたころ、首都で封切られた映画を見るには一年待たねばならない地方の人々のために封切り映画をラジオ・ドラマ化して放送していたセプルベダだが、そのときの経験が作品構成に生きているといえる。むろん、物語の面白さのなかに一つの問いかけを仕組んでもいる。それはインディオという存在の意味。

インディオをどう国家の一員として取り込むかが独立以後これまでのラテンアメリカの混血国家が抱える課題だった。だが、その課題そのものの中には文明は善、未開は悪、未開生活を送るインディオを救い文明社会に適応させなければならないとする白人、混血の側の傲慢さがある。バルガス＝リョサはそんな姿を『緑の家』（六六）に描いたが、二〇年後の『密林の語り部』では一転して、現代文明に浴しているがゆえにその文明に疑問を抱かざるをえなくなった人間を未開世界に同化させてしまう。大統領選を戦ったバルガス＝リョサはペルーという国としてインディオをどう扱うかという実務的な問題に直面させられたのだが、地球環境全体を視野に入れるセプルベダは、『世界の果ての世界』でもそうだが、物語全体を通して問題を提起するに留まる。それは「わたしは自分を物語の話し手と思っている」と自ら語るように、小説にエッセイを持ち込まないせいでもある。

スペイン語、カトリック、混血という言葉でイスパノアメリカ（ラテンアメリカにおけるスペイン語圏）を大雑把に捉えることができるかもしれない。だが、そこは本質的には多くの民族、多くの文化が混在する。一九九二年の、コロンブスのアメリカ到達五〇〇年を前後して大陸を多民族、多文化という前提で捉えなおそうとする動きがある。セプルベダは九四年一二月一日のメキシコの「ウノマスウノ」紙のインタヴューで次のように語っている。「いまわたしたちは、わたしたちの大陸の本質を発見する過程にあるのだと思います。六〇年代、七〇年代の政治的な試みは、それにわたしも加わったのですが――そのことを後悔していません――、ラテンアメリカをほぼ一つの均一な全体にすることだったからです。たとえば、わたしが積極的に関わっていたチリの政治団体は〈チリに革命を起こすために、ラテンアメリカに社会主義国連合を創るために闘おう〉という方針を宣言していました。そして、わたしたちはその連合に加わりたいかどうかアイマラ族やケチュア族、あるいは、チアパスの原住民たちに尋ねたりはしませんでした。わたしたちは均一の全体を求めがちだったのです。大陸で最も豊かなもの、つまり、相違を否定していました。混血の住む一つの大陸として全体を見ていたのです。でも、その大陸はインディオのものでもあり、また、混血を望まなかった多くの人々の大陸でもあるのです。わたしたちはそこにあったものを、そして、イデオロギーの偏向のせいでそうしたものを見ていなかったことをいま発見しているんです」

『恋愛小説を読む老人』はスペインのティグレ・フアン賞を受賞。フランスでは二ヵ月で七万部を売るという記録破りのベストセラーになり、これまでに一四ヵ国語に翻訳され、「薔薇の名前」「子熊物語」「愛人／ラマン」のジャン＝ジャック・アノーが映画化する権利を獲得。「正午間近になって雨がやみ、不安になった。降りつづいていてくれねばならなかった。そうでなければ蒸発がはじまり、密林は息もつけないほどの濃霧に沈み、鼻先すら見えなくなる。突然、無数の銀の針が密林の天井に孔をうがち、落ちてくる場所を強烈に照らしだした。彼は雲の切れ間の真下にいた。しめった植物に反射する陽射に目がくらむ。ぶつぶつこぼしながら目をこすり、つかのまかかる何百もの虹に囲まれて、気掛かりな蒸発が始まるまえに急いでその場を離れようとした。そのとき、山猫が見えた」という箇所をはじめ、ロケをすれば時間と金力がかかりそうなシーンが多いこの作品がどう映画化されるのか、楽しみ。

（一九九五年六月号）

マヤのキャビアの呪い

——R・レイ＝ローサ『セバスティアンが夢見たこと』

去年の五月号のこの欄に「ポール・ボウルズを魅了した作家」という一文を書いた。グアテマラの若い作家ロドリーゴ・レイ＝ローサを紹介したものだが、秋になって文春文庫で『SUDDEN FICCION 2・超短編小説・世界篇』が出て、見ると、そこに彼の掌篇「本」が載っていた。「本」は短篇集『乞食のナイフ』（一九八五）に所収されており英語への翻訳はポール・ボウルズ。邦訳はこのボウルズ訳を信用して重訳しているが、気になるところがあってレイ＝ローサの原文（八六年のグアテマラのビスタ社版も九二年のスペインのセイス・バラル社版も同文）とボウルズの訳文（八五年のアメリカのシティ・ライツ社版）をつき比べてみた。すると面白いことが分かった。たとえば、toma dinero de una caja. をボウルズは takes some money from a box. と、また、va a visitar a quien le enviara la carta. を he goes to see the friend who sent him the letter. と下線の部分を補って訳している。原文ではどれほどの金か明瞭ではなく、手紙を寄こしたからといって友人とは限らないし友人とも書かれていない。さらには、pasa la noche allí, y al día siguiente se embarca. Diez días después llega a una ciudad, を he spends the night there, and early the following morning he leaves from a port. Days later he arrives in a city としているが、原文は「翌日、船に乗る」となっているだけで「朝早く」と特定できないし、単なる船着場でも桟橋でもなく「港」であるとも言っていない。逆に、町に着くのは「一〇日後」と限定している。等々、細かく見ていくと、冒頭の一文を含めてあれこれ相違点が出てくるが、いちばん気になるのは最後で、At that point the book ends. と原文にない一文を付け加えていること。ここに引用した原文は初級文法を終えれば理解しうる程度のものであり、ボウルズが誤訳したとは考えられず、彼が自分の好みにあわせて脚色したと考えるのが自然だろう。とすると、ボウルズの訳文とレイ＝ローサの原文を検討すれば、レイ＝ローサの作品に対する彼の読み方や言葉や文章に対するボウルズの好みが推察しえそうな面白い翻訳といえなくもないが、行替えをもふくめ、もう少し原文をいじらずに訳すべきだったような気がする。彼の紹介文・翻訳のおかげでレイ＝ローサが英語圏で売り出したのは確かだが。

そのレイ＝ローサは去年、表題作の中篇と三つの短篇からなる作品集『セバスティアンが夢見たこと』を発表。中篇『セバスティアンが夢見たこと』の舞台はグアテマラ北部、マヤの遺跡が多いペテン州のサヤスチェから川をランチで進んで四〇分ほどのところにある村。時代は携帯用のコンピューターが登場するから現代。主人公セバスティアンは雨期になれば小さな島になりそうなマングローブに囲まれるような土地を買い、五〇メートルほどの高さに茂る原生林の小さな空き地に独力で小屋を建て、サヤスチェの町から連れてきたムラート（黒人と白人の混血）の料理人とともに暮らしはじめる。そんな彼の土地に住む動物たちを狙っての密猟が絶えない。ある日、彼が自分の土地の船着場に着くと知り合いのフベンティーノが狩りの許可を求める。彼は断るが、自分の土地をまだよく知らないこともあって、フベンティーノに案内を頼む。まもなくフベンティーノはカイマン（ワニ）を見つけて追いかける。最初怖じ気づいていた彼もやがて後を追う。すると銃声。犬を連れて遠ざかる男たちの声がするが、駆けつけてみると、フベンティーノとカイマンは眉間に銃弾をくらって死んでいる。その現場に居残っていた一匹の猟犬を連れて自分のランチでサヤスチェの警察署に向かう。警察は現場検証に来るが、フベンティーノの銃が見つからない。セバスティアンと別れて警官たちはフベンティーノのかつての恋人だったマリア・カハルのところに猟犬を連れて事情聴取に向かう。フベンティーノを撃ったのはマリアの処女を奪ったことを根にもっていたマリアの従兄だが、マリアの父親は口裏を合わせるよう娘にも言いつけ、警官たちが来ても、犬は自分たちのものではなくフベンティーノのものだと言い張って事件との関与を否定。警官は持ち主がいないのならということで彼らの眼前でその犬を射殺。一方、家に戻ったセバスティアンのところに子供が魚を売りにくる。全部買い上げるが、一匹が子持ち。〈マヤのキャビア〉ともいわれるその卵の試食は夕食にとっておき、彼はランチでアメリカ人ハワードのホテルに向かう。ハワードはマヤの商業の中心地であった町のことを本にするためアメリカ人考古学者と調査に出かけて不在のため、ハワードの妻ナダに魚の卵の食べ方を聞いて家に帰る。卵を食べたその夜、生々しい悪夢を見る。翌朝、散歩しているといつのまにか殺人現場に来るが、放ってあったカイマンの死体がない。彼は引きずられた跡から狩猟を生業とするカハルの仕業と考えてカハルのところに行き、自分に正当な権利があるカイマンの革を取り戻す。ところが、カハルの差しがねか、警官たちが彼の家を訪れて家宅捜査をし、ベッドの下からフベンティーノの鉄砲を発見する……。

この中篇でも、登場人物の履歴はほとんど知らされず、性格・心理描写といったものもない。物語は場面場面をつなぐような形で進み、理不尽に犬が射殺される場面であれマリアの夫が毒蛇にかまれる場面であれ、ここがクライマックスという意図はあいかわらず見かけられないまま、どれも等価値であるかのように描かれていく。ところが、軍事・警察国家としての体制が片田舎にまで浸透し地方ボスが幅をきかせる社会や、やがて密林にまで押し寄せて昔ながらの生活からの脱却を余儀なくさせる時代の流れをも物語の背景にとりこんでいるため、その淡々とした語り口が妙に際立ってくる。かつてアストゥリアスは抑圧されたグアテマラの世界の悪夢を描いたが、セバスティアンが〈マヤのキャビア〉を食べて見た夢（ベッドで寝ていると誰かに痛めつけられ、操り人形のように手足を動かされるが抵抗できない。やがてバルコニーに連れだされ、銃を握らされてカイマンとフベンティーノを撃ったあと、またベッドに寝かされる）はグアテマラに限らず誰にでも課されそうな状況の寓話といえるだろう。

（一九九五年八月号）

愛という幻想

——ガルシア＝マルケス『坐っている男への愛の酷評』

愛、この厄介なもの。〈もの〉といったが実体はない。愛にはいろいろな形がある。とはいえその〈形〉は見えない。この得体のしれないものに、なぜ、誰もが振りまわされるのか。なぜ、たいていの作家・詩人が愛という謎の究明に心血をそそぐのか。

ガルシア＝マルケス初の戯曲である『坐っている男への愛の酷評』は著者の長年にわたる愛と孤独をめぐる省察の美しくも悲しい結晶である。作品そのものは八七年一一月メキシコ市で脱稿。このとき著者は五九歳。初演はかなり遅れて九四年三月、コロンビアはボゴタの国立劇場。今年スペインでも上演されたとのことだが、実際に目にしていないため芝居については何も言えない。だが、実際に見て抱くはずの緊張感は戯曲からもひしひしと伝わってくる。

登場人物はグラシエラという女性たった一人。とはいえ、舞台にはもう一人、「右端に黒っぽい服を着、新聞で顔を隠し、イギリスの肘掛け椅子に坐っている夫がいるが、彼は身動きしない。マネキンである」夫がいる。そして、「ドラマは日陰で三五度、相対湿度九〇パーセントというカリブのある町で展開する。グラシエラと夫は一九七八年八月三日の夜明け直前に非公式の晩餐から帰る。彼女は普段の宝石を身につけ、熱帯のシンプルな服を着ている。化粧は濃いが、顔は蒼白く震えているように見える。だが、もう絶望を乗り越えた人間のように楽に自制している」というト書きのあと、幕があく。と同時にグラシエラが口を開く。

「幸せな結婚ほど地獄に似てるものはない！」

この最初の一言が戯曲全体に響く通奏低音となる。八月三日は「内外の招待客千名あまり、キャビア四〇〇ポンド、日本から輸入した手間のかかった極上の牛六〇頭、国中の七面鳥、そして、低所得層向け住宅の不足を解消するに十分なほどのアルコール」を用いて盛大に祝われることになる二人の銀婚式であり、夜のパーティには下層階級の人々を除いて国中の人が祝いにかけつける段取りになっている。「あなた自身が二五年前に口にしたように。あのときあなたは誓った。ぼくは人生の一秒一秒を神聖なものにしていくんだ、世界一幸せな銀婚式にそなえて」。幸せな結婚にとって銀婚式は一つの大きな目標である。結婚しようとする者はその日まで幸せが続く、幸せを続けさせたいと思う。それは一九歳のとき母親から「あの子には顔が二つある。あたしたちに見せる顔、これはいまでも良くない。そして、もう一つの顔、それはもっとひどいもののはず」「あの子はあんたが生涯身を粉にしてまで連れ添う男じゃない」といわれても身分違いの結婚をしたガブリエラにとっても同じこと。だが、歳月は過酷なもの。死に際の父親に詫びをいれて公爵家を継いだ夫の浮気、公的にガブリエラの家柄をでっちあげうるほど力のある姑との暮らし、金満家の嫁にふさわしい人物になるための四つの博士号と二つの修士号の取得、一人息子の育児、その息子の、夫と同じような人間への成長といった事柄でガブリエラの二五年は埋められていく。物的に満たされ、何不自由のない生活というだけでは幸せにはなれない。それが「わたしたちは対等になった。あなたはあなたの両親に、わたしはわたしの両親に反対されて。でも、なにももっていないことが幸せだった。いまは逆。なにもかもありあまっている。愛のほかは」という彼女の言葉になる。だが、幸せとは何か。愛とは。

グラシエラは二五年のあいだ貞操を守るが、夫以外の男と関係を持ちうる機会が二回あった。一度目は結婚まもなく子どものミルク代にもことかくほど貧しいころのこと。彼女は夫の仕事をもらうため自分の体さえ提供しようとするが、いざというときになって相手が怖じ気づいてしまう。二度目は夫とパリへ行ったときのこと。夫はガブリエラに嘘をついてブリュッセルに呼びよせた愛人に会いに行くが、出かける前、彼女を知り合いのモラレスに引き合わせる。彼はコンサートのあと彼女を送り届けるものの、部屋に上がってと誘われなかったためあっさり帰ってしまう。ところが翌日、ドアを通れないくらい大きなバラの花籠に「残念！」と一言、メッセージをつけてよこす。このモラレスとの件で彼女は「わたしたちを幸せにしてくれるものをまず疑わなくちゃいけない。そうしたものを笑うことを学ばなくちゃいけない。じゃないと、逆に、わたしたちのほうが笑われてしまう」と思う。だが、幸せとは何か。

懐疑的になることを学んだグラシエラは銀婚式当日に「幸せは一瞬しかつづかない、終わったときに幸せだったことがわかる、そう人はいうけど、幸せってほんとうはそんなものじゃない。愛があるかぎり続くのよ。愛があれば死ぬことだって快いのだから」と口にする。だが、幸せとは何か。愛とは。彼女はその存在を疑問視するほど懐疑的ではない。かつて幸せというものを、愛というものを経験し、自分なりのイメージを作りあげているからだ。経験は理論に勝る。では、その愛を消したものは何か。若い娘から年増まで二〇年のあいだ続いている夫の浮気だろうか。そもそも夫は彼女を愛したことがあるのだろうか。愛されているという幻想を彼女が抱いたにすぎないのではないのか。二人はもう二年前からセックスをしていない。息子からは二人は死んだも同然と見なされている。夫への愛、グラシエラへの愛、そのいずれもがすでに存在しないことを彼女は嘆き、その愛の欠如ゆえの孤独を味わわざるをえない。

『愛する者は憎む』はビオイ＝カサレスとシルビーナ・オカンポが共作した小説だが、そのタイトルのように、ガブリエラはまるで坊主憎けりゃ……のごとく、夫のすべてを憎悪し、否定する。そんな辛辣な批判をマネキンの夫は舞台の隅で黙って聞いている（聞き流している）。動くことも口をきくこともしないマネキンはむろん夫に対するガブリエラの心理の象徴であり、また、彼女の中で凍てついた二五年という内的時間と背景の照明が作りだす夜明け、朝、昼、そして記念の夜へといった外的時間のコントラストを鮮やかに生み出す仕掛けともいえる。

ガブリエラは一方的に夫を酷評したあと離別を口にする。夫にも言い分はあるはずだがガルシア＝マルケスは一切それをさせない。だからといってフェミニズムととるのは早計だろう。イズムを超えた作品だからだ。日本語で演じても、あるいは、この翻案にしても見応えのある芝居になること間違いない。

（一九九五年一二月号）

知識人たちのぼやき
——ホセ・ドノソ『象の死に場所』

「……ヤンキーの大学がもってるこの雰囲気、まるで地獄だよ！　アメリカでは大学は象が死ににいく場所と言われるが、もっともだね」

＊

ひさびさに読むドノソの長篇。アルゼンチンでは三月に出て、一一月で五刷。スペイン版は九月に出た初版しか手元にないため評判のほどはわからないが、アルゼンチンでの売れ行きどおり、あるいは、「〈文学は……でなければならない〉とか〈この段落は……のように読まれなければならない〉と言うのは魔法の鍵ではない。そんな〈ねばならない〉は文学にはない。文学はそれ自体が一つの目的に他ならないのであり、その狙いは楽しませ、一時的に（誰かの言葉ではないが）、〈暗闇が始まる壁をちょっぴり遠ざけること〉だけなのだ」と登場人物に語らせているとおり、四〇〇ページとはいえ軽みのある、読みやすい物語に仕上がっている。もちろん物語の展開は申し分ない。

舞台はアメリカ中西部の草原のただなかにあるサン・ホセ（セイント・ジョー）の町。この町の小さなサン・ホセ大学では内外の数々の大学の名誉教授でありアメリカの誇りともいうべき天才数学者ジェレミー・バトラーが引退して後進の指導にあたっている。サン・ホセ大学はバトラーを冠とする大学であり、ペンタゴンと関わりのある彼のおかげで潤沢な研究費・補助金が入ってくる。目下、彼は素数を研究する二人の才能ある中国人の指導をつづけ、一人をペンタゴンの研究員として推薦しなければならない。ところが、推薦のためのテストの日、中国人の一人がバトラーを、彼の姉のモーを、そしてもう一人の中国人を射殺した後、自殺するという事件が起きる。『象の死に場所』はこの事件を枕に始まり、少しずつその謎を明らかにしていく。

だが、物語の太い縦糸となるのはチリ人の大学教授グスターボ・スレータ。グスターボはいまはサン・ホセ大学に勤める恩師ロランド・ビベロスに呼ばれて、妊娠している妻のニーナをチリに残し、ラテンアメリカ文学の教授として渡米。出産後妻が来るまでの宿泊先として町で一軒しかないホテルを割りあてられるが、そこの管理をしている「ボテーロの花売りよりはちょぴり痩せていて、ルーベンスのサビーナよりははるかに膨らんでいる女性」とも「ヴィレンドルフのヴィーナスと似たところ」があるとも形容されるルビーと知り合い、彼女の賢明さに、ダンスのステップの軽やかさに惹かれ、また、妻と離れている寂しさもあって、親密な仲になる。あるとき、彼の研究対象であり、亡命してから三〇年あまりパリで創作活動を続けているエクアドルの作家、マルセロ・チリボガがアメリカでの講演の後、彼に会いにやってくる。セルバンテス賞を受賞したばかりのチリボガは彼の憧れの作家であり、また、自身、チリボガ研究の第一人者でもあることから、ルビーとともに、旧知の仲のように親交を深める。ところがチリボガはルビーが開いた仮装パーティの夜、彼女に迫る。その現場に偶然居合わせる結果になったグスターボは偶像に対して失望を味わう一方で嫉妬する。やがて、望郷の思いを胸にパリにもどるチリボガをシカゴ空港まで見送りにいった後、ルビーと自室で一夜を過ごすことになり、素っ裸のルビーが先に部屋に入ると人がいたため、あわてて逃げだす。グスターボが見に行くと、そこにはニーナ。彼女は夫の浮気を告げる手紙を受け取り、不安を抱いたままサン・ホセに到着。夫の言い分を信用することもできず、息子の世話で気が立ち、大食漢のルビーを憎悪し、掃除が一苦労なほど広い家、誰もが食べ残すほど大きなビフテキに大量のフライド・ポテト、口に入りきらないくらい大きな厚い聖餅、そんななにもかも大作り、無駄だらけのアメリカに苛立ちはじめ、バトラー射殺事件がとどめとなって早々にチリに帰ってしまう。グスターボもあわてて彼女の後を追う。

このグスターボとルビー、そしてチリボガ三人の行動を追いつつ、物語は長年にわたってバトラー姉弟の家事の世話をし、いまは中国人の一人に気があるビベロスの妻ホセフィーナ、かつてロケットガールを仕事にし、精神を病んで弟を頼ったモー、飲んだくれの両親のもとから飛び出してモデルをしたり子守をしたりしたあとサン・ホセ大学の奨学金を得たルビー、この四人の女性の過去、そしてバトラーとの関わりで肉付けされ、「象の死に場所」である大学は様々な人種・人間が織りなす喜悲劇の舞台と変わる。

だがこの小説には「エピローグ」があり、語りが三人称から一人称となって『象の死に場所』はニーナの後を追ってチリにもどったグスターボが六年後の一九九九年に書いた小説であることが明らかにされるが、九九年という必然性はない。とすれば、ドノソ自身六九年に脱稿した『夜のみだらな鳥』からちょうど三〇年後ということを意識してのことか。

ラテンアメリカの作家は作品中でたびたびアメリカ批判をするが、本書も同様である。捕鯨、煙草、肥満、次々にアメリカ人は排除すべきものを考えだし、やがてある程度共通の思いとなったとき、それを正義と見なし、他国にも押しつけようとする。ドノソはルビーに〈肥満は美〉というモットーを口にさせ、グスターボにニーナの痩せたからだではなく、ルビーの豊満なからだに愛しさを覚えさせさえする。それが、いちばんの批判になっているが、様々な批判の中には、ラテンアメリカ人の特徴で自嘲的に響く箇所さえある。「ここでは逆に、人は俗悪な臣下のように感じる……ヨーロッパでは絶対、そんな気にはならない。経済的に従属した模倣者。わたしたちがここに来るのは自分たちが帝国の一部であるということを裏付けるため、その繁栄のおこぼれにあずかるためだ」というように経済的に支配されたラテンアメリカの悔しさと、また、「わたしたちがアメリカ人に好まれるのは、わたしたちが書く本に革命や社会的な不正、独裁者、極度の貧困、無知、セックスがあるときなんだ。だからこそここでは増刷されるようなラテンアメリカ作家はほとんどいない。たとえば、オネッティのような大家の場合を考えてみたらいい。レサマ＝リマやカルペンティエルは言うまでもない。わたしたちが暴力的で、性的で、貧しくあるよう、そして、わたしたちが犯罪者を告発し指差すよう強要しているのはヤンキーなんだ」と自分たちのことを深く理解する気のないアメリカに対する憤りが交互せざるをえない。ラテンアメリカ人はアメリカを意識しすぎなのだろうか。日本とアメリカの関係においても同じことがいえるが。

（一九九六年一月号）

追『試験』

――コルタサル『アンドレス・ファバの日記』

この二月一二日、コルタサルが他界して一二年になる。生前、コルタサルは「今日、この古い物語を発表する。その自由な言葉遣いが、教訓めいたところのない寓話が、ブエノスアイレスの憂鬱がどうしようもなく好きだから。それに、そこから生まれた悪夢がいまも目覚めたまま、街をうろついているから」というコメントをつけて、五〇年三月に脱稿した初期の長篇『試験』を出そうとしていた。だが、病魔の力の前に倒れ、彼はこの作品を単行本として目にすることができず、二年後の八六年三月、ようやくアルゼンチンのスダメリカーナ社が出版。

『試験』の舞台はブエノスアイレス。「若者は若者なんです。家じゃ、なんにも勉強しません。でも、あなたが実施されているように、うちの学部の第一級の講師陣が学生に作品を読んで聞かせれば、文字は蜜のように甘く頭に入っていく」として、名作・名著を学生に朗読することを目的としたブエノスアイレス大学の付属機関（学院）に、学生結婚したファンとクララは夜間通っている。その学院での最終試験の前夜、二人は友人のアンドレスとステラ、そして、クロニスタ（コラムニスト）と皆から呼ばれる新聞記者と一緒にブエノスアイレスの街を朝までぶらつく。ところが、クララにふられてから気がおかしくなり長いあいだ姿を見せないアベルが彼らの行く先々に出没する。夜が明け、五人は家にもどる。ファンとクララは仮眠したあと、クロニスタを誘ってクララの父親とともにコロン劇場でのヴァイオリン・リサイタルに出かけるが、父親がひょんなことで他人と喧嘩を始め警察沙汰になる。一方、アンドレスは目覚めた後、馴染みの本屋に行けば見知らぬ男が失神する場に出くわし、通りを歩けば俄造りの緊急診療所で治療を受けるキノコ中毒患者を見かける。夜になり、ふたたび五人は学院に集まる。学生たちは何時間も待たされたあげく、試験もされずに、個人名の入っていない修了証書を守衛たちから手渡される。帰り道、食事をしにバルに行くが、通りで自分たちを見張るアベルの影に怯え、アンドレスは船を使ってファンとクララをうまく逃がす。だが二人を逃がしたことに腹を立てたアベルと格闘となり、ファンに渡すつもりで持ち歩いていた護身用の拳銃を抜いて発砲する……。

原因不明の濃い靄がかかる、うだるような暑さのブエノスアイレス。町の中心部にある五月広場には仮設の祭壇が造られ、そこに展示された骨を見に町中の人間が集まる。湿気のせいでキノコが大量発生し、それを食べた人が中毒を起こす。どこからか聞こえる爆発音。パトカーや救急車のサイレン。そんな、どこか非現実的なブエノスアイレスで『試験』の物語は展開する。ただ、その展開に劇的なところはなく淡々と進む。五人は、とりわけ自ら詩作をするファンとアンドレスは喋りまくる。この小説はそうした彼らのお喋りに支えられており、まるで、書くこと、文学、音楽、ブエノスアイレス、アルゼンチン人等をめぐるエッセイを小説化したものとさえ言いうる。コルタサルは五人の主要登場人物それぞれの中に現れるが、それでも、アンドレスの中にいちばん色濃く自分を投影しているように思える。そのアンドレスは一九歳のときコクトーの『阿片』を読んでショックを受け、書くという行為に試行錯誤を重ねる。そしてようやく「絶対に必然的な理由が見つかったときに書くこと。だから、惚れ込んでいたダヌンツィオが死んだとき、反動で、挽歌を書いた。（略）その後、ぼくはうまく書けだした。結局、彼は、ぼくたちみんなと同じで、月の色をしているんだ。ここにいるけど、光はずっと遠くから彼のところに届く。コクトー……。ぼくの光はときにはノヴァーリス、ときにはジョン・キーツという名になる。ぼくの光はアルデンヌの森、サー・フィリップ・シドニーのソネット、パーセルのハープシコード組曲、ブラックの小品」と言うまでになっている。

『試験』の中で、アンドレスは「日記というよりはノクターンみたいなもの」を書いていると洩らす。だが、その「ノクターンみたいなもの」をコルタサルは『試験』から除外した。それでも破棄はしなかった。おかげで、『試験』からさらに九年遅れたとはいえ、コルタサル全集を刊行中のアルファグアラ社が昨年三月、『アンドレス・ファバの日記』として読者に提供してくれることになった。未刊のものを、それも初期の作品を読むというのは宝探しをする気分にさせてくれる。『日記』は六三年に発表したあの『石蹴り遊び』の第三部のような相貌をそなえている。『試験』はそれだけで作品として独立しており、『日記』は『試験』という本体がなければ、登場する人物関係がよく分からないため独立した作品とはなりにくい。ところが『試験』のテキストの後に置かれれば、あるいは『試験』と合わせて読まれればいっそう本体が深みをます。そこに記されたヘッセ、マルロー、サルトル、マラルメ、ヴァレリー、ジョイス、キーツ、グリーン等々の欧米の詩人・作家たちをめぐるアンドレスの断片的な考察は初期のコルタサルの文学・芸術観を明確にし、ときおり挿入される箴言めいた言葉がその後のコルタサルを彷彿させる。「髪を撫でてやることと、スープの中に髪を発見することは別物だ」「いい方法が見つかったと思うときには、他の方法を全部失くしていることになる」「自由と自由であることをめぐって。／『ハイフェッツは自分のヴァイオリンを自由自在に操る』といわれる。ヴァイオリンがハイフェッツを自由自在に操っているのではないのか?」「ある人たちの前ではバカと思われないようバカのふりをしなければならない」そう、コルタサルもまたユーモア感覚に優れていたのだ。

アルファグアラ社は今後もコルタサルの初期の未発表作品を刊行するという。この『アンドレス・ファバの日記』をも含めて、彼がアルゼンチンにいた時代(一九一八〜五一)に書いた作品はヨーロッパに渡って開花させるまえの蓄として、今後のコルタサル研究に新たな光をあてるものとなるに違いない。

コルタサルの人気は衰えず、いまだにその死を惜しむ声が聞こえる。昨年一〇月にはアルゼンチンのパイロ劇団が『石蹴り遊び』をマドリッドで初演したという。脚色はリカルド・モンティ、演出はハイメ・コーガン。

(一九九六年二月号)

マエストロの芳醇なミステリー

——デル・パソ『リンダ67、ある犯罪の物語』

「サンフランシスコを舞台にした小説の中で、ここ数十年来で最高の作品」という腰巻きに書かれたロサンゼルス・デイリー・ニューズの評に惹かれてジェイムズ・ダレッサンドロの『ボヘミアン・ハート』（ハヤカワ文庫）を読んだ。だが、いささか褒めすぎのような感のあるこの評は、むしろ、フェルナンド・デル・パソが昨年一一月に出した長篇『リンダ67、ある犯罪の物語』にふさわしい。むろん「サンフランシスコを舞台にした小説」と限定するまでもなく、誰もがいろんな角度からたっぷり楽しめるエンタテインメント、サスペンスとして出色の出来。物語は後回しにして、少し覗いてみると……。

観光案内？

「みなさん、この町で、かつてロバート・ルイス・スティーヴンソンやギンズバーグ、ケルアック、ファーリンゲッティ、ジャック・ロンドン、そしてマーク・トウェインが暮らしました。この町のことをラドヤード・キプリングは、気狂いと美女の住むいかれた町と言っています」

「二人は有名なジョンズ・グリルで軽く食べたが、そこはダシール・ハメットが『マルタの鷹』を書いているとき、毎日昼食にでかけたところだった。二人のお気に入りの店の一つで、マンハッタンもドライ・マティーニも客の好みに合わせて作ってくれる」

「チュックはアンカー・スティームで喉を潤そうと、ポーク通りとヴァレッホ通りの交差点にあるロイヤル・オークにデイブを誘った。ここも彼の好きな店だった。居心地のいいバーで、店内はステンド・グラスを鉛で枠組みしたティファニーのランプ二〇個が放つ多彩なきらめきに怪しげに照らしだされている」

ユーモア、それとも皮肉？

「マリリンに欠けていたのはこれだ」とデイブは言う。「アメリカ国旗に寝そべって裸の写真を撮ってもらうってこと」「そのとおり」とチュックは答えた。「この国が生む最高のものはこういったタイプの女の子たち。日本人はこのマーケットじゃ絶対に勝てやしないね」（サンフランシスコ湾をヨットでクルージング中に裸になったリンダを見て）

「お祖父ちゃんがよくいってたの、光があるところで誓いをたてると神さましか聴いていない。暗いところで誓いを立てると悪魔しか聴いていないって」「じゃあ、どうして悪魔に聴かせたいんだ？」「悪魔は赦さないから……」（略）「それじゃ、暗いところでセックスするのはどういうことになる？」「おんなじよ。悪魔しか見ていないわ。だから愛情が本物に、神さまにふさわしいものになるまで、明るいところでセックスしちゃいけないの」（オリビアとデイブのベッドでの会話）

「奥さんがいない隙にタバコをすってるわけですか？その点ではおたがい似てますね。わたしは砂糖を止めてるんです。糖尿になりかかってると医者にいわれてるもんですから。でもそんなこと言ってたら、わたしたちみんな癌になりかかってるし、心臓がいかれかかってるし、車に轢かれそうになってる。言ってみりゃ、みんな死体になりかかってるんですけどね」（事情聴取にデイブに会いに来たガルベス警視）

「ポルノ映画に金を払う気になったが、十分もたたないうちに興味が失せてしまった。父ソレンセンのいうとおりだった。セックスは読むためのものでも口にするためのものでもないし、見るためのものでもない。するためのものだ」（オリビアに会えず、苛々しているときのデイブ）

ひきつるグルメの舌と喉？

追突事故をきっかけにして出会ったデイブとリンダはリンダの行きつけのレストラン、フルール・ド・リに行き、「子羊のテリーヌ、ペリゴール風サラダ、仔牛の蒸し煮香草風味、そして、各種のチーズ――ルブロション、ロックフォール、ブリー・ドゥ・モー――に合わせてデイブが芳醇なシャトー・ラフルール・ペトリュス82を選ぶと、リンダはデザートに振りかけるのにボランジェ・R・D、これも八二年ものを一本頼んだ」。（ちなみに、八二年はフランス、ドイツの中で

はボルドーの赤以外の出来は悪い）

「酒蔵、その魅力的な場所でワインは独自の光を放って輝いていた。赤や黄金色の蛍のようにきらめいていた。そして輝かしいコロナに囲まれた名前とともに。セリエ・ド・ヴィエーユ・エグリース、ニュイ・サン・ジョルジュ、シャトー・ディケム、シャンパーニュ・ロラン・ペリエ……父ソレンセンはデイブが酒蔵に行くのが好きなことをよく知っていた。」

「デイブ、酒蔵に行ってシルーブルを一本とシャトー・パルメを二本持ってきてくれ……」

「シャトー・パルメ？　何年もの、パパ？」

「七五年」

＊

『リンダ67、ある犯罪の物語』の舞台となるサンフランシスコは一七七六年、スペインの軍人・探検家であるフアン・バウティスタ・デ・アンサ（一七三四～八八）が要塞（プレシディオ）と伝導所（ミシオン、英語名ミッション）とともにイエルバ・ブエナという名で創設するが、一八四六年、アメリカ軍に侵略・占領され、四七年に現在の名になる。翌四八年、メキシコはテキサス独立を端緒とする米墨戦争でカリフォルニア、アリゾナ、ネバダなど今の国土（日本のほぼ五倍）と同じ広さの土地を失う。カリフォルニアでは二年後に金が発見されると同時に港町であるサンフランシスコの重要性が高まる。「一九世紀後半、ノブ・ヒルは鉄道や金鉱で財をなした百万長者たちが豪壮な邸宅を建てる場所に変わった。一八四九年から五〇年にかけておびただしい荒くれ者たちが黄金への熱にとりつかれてイエルバブエナというメキシコ人の村に押し寄せた。その結果、村は著しく変化することになったが、ノブ・ヒルもそうした変化が生みだしたものだった。一夜にして村は大都市に、サンフランシスコの大きな港に変貌して、その懐で世界中のありとあらゆる民族を一体化したために、またその商業的な重要さもあって、現代のアレキサンドリアといつしか見なされるようになった。（略）サンフランシスコは他にも様々に変化したが、一九〇六年の地震と大火で最も著しく急激な変化をとげた。それでもなおノブ・ヒルは格を下げることがなかった。ソレンセン一家がサンフランシスコに来たとき、そして十年後にデイブが帰ってきたときも、ノブ・ヒルはあいかわらず特権的な場所であり、デラックスなマンションや、ベル・エポックの傑作、名だたるフェアモント・ホテルをはじめとする一流ホテルにあふれる場所だった」

このノブ・ヒルの真ん中に主人公ダビッド・ソレンセンとリンダ・ラグランジェが住む家がある。物語は空間的にはこの家を、そして、時間的には一九九五年四月一四日の夜を中心に展開する。二部構成になっており、第一部では妻を殺したダビッド（通称デイブ）が一五日未明から、妻が一晩家をあけたことで取り乱している夫を演じて通りをうろつき、パトカーの警官に呼び止められたり、タクシーに乗って充分すぎるほどのチップを払ったりした後、家にもどってリンダの親友や父親、自分の親友に電話をかけ、妻の不在を告げるといった偽装工作をするところで終わる。だが、そこに様々な回想シーンが挿入される。デイブとリンダの家系の紹介、二人の出会い・結婚・生活・破局。そして、デイブ自身が立てる様々な計画――一四日の夜に決行する殺人のための計画、それを誘拐事件にすりかえる方法、身代金の受け取りと逃亡の仕方。さらには、勤務先である広告代理店が関わっている新しい化粧品の販売キャンペーンのためのキャッチ・フレーズと商品名をもデイブは考えなければならない。殺人者というのはよほど忙しいものらしい。

デル・パソは加害者と被害者の二人に変わった属性を与えた。夫のデイブは「あなたがメキシコ人？……そんなデンマーク人の名前で、金髪で、緑の目をしてるのに」とリンダが口にするような、メキシコ人らしくないメキシコ人。逆に妻のリンダは典型的なアメリカ人なのに名前そのものがスペイン語（ちなみにリンダは〈美人〉の意）で好きな曲が、あの懐かしの「国境の南」。

そんな二人が織りなす愛憎劇を深みのあるものにするため、さらにデル・パソは二人が背負う過去を緻密に創りあげる。デイブの祖先はデンマークからメキシコのベラクルスに移住してコーヒー園を営んで財をなすが、デイブの父は権利をみな兄に売り払って外交官になり、ロンドン、サンフランシスコ、パリと渡り歩く。母は料理が生き甲斐、父は美食家、二人して大半の金を食につぎ込む。妻の病気がもとで父は退職し、一五年かかって支払いを済ませたメキシコの保養地クエルナバカにある家にもどるが、妻の治療費を払い葬儀を済ませた後に残ったのはその家しかなく、家を担保に兄から金を借りて生活費にするありさま。デイブは父の赴任先のロンドンで生まれ、外交官の子弟によくあることだが、メキシコ生活は長くない。暮らし振りから金持ちと思っていた両親には金がない。結局、デイブには愛する故郷も、生活のための財力もない。一方、リンダの祖先はユグノーとしてアメリカに渡り地道に働きつづけるが、リンダの父はテキサスのダラスでビニール袋の会社を始めて財をなし、妻を亡くした後は一人娘のリンダを溺愛する。娘が自分の言うことをきかないと勘当するといって脅すものの実行したためしがない。リンダは一五歳のときに男を知ってから二九歳になるまで奔放に過ごす。父の命令で入ったテキサス大学の法学部を退学してサンフランシスコで室内装飾を学び、その職につく。とはいえ父からはかなりの仕送りを受け、ノブ・ヒルにある三階建ての家で暮らす。つまり、リンダには父から買ってもらった愛車67年型ダイムラー・マジェスティック（そのプレート・ナンバーは彼女の生まれた年に合わせて67）の他に容姿・財力すべてがある。そんなアメリカとメキシコを象徴するような二人が、たまたま車の追突事故を機に懇ろになりリンダ主導で結婚。ところが、離婚しないと勘当するとリンダは父から脅されつづける。二人の仲は冷え、リンダは勤め先の社長ジョニーを、また、デイブはオリビアというメキシコ人スチュアーデスを愛人に持つようになるが、離婚間近になってデイブはリンダに子ども扱いされたことから激しい憎悪を抱き、ダイムラーもろとも断崖から海に突き落とす。

第二部に入って、デイブの犯罪が思惑通りに進むかというころ、殺人現場を目撃して車からリンダを救い出した、身代金をそっくりよこせという脅迫状がデイブに届く。デイブはリンダが生きているのかもしれないと思い、不安におののく。さらには、誘拐事件が表沙汰になったため勤め先から体よく馘にされるが、スイス製の時計の新製品キャンペーンの責任者になってほしいという美味い話が転がり込む……。こうして物語は紆余曲折しながら進むうち、このまま逃がしてやればという気にさえさせられるものの、やはり、落ちつくべきところに落ちつく。

推理小説は細部が丁寧に描かれているものほど面白い。たとえば、デイブは身代金を入れるためのスーツケースを入手するにあたり、まず、女中に一〇〇〇ドル札を全部一〇ドルに替えに行かせる。アメリカの紙幣は「長さが一五・五センチ。幅は六・五センチ。厚さはウア＝ニンが一〇ドル札を一〇〇枚渡してくれたときに知った。銀行がよくするように帯できっちり締めてあると、一〇〇枚の札は一センチの厚みになる。ばらだと一・五センチ」。ここから、結局一人で扱いうるスーツケースは二個、中に入る金は一五〇〇万ドルとして身代金を算定するのだが、やがてこの額はリンダの父のような大金持ちに要求するには少なすぎると警察に怪しまれることになる。すべてがこんな調子で、どうやってその身代金を国外に持ちだすのか、リンダを殺害するのになぜ拳銃でも毒薬でもなくモンキー・スパナなのか、リンダの愛人に罪をかぶせるために、どうすれば愛人のアリバイを失くすことができるのか……等々、物語は実に綿密に構成されており、事件の謎を追うとぼけたガルベス警視とキルビィ巡査部長という古典的スタイルの二人組が醸しだす雰囲気とあいまって、読み進むうちに何度も唸らされることになる。

だが、さすがにデル・パソが書くものらしく、単なる推理小説といった範疇を超えてもいる。シンプソン事件をめぐる議論からデイブにリンダの殺害を決意させたり、不法移民の追放・権利の剝奪を狙った提案一八七に言及したりして現代アメリカをうまく取り入れたうえで、アメリカとメキシコという二つの国を考える書にもなっているからだ。一九九四年NAFTAが発効し、現在、メキシコ経済は以前にもましてアメリカの強い影響を受けるようになった。サリナス前大統領はこの条約を先進国入りするための梃にするつもりだったが思惑通りには進んでいないし、アメリカ人のメキシコ人に対する考え方も改善されてはいない。

初対面のガルベスとデイブは「ガルベス警視？　はじめまして。どうぞお坐りください。スペイン語は話されますよね……」「いいえ、わたしの一族は一〇〇年以上前にここに来ました。わたしは生粋の合衆国市民です」といったやりとりをする。また、サンフランシスコに引っ越すよう勧めるデイブとそれを拒否するオリビアの間では次のような会話が交わされる。「メキシコ人ということで差別されたくないの、サンフランシスコでも、どこででも」「でも、オリビア、貧乏人のメキシコ人が差別されるだけだ、金持ちはちがう。ぼくの経験から言えば……」「あなたのような白い肌の金持ちのメキシコ人なら別でしょうね。でも、世界中のお金を使ってもあたしの肌の色は変えられない……」。アメリカ人にとってメキシコ人は軽蔑の対象、逆に、メキシコ人にとってアメリカ人は批判の対象でしかないのだろうか。アメリカの矛盾を突くのはカルロス・フエンテスばかりではないようだ。

＊

フェルナンド・デル・パソは一九三五年、メキシコ市生まれ。『ホセ・トリーゴ』（六六、ビジャウルティア賞受賞）、『メキシコのパリヌロ』（七八、ロムロ・ガジェゴス賞受賞）、超ベストセラーになったためハードカヴァーの保存版まで出た『情報の帝国』（八七）後の四作目が原文三六〇ページあまりという、ほどよい分量の『リンダ67』。これまで短篇や短い作品を書かなかったこともあって日本ではほとんど知られていないが、欧米での評価は高い。

（一九九六年六月号）

南で、そして、南へ

――セプルベダ『パタゴニア・エキスプレス』

一九七三年九月アジェンデ政権をクーデターで倒したピノチェット軍事政権は九〇年三月、ピノチェットを陸軍総司令官の地位に留めたまま、民政移管したが、この間の軍事独裁は市民生活に深い影を落とし、告発の対象となった。たとえばアリエル・ドルフマンは戯曲『死と乙女』を書き、それをロマン・ポランスキーが九五年に映画化。反政府運動により誘拐され拷問・凌辱を受けた主人公の女性を演じたのがシガニー・ウィーバー。困ったことに、シリーズ化し、3まで撮られた「エイリアン」後ではどの映画を見てもタフな女のイメージがついてまわるが、それでも映画はその女性の心理と独裁の恐怖をたった三人の登場人物の会話だけで描き、それなりの出来だった。

ルイス・セプルベダはこのピノチェット独裁時代のことを「一九七三年以降、一〇〇万人以上のチリ人が痩せ細った、病んだ国を後にした。亡命へと押しだされた人たちもいれば、貧困への不安から逃げだす人たち、そして、北で運試しをしてみようというだけの人たちもいた。この最後の人たちの目的地はたった一つ、合衆国だった」と『パタゴニア・エキスプレス』（一九九五）で語る。セプルベダ自身、反政府運動がもとで七六年六月に国際アムネスティの働きかけで釈放されるまで九四二日刑務所に入れられていた。出所時には体重が二〇キロも減っていたという。だが、その体験をもとにしたリアリスティックな小説をこれまで書いていない。「ぼくはチリ独裁期の刑務所をテーマにすることをずっと避けてきた。なぜ避けたかといえば、人生はいつもぼくには刺激的なものであり、最後の息をするまで生きるにふさわしいものであるため、あんなに不愉快な偶発的な出来事に触れることは人生を侮辱する下劣な振る舞いといえたから。もう一つの理由は、そのことに関してあまりにもたくさんの証言が書かれているから――残念ながら、その大半はどうにもひどいものだが」。この言葉からすれば、政治的問題と彼の体験を描いているらしい『不安、人生、死、その他の幻覚』（八四）での軍事独裁に対する扱いも他の作品で見うけられるような扱いと同じような気がする。たとえば、スペインのアルカラ・デ・エナレス市賞を受賞した『旅の手帖』（八六）という短篇集に「トラ言行録」という作品がある。夜は冷え込む北部の砂漠の真ん中にあり、何時間も煮立てないと飲めないような水しかないトラというゴーストタウンに反政府運動で逮捕された一二人が送り込まれる。かつては硝石を掘っていたその町で一二人が待つのはただ死だけ。ところが彼らは駅舎で生活を共にし、廃棄された古い機関車を動かそうとする。だが、たとえ動いても、その機関車では脱出できないことが分かっている。では何のためにするのか。「逆境に耐えるための魅力的な遊びでしかないな。そして、ほんとに大切なことは夢を見つづける可能性を手にするってこと、それしかないようなところでする遊び」

セプルベダは『恋愛小説を読む老人』ではアマゾンの破壊に対して、『世界の果ての世界』では捕鯨に対して警鐘を鳴らすが、偏狭な正義感を振りかざしてはいない。人は自然に対しても、人に対しても残酷になれる。だが、同じくらい愛することもできる。その愛が人と人を、また、人と自然を結びつけるし、どんな状況にあっても人生を希望のあるものにする。そうした姿勢が、人生に対する思いが他の作品からもにじむが、とりわけ『パタゴニア・エキスプレス』では人に対する眼差しの優しさに感心させられる。セプルベダの言葉を信じるとすると、この作品はこれまで書いてはいたが棚に眠っていた文を集めたものらしいが、独特のユーモアにあふれ、その人となりが如実に分かる回想録、紀行文、そして、それぞれ単独の掌編としても読みうるようなものとなっており、味わい深い。

一〇歳のとき、小便がしたくなると教会の壁にひっかけろと命じる祖父からニコライ・オストロフスキーの『鋼鉄はいかに鍛えられたか』を贈られるが、そのとき二つの約束をさせられる。「この本は大旅行への招待状になるはず。そんな旅をすると約束してくれ」「約束する。でも、おじいちゃん、ぼく、どこへ旅行するの?」「たぶん、どこへも。でもな、する価値はある」「じゃあ、二つ目の約束は?」「いつかマルトスに行ってくれ」「マルトス?　マルトスって、どこにあるの？」「ここだ」といって祖父は手で胸をたたいた。その本の影響か、一八歳になったときセプルベダはストライキに参加するといって祖父を喜ばせる。テムーコの刑務所に二年半入っていたときには、服役囚同士で様々なことを教えあう。外国語、数学、世界史、美術史、哲学史、経済、それに、料理。だが、ゲイの中尉に目をつけられる。中尉はセプルベダが物書きということを知って、自作の詩の批評を依頼する。ところが、その詩はメキシコの詩人アマド・ネルボのもので中尉は自分の心の裡をその詩に託したらしい。結局、セプルベダは「中尉、きれいな字を書きますね。でも詩はあなたの詩じゃない」と答える。その報復に、昔、脂をためるために使われていた縦・横・高さ一メートル半の穴に放り込まれる。寒さ、雨、兵隊たちの小便を避けるために膝を抱いてうずくまり、ローレルとハーディーの映画やサルガーリ、スティーブンソン、ロンドンの小説を逐一思いだし、頭の中でチェスをし、はがされた足の爪が化膿しないよう舐めながら三ヵ月を過ごす。そして「その穴の中で、ぼくは誓った、何度も誓った。この先、絶対に文芸批評には関わらないと」

出所後、セプルベダは南アメリカを転々とする。エクワドルのマチャラでは大学でマス・メディア論を教える契約を結ぶが、期間が終わるまで給料がもらえないため五カ国六人の臨時雇いの先生たちが大部屋に同宿して節約。そのくせ皆で売春宿に出入りする。そこの女の子から、見たくても同伴者がいないために映画館に入れないという話を聞いて（映画はまだ司祭による検閲を受けており、「クレーマー・クレーマー」が離婚を勧めているという理由で非難されるような時代と場所だった）司祭にかけあうが交渉は決裂。実力行使で毎週金曜に売春婦たちを連れて映画に出かける。それがもとで町の人たちから総スカンをくい、セプルベダは町を去る潮時と思うが、カナダ人教師は売春宿の年老いた女将と馬が合い、宿に引っ越してしまう。やがてこのカナダ人は「熱帯の闇夜の鳥」という優れた短篇を書くことになったという。同じエクワドルは美人が多いことで有名なアムバトでのこと。町から八〇キロほど離れた大農園で著名な故人の回想録をまとめる人間を求める新聞の求人を見て、応募。そこには大農園を切り回している未亡人と四〇歳になろうとする娘がいて敬虔な生活を送っている。住まいも生活も快適で、二週間のんびり回想録の編集をするが、あるとき、未亡人は娘とあんたを結婚させる気だ、と召使にいわれ、あわてて逃げだす。そして、南へ、パタゴニア、フエゴス島へと南下。「この地じゃ、わしらは幸せになるために嘘をつく。でも、誰一人として嘘と誤魔化しをごっちゃにしちゃいない」というパタゴニアではいろんな体験をしたり話を聞いたりしながら旅をする。悲しみのあまり死んだ少年。四〇〇〇年の間水路をさまよう幽霊船を探しつづける老人。直線距離で八〇〇キロ先の目的地まで、牧童頭に脅されて地方ボスの遺体を小さな四発機で運び、その仕事が金になることを知って霊柩車ならぬ霊柩飛行便を始めたパイロット。かつてエル・トゥルビオとリオ・ガジェゴスの二四〇キロを結んで極寒の地を走っていたパタゴニア急行が通る町で起きた過去の反乱。七六年独裁政権によりパタゴニアに送られた政治犯と家族との交信に一役買ったラジオ・ベンティスケロ。ペルー国境まで電波を発信するそのラジオ局のアンテナ塔が爆破されるとすぐにユーカリの木で塔を建てたパタゴニア人たち……。

最後にセプルベダは祖父との約束を果たす旅に出るが、それはまた自分のルーツを探す旅ともなる。スペインのハエン近くの町マルトスに着き、自分と同じ苗字の人はいないかと酒場で訊く。七〇歳をこえた神父なら誰よりも知っているという答え。「そのとおり。（神父は）なんにでも首を突っ込むからな」「ケーキ屋はケーキに、そして司祭は婆さんたちとの噂話に」「でも、いまの時間は飯をくってるんじゃねえか。キリストの世話だってしてねえよ」。結局、祖父の兄の居場所が分かって訪ねるが、すっかり惚けている。だが、ようやくのことで自分が誰かを分からせ、「婆さん、ワインを持ってこい。アメリカの親戚が来たぞ」といわれて安堵する。

『パタゴニア・エキスプレス』出版のきっかけはパコ・イグナシオ・タイボ一世の家の食卓での会話。「忘却の川を止めるために」という言葉を耳にし、それをそのままタイトルにしたタイボ一世の作品（八三）を読んで、いつまでも手元に置いておけないと思ったからという。とすると、タイボ一世との出会いがなければこの作品はないことになる。一方、スペインのアストゥリアス生まれでメキシコに帰化したタイボ一世は映画評論家として名高く、かつてハリウッドで活躍したメキシコ人女優ドロレス・デル・リオを主人公にした小説『いつもドロレス』（八四）をはじめ数多くの作品がある。彼の息子タイボ二世はいまやラテンアメリカ・ミステリー界を代表する作家だが、世話焼きは父親ゆずりなのか、セプルベダにミステリーを書くようけしかける。おかげでこのジャンルに『闘牛士の名前』（九四）という作品が加わることになった。主人公の名はファン・ベルモンテ。つまり、ヘミングウェイの『日はまた昇る』や『午後の死』にも登場する闘牛士と同じ名前。舞台はドイツとチリだが、チリにはコロニーがあるくらいドイツ移民が多い。その事実がこのミステリーにリアリティーを与える。

＊

一三二五年六月一三日、家族、友人、財産、すべてを棄てて故郷タンジェを後にした二一歳のイブン・バットゥータは三大陸を徒歩で一二万キロ旅した後、六七年、フェズのスルタンの庇護下に入る。そこでアンダルシアの詩人イブン・ジュザイの協力を得て、二年がかりで自らの『旅行《リフラ》』を編纂（その草稿は現在、パリの国立図書館にある）。イブン・バットゥータが六九年に六四歳で死去すると、スルタンはこの旅行家を讃えるために、一枚一〇オンスの金貨を一〇〇枚造らせ、旅行家が歩いた様々な道の四つ辻に一枚ずつ埋めさせようとする。だが、スルタンの死後、その意思は果たされずに終わり、金貨は持ち主を転々とする。やがてブレーメンの貴金属商の手に渡るがそれも一〇〇枚のうちの六三枚。ところが、その貴金属商は一九四三年、強制収容所で死に、金貨はすでに四一年にベルリンで人目に触れて以後、行方が知れない。

＊

一九四一年のベルリン。第三帝国の警官で刑務所の守衛をしているハンス・ヒラーマンとウルリッヒ・ヘルムはゆくゆくは地の果て、フエゴス島で暮らすことを夢見ている。二人はあるとき親衛隊の隊員たちが普段、荷物を手に出入りしている倉庫に侵入。そこにたくさんの絵が隠されているのを知るが、二人にはその価値も、誰に売っていいかも分からない。そうした侵入を繰り返しているうちに、〈ロイズ〉の文字が浮かぶ南京錠がかかった箱を見つける。開けると六三枚の金貨。その金貨を持って二人はハンブルグへ、さらには憧れの南の地へ逃げようとする。だが、金貨を持ったハンスは無事脱出するが、ウルリッヒは逮捕されてゲシュタポの拷問を受け地下牢に閉じ込められる。四五年六月ロシア軍に救われ、地下牢暮らしに起因する病気を治療するためにロシアに送られるものの車椅子が必要になる。東ベルリンに帰ると五五年にハンスから手紙が来るがそれとともに東独諜報部の追求が始まる。ドイツ統一後の九一年、やっと自由になったウルリッヒは南へと旅立とうとするが元東独諜報部の〈司令〉と呼ばれる人物につかまる。だが、心臓発作を偽って窮地を脱出し警察に保護を求める。保護先の病院から生きて出られないことを悟ったウルリッヒは結局、フエゴス島にいるハンスに向けて「すまん、ハンス。例のやつらがおまえのところに行く。地獄で会おう」と書いた手紙を送る。

ドイツから消えたこの六三枚のスルタンの金貨をめぐって五〇年後、二人の男が命を賭けることになる。一人はボリビア、チリ、ニカラグアでゲリラとして働き、今はハンブルグでキャバレーの用心棒をしているベルモンテ。彼はある夜、キャバレーに押し入ったネオナチの若者たちとのトラブルに巻き込まれ、警察に連行されそうになる。そこを店にいた老人に救われる。老人はベルモンテのこともチリに残した恋人(七七年一〇月に逮捕され、七九年七月にごみ捨て場に棄てられた)ベロニカのこともすっかり調べ上げている。ロイド社の海外調査部を統括するその老人はチリの事情・地理に詳しいベルモンテに社としてではなく個人として金貨回収の仕事を依頼する。結局、キャバレーも馘になり、危険人物のリストに載っていることもあってその仕事を断りきれなくなったベルモンテは、金貨を持ちかえれば、恋人をコペンハーゲンにある精神治療センターに入れることを条件に仕事を引き受け、一六年ぶりにチリに帰る。

そしてもう一人はフランク・ガリンスキー。彼は東独時代は世界各地へ派遣されて社会主義のための戦いを続けていたが、東独消滅後まともな職に就けず、ついには妻からも愛想つかしされる。そんなとき元上官の〈司令〉から、首尾よくいけば二五万マルクの報酬、ともちかけられ、軍人気質が抜けずに〈司令〉のいうがままに南に向かう。

だが、二人が世界の果ての世界、フエゴス島に着いたときには、ウルリッヒから手紙を受け取ったハンスはすでに自殺している。では金貨の行方は……。

「おまえは社会主義を作りあげるために闘った。おれはそれを守っていた」。かつては同じ一つの主義のために闘っていたベルモンテとガリンスキーの二人がいまや自分たちが否定しようとしていた資本主義の富の象徴ともいえる金貨に結びつけられて戦う。結末はあっさりしているが、そこにいたるまでの物語の展開、主人公をはじめ脇役陣の性格づけにセプルベダのストーリーテラーとしての美質が如実に表れており、このジャンルの小説を読む愉しさをたっぷり与えてくれる。

（一九九六年八月号）

ジャーナリズムへの復帰

――ガルシア＝マルケス『ある誘拐のニュース』

七月一一日、アメリカはコロンビア大統領エルネスト・サンペルのビザ取り消しを発表。九四年の大統領選挙の際に麻薬密売組織カリ・カルテルから資金援助を得たことが判明したためという。このニュースにコロンビアの各紙はサンペルの辞任を求めた。むろん、ラテンアメリカ全域に大きな波紋が広がり、一五日、リオ・グループ（ラテンアメリカ一四ヵ国で構成する政策協議機構）は「ラテンアメリカ諸国に対する力による内政干渉」と反発した。

麻薬常用者二二〇〇万人のうち毎年、二万人が死亡し一〇〇万人が逮捕される。全世界で年八〇〇トンほど生産されるコカインの四〇パーセントあまりを七〇〇万人で使用。その入手のために三〇六億ドルを使う。それが現状のアメリカだが、かつて、麻薬の消費量を減らすことができず、麻薬禍の原因は供給されることにある、いっそ供給源を断とうと論理を飛躍させせてしまった。そうしてアメリカが強力に後押しする〈麻薬戦争〉が始まる。この言葉は七八年にコロンビア大統領に就任したフリオ・セサル・トゥルバイが言いだしたものだが、トゥルバイは七九年、合衆国との間で犯罪人引渡条約を締結。結局、この条約がコロンビア国内の暴力を激化させていくことになり、八九年八月、与党の大統領候補ルイス・カルロス・ガランが暗殺され、一二月には逆にメデジン・カルテルの大物ロドリゲス・ガチャが警察との衝突で死亡。だが、九〇年八月、セサル・ガビリアが大統領に就任（九〇～九四）した翌年に憲法が改正され、出生による同国人の外国への引渡が禁止される。それをうけて六月、メデジン・カルテルの大物パブロ・エスコバルが投降するものの、刑務所にいることに危険を感じて九二年七月脱獄、九三年一二月、結局は治安部隊に射殺される。

ガルシア＝マルケスの新作『ある誘拐のニュース』はこのガビリア前大統領の時代、つまり、「一九九一年の一、二月には一二〇〇件――日に二〇人――の殺人と四日に一度の虐殺があった。ほぼすべての武装グループが一致して史上最も激しいゲリラ・テロへと展開していくことを決めており、メデジンは都市活動の中心だった。数ヵ月もたたないうちに四五七人の警官が殺されていた」という凄まじい暴力が吹き荒れた時代に起きた誘拐事件を扱ったルポルタージュであり、「生涯でいちばん難しく悲しい仕事」だったという。

一九九〇年一一月七日、「車の中に入るまえ、誰かが待ち伏せていないか確かめるため肩ごしに後ろを見た。ボゴタの午後七時五分のことだった。一時間まえに日は暮れていた。ナシオナル公園の照明は悪く、葉を落とした木々が濁った淋しい空に幽霊のような輪郭を浮かびあがらせていたが、見たところ、不安にさせられるようなものはなにもなかった」。だが、マルーハ・パチョン（国営映画振興会社局長）と義妹ベアトリスが乗ったルノーは後をつけてきたタクシーとベンツにはさまれる。運転手は射殺され二人は八人の男に誘拐される。一方、すでにその二月ほど前には、マリーナ・モントヤ（兄がバルコ大統領時代の幹事長）が、その四時間後にはフランシスコ・サントス（「ティエンポ」紙の編集長）が、また、八月三〇日には左翼ゲリラELN（民族解放軍）の最高司令官とインタヴューさせるという罠にかかって、元大統領の娘ディアナ・トゥルバイ（クリプトン・テレビの報道局長）とその一行六名が誘拐されていた。

誘拐の指令を出したのはいずれもパブロ・エスコバル。エスコバルは犯罪容疑者に対する政府精鋭部隊の無差別的な残酷な扱いを人権無視として世論を誘導し、「コロンビアの歴史上、エスコバルほど世論を左右する才能を持ち、その才能を行使した人物はいなかった」ほどであるにもかかわらず、敵は警察・軍隊ばかりか同じ麻薬密売組織の中にもいたため定住の場がなく、いちばん安全なのは厳重に警備された刑務所の中と悟る。だが、問題はアメリカとの犯罪者引渡条約であり「アメリカの監獄に入るくらいならコロンビアの墓に入るほうがまし」との思いから条約の無効を狙い、投降の条件を良くするために人質を政府との取引材料にする。

ガルシア＝マルケスはこの誘拐事件を一九三日目に解放されたマルーハを中心とする人質の側、マルーハの夫で大統領に助力を求める政治家をはじめ救出に関わる人々の側といった二つの面から描いていく。解放を願いながらもいつ殺されるかもしれないという人質の怯え、解放される者を見送る者に残されるいっそうの絶望感。上からの命令で二四時間人質の監視という単調な生活をしなければならない見張りの若者たちの苛立ち。法に縛られて動けない政府、麻薬密売組織を絶対に赦さない警察、テレビを使ってエスコバルに投降を勧める神父。刑務所に入っている麻薬密輸組織の大物たちとの話し合い、やがて、解放されたときのマルーハやその夫の喜び……。

昨年、ガルシア＝マルケスは一二人の若いジャーナリストたちを前にこの作品について語った（「エル・パイス」紙国際版九月一一日）。それによると最初、物語を創ろうとしたが、コンテキストを無視することができないことが分かったためルポルタージュという形をとったという。「ジャーナリズムにもどるのは魅力的だった。おまけに、編集長もいないから。わたしは厳然たる事実を語っている。いちばん主観的なのは生存者たちが語ってくれたところ。……この本では細部に最大限注意を払っており、何一つ創ってはいない。……小説でもルポルタージュでも同じだが、こつはそれぞれの文の終わりが次の文を読ませるようなサスペンスを保つことだ」という言葉どおり、『ある誘拐のニュース』は全篇緊張感にあふれ、まるでかつてジャーナリストとして〈幸せな無名時代〉を過ごしていたときのような文章の勢いがある。三年をかけ、一〇数回書き直して七〇〇ページを三四六ページ（メキシコ版）にしぼりこんだ本書はルポルタージュとしておそらく今年一番の収穫になるだろう。

サンペル大統領は麻薬撲滅に対する努力を合衆国に強くアピールするためか、九一年に廃棄された犯罪人引渡条約を復活させようとしているという。だが、この条約を無効にするために麻薬密輸組織は対抗部隊を作って要人・ジャーナリストを誘拐、都市における爆破テロを繰り返して政府の譲歩を引き出そうとしたのではなかったのか。そのときの対抗部隊がふたたび政府批判をしはじめており、また、かつてメデジン・グループの大物で、刑を軽くするために投降したオチョア三兄弟（『ある誘拐のニュース』でもマルーハの母や夫がエスコバルとの接触を求めて相談しにいく）のうち、まず長男が五年の刑期をさらに短縮して出所している。暴力と混乱の時代の再現が懸念される。

（一九九六年一〇月号）

アウグスト・モンテローソ素描

目覚めると、恐竜はまだそこにいた。

『「全集」その他の短篇』（一九五九）に収められたこの短篇をメキシコのホアキン・モルティス版で初めて読んでからもう四半世紀になる。むろんそのときはカルヴィーノがこの作品をどう評することになるか知る由もない。ページをめくると、白いページにたった一行Cuando despertó, el dinosaurio todavía estaba allí. という七語が印刷されていた。何だこれは？　と思いつつも、余白が実に不気味だった。読者にその行の前後を好きに書き込めと言っているような気がしたからだ。その後、何度かその余白を埋めようとしたがいまだにできない。スペイン語は主語を省略しうるため、目覚めるのはあなたでも、彼・彼女を初めとする第三者（単数）、あるいは〈恐竜〉自身でも構わない。眠っていたのが第三者とすればその第三者は恐竜のいる世界にもどったことになる。いや恐竜のいる夢の世界でまた目覚めたのかもしれない。では恐竜が眠っていたとすれば何を夢見ていたのか。そもそも、恐竜は比喩、象徴のはず……。考えると眠られなくなる。

作者のアウグスト・モンテローソは今年度のファン・ルルフォ、ラテンアメリカ・カリブ国際文学賞を受賞した。一八ヵ国六四人の候補者の中から選ばれたが、選出前に今年はフェルナンド・デル・パソを選べという横やりがあったのではという記者の問いに、それはメキシコ独特の「噂の文化」に属するものと審査員は一蹴した。だが、一〇万ドルの賞金を出す一四のスポンサーのうち一万五〇〇〇ドルの分担金が払えない組織がいくつか降りたため、この地域で最大規模の同賞は存続の危機にあるのは事実。九一年のニカノール・パーラ（チリ）に始まってJ・J・アレオラ（メキシコ）、フリオ・ラモン・リベイロ（ペルー）、エリセオ・ディエゴ（キューバ）、ネリダ・ピニョン（ブラジル）とこれまで！　や？　といった記号をつけたくなるものの、その一方でなるほどとも思わされるような人選だっただけに不景気の世の中とはいえ、いや、だからこそ是非ともスポンサーを見つけてほしい。そういえばメキシコには一五〇を超える日本企業が進出しているはずですが、イメージ・アップにぴったりじゃないでしょうか。二〇〇〇万都市メキシコ市を図体のでかいアメリカ車や日本ではほとんど見かけなくなった甲虫に混じって小気味よく走るTSURU IIの二台分にもなりません。鶴は長寿の象徴。いかがでしょう?

閑話休題。ルルフォ賞授与理由をアルゼンチンの文芸批評家サウル・ユルキエビチが読み上げる。「文学的価値をありあまるほどの詩的、あるいは散文的構造と同一視しがちな大陸にあって、妙味と簡潔さという、私的かつ普遍的な観点から文学的なものを再創造しうる一つの提案の道具を用いて彼が追求した作品の質は傑出している。(……)わたしたちの歴史と文学の歴史の書換え。つまり、アウグスト・モンテローソの作品ではラテンアメリカの歴史と文化の光に照らして古典的伝統の絶えざる再解釈がなされる。現在と、そして、未来に向かっても開いた、過去とのこの対話が彼の作品に常に知的に物語を創りだす力を付与する。さらに、わたしたちは現代の文学におけるその作品の革新的な意義を認めるものである。彼の短い散文に寄せる愛着は危険と完成度という偉大な現代文学に不可欠な二つの条件を両立させる希有な実験能力を発揮する妨げにはなっていない。」(「ウノマスウノ」紙他、七月二日)

ルルフォ賞発表前日、偶然なのだろうが「ホルナーダ」紙(六月三〇日)でモンテローソは政治との関わり、自らの文学をめぐってインタヴューを受けている。次がその抜粋。

——短篇はそれぞれの時代の読者のために書かれるとおっしゃられていますが、この時期の読者とは誰でしょう?

——読者というものを考えるとき、友人たち、他の作家たち、自分の知っている人たちが頭に浮かびます。でも、結局、理想の読者はその人自身でありつづけます。つまり、わたしはわたしの最初の批評家なんです。こんなこと言うとどうかと思いますが、わたしが最初に満足させなければならないのはわたし自身の中にいる批評家なんです。(……)

——霊感を信じておられますか?

——ミューズさえ信じています。わたしは時間を決めて書くような人間じゃないし、毎日、いつも仕事をしているわけじゃありません。書く必要がある、書きたい、そう思うときに書くんです。だからほとんど書かないいんでしょうね。わたしは、つまり、プロの作家じゃないいんです。（……）

——いちばんお好きな読みものは？

——なんでも読んできました。でも、いちばん好きなのは詩で、文学の本質部分だと思います。たくさん詩を読んでいます。イスパノアメリカ詩にとても興味があります。

——統合的なもの、本質的なものに寄せるあなたの好みはそれが理由なんですね？

——たぶん読者としての形成が詩をとおしてだったからでしょう。だからわたしの作品で話題になる簡潔さは詩に寄せる愛着から生まれてるんです。

——寓話について何か……。

——寓話は、世界や人生、人間について考えていたことの多くを、古いジャンルを用いて新しく言うことのできる文学のジャンルであると考えています。寓話には人間的ないくつかの弱さや悪習を示す以上の意図はありません。でも、わたしは何も変えるつもりはありません。

——道徳的なものではないのですか？

——いいえ、全然。わたしは文学に興味があるんです。そして文学は世界から、つまり社会から多くを拾い集めてその社会を描きます。でも文学であるためには、その主たる価値は道徳的なものではなく文学的なものでなければなりません。だから、寓話というのは、つまり、文学的対象なんです。寓話に何か教訓を読みとりたい人は、どうぞ、でも教訓はかなり奥深く隠れています。

＊

モンテローソの本には様々なジャンルのものが入り交じっており、短篇集、評論集と単純に分類できないものが多い。たとえばボルヘスやアストゥリアス、独裁者小説を扱った評論や文学をめぐる断章がほとんどの『魔法の言葉』の中に一つ「夕食」という短篇が入っていたりする。一つのジャンルが「危険なくらい快適」に感じるたび、「自分自身を反復する人間になるのがとっても怖い」モンテローソは他のジャンルに移るらしい。

面白い短篇、興趣尽きない評論は多いのに邦訳は「ミスター・テイラー」(『ラテンアメリカ怪談集』河出文庫他)しかない。ここでも紙面の制約から逆につまらないと思われる危惧はあるのだが、それでもなお、作品をしてモンテローソを語らしめたい。

＊

「不完全な楽園」(『黒い羊、その他の寓話』(六九)所収)

「確かに」と男は冬のその夜、暖炉で燃える炎を見据えたまま憂鬱げに言った。「楽園には友人たちがいて、音楽や何冊かの本がある。天国へ行くことの唯一の欠点はそこでは空が見えないことだ」

「夢見るゴキブリ」(同)

昔々、自分がゴキブリである夢を見たグレゴール・ザムザという名の外交員をめぐって書いている作家である夢を見たフランツ・カフカという名のゴキブリである夢を見たグレゴール・ザムザという名のゴキブリがいました。

「黒い羊(厄介者)」(同)

昔、遠い国に黒い羊がいました。

銃殺されました。

一世紀後、後悔した群れはその羊のために騎馬像を建てましたが、それが公園に実に映えました。

そうして、以後、黒い羊は現れるたびに将来の普通の羊の世代も彫刻の練習ができるようすぐに銃殺されました。

＊

「豊穣」(『永久運動』(七二)所収)

きょう、ぼくはバルザックになったみたいに気分がいい。この行を終わりかけているのだから。

＊

『あたりは静寂』(七八)(副題「エドゥアルド・トーレスの生涯と作品」からもうかがえるように、メキシコらしい国にサン・ブラス州という架空の州の同名の州都に住む一人の知識人の姿をその言行と他人の証言から浮かび上がらせようとする小説）より抜粋。

　ひどい年が終われば、たぶんもっとひどい年が近づいている。

〈映画〉映画が芸術ではないという最上の証拠はミューズがいないことだ。

〈鏡の魔術〉詩人の驚愕、批評家の方策。

〈神2〉神の敵だけが神を知っている。

〈考え〉最良の考えは最悪の人間の手に落ちる運命にあるようだ。

〈詩人〉きみの本を贈ってはならない。自分で処分しなさい。

〈スタイル〉文学の全仕事はいつも直すこと、切り詰めることでなければならない。ヌッラ・ディエス・シネ・リネア（日々一行）。毎日一行消しなさい。

〈肉体と精神〉確かに肉体は弱い。だが偽善的にならずにおこう。精神はもっと弱い。

〈ペシミズム〉一つのドアが開くと百が閉まる。

〈法律〉非情である。

〈作家の十戒〉（とはいえ、一二戒あり、好みで二つを消すことになっている）
三、どんな状況にあっても、〈文学においては書かれていないものはない〉という著名な金言を忘れなさい。
四、一〇〇語で言いうることは一〇〇語で言いなさい。一語で言いうることは一語で。絶対に中途半端にならないよう。だから、決して五〇語では何も書かないように。
六、不眠、牢獄、貧困といったあらゆる不利を生かしなさい。最初のものはボードレールを、二つめのものはペッリコを、三つめのものはあなたの友人の作家みんなを作った。だから、バイロンみたいな平穏な生活、ホメロスのように眠ることを、あるいはブロワのように荒稼ぎすることを避けなさい。

＊

「夕食」（『魔法の言葉』（八三）所収）
　わたしは夢を見た。わたしたちはパリで世界作家会議に参加していた。六月五日、最後の部会の後、アルフレド・ブライス＝エチェニケはアムヨ通り八番の二の三階左の自分のアパートにフリオ・ラモン・リベイロ、ミゲル・ロハス＝ミクス、フランツ・カフカ、バルバラ・ハコブス、そしてわたしを夕食に誘った。どの大都市でも同じだが、パリには見つけにくい通りがある。だが、アムヨ通りは地下鉄のモンジュ駅で降りて、できれば、アムヨ通りはどこと訊けば簡単である。

夜の一〇時、まだ日が出ていたが、フランツをのぞいてもうわたしたちはみんな集まっていた。フランツは、そこに行く前に、会議が速く運んだ記念にあなたに亀をプレゼントしたいから取りにいく、と言っていた。

一一時一五分頃、電話をかけてきて、いまサン・ジェルマン・デ・プレ駅にいる、と言い、モンジュはフォール・ドーベルヴィリエ方面かメリー・ディヴリーの方かと訊いた。よく考えたらタクシーを使ったほうがよかったかもしれない、とつけ加えた。一二時にまた電話をよこして、もうモンジュは出たが、その前に出口を間違えて九三段の階段を上ったのはいいけどそこはナバール通りに面する鉄のアコーディオンドアが八時半から閉まっていたんだ、でも、引き返してエスカレーターに乗って出た、もう亀を持ってきているけど、いまきみたちのいるところから三区画目のカフェで水をやってるとこだ、と話した。わたしたちはワインとウイスキー、コカコーラ、ペリエを飲んでいた。

一時に電話があり、八番のドアをノックしたけど誰も開けてくれなかった、いま一区画離れたとこにある電話からかけてる、家の番号が八じゃなくて八の二だということはもうわかった、と詫びた。

二時にドアのチャイムが鳴った。同じ三階の左ではなくて右側に住んでいるブライスの隣人が、さっき一人の男がぼくのアパートのチャイムをしつこく鳴らしたんですよ、とガウン姿で少し警戒しながら言った。結局、ドアを開けてやると、その男は家を間違えたことと、ぼくを起こしたことを確かに詫びたんですが、通りに亀を連れてきてる、その亀を取りにいく、皆さんたちの知り合いだなんてでたらめを言いましてね。

＊

モンテローソは一九二一年ホンジュラスのテグシガルパに生まれて少年期を過ごすが、授業が「退屈なのと怠惰さ」のせいで小学校を卒業せず以後、独学。三六年にグアテマラに移住し、一五歳のとき市場の肉屋で働きはじめるが上役から本をプレゼントされ、シェイクスピア、ヴィクトル・ユーゴー、チェスターフィールド伯爵、セヴィニェ夫人を発見。やがて三八歳で作家となるものの四四年、ホルヘ・ウビーコの独裁でメキシコに亡命。作品にはすでに挙げたもののほかに『寓話の中心への旅』（八一）、日記『Ｅ』（八七）、少年期を回顧した『黄金の探索者』（九三）等がある。今年『短篇、寓話、「あたりは静寂」』と題した選集が出され、ルルフォ賞発表後の一週だけとはいえ、メキシコではガルシア＝マルケス『ある誘拐のニュース』を抑えてベストセラー一位となった。同書のコピーをカルロス・フエンテスが次のように書いている。「アリスとお茶を飲んでいるボルヘスの幻想的な動物寓意譚を想ってください。メモを交換しているジョナサン・スウィフトとジェイムズ・サーバーを想ってください。実際にマーク・トウェインを読んだかもしれないキャラベラス郡の飛び蛙を想ってください。ほら、そこにモンテローソがいます」

＊

たった一文、あるいは、できればたった一行からなる短篇を集めたい。だがグアテマラ人アウグスト・モンテローソの「目覚めると、恐竜はまだそこにいた」という短篇を凌ぐものはいまだ見つけていない。

——イタロ・カルヴィーノ「来るべき千年のための六つのメモ」（一九八八）

（一九九六年一二月号）

ドノソの文学的遺書
――『わたしの部族の記憶をめぐる推測』

昔、伊勢湾を襲った台風があった。多くの死傷者を出したが、当時名古屋の南区にあったわが家も、水だ、という声とともに箪笥が倒れ、瞬く間に天井まで水につかった。どうやって屋根に逃げたかはっきりしない。その後、天井裏で何日も暮らすことになった。子どもだったため、生活や将来に対する親の不安も知らずに、筏を作り泥水の海に浮かべて遊んだ。まるで遠足気分で。だが、その台風で中学生になる以前の写真が消えた。そして　写真によって甦らせうるはずの記憶も。

ホセ・ドノソは手もとにある色褪せた写真をもとにして『わたしの部族の記憶をめぐる推測』（一九九六）を書いた。一九二四年一〇月五日生まれのドノソ自身についての言及は少なく、三三年のマルタ・エゲルトが出演した映画「未完成交響楽」で、思いを寄せる人に袖にされたシューベルトを見て作家になろうと決意したこと、四四年に友人たちからのカンパとわずかばかりの金を持って窒息するようなサンティアゴの町を離れて南の果てティエラ・デ・フエゴスの牧場で働き、仕事の合間をみては『失われた時を求めて』を通読したこと、そこからブエノスアイレスに出てウエイターとして働いているとき病気になり、父親からは「ドン・キホーテの最初の出立にしては悪い結末」と言われて連れもどされたこと……そうしたわずかばかりのエピソードが紹介されているに過ぎない。むろん子ども時代のドノソはここかしこに登場するが、眼目はドノソという名の系譜をたどること、そして、ドノソ自身の三代くらい前からの近過去を再構築することに置かれている。

ドノソの説によるとドノソの名は一五八〇年頃スペインから渡ってきたフアン・ドノソ司祭に由来するという。司祭は自分の死を予感して甥（あるいは息子）をスペインから呼び寄せ、八一年この甥がフランシスコ・ドノソ・パフエロ・セルードと名乗って司祭の後（財産）を継ぐ。以後、チリの地にドノソという名が広がり、ありとあらゆる職業に進出し、作家のホセ・ドノソで一五代目。ところが、一九八八年、ブエノスアイレスでのブックフェアーに出席していたドノソのところにホセ・ドノソ・エルガスという青年が訪ねてきて、一四九二年にスペインから追放されて小アジアに移ったユダヤ人の子孫だという。ドノソは家族に会わせたいという若者の希望をかなえようとするが、待ち合わせ時間に遅れ会えずじまい。以後、ユダヤ人ドノソとの接触はなくなる。このエピソードを新聞に載せると、様々なドノソからドノソにユダヤ人はいないと反発をかってしまう……。

だが、こうしたルーツ探しよりも興味深いのは、やはりドノソの想像（創造）力がいっそう発揮されている、尼僧になった大伯母マルタのエピソードだろう。

ドノソの曾祖父と曾祖母は一一人の子をもうける。娘の一人エウヘニアは若くして結婚し二人の子どもを産んですぐ寡婦になるが、南北戦争で負けてチリに逃げてきていたアメリカ人とある日出奔してしまう。それを知った曾祖母マリアは一族の恥と考え、もう一人の娘マルタを尼僧にする。修道院に入って名もベルナルダ尼と変えたマルタはその後六〇年のあいだ顔をヴェールで覆ったまま暮らし、家族にも大統領にも、そして寝たきりになった彼女を父とともに訪ねていったドノソにも素顔を見せなかった……。なぜ誰にも顔を見せなかったのか。ドノソは仮説を立てる。信仰をめぐって対立する母親に対する恨み。教会をないがしろにしようとする自由主義者たちへの抵抗。それぞれをテーマにして曾祖母マリアとエウヘニア、マルタを主人公にした二つのエピソードを創りあげる。それを人に話すと、結末がすっきりしないということで誰からも感心されない。だが、あるとき従兄の妻に修道院にいたのが本当にマルタだったのかと言われて、三つ目の結末を考える。サンティアゴのカプチン派の修道院に入れられる前夜、マルタは阿片チンキを飲んで自殺。自殺者は教会からも見捨てられ正式な葬儀をしてもらえない時代のことであり、マリアは世間体を考えマルタの遺体を川のそばに埋める。そして、エウヘニアの罪を贖わせるために修道院に入れるはずだったマルタの身代わりには長年一家に仕えている御者の娘をあてる……。

このエピソードだけでなく、ドノソは当時のチリの社会・政治情勢や常識等を考慮に入れて身近な様々なドノソたちを甦らせていく。すべては推測の域を出ないのだが、ドノソの筆にかかるとそれがまるで事実であるかのように錯覚させられさえする。だが、事実とは、虚構とは何なんだろう。作品の最後でドノソは父親の口を借りて「物事には他にも異説があるんだよ。少なくともドノソ家で起きることには。たとえあまり真実らしくなくても、公的な説明、つまり記録が持つ説明に関連して、密かに潜っているようなものが。時とともに本当のことは噂に、やがてお話に、その後、自由に遠い昔の本当の資料と気ままに戯れるような空想に変わり、最後にはほとんど消えてしまう……わたしたちは老人たちの推測だとか考察だとかといった形でその跡を保持しているが、そんなわたしたちももうごく少数になりつつある……わたしたちが消えたらそんな可能性もなくなってしまうだろう。そうして、痩せこけた剝きだしの事実、あるいは、わたしたちが断言することの中で〈歴史的事実〉と呼ぶ〈一つの〉剝きだしの事実が目をひくことになる」と言う。本当に父親が言ったのか、それともこれはドノソ自身の言葉なのか、もう誰にも分からない。だが、この先、写真と同じで文字で定着させられると、これはドノソの父親の言葉として受け継がれていくことになるのだろう。

*

去る一二月七日、ドノソはサンティアゴ・デ・チレの自宅で他界した。ドノソは数年前から消化器系疾患を病んでおり、ときどき入院、重体というニュースを目にした。七二歳という年齢での死はまだ早いような気がする。多くの作家が歳とともに自己再生産でしのいでいるなかで、ドノソは小説のあり方を念頭にした作品を発表しつづけてきたからだ。スペインの「エル・パイス」紙の国際版によると、一一月二一日、サンティアゴでの国際ブックフェアーで『九篇の中篇小説』とピノチェト時代の銅鉱山を舞台にした小説『エル・モチョ』にサインしていたのが人前に現れた最後だったという。だが、『わたしの部族の記憶をめぐる推測』の冒頭ではすでに死を予感しているかのような一節さえ見られる。

単なる符合だが六年前の同じ一二月七日にレイナルド・アレナスが自殺した。アレナスの遺書とも言うべき『夜になるまえに』は九二年四月に出版され、まもなく邦訳が出る。ドノソにとっては自らの起源をも探ろうとしたこの『わたしの部族の記憶をめぐる推測』を遺書と見るべきなのだろうか。

（一九九七年二月号）

批評する人、される人
――バルガス＝リョサ『綺麗な目、醜悪な絵』

何かが描き込まれているはずと思い意味を探そうとする、その姿勢がよくないのだろうが、抽象画を前にするとひどく疲れる。

ルベン――白地に二つの青い四角。二組の対称的な、水平の、横線。絵なのか？

エドゥアルド――それは生きる意味をとり除かれた一つの人生なんだ。生の中身をすっかり空っぽにして純然たる形式に戻したもの。つまり一連の習慣に。起床する、バスに乗る、オフィスや工場に入る、カードに必要事項を書いたり針に糸を通したりして八時間を過ごす、外に出る、バスに乗る。そうして毎日が週が月が年が過ぎていく。新奇さを、希望を、夢を、そして魂を失くした人生なんだ。繰り返しに、拘束服に、牢獄になった一つの生活。

モンドリアンの絵をこんなふうに読むことのできる人にはひれ伏すしかない。やはり、芸術にとって批評家は必要なのだろうか。その存在の意味をバルガス＝リョサは昨年五作目の戯曲『綺麗な目、醜悪な絵』で問いかけた。初演は七月四日、ペルーのカトリカ大学文化センター劇場。登場人物はわずかに三人。エドゥアルド（六〇歳、美術批評家）、ルベン（三〇歳、海軍将校）、アリシア・スニガ（二〇〜二五歳、画家）。時代は今。舞台は「エドゥアルド・サネッジの住む小さなアパート――中流階級が居住する地区にあるビルの一一階――とルベン・セバージョスの思い出、あるいは幻想の中。サネッジの部屋には本、レコード、プレーヤー、何枚かの絵があるが、ピエト・モンドリアン展のポスターが際立っている」

物語は単純。「画家・彫刻家の鞭」と恐れられるエドゥアルドは展覧会の内示展で男（ルベン）から見つめられ、その気があるものと思って自分のアパートに連れ帰る。ところがルベンは同性愛に関心はなく、自分の恋人（アリシア）の話をしはじめる。アリシアは一五歳のときに読んだエドゥアルドの本に感化され「そのとき以来、わたしの人生はサネッジ博士の手で形作られてきた」と思うほどに憧れ、画家になることを決意。「わたしの大きな夢は絵が売れることじゃなくて、彼にエル・コメルシオ紙のコラムで褒めてもらうこと」と思いながら必死に修行してようやく個展を開くまでになるが、画家は「綺麗な目」をしているが個展に掛かっているのは「醜悪な絵」とエドゥアルドに批評されたのがもとで画家を断念し、ルベンとも別れ、やがて自殺。ルベンはそうして自分の恋人を美術界からも現実世界からも葬ったエドゥアルドに復讐するためにアパートについてきたのだが、怯え、交換条件をあれこれ出して命乞いするエドゥアルドに弾丸の入っていない拳銃の引き金をひくだけでやめてしまう。

このジャンルもさすがに手慣れたもので、一幕物の手頃な長さをさらに一〇場にして小気味よく場面転換を行い、退屈させない。批評家の六〇歳という年齢は自身の現在の年齢であり、相手となる将校は『緑の家』を出したときのそれで、今と昔のバルガス＝リョサが話し合っている感さえあるのだが、面白いのは批評家を糾弾する将校のほうが分別があること。そして、実作者でもあり批評家でもあるバルガス＝リョサがその両面の立場を踏まえながらも、批評家の役割にいくぶん重点を置いて対話を進行させていること。なかでも、最後でルベンが「……今後、もっと慎重になるかい。初めて個展を開いて、我を忘れてあんたの批評を待っている若い画家たちに対して」と尋ねると「どうだか。たぶんひどい画家には扱いにくい人間でありつづけるだろうな。でも、きっと内示展のカクテル・パーティでわたしに頬笑んだり、乾杯したりする美青年にはもっと用心深くなるだろうね」とエドゥアルドが批評家の真骨頂を発揮するくだりがいい。改心するなどというメロドラマになっていないからだ。

むろん、エドゥアルドはいたるところで厳しい言葉を吐く。「むしろわたしは〔画家志望の人たちの〕気力をいつも挫こうとしている。世界には画家が多すぎることを分からせようとしてる。今いるうちの五分の四は余計だよ……」「たぶんあなた方には才能がないと、あったとしてもたいていは挫折すると納得させるためにできるかぎりのことをしている。なにしろ絵画の世界は何が良いか悪いか、最低か、そうしたことがまるで分かってない見下げはてた俗物どもに握られているのだから」「本能的、直観的、感覚的である必要がある。とりわけ感覚的である必要が。絵画では感覚は思考よりも大切なんだ。偉大な画家たちには、世界は目と指に入るのであって頭にじゃない。知性は描くときには一つの大きな障害になるものだ」「才能がないなら、カンバスやブリストルを台なしにしたり敏感な人たちの目障りになったりするより、もっと生産的なことに携わるほうがいい。わたしを見習ったらいいじゃないか。美術批評家になるんだよ。挫折した画家は優れた批評家になるものだ」「批評家というものはときには自分の意見、自分の判断の結果を考えずに書くものだ。毎日、コラムを埋めるために義務的に書いてるとそんなこともある」

いくつかは画家を作家に置き換えても納得させられそうな言葉になっているが、批評家を批判するという構図は、メキシコに民主主義はないと言ってメキシコのジャーナリズムから総スカンをくい、また、スペイン国籍をとってペルーのそれから裏切者と非難されるなどいろいろ話題を提供してきたバルガス＝リョサのブラック・ユーモアかとも思える。最近も出版社の移籍をめぐって注目を集めた。

「この作品（四月刊行予定の『ドン・リゴベルトのノート』）で新たな出版社と再婚します。というのも、現在、アルファグアラ社はかつてセイス・バラル社が体現していたもの、つまり、文学への若々しい情熱であるからです」と「合意の上での離婚」理由を語る。これまでの作品もアルファグアラ社から出すことになるという。これは、実験的な重厚な作品をも根気よく出しつづけてバルガス＝リョサを育てたセイス・バラル社にとってはかなり酷評である。もう情熱ではなくなった、と否定しているのだから。むろん、出版業界の変化、再編は著しく、国内向けに出版していた出版社がスペイン語圏の主要都市に支社を作って同時発売するという方向へ進んでいる。イタリアのモンダドリ社がスペインに進出したのも、また、九三年にプラネタ社が出した『アンデスのリトゥーマ』の初版が二一万部という信じがたい部数だったのも、全スペイン語圏という巨大な市場をターゲットにするからだ。自国以外の作家は世界的な作家のものしか目に触れないラテンアメリカの文学の現状を考えれば、こうした動き自体はむしろ歓迎すべきことだろう。ただし、若手作家にも適用されればのことだが。そうなればラテンアメリカ全体を視座にし、国という呪縛が解かれた新しい文学が生まれてくるだろう。だが、この動きのせいで逆によく売れそうな著名作家の作品しか出せなくなるかもしれない。その危険を垣間見させたのはバルガス＝リョサの移籍（新作）に対して二億ペセータ（一億五〇〇〇万ドル）を払ったという、きな臭い噂。アルファグアラ社の取締役はその金額は正確でないと表明するだけで、それより上なのか下なのか何も答えていない。

（一九九七年四月号）

八歳から八八歳までの若者のための小説

――セプルベダ『カモメに飛ぶことを教えた猫のお話』

一九六九年九月《おとなの社会にうんざりした〈大きな子供〉におくる新しい童話》というコピーで北杜夫の『さびしい王様』（新潮社）が出て、大好評を博した（この『さびしい王様』は作者の気分の昂揚・沈潜の波にのまれて、七四年二月『さびしい乞食』、七七年六月『さびしい姫君』とほぼ八年かかったが、ともかく三部作として完結）。そして一九七一年一二月、筑摩書房は〈たのしい物語のかずかずを、現在活躍中の作家・詩人がはりきって書きおろすシリーズ!!〉と銘打って〈ちくま少年文学館〉を刊行開始。第一巻は辻邦生の『ユリアと魔法の都』。シリーズには詩人・作家二〇人がリスト・アップされた（が、開高健、金井美恵子、野坂昭如ら〈題未定〉の作家が七人もいた。このシリーズが完結したのかどうか覚えがない）。

七〇年前後といえば学生運動が華やかな頃だった。『さびしい王様』は当時の《おとなの社会にうんざりした〈大きな子供〉》たちにとってオアシスの水となったのだろうが、〈ちくま少年文学館〉がその時期に企画・出版された理由はなんだろう。辻邦生は自分の子供時代を振り返り、「子どもがもしそんなに夢中で本を読むものなら、そういう子どもたちのための本を一冊書いてみたい」と『ユリアと魔法の都』の後書きに記している。当時の子供たちにとってどんな本が面白い本だったのだろう。やがてコミック、アニメ、テレビ・ゲームといった、本とは異質な面白さを提供するものが増えると、大人の側は若者の活字離れを嘆くようになる。だが、夢中になって読めるような作品がいまどれだけ提供されているのだろう。残念ながら、もう〈ちくま少年文学館〉のようなものはない。『さびしい～』三部作にせよ、いまの若者たちに読んでもらうと、面白いという答えが返ってくる。ユーモアは歳月に風化しない、その証明とも言える。

閑話休題。北杜夫は架空の国での事件・冒険にその時代時代の風刺をまじえながら『さびしい～』三部作を《十歳の子供から百歳の子供のための童話》として書いた。四半世紀あまり後、ハンブルクに住むチリの作家ルイス・セプルベダは〈八歳から八八歳までの若者のための小説〉として『カモメに飛ぶことを教えた猫』（一九九六）を出版した。「童話」ではなく「小説」と規定している。スペインのトゥスケット社版の裏表紙によると、自分の子どもとの約束を果たすために書きはじめたものという。その版では一〇月に出て五ヶ月で七刷という売れ行き。セプルベダは『恋愛小説を読む老人』のフランスでのヒット以来、『闘牛士の名前』、『パタゴニア・エキスプレス』等、出せば売れる作家になったが、無理もない。ストーリーテラーとしての、ありあまるほどの豊かな才能に恵まれているからだ。

一二〇〇匹のカモメが産卵のためビスケー湾目指して六時間飛びつづけている。ドイツのエルベ川河口でニシンの群れを発見し、食事と休憩をかねて、その群れの中に突っ込む。だが銀色の羽のカモメ、ケンガーがニシンを追って水に潜ったとき、見張りのカモメが避難命令をだす。ケンガーが水面に顔を出したときには誰もいない。そして、あたり一面黒い帯が拡がっている。その油のせいでじわじわと窒息死する仲間を見たことのあるケンガーは、羽根が胴体にくっついていないことを知り、水に潜って嘴で羽根をむしりとるようにして原油を減らしては飛行を試みる。ようやく水面を離れて飛び立つが、そんな状態では遠くまで飛べない。エルベ川を上り、ハンブルクの町で力尽き、「太った大きな黒猫」ソルバスが日向ぼっこをしているところへ落ちる。ケンガーはソルバスに三つの約束（①今から産む卵を食べない。②卵をかえして雛を育てる。③雛が大きくなったら飛ぶことを教える）をさせる。ソルバスはそのカモメの命を救うために仲間に相談にいく。油染みはベンジンでとれることが分かり、尻尾にベンジンをつけた仲間ともどももどってくるが、すでに息絶えている。だが、遺体の脇には一つの卵が残され……。ここから三つの約束を守るためのソルバスの活躍が始まる。どうすれば卵がかえるのか。休暇で出かけている家族に代わって掃除にやってくる男の眼から卵を、そして、かえった雛をどうやって隠すか。雛の食べ物。ゴロツキ猫たちや鼠の集団に襲われる雛をどうやって救うか。雛に名をつけるための雌雄の見分け方。刷り込みのせいでソルバスを母親と思い込んでいる雛に、猫とカモメの違いをどう納得させるか。猫どもは大きくしてからおまえを食べる気だとチンパンジーに吹き込まれて怯える雛を安心させるような説得……。こうした様々な問題をときにはハンブルクの猫の権威〈大佐〉、その使い走りの〈副官〉、百科事典を信奉する〈知ったかぶり〉、船の護り猫〈風上〉といった仲間の協力を得て一つ一つ解決していく。だが、成長したカモメを飛び立たせるという最大の難問が待ち構えている。〈知ったかぶり〉は百科事典で「航空力学」「レオナルド・ダ・ヴィンチ」の項を研究してカモメに理論どおりに実行させるが失敗の連続。結局、ソルバスは人間に助力を求める決心をし仲間に相談する。

「〈人間の言葉で話すことはタブーである。〉猫の法律にはそう書かれている。それは猫たちが人間と話し合うことに関心を持たないようにするためではない。いちばんの危険は人間の側の反応にあった。口のきける猫をいったいどうするか？　檻に閉じ込めて、ありとあらゆる愚劣なテストをするのは火を見るより明らか。なぜなら、人間というのはたいてい、人間とは違う生き物が人間のことを理解したり、人間に自分たちのことを理解させようとしたりすることを受け入れられないからだ。猫たちは、たとえば、イルカたちの悲しい運命を知っていた。人間に対して知的に振る舞ってきたイルカたちを人間は水上ショーの道化にしてしまった。そして、頭がいい、人なつっこいと思われる動物をみんな辱めていることを猫たちは知っていた。たとえば、ライオンたち、あの偉大な猫族はむりやり鉄格子の中で生かされ、間抜けな人間のために口を開けて頭を突っ込ませてやらなくてはならない。またオウムは籠に閉じ込められ、ばかな文句を繰り返さなくてはならない。だから、人間の言葉で話すことは猫にはとっても大きな危険だったのだ」

だが、港中の猫が相談し一回だけタブーを破る許可をソルバスに与える。猫たちから見ればたいていがそんな人間だが、信頼するにたる人間もいるはず。果たして、猫たちは誰を協力者として選ぶのか。

母親から「黒猫は不運をもたらすと信じてる人間たちがいる」と言われたソルバスがカモメを幸せにす

る。逆に、ソルバスはカモメを育て一人前にすることで、「違う生き物を評価し、尊敬し、好きになるってことを学」ぶ。

〈八歳から八八歳までの若者のための小説〉として成立するための条件は何だろう。子供は結果がはっきりしない物語には納得しないし、説教じみたものは敬遠する。年老いた若者はふくらみのある物語を、生の躍動感を期待する。セプルベダはときには醜い大人の社会を風刺するが、全編にユーモアをあふれさせ、このカモメと猫の話を年齢の区分なく読ませるものに仕上げた。むろん猫好きにはこたえられない作品であるのは言うまでもない。

（一九九七年八月号）

アギラル＝カミンとマストレッタ

おおまかに言えば、現代文学の一つの金字塔ともなったルルフォ『ペドロ・パラモ』（一九五五）、都市へと小説の舞台を変えさせたフエンテス『大気澄みわたる地』（五八）の二冊がそれ以後のメキシコ文学の方向性を決定することになった。いまやメキシコには南のアルゼンチン以上に巨大な文学界ができあがり、ありとあらゆるジャンルの作品が発表され（むろん高度な科学技術のある国にしか定着しそうにないSFを除くが）、それぞれのジャンルで読者を獲得しているのだが、エクトル・アギラル＝カミン、そして、アンヘレス・マストレッタは現在の文学状況の中でどのような位置にあるのだろうか。

ビオイ＝カサレスとシルビーナ・オカンポ、アウグスト・モンテローソとバルバラ・ハコブス、かつてのオクタビオ・パスとエレナ・ガーロ……夫婦そろって著名作家というカップルはラテンアメリカにはままいるが、アギラル＝カミンとマストレッタも同じ。これまでの二人の作品からは歴史、あるいは政治小説を得意にしているということが分かる。だが、歴史を念頭に物語世界を構築するというのが共通点とはいえ、その表現の仕方が大きく違う。マストレッタにとって歴史的事項はあくまでも背景でしかない。「今世紀の三、四〇年代にいまのメキシコであるものが形作られていました。政治の仕方、問題を直観し創りだす方法、現在わたしたちの国を支配している権威主義と不当な公正さの多くがそのころ懐胎したのです」（ネクソス誌、九三年四月号）と考えるマストレッタは『わたしの命を奪って』（八五）では、革命直後のプエブラを舞台に、軍人から州知事、そして大統領顧問にまでのしあがる男の妻として、男社会の裏表を見ながら自由を求めつづける女の波瀾の人生を、そのしたたかさを描いた。アグスティン・ララのボレロから題をとったこの『わたしの命を奪って』はマストレッタを一躍、メキシコ国内ばかりか海外においても、売れっ子作家にしたが、二作目も同じような物語を期待していた読者は肩透かしをくらわされることになった。三八篇の小品からなる掌篇集『目の大きな女たち』（九〇）は三八人の女性の生の一瞬を、あるいは人生を切りとったもの。処女作の『赤い薔薇ソースの伝説』（八九）で一躍スターになったラウラ・エスキベルは二作目のＳＦ長篇『愛の掟』（九五）では読者の期待の大きさにつぶされた格好になったが、マストレッタはエスキベルのような野心的な試みをせず、『目の大きな女たち』では、語られる内容と語る言葉との関係を再検討する。むろんエスキベルと同様、第二作という期待もあってこれもベストセラーになったが、理由はそれだけではない。掌篇それぞれの物語はメキシコの女性であればいずれかの経験があるかもしれないと思えるようなもの。だからこそ、人は読む。またもやベストセラーになった。そして、九七年に『恋の病』（九六）でラテンアメリカでも重要な文学賞であるロムロ＝ガジェゴス賞を女性で初めて受賞する。かつてガルシア＝マルケス、フエンテス、デル・パソらが受賞してその名を世界に響かせた賞を、ロア＝バストス、ブライス＝エチェニケ、ホルヘ・エドワーズ、アルトゥーロ・ペレス＝レベルテらを押さえ、最終的にアルゼンチンのトマス・エロイ＝マルティネス『サンタ・エビータ』（九五）と競って手にしたのだ。受賞後、ホルナーダ紙のインタヴューで「わたしはずっとまえから分かっていました。書くときにしなくてはならないことは物語を語ること、それもうまく語ること、読者が本を投げださないようにすることだと」（九七年七月五日）と語っているが、そう、マストレッタは本質的にストーリーテラーなのであり、「たくさん売れているからわたしの本を読んだことがないという人が大勢います。そんな人たちにとっては、分かりやすい、よく売れている、だったらくだらないものに違いない、ということになるのです。この受賞でそんな人たちも違った読み方ができるかもしれません。たぶん、だめでしょうが」と作品が売れることとその質とを反比例に評価する批評家たちに苦言を呈せざるをえない。だが、彼女の名はこの『恋の病』よりも『わたしの命を奪って』で人びとの記憶に、文学史の中に留まることになるかもしれない。それほどのインパクトをもたらしたのだ。むろん処女作にすべてがあるとも、それが最高傑作と言うのでもないのだが。

一方、マストレッタの『わたしの命を奪って』と同じ年にアギラル＝カミンはサリナス時代の石油労働組合のリーダーの腐敗を描いた政治小説『ゴルフォに死す』を発表。これが作家としてのアギラル＝カミンの方向づけをした作品であることは確かなのだが、多くの読者を獲得することになったのは『ガリオの戦い』（九〇）でである。かつてビセンテ・レニェーロは『ジャーナリストたち』（七八）で大統領批判をしたエクセルシオル紙に対する弾圧を描いたが、その国家権力とジャーナリズムの戦いを『ガリオの戦い』（九〇）は中心に据えている。ベストセラーとなったこの長篇の序文でアギラル＝カミンは「歴史家として、わたしは新しさと変化の中に過去の単なる偽装を、伝統の狡さを見ることを学んだ。何かを感じうる手をモンテ・アルバンやパレンケの岩の上に置くだけでわたしたち自身の町や壮大な建造物もまた廃墟になりつつあることが分かるものだ。わたしたちの熱狂や強い欲望からは、わたしたちを行動へと駆り立てる永遠の暗い側面からは、たぶん先に挙げた遺跡と同じくらいの数の堂々とした石――つまりはわたしたちの家や通り、わたしたちの寺院――が残るだけだろう。おそらく何世紀かして、その石の上に誰かがわたしたちと同じような手を置いて考えるかもしれない。ここには自分と同じように激しく生きた人たちがいたのだ、そして、時の流れにもかかわらずこうした廃墟は無言で多くを語りもすれば、多く忘れてもしまうものなのだと。／だからわたしは現在というものを、そして、とりわけ空虚なその究極の形、つまりジャーナリズムというものを信用しない。わたしはメキシコの植民地史に三〇年という歳月と一二冊の本を捧げてきた。ジャーナリストというのは職業上誇張して日常の惨事を語り、すぐに忘れてしまうものだが、彼らが綴るそうした記録以上に、わたしはその植民地史の中に、わたしたちの国の現在の病を説明してくれるものをたくさん見つけたと言うことができる」と語っているが、この言葉の中に彼の考え方が、彼にとってなぜ小説と言う形態が必要なのかが明確にされているように思われる。アギラル＝カミンは歴史家・ジャーナリスト・作家という三つの人生を送り、そのそれぞれの人生で必要とされる洞察力・判断力・想像力をうまく絡めて自己表現をしてきた。作家と言う面に限れば、その作品は物語の展開にせよ、構造にせよ、あるいは文中にちりばめられる言葉にせよ、極めて知的である。悪く言えば、計算して書いているようなところさえ見うけられる。だが、『ガリオの戦い』のあと政治小説から離れて『月の誤算』（九五）を発表するのだ。くしくもこの年、八二年から編集長を務めていたネクソス誌を辞め、三つの人生の一つを休業にする。『月の誤算』は両親を自動車事故でなくし、古いしきたりを守ろうとする祖父母に育てられて従順さと反抗心のあいだで揺れる一九歳の女性を主人公に、彼女が自分と瓜二つの叔母の死の謎を解こうとして訊きまわるうちに、その叔母が愛した男性に惹かれていく姿を綴る。この作品も『ガリオの戦い』の影響で初版が二週間で売り切れる。たぶん同じような小説世界を期待していた読者はやはり裏切られたことだろう。だがこの作品は心憎いほど見事な、マストレッタではないが読んで面白い作品に仕上がっている。そして最新作の『川面に走る一陣の風』（九七）ではふたたび政治が物語の展開に重要な役を担う。中米での革命に積極的に関わる女性医師の生きがい、それを傍観せざるをえない夫の彼女に寄せる愛、それが社会正義、あるいは革命という事件に揺さぶられるからだ。

アギラル＝カミンはホセ・アグスティンと同世代だが、オンダの文学（カウンターカルチャー世代の文学）とは無縁である。また『月の誤算』に顕著だが、ミステリーの利点を物語にうまく取り込むこつも心得ており、地方都市の出身とはいえ怪物のような首都の本質も知り抜いている。一方、マストレッタはなによりも物語の展開のさせ方に秀でている。読んでいて厭きない読書こそ読書の醍醐味である。アギラル＝カミンは知的な作品世界を、そしてマストレッタは情熱的な作品世界を創っている。かつてビオイ＝カサレスとシルビーナ・オカンポは二人で『愛は憎悪』（四六）というミステリーを書き、バルバラ・ハコブスは『友だちとの生活』（九四）で夫モンテロ一ソとの心の旅を綴ったが、この二人にもそんな試みをしてほしい気がする。大成功か大失敗か、そのいずれかでしかない作品が生まれることだろう。

（「季刊 iichiko」№46、一九九八年一月号）

キューバからの新しい風
——ソエ・バルデス『日常の無』

どの国にとっても節目となるような出来事、事件がある。今世紀のキューバであれば五九年の革命がそれにあたる。革命後、まもなく四〇年になろうとしているキューバの文学界は、二九年生まれのカブレラ＝インファンテが先頃、セルバンテス賞を受賞していまも旺盛に活動をつづけているものの、レサマ＝リマ、カルペンティエル、サルドゥイ、アレナスが没して全体として淋しい状況にあった。ところがここ何年か、ふたたび風が吹きはじめた。つまり、革命後に生まれ現体制下で育った作家たちが前面に出てきはじめたのだ。その代表ともいえるのが、五九年生まれのソエ・バルデス。

彼女の経歴は本や新聞での簡単な紹介でしか分からないが、それによるとハバナ生まれ。理由は不明だが教育学部を除籍になり、新たに入ったハバナ大学の哲学部は自主退学、ユネスコのキューバ代表部のドキュメンタリストとなり、続いてパリのキューバ大使館の文化部に勤める。帰国後はシナリオライターや「キューバ映画誌」の副編集長として一九九四年一二月まで働くが、亡命し、先頃、スペインの市民権を得たという。創作活動はまず詩人として開始し『生きるための答』（一九八六）でメキシコのロケ・ダルトン賞を受賞。やがて大使館勤めからヒントを得た三作目の小説『大使の娘』（九五）がフアン・マルチ・センシーリョ中篇小説賞を受賞し、そのあとで出した二作目の長篇『日常の無』（九五）の仏訳がフランスで「ソエ・バルデスは社会主義の最後の保護区における日常生活を語っている。ソルジェニーツェン、そしてクンデラ以後、ふたたび一つの小説がどんなエッセイよりも見事に告発している。つまり単なる物語がありとあらゆる非難以上の価値があるのだ」（「ル・モンド」紙）と高く評価されたことから一躍脚光を浴びる。

『日常の無』の主人公は語り手でもあるヨカンドラ。彼女の母は一九五九年五月一日、革命広場で群衆に混じってカストロの演説を聞いているとき陣痛が始まったため担ぎだされるが、そのときチェ・ゲバラが腹に国旗をかけてくれる。彼女はメーデーの日を過ぎた真夜中に生まれ、パトリア（祖国）という名をつけられる。一六歳のとき三三歳の作家トライドール（裏切者）と出会うが、彼はパトリアという名にひるんで寝ようとしない。ところが彼女は彼がある女性に捧げる詩を書いているのを知って「あの賢い人に愛情と苦悩をたくさん起こさせているあの女性になりた」く思い、その女性の名ヨカンドラと自分の名前を改名する。寄宿生活を送ると言って両親をだまして彼との生活を始めるが、一九歳のとき彼を外交官にするために結婚し、四年間ヨーロッパで暮らすことになる。その地で彼は小説を書きつづけるが誰にも原稿を見せない。ある日、彼女はその作品に目を通す。すると「みんなが私を苛む。みんなが苛むのでわたしは書くことができない」という文で三〇〇ページが埋めつくされている。彼女は自分が映画「シャイニング」に登場する作家の妻と同じと思い、書けないのは自分をスパイしているからだと彼女のせいにする彼を残して帰国。そして離婚、再婚。しかしその二度目の夫を飛行機事故で亡くし若くして未亡人になる。トライドールのほうも帰国し何度も結婚するが、そのたびに彼の妻はスパイ扱いされることに我慢できずに離婚。やがてある日、彼は萎れかかったカトレアを持ってヨカンドラの家のドアをノックする。そのとき彼女は三〇歳。

一方、彼女は彼との離婚後、友人のグサーナ（虫けら）と同居する。グサーナは政治的締めつけにうんざりして、老スペイン人と結婚して国を出る。また、グサーナの前の恋人であったリンセ（大山猫）は日本の絵画コンクールで受賞し、その賞金で自宅を改装すると、革命防衛委員会から金遣いを告発され、刑務所に送られる。だが、日本の大使が彼に会いたがったことから急遽、釈放されるものの、大使と会ったあとは放浪生活を余儀なくされ、筏でキューバを脱出し、マイアミに着く。そんなリンセを介してヨカンドラはフェスティバルの日にしか上映許可が下りないような映画を撮るニヒリスタ（ニヒリスト）と知り合い、親しくなる。こうしてヨカンドラはニヒリスタとトライドールの二人をうまくさばきながら恋愛関係を続けるが、ある日、その二人が彼女の家で鉢合わせる……。

「ウンベルト・エーコの作品、とりわけ『フーコーの振り子』のような緻密さと完璧さ、マルグリット・ユルスナールやトーマス・マンの作品のような哲学的深み、パトリック・ジュースキントの『香水』のような凄まじい匂い、ヘルマン・ブロッホの詩的濃密さ、ベケットの近寄りがたい素っ気なさ、レサマやカルペンティエルのキューバ性」をそなえた傑作になるはずと言ってひたすら同じ言葉を書きつづけるトライドール。トラックのタイヤに乗ってマイアミに向かった若者が溺死したことを知って、同じようにトラックのタイヤでその恋人の後を追う娘の話を撮ろうとしているニヒリスタ。

この二人だけでなく、グサーナ、リンセと主たる登場人物はいずれも仇名で呼ばれる。それは作品における人物の性格を凝縮したものでもあるのだが、むしろ個人名を付けないことでキューバ体制の中では個人として振る舞えないことを暗示しているようにも思われる。では、そういった一風変わった人物を配してバルデスは何を描こうとしたのか。結局は精神を病んだ父を見て「父は診療所の内と外を混同していた。父にとって狂人は普通の通行人のほうで、通行人は病人であり、病的にひどく興奮すると、街は監獄となった」と語るヨカンドラの言葉に一つの答えが見いだされる。つまり、ソ連崩壊後も体制を堅持している側の論理に対する異議申し立て。

『日常の無』は「彼女は楽園を造りたかった島からやってくる」という一文で始まる。「島」はむろんキューバ島のことだが、「造りたかった」と過去形であることから楽園ではない今のキューバが浮かび上がる。さらにこの一文と同じ一文で物語が終わるとき、物語は循環しはじめ、キューバは未来永劫楽園になれなくなってしまう。「キューバの人間は些細な経済的問題のために、ジーンズのために、チューインガムのために海に飛び込むと言う人がいるが、そんなふうに言う人はキューバが分かってないんだ。キューバ人が苦しんでいる飢えや恐怖を知らないんだ。そんなふうに言う人は豪華ホテルや見てくれのいい家々しか知らないんだ」「わたしたちはわたしたち自身よりも大きな革命を成就した。そしてそれはあまりにも大きくて自らの重みでぺしゃんこになってしまった」等々、随所に埋め込まれたキューバ体制に対する批判はバルデスの持ち前の俗語、卑語、隠語、造語を多用する言葉遣いの荒々しさ、エロティックな表現とあいまって『日常の無』という作品を熱いものにしており、また、そうしたものがかつてフランスで売り出したレイナルド・アレナスを思い出させもする。

（一九九八年四月号）

常春の町のK

――ハビエル・バスコネス『プラハからの旅人』

日付変更線に舟を浮かべて昨日と明日の狭間で漂うにはかなりの準備がいる。でも赤道をゴム跳びのゴムがわりにして遊ぶにはエクワドルに行けばいい。首都キトの北二二キロのところに線が引かれているから。

地理的に南北二つに分断されてしまう、そんなエクワドルの作家といえばホルへ・イカーサ（一九〇六～七八）の名がまず思い浮かぶ。そしてインディオたちの反乱を描いた彼の代表作『ワシプンゴ』（一九三四）が。だが、ほかには？　インディオとメスティソ（混血）の人口比率の高いこの国でも他のアンデス諸国同様、文学は社会を、そこに住む人々を映しだしてきた。搾取されるインディオ、繰り返される軍政と民政、ゲリラ、国境紛争……。そうした中でエクワドルという国境を越える文学が形成されていくのだが、そんな新しい文学に初めて出会ったのはラウル・ペレス・トッレス（一九四一～）からホルへ・ベラスコ・マケンジ（一九四九～）まで七名を収録したアンヘル・フローレス編『イスパノアメリカの小説』の第五巻（八三）。そして、知り合ったエクワドル人が帰国時の置き土産にくれた『エクワドルの一〇人の短篇作家』（九〇）という英訳付きの短篇選集。この二冊から四〇年代に生まれた作家たちの持ち味が朧気ながら分かるが、後者の中で妙に気になったのがハビエル・バスコネスの「横目で見る男」だった。

バスコネスは作家としてのスタートが遅かったこともあってフローレスの選集には入っていない。もう一つの選集の簡単な著者紹介には彼の短篇選集がまもなくドイツ語に翻訳されるとあるから、もうドイツでは出ているはず。バスコネスは四六年にキトで生まれ、スペインのナバラ大学で哲学・芸術を学び、その後はパリでも勉強を続ける。八二年に出した短篇集『遠くの町』で華々しいデヴューを飾り、八三年には同書に収められた「わたしのアンヘローテ」がメキシコのプルラル誌コンクールで特選となる。四〇年代生まれのエクワドルの作家たちの中では晩生・寡作であり、八九年に短篇集『横目で見る男』を出すが、三作目は九六年になってようやく。この三〇〇ページの長篇『プラハからの旅人』で、ドクター・クロンツと再会することになった。クロンツは『横目で見る男』に収録されている「ジョッキーと海」「徴候」の二篇で初めて登場するが、そこではプラハ出身の医者で、エルマーという猫を飼い、盆栽の手入れをする人物ということしか分からない。ところが『プラハからの旅人』では彼の過去とファースト・ネームが明らかにされる。一二作目の『死はわが隣人』で二〇年目にしてようやく名前をもらったモース警部ほど時間の隔たりはなく、命名の事情も単純。クロンツが恋をするからだ。モースもよく女性にのめりこむが、デクスターに恋愛小説を書くつもりはない。だからこそファースト・ネームを伏せて、おまけの謎として読者の興味をそそることもできる。

閑話休題。そう、『プラハからの旅人』には恋愛小説という軸がある。

高所にある町（常春の首都キトらしいが、明確にされていない）で開業しているクロンツは近くの盆地にある村のそばの別荘で夏の休暇を過ごしはじめる。ある夜、車が停まり往診を依頼される。その車に同乗していた看護婦の話から患者はクロンツも知っている大佐の妻エステルだと分かる。エステルはモルヒネ中毒。インディオのせいで娘を亡くしたという妄想に憑かれている彼女は男性の医者にしか注射をさせない、主治医は不在という状況のためクロンツに白羽の矢が立ったもの。処置が終わったその夜、クロンツは看護婦ビオレータの虜になってしまうが、翌日、出かけると、彼女はしばらく町にいっているとのこと。まもなく大佐の妻が死に、ビオレータはふたたび彼の前に現れ、二人だけで数週間を過ごすが、祭りの日に二人して踊っている間に姿を消してしまう。そうしてクロンツの夏は終わり、雨の降る町にもどる……。このクロンツが過ごす一夏の中に、彼が経験した様々な事件・エピソードが挿入されていく。女優であった母の不倫、プラハの街で知り合った女性オルガとの恋、バルセローナでの生活、警察から追われる身となった鳥の密輸事件、ロンドンへの脱出、バルセローナの医学セミナーで知り合った医師のいるエクワドルへの入国、無料診療所での勤め、大佐との出会い、コレラの流行と町の病院での診察、プラハからエクワドルまで影のようにつきまとった男の死、医薬品を闇に流す病院関係者たちの暗躍等々。だが、社会批判、人間や都市に対する洞察、自己の内省といったものがクロンツの恋物語に絡みつき、全体として重厚な小説となっている、とは言い切れない。おそらくそれは主人公クロンツに与えられた性格のせいなのだろう。

クロンツは「この町に初めて足を踏み入れたとき、未来がどんなものを与えてくれるかは知らなかったが、ようやくいろんな仕事の可能性のある世界に着いたと確信した。思わぬ巡り合わせでやって来た土地だった。当時、町は避難所みたいなものだった。なんの抵抗もなく彼は住民の生来の悲しみと寄る辺無さが好きになった。色と品数に富んだ市場、曲がりくねった通り、中華料理店のごてごてした入り口、二流のカフェ、牧歌的でちょっぴり頽廃的な音楽がたえず聞こえる安食堂が。世界を見てきた者の眼には、たぶん自分にもそんなところがあるのだろうが、町には日曜日特有の淋しさがあることが分かった。そしてここを出ようという気になるまでに多くの歳月が流れることも」。そして何年かは明らかにされていないが、長い間住みつづける。だが憩いの日であるはずの日曜日に淋しさを感じるのは、祖国との根を断ち切ってしまったがために自身が憩えないせいだろう。

根無し草に落ちつき先はない。クロンツは「あなたはどこの駅で降りるのか決まっていない旅人ね」とプラハ時代の恋人に言われ、「人は去っていくものだ。とくに女性は」という固定観念を持っている。そしてまた「闇の中を進む列車のように、人生のすべては移ろいやすい断片的なものであるとクロンツは結論づけた。そんな喪失感や不在感に匹敵するものはなにもない。長い間、なぜそんな目にあわなくてはならないのか分からないまま、さようならの儀式に甘んじてきた。いずれにせよ彼は自分の人生が必然的な人生であることを知っていた」というように移動の中で生きつづけることを納得してさえいる。バスコネスは自国に目を向けるため、そんな主人公に旅人（傍観者）というスタンスを与えた。だが、なぜプラハ生まれ、名前の頭文字がKなのか。短篇で登場して以来、この二つの要素に悩まされつづけている。それが暗示するものを受け入れるのはあまりにも単純であり、作為が透けてみえるからだ。次に再会するときにはその謎が解けるかもしれない。

バスコネスは濃密な文章を書く作家であり、その描写力はクロンッと大佐が話し合う場を説明する一節からもうかがえる。「レストランの中では静けさが脈打っていた。車が夜のしじまを砕きながら街路を通りすぎる。こぬか雨が降っていた。テーブルは片づけられ、奥の明かりは消えている。カウンターの向こうでは、ラジオで誰かが奏でるメロディーに合わせて頭を揺らしながら主人が儲けを帳簿に写していた」

（一九九八年六月号）

もう一人のメキシコの女性作家
――カルメン・ボウジョーサ『ミラグローサ』

現在、欧米で最も名の知られたメキシコの女性作家は処女小説『わたしの命を奪って』（一九八五）がベストセラーとなり、昨年『恋の病』でロムロ・ガジェゴス賞を受賞したアンヘレス・マストレッタ（一九四九〜）だろう。その評判の高さが、イサベル・アジェンデの場合と同じで、他の女性作家の存在を消し去ってしまったと言えるかもしれない。だが、マストレッタとは違った角度から文学に向き合い素晴らしい作品を発表しつづけている女性作家もいる。その一人がカルメン・ボウジョーサ。マストレッタの文学との違いを「マストレッタはマストレッタで叙述に対して言い分があるんですけど、それではわたしの叙述に対する考えが実現できないんです。わたしたちはぜんぜん似ていません。自分にとって魅力的と思える一つのエピソードを読者に伝える物語、そんな物語を語るという効用が書くという行為にはあると彼女は思っています。自分の文学を有効性と魅惑に仕えさせているんです。（略）彼女は読者を魅了し、快いものでうっとりさせたいのです……」とボウジョーサは語る。確かにマストレッタの作品は面白いエピソードの重ね合わせであり、人を読書に釘付けにする。いわばハリウッド映画ののりで文を楽しむことができるのだが、ヨーロッパの映画を見たあとの感覚を楽しみたくなるときもある。

ボウジョーサは一九五四年九月四日メキシコ市生まれ。ブルジョワのカトリックの家庭に生まれ、一四歳のとき母を亡くし、一五歳のとき詩や散文を書きはじめ、天職と思う。やがてメキシコのイベロアメリカ大学とメキシコ国立自治大学でスペイン語・文学を学ぶが、いずれも中退。文学活動は詩作から始まり、詩集『忘れられた糸』『空っぽの記憶』（七八）『抑えられない』（七九）前三作と未刊の詩と表題詩を収録した『乱暴な女』（八九）等を発表。一方、『男の料理』（八四年上演）『アウラと一万一千人の娘たち』（八五年上演）等の戯曲も書き、メキシコの著名な劇作家ビセンテ・レニェーロからは「創造力に富んだ魔女――文学と演劇の小悪魔――その才能に似た才能はなく、彼女に似た者は一人もいない」と評される。さらに小説の分野では、三人の娘たちに威厳を見せられない男やもめの姿を描いた処女作『消えたほうがいい』（八七）、母親を亡くした三人姉妹の末っ子が家庭や学校での教育や出来事を語る『以前』（八九、ハビエル・ビジャウルティア賞受賞）、奴隷から医者になったドイツ人の人生と彼が見た一七世紀の海賊たちの男だけの共同体世界を描いてベストセラーにもなった『あいつらは牛、おれたちは豚』（九一）、前作に登場する医者の目を通して海賊たちの生活を描いた『海賊たちの医者』（九二）、コルテス侵略時代のアステカの王モクテスーマを一九八九年のメキシコ市に登場させて首都の過去と今を検証する『嘆き』（九二）、『ミラグローサ』（九三）、インディオの介抱のおかげで奇跡的に傷を癒した男装の女性がメキシコの植民地時代を語る『眠れ』（九四）、そして、ユートピア小説『地上の空』（九七）を発表。このようにボウジョーサは文学面では様々なジャンルの作品を発表しているが一方では舞台やテレビ番組の演出、展示会のプロモート等多彩な活動をしている。

ボウジョーサはアメリカ合衆国よりもドイツでの評価が高いのか、九六年に『ミラグローサ』（彼女の作品としては三冊目のドイツ語訳）が出て、フランクフルト市でアジア、アフリカ、ラテンアメリカの女性作家に贈られるリベラトゥール賞を受賞。メキシコでは新作『地上の空』が反響を呼んでいるが、それは次の機会にまわし、ここでは『ミラグローサ』を見てみよう。

死体は紙束と一つのテープをしっかり抱きしめていた。（略）ベッドに横たわって死んでから「これを奪わないでくれ、わたしのたった一つの持ち物、わたしの死を説明するものを奪わないでくれ」と叫んでいるようだった。以下が、その死者が必死に抱きしめていた紙束とテープの内容である。

こうして『ミラグローサ』は冒頭でまず推理小説の枠組をはめられ、〈わたし〉なる人物はその紙束の内容とカセットテープの声を転記していく。紙束は様々な奇跡を起こして人からミラグローサ（奇跡を起こす女）と呼ばれている若い女性が自らの天職に対する思いを綴ったもの、そして奇跡を願って彼女のもとに来る嘆願者たちの悩みやそれに対する彼女の受け答えを記したものなどからなる。ミラグローサは嘆願者たちを夢に見る……人を傷つけずに幸せになりたい。事故で失くした脚を返してほしい。自殺できないが死にたい。サッカーで優勝したいからボールが自分たちの味方になって飛ぶようにしてほしい。雇い主から好かれたい。耳が聞こえるようにしてほしい。空を飛びたい。自分を女中のように扱う両親から離れさせてほしい。美男で金持ちの恋人がほしい。蚤に好かれないような血に変えてほしい。警察に追われないよう顔を変えてほしい。以前の愛人が自分の娘と結婚するのを妨げてほしい。家畜のために雨を降らせてほしい……等々。

続いて〈わたし〉は、繊維産業の労働組合を動かしている人物たちに雇われミラグローサを陥れるためのネタを探すよう依頼された私立探偵ヒメネスが調査の八日間にテープに吹き込んだ記録を転記していくが、この探偵の登場で物語は冒頭の部分と結びついて推理小説らしくなる。まずヒメネスはミラグローサに願い事をしたノルマという女性に会って事情を聞く。三〇歳のノルマは七〇歳の恋人フェリーペとの歳の差を気にしてもっと老けて見えるようにしてほしいと、フエリーペはフェリーペでノルマに合うよう若返らせてほしいとミラグローサに依頼、二人の願いは聞き届けられるが、初めて明かりをつけて愛し合おうとしたとき決定的な破局が訪れたという。そのわけを知ろうとしたヒメネスはたまたまミラグローサの小屋で、フェリーペが妻の信頼を回復してほしいと懇願する場に居合わせる。そして、ある日ヒメネスは新聞でフェリーペの写真を見る。そこには次期大統領選挙に出馬という記事。まもなくヒメネスとミラグローサの身辺に危機が迫り、知人たちが一人また一人と殺されていく……。

だが、物語の最後でフェリーペの突然の死と混沌とする政局をめぐる記事が転載されることでそれまでの推理小説的な枠組みに別の側面がつけ加えられる。つまり、その記事が短いものとはいえ、作品全体を一つの政治小説とも言えるものに変えるのであり、嘆願者、彼らの夢を実現するミラグローサ、そのミラグローサを迫害しようとする者、死を迎える迫害者という構図はメキシコの現実ゆえに見る夢、その夢をつぶす現実、そして夢をつぶす現実を変えようとする夢となって循環し、大統領を頂点とする三角構造をなすメキシコの現状に対する批判・風刺となるのだ。むろん都市小説としても成立しており、作品全体を通して嘆願者、ボウジョーサ、ミラグローサ、探偵等多種多様な人物たちが紙束やテープからあげる喜怒哀楽様々な感情を含んだ声が絡み合って複雑な陰影をつけ、まるでメキシコ・バロックの教会を見るときのような驚きをもたらしてくれる。

（一九九八年八月号）

町の発見

——J・C・ボテーロ『窓と声』

　見慣れたはずの窓の外を眺めて愕然となるときがある。そういえばあの通りはまだ歩いたことがない、あの小山の裏側はどうなってるんだ……。そんなとき、実際に足をのばすこともあるが、往々にして、また今度、ということになる。不明とはいえ一つの景色の枠の中におさまって安定しているからだ。その枠を広げてみても同じで、長いこと神戸で暮らしているのに、異人館なるものをほとんど見たことがないし、ポートタワーに昇ったこともない。たぶん町の住人になったからだ。すでに町を自分の内部に取り込んでいるという錯覚のせい。おかげで、無念なことに、九五年の地震で消えた町をもう訪ねることはできない。だが、誰もが、おそらく自分の住んでいる町のことをほとんど知らずにいるのではないのだろうか。

　コロンビアのファン・カルロス・ボテーロ（一九六〇～、ボゴタ生まれ）は短篇集『窓と声』（一九九八）の表題作で町を発見する少年とその冒険を語る。

　一三歳のアレハンドロは引っ越しを終えたその夜、窓ガラスに当たる小石の音で目を覚ます。投げたのは向かいの家に二週間ほどまえに引っ越してきたという、一つ年上のセバスティアン。「いままで町内を見てまわってるんだけど、きみもいっしょに行きたいだろうと思ったんだ」という彼の有無を言わさぬ言葉に引きずられるようにしてアレハンドロは夜の町に、つまりは未知の世界に出る（そう、冒険に必要なのは行方に潜む危険、そして優柔不断な人間や懐疑的な人間には無縁の決断力）。通りを歩きはじめてすぐ、警官の姿を見たセバスティアンはアレハンドロの腕を引っ張りごみ箱の後ろに隠れる。「最初の教訓。身分を証明するものがなかったら絶対外出してはいけない。俺や連れの何人かは持ってなくて豚箱に幾晩か放り込まれたことがある。……あるとき俺は冷たい水をぶっかけられて目を覚ましたし、いっしょにいた連れは男っぽいとこを見せようなんていい気になったせいで、警棒で何発か殴られ、一週間足を引きずることになった……」というセバスティアンの言葉に「警察は市民を守り、社会に仕える機関」と思っていたアレハンドロはびっくりする〔ラテンアメリカ小説の中に信頼される警察が出てこないのは国情のせい〕。やがて、鼠がごみ袋をかみちぎるような下町の小さな広場で煙草を喫ったあと、居酒屋のカウンターの隅に腰を落ちつけてビールで乾杯するが、売春婦を紹介してやろうかと言うセバスティアンに「最初は自分が愛する女性と。ずっとそう思ってるんだ」と答えて「ロマンチックだな」と冷やかされる〔煙草、酒、女。この三つは男の社会に入るための通過儀礼らしい〕。二人で話し、酔うほどに飲んで居酒屋から出ると「あばよ、ホモども！」と罵られる。セバスティアンはそう言った男の車のフロントガラスにレンガを投げて砕き、息せき切って逃げる。そんな一夜が終わるときアレハンドロは「こんなに爽快な気分になったことはなかった。危険がもたらすめまいに、危険が身近に迫ることに、まるで血管が電線に変わってしまったようなあの抗いがたい感覚にすっかり魅せられていた」。以後、夜遊びを繰り返すうち「アレハンドロは町を知りもした。彼にとってそれはもっとも豊かな学校であり、友人のおかげで、歩道が聖なる場所であることを、通りは二度と同じものではなく、町は決して眠らないことを学んだ。しかし、夜歩きや冒険を通してアレハンドロは町のもう一つの顔を知った。冷酷で恐ろしい顔を」〔確かに町は夜と昼とで表情を変える。だが、いずれが素顔か。それとも両方が仮面なのか〕。二人はしだいに遠くに出かけるようになり、ある夜、町外れの屋敷町に迷いこんでしまう。もう人が住んでいないような街。だが、うめき声と笑い声に引きつけられ、その出場所を探しだす。窓を拭いて中を見ると、裸電球が灯る狭くて汚い部屋には、目隠しをされて椅子に縛られた男がいる。男は殴られたり、顔を水桶に突っ込まれたりする。やがて目隠しが外されるが、瞼が切りとられている。二人はあわててその場を離れる。警察に届けようと言うアレハンドロを、セバスティアンは「誰にも話せないことなんだ、いいか？　誰にもな。見たってことがばれたら、俺たちどうなるか分かったもんじゃないぞ」と言って二人だけの秘密にするが、翌日の夜、拷問をしていた男たちが何者かを確かめにふたたびその家に近づく。また拷問が始まる。前夜と同じ男が学生の鼻や耳に電線を突っ込む。その虐待の酷さにショックを受けた二人はもうそこへは行かないことに決めるが、二週間後、あるカフェで、虐待していた男たちの会話を耳にして、ふたたび出かけていく〔恐怖も好奇心にはかなわないものだ〕。だが、二人は見ることに厭き、虐待される人間の声を聞きながら汚れた窓に線を引いて三目並べをする〔驚異も繰り返されればありきたりのことになる、とは誰の言葉だったのだろう〕。そうした晩を繰り返すうちに学校の成績は惨憺たるものとなり、その行動が父親の知るところとなって、アレハンドロはアメリカの寄宿学校にやられてしまう。二人の夜の散歩はこうして終わりを告げる。四年後、アメリカからもどったアレハンドロは大学に入り、演劇で身を立てる決意をすると同時に、「都市の地下生活」をまた探検しはじめるが、あるとき政府の方針に反対するデモに参加し、警棒で殴られ気絶する。目が覚めると、目隠しされて椅子にくりつけられている。やがて目隠しが外され、狭い部屋には木の机と巻いた電線、水の入った桶があるのが、つまりは、かつて自分が目撃したシーンを自分が演じることになったのが分かる。そして、目をこらすと、汚い窓に三目並べの線を引いている一本の指が見える。

こうして「窓と声」は五〇ページあまりの短さながら、麻薬カルテルが幅をきかせ、ゲリラが身代金目当てに有力者を誘拐する、そんな現在のコロンビアの暴力的な側面がアレハンドロの見る虐待シーンに象徴され、また、大人の世界へ入ろうとしている微妙な少年の心理が簡潔な文章からうまく浮かび上がるという膨らみのある作品に仕上がっている。七篇からなるこの短篇集『窓と声』には八六年にフアン・ルルフォ短篇賞を受賞した「出会い」(このときの審査員はロア＝バストス、フリオ・ラモン・リベイロ、セベロ・サルドゥイ他。応募作品三千あまり)や九〇年に第一九回ラテンアメリカ短篇賞を受賞した「下降」(応募作品一五〇〇あまり)が収められているが、そうした受賞作ではなく、本篇を表題にしたのは短篇としての出来云々というよりは作品世界の広がりを考えてのことだろう。むろん、その他の短篇の出来が悪いというわけでは決してない。気勢をあげてナイロビからサファリに出かけた新婚カップルが出くわす不幸を描いた「出会い」にしても、恋人と別れた劇作家アレハンドロが夜の海に潜って珊瑚の洞窟で命を落としかける「下降」にしても、また、一六〇人を招いた父の農場でのパーティで酔客のせいで花火が大爆発して一〇歳のアレハンドロも負傷する「パーティ」にしても表題作としてもふさわしい見事な結構になっている。ボテーロは四六の掌篇からなる処女作『時の種』がコロンビアで話題になったらしいが、今のところ手に入らない。だが、スペインで出版された二作目の本書を読んだだけでも、日常性に流されやすい人の生が実は危険に、つまりは冒険に充ちたものであることを思い出させてくれる、その筆遣いの巧みさは充分堪能できる。

（一九九八年一二月号）

愛の重さ
――コシアンシチ『女たちの神殿』

一九九三年一二月にシルビーナ・オカンポが没して、アルゼンチンの文学界に大きな穴があいた。だが、穴があけば埋めようとする人たちも出てくる。その一人がブラディ・コシアンシチ。

コシアンシチは一九四一年にブエノスアイレスで生まれ、自分の天職は文学であると早くから決めていた。「九歳のとき最初の推理小説を書き、一〇歳か一一歳のときビリケンに短篇を売ろうとしました。一晩のうちに一冊の本を書いて金持ちに、有名になれる人がいるということを信じるような、そんな昔ながらの空想を抱いて。それはわたしがそのころ読んでいた小説のプロットだったのです」

早熟な彼女はブエノスアイレス大学の文学部に進み、そこでボルヘスに中世英語と英文学を教わり、その翻訳をする。七二年から観光専門雑誌の編集に携わるが、七九年には文学に専念するために辞める。そして八二年に処女小説『八番目の不思議』を発表。その序文でビオイ＝カサレスは「ブラディ・コシアンシチはこの時代の読者にも信じられるような、とても奇妙でスリリングな幻想的な物語を創りだしたが、そんな彼女の良い星を、あるいは才能を羨まずにいられるだろうか？……（略）…読者の中には、相次ぐ新人のデヴューに強烈な印象を受けて文学を発見した時期を思い出す人たちもたぶんいるだろう。不思議なことだが、そんな幸運にありついた人たちのその後の体験は、デヴューと発見には決して終わりがないということを証明する。わたしにとって近年最大の素晴らしい発見はブラディ・コシアンシチの『八番目の不思議』である。だからこそわたしはこの紹介文を書きたかったのだ」と記している。その後、コシアンシチは『ウイリアム・シェイクスピアの最期の日々』（一九八四）、『アビシニア』（八五）、『恐怖の底』（九二、シグフリード・ラダエッリ賞）といった長篇や『怒り』（七一）、『すべての道』（九一、トレンテ・バリェステル賞）といった短篇集を出す。そうした創作活動の中で、八八年にはアルゼンチン芸術基金のボルヘス幻想短篇賞を受賞している。最新作は七篇の中短篇からなる『あなたがこの手紙を読むとき』（九八）。この中短篇集の多くもそうだが、コシアンシチの長篇はいずれも男性が主人公になっている。なぜ男性を主人公にするのか、という疑問に対する答えは分からないが、唯一違っているのが九六年の長篇『女たちの神殿』。

　主人公ミストラルは一八歳で才能を買われて女性誌のイラストレイターとしてデヴューし、やがてモード雑誌の仕事をするようになり、仕事柄ヨーロッパとブエノスアイレスを行き来する生活を送っている。パリにはディディエ・レヴィという恋人がいる。「愛というのは亀みたいなもの。ゆっくりしてる。でも、いつも競争に勝つんだ」と語るその恋人は今の妻と離婚してミストラルと結婚したがっており、それを口にするが、彼女は拒む。するとある朝、彼はミストラルが定宿にしているバヤール通りのホテルの一室に亀を片手に、もう一方の手に拳銃を持って現れ、彼女の前で自殺する。ひどいショックを受けた彼女は部屋を飛び出し、タクシーを拾って馴染みのカフェに行く。そこの女将に経緯を話し、気分が落ちついてきたころ、ホテルにもどるがディディエの死体はなく、その朝銃声を聞いた者もいない。そんな幻覚から、そして生身のディディエから逃れるためにミストラルはギリシアに向かい、コスタスが経営するアテネのホテルに滞在。そのホテルにディディエの秘書からファックスが届き、ディディエが彼女の幻覚どおりに自殺したことを知らされる。二年前から時折宿泊するミストラルに好意を寄せているコスタスは彼女の話を聞いて、キクラデス諸島のサントリニに行くよう勧める。その言葉に従い彼女は三〇歳の誕生日を過ごすためにサントリニに向かうが、その島に着いてみると降らないはずの雨が降っている。そしてイギリス人カメラマン、ジョーンズに出会い、一夜を過ごすが……。

こんなふうに綴ってくると、『女たちの神殿』は才能に恵まれ、息抜きに外国旅行ができるほど余裕のある女性を主人公にした恋愛小説ということになる。それも悲劇的な。というのも、もともとミストラルには「母は死んだ。ドドの娘たちのように。ドド以外のサンタマリーナ家の女たちと同じように。三〇歳になるまえに。そして、わたしたちの一族のどの女たちとも同じで、母は男に棄てられ、愛のせいで死んだ」という強迫観念がうえつけられているのだから。祖母のドドだけが男を好きになったためしがないため長生きしているが、ミストラルは恋をしたことがあり、まもなく三〇歳の誕生日という運命の日を迎えようとしている。「人はよく孤独を話題にする。わたし自身、心のうちをほとんど口にはしないのだが、孤独についてよく話をしたものだった。そして孤独の話をしていないときは孤独をノートに描いたり書いたりした。でもいつか、孤独がやってきて孤独の性格をめぐってあなたがした解釈を残らず無意味なものにする。人生には深くて狭い穴が開いており、そこには他人が入る余地はない。あなたはその穴の底にいる。状況も理由も分からずに。誰にもあなたの声は聞こえないし、誰もあなたを探しはしない。上では、無関心に、世界が移ろいつづける。それが孤独」というミストラルがどんな恋をしてきたのか。果して彼女は生き残るのか。愛ゆえの死。それはあらかじめエピグラフで暗示され、作品全体の通奏低音となって流れる。

「何千年も昔、ティラと呼ばれていた島で火山の火が岩を開き、美しい人々や神殿や宝が海に沈みはじめた。男たちは舟を確保しに、そして女たちはカマリにあるアフロディテの神殿に駆けだしたという。女神は、大洋が男たちを連れ去るのを見た女たちの嘆きを憐れみ、女たちに不死の贈り物をしようと申し出た。だが、女たちはカマリで死ぬほうを選んだ」。エピグラフとなったこのギリシアの言い伝えのように、愛のために死ぬか。それとも愛を棄てて不死を得るか。愛の重さが問われる。

一方、おびただしいアトランティス伝説の一つの候補地として挙げられるティラ＝サントリニという一つの島が持つ二重性の中で、古代ギリシアの神話世界が影のようにミストラルの現在にへばりつき、さらには、後半になってジョーンズの正体が、そして、「わたしたちはたまたまこの世にいる」というのが口癖の悟りきったようなコスタスの犯罪が明かされて、たちまち推理小説的な雰囲気を漂わせもする。

旅行好きのコシアンシチはブエノスアイレス、パリ、アテネ、そしてサントリニに読者を導き、その地を案内してくれる。だが、すでに述べたように、巧みに組み込まれたいくつもの仕掛けが知的な旅をも味わわせてくれる。「小説はわたしが出たり入ったりできる長い夢みたいなものなんです」と彼女自身、あるインタヴューで語っているが、『女たちの神殿』はそんな彼女の夢に誘ってくれる作品であり、九六年にロムロ・ガジェゴス賞の最終候補作になっただけのことはある。

（一九九九年二月号）

ダンディの死
――ビオイ＝カサレス『ささやかな魔法』

　今年はボルヘス生誕百年にあたる。その記念の年にビオイ＝カサレス（一九一四年九月一五日生まれ）が逝った。今年一月一九日に心不全でCEMIC（医学教育臨床研究センター）に入院し、五日後に退院。だが、二月三日には呼吸器感染症で再入院し、九日には「もう百年生きるための契約にいま署名できるなら、その条件を見ずに署名するだろう。わたしは生きないより、なんとしても生きるほうを選ぶ」と書いたものを新聞社に渡すほどに回復して一六日に帰宅。そして三月に入り、呼吸器の合併症で三度目の入院をして八日夜、「年齢と最近の入院で患った最終的な合併症」により帰らぬ人となった。

　アルゼンチンの「ナシオン」紙は三月九日、第一面中央にビオイ＝カサレスの写真を掲げ、「文学は著名な創造者を失くした」という見出しとともに彼の死を報じ、「クラリン」紙は同日「ビオイ＝カサレス　夢の発明家　彼はダンディであり素晴らしい幻想物語の創造者、ボルヘスの親友、シルビーナ・オカンポと結婚した男だった。痛ましい最期ののち、八四歳で逝去」と記して、彼の特集を組んだ。

　ビオイ＝カサレスは『イシドロ・パロディへの六つの問題』（一九四二）をはじめボルヘスとの共著が多いせいかボルヘスの影に隠れがちで、九〇年にセルバンテス賞を受賞するまでは正当に評価されていなかったのかもしれない。そんなビオイ＝カサレスをカブレラ＝インファンテは「ビオイは隠れた大作家となっていた。彼はボルヘスに影響を与えたが、誰もが、ボルヘスを除いて、彼をボルヘスの弟子と見なしていた。彼は自分の本でヴァーチャル・リアリティを創造するために、今世紀の最も際立って独創的な小説の一つを書いた（そのページの中にはホログラムという、未来の発明品があった）。『モレルの発明』はビオイの発明だったが、彼はかなわぬ恋を、空間における時間の実在――彼の発明によって創りだされたあの時空――を信じてもいた」と語り、『モレルの発明』を「（年代的に、物理的に）かなわぬ恋の中で、これまでスペイン語で書かれたことのない最も美しい物語。そこではトリスタンはSFというジャンルの中でイゾルデと出会う」と評価する。この作品を科学技術が想像以上に進んだ現在読めば、おそらく、当時としては奇抜だったSF的仕掛けもすでに現実化しているために陳腐に思われるかもしれない。だが、作品の真価はそうした仕掛けやトリックにあるのではない。ウエルズやヴェルヌでさえいまだ読みつがれている。古典と化すような作品は全体として光を放つからだ。

ビオイ＝カサレスの訃報に接して、アルゼンチンの作家たちは次のように語っている。

アベル・ポッセ「ビオイの作品は『ヒーローたちの夢』の忘れがたい第一部や『豚の戦記』に見られるように、特にブエノスアイレスの下町やプチ・ブルの描写におけるアイロニカルな隠れた魅力が生気を与えている」

ルイサ・バレンスエラ「上流階級の生まれとはいえ、ごくわずかな作家にしかできないことだが、彼は大衆の心を理解した。他の知識人たちが理解できない多くのことを理解するとても特殊な感性があった。彼には大衆の言葉にそなわる感情を理解するとても特殊な感性があった」

メンポ・ジャルディネッリ「大芸術家たちはあらゆる世代に深い足跡を残すが、そのすべてが永続的な足跡というわけではない。ビオイのそれは永続的なものになると思う。わたしたちに『モレルの発明』や信じられないくらい今日的な『豚の戦記』といった基本的な本を残してくれたからだ。いや、むしろ、はかりしれない価値をもつ二つのことをわたしたちに教えてくれたからだ。一つはいい趣味に従う想像力に基づいた美学、もう一つは非のうちどころのない知的な振る舞い」

エルネスト・サバトはボルヘスの描くブエノスアイレスを讃えたが、ビオイ＝カサレスがこのように若い世代から同じような点を評価されているのは偶然なのか必然なのか。

アルゼンチンを離れ、先に挙げたカブレラ＝インファンテを別にすれば、フエンテスは「独特の才能をそなえた、誰とも似ていない作家だった」と、アルバロ・ムーティスは「飾りのない、非現実的なブエノスアイレスを稀に見るスタイルで表現しえた独創的な小説家」と評したが、カミロ・ホセ・セーラ、ロア＝バストス、そしてイタリアのダリオ・フォをはじめ、ビオイ＝カサレスが性に合わなかったという当のサバトでさえ、誰もが口をそろえて彼の品のよさを讃え、作家として人間としての死を悼んだ。

そんなビオイ＝カサレスが九八年五月に、中篇『一つの世界からもう一つの世界へ』（一人のジャーナリストが女性宇宙飛行士の後を追ってある惑星にたどりつくが、そこは女家長制に支配されている）が山積みされたブックフェアーで語った次作は、人の苦痛を伝える自転車のハンドルの発明がもたらす悲喜劇だった。だが、今年二月一六日の退院時には「友情をめぐる話。二人の友人は仕事で成功する。結婚し、子供ができ、時とともに、その子たちが自分たちと同じような友情を持ちつづけることを願う」という次作の構想を洩らしている。今後、遺作としてどんな作品が現れるのか分からないが、創作への意欲は衰えていなかったことは確かだ。

生前最後の小説作品となったのはこの『一つの世界からもう一つの世界へ』だが、前作、つまりアルゼンチンでは九七年一二月に出版された短篇集『ささやかな魔法』には彼の作品世界が凝縮されている。短篇と呼べるのは「オウィディウス」（オウィディウスの愛読者である農学者がオウィディウスの流刑地トミス、現在のルーマニアのコンスタンツァで開かれる討論会に出かけるが、パスポートが失くなり出国できなくなる。だが、とある女性と出会い、永住しようと決意したとたんパスポートを突きつけられ、出国を余儀なくされる）と「消失」（失踪した若者の足どりを追う記者がその若者の亡霊に出くわし、失踪の理由を聞かされる）の二篇で、あとは三八の掌篇。その中に「競争」という作品がある。主人公は一〇四歳になる人物に長寿の秘訣は自分の蔵書に隠されていると言われ、その膨大な蔵書を譲り受け、適当に何冊かつかんで読みはじめようとするが、タイトルを見て愕然となり「さて、どっちが先なんだろう……秘訣の発見か、死か」とつぶやく。主人公が手にしたのは『ゴドーを待ちながら』『存在と時間』『ユリシーズ』『特性のない男』等々だが、その中にビオイ＝カサレス『新たな嵐』がある。他のものと並べるなら当然『モレルの発明』がふさわしいが、『新たな風』（三五）にしたのは青春時代に対する思い入れ、それとも、この作品には妻シルビーナのイラストが載っているからか。最後に、ビオイ＝カサレスを偲んで、『ささやかな魔法』所収の掌篇「もう一つの視点」を……。

＊

ぼくは映画館に入る夢を見る。最前列には頭のひどく大きな観客たちがいる。それは神さまたちで、見ている映画は人生であることが分かる。映画館の奥の席に坐っていると、突然、スクリーンの片隅にいるぼくが見える。ぼくは自分の人生の観客なのだ。そのとき閃く。どうして善良なる神がぼくたちをひどいめに会わせておくのかを知る。ぼくたちになにが起ころうとたいしたことではないのだと分かる。なぜなら、ぼくたちは現実ではなく、神さまたちにとっての一つの娯楽なのだから。ちょうど、フィルムの登場人物たちがぼくたちにとってそうであるように。

（一九九九年五月号）

フェイントの妙
――セサル・アイラ『夢』

気になって本は集めるものの、ほとんど積ん読状態のまま放置してある作家が何人かいる。その一人がセサル・アイラ。一九四九年、アルゼンチンはブエノスアイレス州のコロネル・プリングレスという町で生まれ、六七年から首都に在住。翻訳・小説・戯曲・評論といった様々な面で創作活動を続けるかたわらブエノスアイレス大学ではコピやランボーを教え、ロサリオ大学では構造主義やマラルメを教えてきている。これまで長篇の多くはブエノスアイレスのエメセ社から、中篇や戯曲等は地方都市ロサリオのベアトリス・ビテルボを始め小出版社から出しているが、対象は三〇〇〇人の愛読者であり、批評家の評価は真っ二つに分かれていた。だが、去年、『エマ、囚われの女』（一九八一）と『あたしが尼僧になった理由《わけ》』（九三）のスペイン版が大手出版社から出され、後者は「エル・

パイス」紙が選ぶ、九八年度スペインで出版された最も重要な一〇冊のフィクションの一冊になった。ある批評家は「奇抜さということであれば、南に下がって、さしあたり、スペイン語小説の中で最も独創的でショッキング、最も刺激的で反体制的な作家、セサル・アイラと出会わなくてはならない」とその選考理由を述べる。これまで限られた読者に読む楽しみを提供してきたアイラだが、スペインで見いだされたことで、今後、不特定多数の目にさらされることになるだろう。

選ばれた『あたしが尼僧になった理由』の筋立ては……。アイスクリームの味がおかしかったことから口論になり激昂した父親が店主をアイスクリームのドラムに頭を突っ込んで殺してしまう。そのため六歳の主人公とその母親はいっそう貧しい生活を余儀なくされる。病気のせいで三カ月遅れて小学校に入った主人公は、便所に書いてあった言葉を意味も分からないままノートに写す。それを見た母親は学校に怒鳴り込む。以後、担任の女教師は出席もとらないほど主人公を無視。主人公はラジオ番組を通して自分自身の世界を創り、やがて母親をも含めて大人の行動や思考を冷静に受けとめられるようになるが、ある日、アイスクリーム屋の未亡人にアイスクリームの中に放り込まれてしまう……。

九八年はアイラにとって、豊穣の一年だった。一年の間に小説『柳のトランペット』『蛇』『夢』『アイラ博士の驚くべき治療』『乞食』、そしてアルゼンチンの女性詩人の作品を考察した評論『アレハンドラ・ピサルニク』の六冊を四社に分けて出している。とはいえ、むろん、この年に書いたものばかりではない。すでに三〇冊を越える本を出しているのに、おおむね、脱稿したその年のうちに出版されることはなく、数年たってから。手元にあるいちばん新しい本は『夢』だが、この本の脱稿は九五年四月。こんなに遅れるのは謎めいているが、この長篇を通して、アイラの「奇抜さ」に触れてみよう。

ブエノスアイレスの(アイラ自身が長年住んでいる)フローレス地区のある街角に新聞の売店がある。そこで働くのは五〇年前にイタリアから移住したナタリオと次男のマリオ。それに配達の手伝いをする若者ティト。毎朝そこに、ソファ・ベッドの工場の夜警のドン・ホセ、仕事もせず母親と二人暮らしのアルフレド、セントラル銀行の元役人ドン・マルティン、鉄工所の掃除夫カシーケ、ビルの管理人をしたり個人邸の掃除をしたりする男勝りの老婆リリ、といった馴染み客が顔を見せる。変わらぬ日常であるはずのある一日、彼らがかわす朝の話題は、一〇年前のトリアッツィ事件を真似て二四万ドルを持ち逃げした銀行員、その日の午後のリリの結婚、そしてサッカーの優勝の行方。一日を始めるために様々な人間が新聞を買いにくるこのキオスクは未婚の母のための救護施設の壁にくっついている。宿泊する家も金もない、赤ん坊を抱いた一八歳くらいまでの未婚の女性たちがそこで夜を過ごし、朝になるとまた出ていく。一方、キオスクの前には広大な区画を占めるミセリコルディア修道女会がある。この会は修道院と教会をそなえ、裕福な家庭の子だけを受け入れる名門幼稚園と小学校を経営している。そのトップに立つのは人前に姿を見せないために伝説的人物と化した修道院長マザー・エレーナ……。

読者は、街角のキオスクを舞台にしてブエノスアイレスの住民の姿が聖と俗をめぐる問題とからみあって描かれていくのだろうと予測する。だが、見事にかたすかしをくらわされる。マリオが失踪した結婚相手リディアの行方を、そしてナタリオが配達先を記した古いノートにトリアッツィの名前が記載されているのを知って、トリアッツィの隣人だったというドン・ホセを探しはじめると、ミセリコルディアにつながっていく。こうして冒険・推理小説と化した物語は、やがて教会内部の、コンピューターと監視カメラをそなえて街や建物内部を見張るコントロール・ルームや尼僧ロボットを描いてSF的な要素をも取り込み、スーパー・マリオよろしく、まるでゲーム感覚を生じさせながら展開し、最後にはリリ（実は修道院長）の操縦するロボット〈修道女〉とソファ・ベッド工場で働くフリアスの操縦する〈寝ぼすけ〉が街路で格闘、すると、礼拝堂の屋根が開いて天使たちが現れ、二つのロボットを薄板に変えて空高く運んでいく……。

この荒唐無稽にも思われる筋書きが破綻をきたさないのは、随所にはめこまれたアイラ独特の物の見方によるものといえる。たとえば、ドアマン、オラシオと

マリオが二五階建てのビルの屋上から街を眺めながらする会話では、時空をめぐって、
《「そんなに急ぐな。おまえが思ってる以上に時間はあるよ。おまえがいま目にしているものは、いま起きていることじゃなくって、まさしく、それはイメージ。時間は旅をするのに手間どるんだ。人が目にしている星はずうっと昔に消えているって話、聞いたことないか？　おんなじなんだ。光はなかなか到着しない……」
「でも、オラシオ、それは星の話だろ。何百万キロもむこうにある……」
「どこでもおんなじ。おまえとおれとのあいだでさえ」。二人のあいだは五〇センチだった。「近くにいればいるほど、起きていることと目にしていることとのあいだのずれは小さくなる。でも、ずれはありつづける。（中略）ときどきここから眺めていると、トラックが着くのが見えるが、下にはドアを開ける人間は誰もいない。箱を降ろしはじめるのが見えると、おれは降りる。そして歩道に立ったとき、トラックがやってくる……。（中略）上のほうを、たとえば星を見ていると、おまえは遅れたイメージを目にする。下のほうを見ていると、進んだイメージを目にするんだ」》
また、物語の最後では、現実をめぐって、
《寝ぼすけと修道女は触れ合うまでに近寄り、離れたときには、風の流れに乗り、〈ラシン、優勝〉と書いてある空色と白の長いテープを広げた。どよめきが群衆のあいだを駆け抜け、そのどよめきは笑いに、拍手に変わり、そして冒険は最終的に本物らしいものと化した。サッカーは誰をも包み込む終わりのない現実であり、人々の日常に連続性を、そしてその人生に物語の濃密さを与える偉大な夢だった。》
かつてカルロス・フエンテスは「アイラとガルシア＝マルケスは物語の美しさがそなえる本質的な新しさをわたしたちに思い出させてくれる」と評したが、読書の指向性に巧みにフェイントをかけるこの作品についてもそれが言える。

（一九九九年六月号）

描かれたメキシコの百年
――フエンテス『ラウラ・ディアスとの歳月』

アメリカとメキシコの国境地域を主な舞台にしてメキシコ（人）、合衆国（人）、そして両者の関わりを〈九つの短篇からなる一つの小説〉として仕上げた佳品『ガラスの国境』から四年、フエンテスがこの二月に新作『ラウラ・ディアスとの歳月』を発表した。

六〇〇ページのこの長篇はフエンテス一族の履歴をもとに書かれているが、その大半をしめ縦糸をなすのはラウラ・ディアスという女性の生涯。ドイツからメキシコに渡りベラクルス近郊でのコーヒー農園に成功したケルセン夫妻。その末娘レティシアは一五歳違いの銀行家のフェルナンドと一七歳で結婚、一八九八年にラウラが生まれる。フェルナンドの連れ子サンティアゴは九歳年下の、思春期のラウラに様々な影響を与えるが、一九一〇年に反政府運動に関わって銃殺される。その後、ラウラは組合運動家のファン・フランシスコと知り合い、二〇年に結婚して首都での生活を開始。二一年にサンティアゴ、二三年にダントンと、二人の子どもをもうけ主婦として夫を支える。ところが二八年に女中として雇った女性がオブレゴン大統領暗殺の共謀者ということを知った夫が彼女に相談もなく警察に引き渡したため、夫婦仲が急速に冷え込む。以後、子供たちを実家にあずけたラウラは友人のもとに身を寄せ、首都の社交界に顔を出すようになる。そこで亡きサンティアゴの親友でかつて彼女自身も惹かれたオルランドと出会い親密な仲になるが、一方的に棄てられたのを機に夫のもとに帰り、子供たちを呼び寄せ、一緒に住みはじめる。だが、それは単なる同居生活に過ぎず、子供たちの態度もよそよそしい。やがて五〇年に夫が亡くなり、スペインからの亡命者ホルへと知り合うものの、彼は昔の恋人に会いにキューバに発つ。そんな彼の友人と一緒に出かけたパーティで赤狩りの犠牲者ハリーと出会い同棲するが、ハリーは病死。五七年の大地震のとき、変わりはてた首都とその住民をハリーからもらったカメラ、かつてフリーダ・カーロの最期を撮ったライカを使って撮りはじめてから写真家としての名声を得るまでになるのだが、七二年癌を患い、荒れ果てているはずの自分の生家を訪ねる……。

様々な束縛を断ち切った責任をひきうけ、男の飾りものではない女としての自由な生き方をする恋多き女性を描くこの縦糸に実に見事な色合いの横糸がからんでいく。欧米からの入り口である港町ベラクルス周辺の革命前のありよう、一九一〇年に始まる革命、アナルコサンディカリスムとメキシコにおける組合運動の展開と指導者たちの腐敗、三〇年代の首都のカフェ・パリスに集ったメキシコの文化人たちの語らい、ディエゴ・リベーラ、フリーダ・カーロ夫妻の生活と仕事ぶり、メキシコに亡命した知識人たちのスペイン内乱をめぐる議論、マッカーシーの赤狩りとメキシコに避難したハリウッド関係者の証言、オリンピックをまえに学生運動を弾圧した六八年のトラテロルコ事件（現在この事件に対する新たな証言があり、それに関連するような殺人事件が起き、メキシコで問題化している）等々、今世紀のメキシコを形作ってきた内外の事件、文化現象。そして、ラウラの二人の息子の生き方。サンティアゴはラウラと和解し画家の道を歩みはじめるが、二七歳で病死。一方、法律を学び父親との絆を強めたダントンは社会の上層に上がるために、革命と第二次大戦で財をなした実業家の娘マグダレーナに近づき、結婚。だが、彼らの息子サンティアゴはトラテロルコ事件で死亡。彼の妻ロウルデスは息子ともどもラウラと住むが、やがて恋人ができ七〇年に合衆国に発つ。

『ラウラ・ディアスとの歳月』の物語の語り手となっているのは、このロウルデスの息子、つまりラウラの義兄から数えて四番目のサンティアゴだが、彼自身は第一章の一九九九年のデトロイト、そして終章の二〇〇〇年のロサンゼルスという合衆国の未来の時空で登場、その間は、ラウラにとっての転機として選ばれた二四の年（＝二四章）をとおしてメキシコの過去一〇〇年が描かれるという構成。アメリカの未来にはさまれたメキシコの過去。ところがサンティアゴはリベーラやシケイロスといった画家がかつて合衆国に残した壁画を撮るという仕事をつづける。こうして両国の過去・未来は複雑に絡み合わされる。メキシコに生まれながらも合衆国で育ったサンティアゴは壁画と同時に「この恐ろしい二〇世紀への墓碑銘として一つの大工業都市の廃墟」をも撮り、「最も工業化された工業都市、自動車の首都、流れ作業と最低賃金の揺籃の地、つまりミシガン州デトロイトの現在のなかにラテンアメリカ諸都市の未来」を見る。そして、ロサンゼルスでは町全体を見渡せる地に立って「山のふもとには、スモッグの下、中心のない、混血の、多言語の都市が、移動するバベル、太平洋のコンスタンティノープル、無に向かって大陸が、大きく落ち込んでいく地域が広がっていた……。向こうにはなにもないのかもしれない。ここで大陸は終わっていた。第一の都市ニューヨークで始まり、第二の、たぶん最後の都市ロサンゼルスで終わっていた。空間を征服するための空間はもう残っていなかった。いまや月かニカラグアへ、火星かベトナムへ向かわなくてはならなかった。パイオニアたちによって征服される土地は終わり、叙事詩は消失した。拡大、貪欲さ、自明の運命説、慈善、そして世界を救い、他国には自らの運命を認めず、逆に自国の利益のためにアメリカの未来を押しつける緊急事態からなる叙事詩は」と思う。だが、終わりは始まり。彼もまた、ロサンゼルスを「始まろうとしている世紀のユートピア」と捉える。むろん、こうしたサンティアゴの言葉は米墨関係の今後の可能性を国境地域やカリフォルニアに見いだすフエンテスの思いを色濃くだしているが、これまでフエンテスが様々な場で発言してきたことを繰り返したもの、敷衍したものにすぎない。とすれば長大なこの作品の見どころは？　それは前述した横糸の部分にある。なぜならピンピネーラ・デ・オバンド、アルテミオ・クルスといった懐かしい人物が再登場して『大気澄みわたる地』『良心』『アルテミオ・クルスの死』『脱皮』『胎内のクリストバル』といった作品群の結びつきをいっそう強化し、フエンテスの個々の作品を一つの大きな壁画のごとくまとめあげようとするからだ。リベーラは首都の国立宮殿の壁に古代メキシコ、コルテスの侵略、スペインの統治、独立、内乱、ディアス独裁、そして革命へとつづくメキシコの歴史を描いたが、その壁画と同じで、すっきりした全体の流れとそれに絡み合う個々の事象、そんな構図が見えてくる。

この本はセシリア、カルロス、ナターシャというフエンテスの三人の子供たちに捧げられている。だが、カルロス、つまりカメラマンであるカルロス・フエンテス・レムスはこの春、病死。一年前には父子で『時のなかでのポートレート』を出したのだが。息子が八八〜九二年に撮ったガルシア＝マルケス、ウイリアム・スタイロン、ハロルド・ピンター、モハメド・アリ、グレゴリー・ペック、ロマン・ポランスキー、ギュンター・グラス、サルマン・ラシュディ、オードリー・ヘプバーンら、父の友人・知人二五人のポートレート。そして永遠に固定された彼らの時の一瞬に、長短の差はあれ、その一瞬を作り上げている舞台・過去を思い出を絡めて綴った父のエッセイ。この父子の共同作品は二人にとっても最後のものとなったが、いまや最後の著者紹介のページに載る若いカルロスと年老いたカルロスの横顔を左側から撮った一枚の写真がなにかを物語りはじめる……。

（一九九九年八月号）

遺言

——サバト『終わりのまえに』

この夏（といっても日本では冬）、アルゼンチンの出版界あるいは読書界に異変が起きた。二月初めにブエノスアイレスの日刊紙「ラ・ナシオン」が報じたところによると、例年なら夏期休暇に向けてフィクションが売れるのだが、今年の夏のベストセラーは、シドニー・シェルダンの四倍も売れたというエルネスト・サバトの『終わりのまえに』が、そしてウンベルト・エーコとミラノのマルティーニ大司教の往復書簡『信仰を持たない者はだれを信じるのか？』（岩波書店刊『永遠のファシズム』にエーコの書簡のみ所収）が二位とノン・フィクションが上位を独占したのだ。ちなみにサバトが六年にわたって少しずつ書きつづけた『終わりのまえに』は昨年一二月一〇日に書店に並ぶと二週間で六万部が売り切れ、以後、この段階までで九万部。そして、六月二四日にサバトは八八歳になったが、その時点では一二刷、一一万五〇〇〇部を超しているという。これはアルゼンチン版だけの数字。スペイン版は今年の一月に出ているが、手元にある本は三月で四刷。

なぜこれほど売れるのか。対談集『血と文字の間で』（一九八九）以来の作品だから、アルゼンチンが世界に誇りうる作家だからという単純な理由ではないだろう。一九七六年三月二四日のクーデター以後、軍部独裁時代が続き、国民の不満をそらすために八二年四月に始めたマルビナス（フォークランド）戦争がアルゼンチン側に一二〇〇名の戦死者を出して敗戦という形で終わると、三万人にもおよぶ失踪者の直接的な原因を作った軍部独裁も翳りをみせ、八三年一〇月の選挙でラウル・アルフォンシンが七四三万票あまりを得て大統領になる。アルフォンシンはすぐに失踪者調査委員会を作り、サバトはその委員会の長として行動し、八四年九月に報告書を提出。これは『もう二度と』（八五）というタイトルで出版されるのだが、この委員会ばかりでなく、長年、人間について考察し、人権の擁護に努力してきたその姿がジャーナリズムでもよくとりあげられたことがたぶん、性別を問わず年齢を超えて読者を獲得したのではないか。

『終わりのまえに』は「わたしはとりわけ若い人たちのためにこれを書いているが、わたしと同じように、死に近づき、なんのために、どうしてわたしたちは生活し我慢し、夢を見、書き、描き、あるいは単純に籐の椅子を編んできたのかと自問している人たちに向けても。こうした最後の文章を綴るものではないと何度も思いながらも、わたしは最も深いところにある自我が、もっとも謎めいた非合理的な自我が書けとしむけたときに書いている。たぶん、それは不安と裏切りと妬み、寄る辺なさ、拷問、大量虐殺に満ちたこの世界にひとつの重要性を見いだす手助けとなるかもしれない」という序文で始まる。

三部構成になったその第一部は「はじめのころと大きな決心」。イタリアの山岳地方の出である厳格な父親、そしてアルバニアの旧家に属していた我慢強い母親、移民であったそんな両親の性格と暮らしぶり。すぐ上の兄が亡くなってまもなく生まれ、その兄の名をつけられたことで生まれた一つの強迫観念。中等教育を受けるためにラプラタ市で寄宿し、そこで、やがてサバトを「スル」誌に紹介することになるヒューマニスト、エンリケス＝ウレーニャから受けた授業。アナーキズム、共産主義への傾斜。青年共産主義者の代表としてモスクワに向かうが、スターリンの専制化に危険を察知してブリュッセルからパリに向かったこと。帰国してからは裏切り者と非難されながらも、物理学に没頭し博士号を取得。キュリー研究所に留学。パリでの、昼は研究、夜はシュルレアリストたちとの交遊という正反対の生活。つづいてマサチューセッツ工科大学での研究を終えて帰国後、まもなく、コルドバ山脈にある小屋に住んで『人と宇宙』を執筆。やがてチェ・ゲバラとなる人物をその家に迎えたこと。物理学の放棄。大手出版社に断られた『トンネル』がベストセラーになり、カミュの絶賛を受ける。ボルヘスとの決裂……等々、サバトの読者であれば誰もが知っている事柄が続くが、整然と時代順に語られているわけではなく、サバト自身の現状をまじえながら過去を回顧し、心を揺すぶった事柄を一つのエピソードとして見つめ、それにコメントをつけていくという形になっている。だからこそいっそう過去は現在との関わりを深める。

第二部「おそらく最期だろう」では、「港に建てられ、いまは山積みになった孤独の砂漠に変わったこの町」ブエノスアイレスに住む、子どもを持ちたがらない、拒食症で死ぬ、徒党を組んで歩く、ドラッグ中毒になる、そんな現在の若い世代と「統治者たち、そして大半の政治家たちによって破壊され汚された国」しか彼らに与えられない大人たちとその社会、そして彼らを包み込む世界について語る。

そして、第三部「苦痛が時を破る」では妻と長男を亡くしたあとの心の揺れを吐露する。アルフォンシン大統領時代に文部大臣を務めた長男ホルヘ・フェデリーコを九五年に事故で亡くし、サバトはたたきのめされる。「ホルヘ・フェデリーコが死んでからすべてが崩れさり、何日かたっても、わたしを苛むこの息苦しさを克服することができない。ひっそりとした暗い密林に迷い込んだように、わたしはうちかちがたい悲しみをむなしくも乗り越えようとする。以前――以前っていつ？　この惨事が起こるまえのことだ――気が滅入ると、わたしは自分のアトリエで悲しみが消え去るまでなにかを描いて何時間も過ごしたものだった。しかしいま、時は止まってしまった。苦痛はとどまり、わたしはこの部屋の広大な砂漠に棄てられたような気がする……」。さらに九八年一〇月には、サバトが書いたものを最初に読み、的確な指摘をする一方で、草稿をすぐに破棄する癖のあるサバトの手から草稿を救いだしてきた妻マティルデに先立たれる。サバトは自らの存在の意味まで見失い、自殺まで考える。だが、孤独になった生をどう捉えなおし、この危機をどうやって乗り越えていくのか、第三部はこの本のいちばんの読みどころといえるだろう。

サバトは自分を「わたしはきわめて大きな欠点だらけの人間であり、フェルナンド・ビダル・オルモス（『英雄たちと墓』の登場人物）のような邪悪な人物たちとともにいる。だが、オルテンシア・パスやトラックの運転手ブシチ、街の予言者である気狂いバラガンといった、どこまでも善良な人物が登場する箇所を書きながら身震いもした。そうした慎ましい人間、そうした善意にあふれる読み書きできない人たち、そして、無邪気な希望を抱く若者たちがわたしを救ってくれるだろう」と語っているが、『英雄たちと墓』でサバトは希望は絶望にまさると主張する。サバトを絶望から救ったのもその希望である。

ただ、「この本にわたしの最も残忍な真実を見いだせるとは期待しないでほしい。それはわたしのフィクションのなかに、あの邪悪な仮面舞踏会のなかにしか見いだせないだろう。仮面をかぶっているからこそ素顔では告白する気にならないような真実を語ったり明らかにしたりするのだ」と序文で断っているとおり、サバトの最も深いところを知るには『トンネル』『英雄たちと墓』『破壊者アバドン』といった小説を読まなくてはならないのかもしれない。それでもなお、サバトという人物の人生を概観し、自分の思いに誠実に生きてきた作家の人間と世界に対する考えを知るには『終わりのまえに』はまたとない本である。

（一九九九年一〇月号）

国境の上で

合衆国のヒスパニック人口は二一世紀前半に黒人の数を超えるという。そのすさまじい人口増加の影響の一端を古くは「ターミネーター2」（一九九一）に見ることもできる。シュワルツェネッガー演ずるT-800は液体金属の敵T-1000を最初に倒すとき「アスタ・ラ・ビスタ、ベイビー」と口にする。だが、なぜ「アスタ・ラ・ビスタ」（「地獄で会おうぜ」ではなく、「じゃあ、また」くらいの意味）というスペイン語と「ベイビー」という英語を合わせて使うのか。ずっと以前からカリフォルニアやフロリダなどではいくつものスペイン語放送が流れ、スペイン語新聞が発行されてもいるのだが、近年、スペイン語が聞こえてくるアメリカ映画がいっそう多くなった。人口は圧力になる。

九月初め、すでに九〇パーセントがヒスパニックといわれるエルパソを訪ねた。町にはスペイン、あるいはメキシコが支配していた時代の名残が随所に見られる。国境の南にあるメキシコのシウダー・ファアレスとはもともと一つの町だったが、一九世紀半ばの米墨戦争後二つに分離。分けているのがリオ・グランデ（メキシコ名はリオ・ブラボ）で、旅の目的はこの川に架かる橋を、つまり国境を歩いて越えることだった。一〇年ほどまえ、カルロス・フエンテスの『老いぼれグリンゴ』を訳しているとき「これは国境じゃない。傷痕だ」という一文に出くわしてからというもの、妙に気にかかったからだ。リオ・グランデはコロラド州南西部の山脈から出て南に下がり、テキサス州のエル・パソで南東にふれ、メキシコとの国境をなしながら、メキシコ湾に流れ込む三〇〇〇キロあまりの川。どんな川とも同じで、場所とともに姿を変える。

昼過ぎ、熱い太陽の光を浴びながら、橋を渡りはじめる。通行料の三ペソを払い（米墨どちらの通貨でもOK）、カーブを描いて上り坂になっている橋を進んでいくうち、両国国旗が見えはじめる。その旗の下を過ぎればメキシコ領。ふと、出国カードはどこで提出するのか不安になって引き返し、係員に訊く。すると、必要ない、どうしても返したけりゃ反対側だ、と言って建物を指さす。もう一度入国して、あちら側から出国しないといけないのか、とたずねると、この先に中央分離帯が低くなってるところがあるから、それを飛び越して行け、とあっさり言う。しかし、そこは片側四、五車線はある道路で、車が北と南から勢いよく突っ込んでくる。結局、お土産にとっとけ、という係員の言葉に従い、ふたたび橋を上りはじめる。橋にくっつくようにして高い金網のフェンスがつづき、その金網越しに下をのぞくと、水路を激流が走っている。その両側はむろん、合衆国側には幾重にもフェンスが張りめぐらされている。やがて数十センチだけ金網のフェンスがないところに着く。それが両国の境で、そこからはメキシコ側のコンクリートの護岸に大きく落書きされたチェ・ゲバラの顔がはっきり見える。だが、リオ・グランデ（大きな川）、あるいはリオ・ブラボ（荒々しい川）と称される川はあまりにも小さく、流れも優しい。水浴びする若者さえいる。立つと水は膝くらいまでしかない。合衆国側のあの狭い水路がリオ・グランデの水のほとんどを流しているのだろうか。名前から受けるイメージを壊された驚きと失望感を味わいながら、それにしてもこれが国境なのかと思う。かつての川幅や河川敷の広さはどうだったのだろう。合衆国側は整備されているため昔の姿が想像できない。リオ・ブラボに架かっている、すでに使われていない単線の鉄道橋からすれば今も昔も川幅は同じはず。そうだとすれば、見た目は確かに「傷痕」に過ぎない。ただし、いまだにその痛みがうずくような。

日本円にして三〇円あまりの通行料を払えばこの国境は簡単に越えられる。先に述べたようにパスポート・チェックすらなく、メキシコへはフリーパスに等しい。エルパソとシウダー・フアレス、二つの町の住民のなかには仕事や買い物・娯楽のために毎日、移動を繰り返す人々がいる。増大しつづける密入国者を取り締まるため合衆国側に入るときはチェックされるとしても、彼らは国境をどう捉えているのだろう。通行料をとられる橋ぐらいの意識しかないのでは。川が国境であることを強く意識する人がいるとすれば、それはパスポートを取得できない人たちだろう。夢の国はその川の北にあり、幾重にも重なるフェンスが冷たく拒んでいるのだから。

フエンテスは『老いぼれグリンゴ』（一九八五）のあと、『ガラスの国境』（九五）でふたたび、ガラスのビルの建つ豊かな合衆国を対置して、経済的に遅れたメキシコの現状とメキシコ人の合衆国に対する思いを描いた。「境」は「国境」と訳してもいいのだが、そこに収められた一つの中篇が表題作。ニューヨークの高層ビルの窓ガラス拭きという職にありついた青年が、そのビルで働くキャリア・ウーマンとガラス越しに見つめ合いキスをする、そんなシーンがクライマックス。ガラスは透明でおたがい相手は見えるのに、そのガラスのせいで抱き合うことができない二人の姿に、見通しはよくなってもいまだ真の相互理解ができずにいる両国のありさまがオーバーラップする。

リオ・グランデの橋から北を見ると高いビルが並ぶ。南を見ると、その高さにひれふしたかのような低い家並み。国境と川幅は無関係かもしれない。あのルビコン川でさえ川らしい川ではないというのだから。だが、はたしてリオ・グランデは二つの国民が武装解除して渡るための道標になっているのだろうか。

（一九九九年一二月号）

一九九九から二〇〇〇へ

除夜の鐘を聞いて初詣という、宗教的混沌の中をとおって毎年正月を迎えるたび、わたしたちの多くは、すべてが一新しうるような気分に浸ってきた。そして、さらなる大きな節目は二一世紀を迎える今年であったはず。ところが、昨年、大災害の元凶としてのY2K問題が連日のように報道され、ミレニアムという文字を使った商品が宣伝され、あげくには、まさかのときにそなえて水や乾パンを蓄えろとまで言われる、そうした騒ぎのなかで二〇〇〇年という年号を押しつけられ、全世界的なカウントダウンの儀式にまで参加することになった。いずれにせよ、確かに今年は世紀の終わり、千年期の始まりという二重に意味深い年であることに違いはない。

この区切りの年を迎えてエルネスト・サバトは一月五日のアルゼンチンの新聞「ラ・ナシオン」に「救済

の連帯」という短文を寄せ、「一九三八年、ウラン原子が分離されたという知らせをキュリー研究所で受けとったとき、わたしは人間と世界との間の協定が破棄されたことを理解し怯えたが、当時は誰もそうした警告に耳をかしてくれなかった」と記し、子どもの頃に抱いていた二〇〇〇年のイメージと現在との乖離を憂えながらも、絶望のなかに希望を見いだそうとするサバトらしく次のように締めくくっている。「こんにち、つまり、わたしの人生の最期のここ数年、わたしが遭った大きな不幸にもかかわらず、あるいは、まさしくそのおかげで、しだいにことさらしみじみ感じるようになっている。これから始まる世紀《(ママ)》が、わたしたちが人間として失くしたものすべてを取り戻し、深淵の崖っぷちで、わたしたちを救う連帯感を見いだすための願ってもない可能性となるかもしれないと」。果してこの新たなスタートは宗教・民族紛争を乗り越え人類の連帯に向けての転回点となるのだろうか。

ここで、一九九九年のラテンアメリカ文学をまとめてみよう。

まず、ボルヘスの生誕百年にあたり、スペイン語圏での盛り上がりはいうまでもなく、日本でも本誌(『ユリイカ』)をも含めいくつかの雑誌で特集が組まれた。だが、生誕百年といえば、六七年にノーベル賞を受賞したアストゥリアスもそうだったのだ。パリに眠る遺体を祖国グアテマラに移そうと画策された(ものの、故人の意思を尊ぶ遺族の反対でそのままになった)が、ボルヘスと比べると扱いに雲泥の差があったのは否めない。その差はどこにあるのか。ノーベル賞が作家の死後の名声を、というよりは、他の作家や批評家、読書人たちに与える影響の大きさを左右するものではないことはこのことからも分かる。

一方、それぞれの国を代表する作家や詩人たちが亡くなり、今後、回顧される側にまわった。まずビオイ＝カサレス(一九一四〜)が三月八日に。そしてメキシコのハイメ・サビーネス(一九二五〜)が三月一九日、九八年度のフアン・ルルフォ賞を受賞したアルゼンチンのオルガ・オロスコ(一九二〇〜)が八月一五日、スペインのラファエル・アルベルティ(一九〇二〜)が一〇月二八日に。そうした死亡記事を目にするたび、ラテンアメリカ文学界では、世代交代が加速しているという事実を突きつけられる。それは主だった文学賞からもうかがえ、作品に与えられる賞のうち、四月選考のブレベ叢書賞はホルヘ・ボルピ（メキシコ、一九六八〜）の『クリングゾールを探して』、七月のロムロ・ガジェゴス賞はロベルト・ボラーニョ（チリ、一九五三〜）の『野蛮な探偵たち』に、そして、これまでの業績に対して贈られる賞では、七月のファン・ルルフォ賞はメキシコのセルヒオ・ピトール（一九三三〜）、一二月のセルバンテス賞はチリのホルヘ・エドワーズ（一九三一〜）。

出版された作品からすれば、区切りの年だから出すというわけでもなかったのだろうが、豊穣の年だった。フエンテスが『ラウラ・ディアスとの歳月』と対談集『時の領地』、長らく演劇に専念していたビセンテ・レニェーロが久々の小説『過ぎゆく人生』、カブレラ＝インファンテは都市をテーマにしたエッセイ集『都市の本』、一二月には切手の肖像にまでなったサバトが『終わりのまえに』、そして、日本でもヒットした映画『イル・ポスティーノ』の原作者であるチリのアントニオ・スカルメタは同作以来の長篇『詩人の結婚』を発表。そのほか、メキシコではアギラル＝カミン『木の輝き』、アンヘレス・マストレッタ『どれよりも長いわたしの永遠』、カルロス・モンテマヨール『秘密の報告書』、カルメン・ボウジョーサ『三〇年』、エンリケ・セルナ『祖国の誘惑者』、ルイス・サパータ『海辺の七日』、アルゼンチンではファン・ホセ・サエール『叙述・対象』（評論）、セサル・アイラ『文学会議』、メンポ・ジャルディネッリ『奈落の底』、グアテマラではレイ＝ローサ『アフリカの岸』、プエルトリコではロサリオ・フェレ『奇矯な隣人たち』、スペイン在住のキューバのソエ・バルデスは『初恋の人』、ペルーのハイメ・バイリは『ぼくはママを愛してる』等々、挙げていくときりがない。作者名・書名を列挙するだけでは紙面がもったいないので、ひとつアイラの中篇『文学会議』の簡単な紹介を。

アイラについてはすでに昨年六月号で紹介したが、この作品もまた彼らしさがよく出ている。物語は……ベネズエラの首都カラカスの近郊、海に面したマイケティアに伝わる〈マクートの糸〉の謎を解いて、昔の海賊が海底に隠した財宝を手に入れた作家は同国の山間部の町メリダで開かれる文学会議に出席する。だが、遺伝子工学のエキスパートであり、クローンを作りだす科学者でもある彼はその技術を人間に適用しようと考える。その対象となったのが会議に出席していたカルロス・フエンテス。彼は自ら作りだした目に見えないほどのスズメバチを使ってフエンテスのDNAを採取し、それを培養に適した環境にある山頂に置いたあと、シンポジウムや講演を横目にプール・サイドでのんびりしつづける。そして文学会議という催しの目玉ともいうべき彼の戯曲の初演が大学の学生劇団員たちによって行われ、最後のパーティも無事終わるが、その翌日、山のあちこちから、長さ約三〇〇メートル、直径二〇メートルほどの芋虫が町めざして降りてくる。彼はその虫の青さを見て、フエンテスがしめていた絹のネクタイの色だと分かる。つまり、スズメバチが採取したのは蚕のDNA。作家は「自分が始めたものなら、自分で終わらせられる」と考えてパニックを解決しようとするのだが……。この縦糸にクローンや作中劇『アダムとイブの王宮で』をめぐる考察、セサルという名の作家の半生や恋愛観といったものが交差する。さらに、「アダムからイブへ一枚の切符が与えられたのだが、それは、肋骨の寓話の観点に立てば、クローン技術に他ならない」という読み替えが、SFの要素をうまく作品に結合させ、『夢』（一九九八）もそうだったのだが、読者の、ストーリー展開への安易な予測を裏切りつづける。むろん、これこそアイラを読む楽しみと言えるのだが。

（二〇〇〇年二月号）

スペイン語で書かれたドイツ小説
――ホルヘ・ボルピ『クリングゾールを探して』

　かつてスペインにブレベ叢書賞という文学賞があった。一九五八年に創設され、ラテンアメリカ作家の作品に限ればバルガス＝リョサ『都会と犬ども』（六二年度）、カブレラ＝インファンテ『三頭の淋しい虎』（六四）、フエンテス『脱皮』（六七）等が受賞したが、七二年に中断。その後の受賞者たちの活躍とラテンアメリカ文学の展開を考えれば、いかに先見の明のある審査員を擁し、いい意味での先物買い的な賞であったかが分かる。ところが、昨年同賞が復活し、先に述べたような伝統にのっとって、再開第一回目は三八六の応募作品の中からホルヘ・ボルピ『クリングゾールを探して』が選ばれた。

　ホフスタッターの『ゲーデル、エッシャー、バッハ』に刺激されて生まれたという本書は一九八九年一一月一〇日、つまり、ベルリンの壁が崩壊した翌日に、ライプチッヒ大学の数学教授リンクスがヒトラー暗殺未遂事件とその後自らが置かれた状況を綴った序文で始まり、第一部ではアメリカ人フランシス・P・ベーコンとリンクスの出会いとそれぞれの過去、第二部では四六年から四七年にかけて二人が取り組んだクリングゾール探しと三七年から四五年にかけてのリンクスの生活とドイツの状況、そして、第三部では八九年一一月にもどって、ヒトラー暗殺未遂事件とナチスの核開発の全容の回顧と精神病院でのリンクスの現状を、リンクスを語り手として描く三部仕立てとなっている。

　幼少年期から数字やチェスに関心を持っていたベーコンは物理学を志してプリンストン大学を首席で卒業、アインシュタインのいるプリンストン高等研究所の助手となりフォン・ノイマンのもとで研究を続ける。一方、キオスクで働いていた黒人娘と関係を続けながら、母に紹介された銀行家の娘とも付き合って婚約せざるを得なくなるが、ある朝、ベーコンの家で黒人娘に遭遇したその婚約者はゲーデルが講演している教室に乗り込んで、ベーコン相手に修羅場を演じる。

この一件がもとで研究所にいられなくなったベーコンはフォン・ノイマンの勧めに従ってロンドンでアメリカ海軍の科学担当の諜報員となり、やがて大戦が終わったとき、ヒトラーの信任あつく科学政策面での全権を握っていたクリングゾールというナチスの科学顧問の正体を探ることを命じられる。

リンクスは幼いころからの親友ハインリヒが親しくなった女性ナタリアの友人マリアンヌと結婚し家族付き合いを続けるが、ワイマール時代に哲学を志していたハインリヒがナチス政権になって軍に入ったことから、絶交。ハインリヒは軍務で長期不在となり、マリアンヌがナタリアを自宅に呼んで彼女の寂しさを慰めたのがきっかけで、リンクスを中心とした三角関係になる。四〇年から四四年のあいだリンクスはハイゼンベルクの核開発計画に関わるが、このころ、ナチス体制に疑問を抱いたハインリヒはヒトラー暗殺をたくらむグループに加わり、リンクスにも参加を呼びかける。一九四四年七月二〇日、ヒトラー暗殺未遂事件が起きて首謀の将校はその日のうちに射殺され、以後、大掛かりな徹底した共謀者捜しが行われ、リンクスも逮捕される。だが、裁判当日となった四五年二月三日に連合国側の空爆で裁判官が死亡、その偶然のおかげでリンクスは処刑を免れる。

二年後、妻を亡くし生きる目的を失いかけたリンクスのもとにベーコンが現れる。カントールに心酔し多くの著名な科学者と知り合いであるリンクスはベーコンの話を聞き、クリングゾール探しの手助けをすることになる。クリングゾールとはそもそもナチスが政策上でっちあげた呼び名かもしれないのだが、二人は実在の人物がいると確信。ここ二〇年のドイツ科学のモノグラフを作る準備のためという名目で、プランク(一九一八年ノーベル物理学賞受賞)、ラウエ(一四年同)、ハイゼンベルク(三二年同)、シュレーディンガー(三三年同)、ボア(二二年同)といった錚々たる人物に直接会って話を聞き、クリングゾールをあぶりだそうとする。そうした調査・探索の間に、ベーコンは一人の乳飲み子を抱えた女性と出会い、任務の内容まで洩らすほどに親しくなるのだが、その女性が、自分同様クリングゾールの正体を探るソ連側の諜報員であることを知る……。

『クリングゾールを探して』の主な舞台となるのはワイマール共和国時代からナチスの台頭、ヒトラー暗殺未遂事件をへて連合国側に占領されるまでのドイツ。そうした歴史を背景にして、ナチスとアメリカの核開発をめぐる科学者たちのせめぎあい、霞を食って生きているように思われがちな物理学者や数学者たちの功名心や俗物性をあらわにするエピソードに、リンクスとベーコンの欲望と恋愛をおりまぜ、さらにはナチスといえば当然かもしれないが、ワグナーの「パルジファル」をも取り込んで、二〇世紀をリードした物理学の影の部分を、そしてまた、社会現象の、あるいは人間のとる行動の不確実性を描き、真実とは、悪とは何かを説き明かそうとする。「科学と犯罪の共同は自然なことに思える。つまり、結局は、科学には倫理的、あるいは道徳的な限界が分かっていないのだ。科学とは世界を知り、そこで行動させてくれる記号の体系にほかならない。物理学者にとって、あらゆる物理学者にとって――そして数学者、生物学者、経済学者にとって――人の死は宇宙で起きる無数の現象のうちのひとつにすぎない」とリンクスは冷やかに語るが、欲望に溺れて友と妻を裏切るという行動をとりもする。それでは「パルジファル」に登場する魔法使い、悪の権化であるクリングゾールとはいったい何者なのか。

審査にあたったカブレラ＝インファンテは「『クリングゾールを探して』はサイエンス・フュージョンと呼びたい芸術の一つの好例である。わたしたちが文化と呼んでいるものを形づくるための、歴史、政治、文学と科学とのフュージョン。これはスペイン語で書かれたドイツの小説である。ホルヘ・ボルピは登場人物の――歴史上の人物、そしてフィクションの人物――の創造でまったく失敗していないし、すべてが映画や多くの小説・戯曲に不可欠な要素、すなわちサスペンスの凝縮力によって結びついている。この先起きることと、それを知ることがわたしたちの好奇心をそそり、気をもませる。その意味でこの小説は傑作である」と、四四〇ページにおよぶ本書を的確に評したが、確かに、ここ数年では、もっともスリリング、また知的好奇心をも満たしてくれる作品と言える。

作者ホルヘ・ボルピは一九六八年、メキシコ生まれ。メキシコ国立自治大学で法律と文学を学び、スペインのサラマンカ大学で哲学の博士号を取得。化学を専攻して仕事にしたメキシコの詩人を扱った『ホルヘ・クエスタの教職』（一九九〇）で「プルラル」誌の評論賞を受賞したあと、処女小説『暗い沈黙にもかかわらず』（九二）では、そのクエスタの詩や手紙、そして受賞評論をも取り込んで、クエスタと同じホルヘという名であることが一種の強迫観念となった若い作家（むろん同名のボルピを想起させる）が化学という錬金術と詩の世界で永遠を探しつづけたクエスタの苦悩を追体験しようとする様を綴る。以後も長篇『怒りの日』（九四）、『憂鬱な気性』（九六）、大部な評論『想像力と権力』（九八）等を発表して、来るべき時代をリードする作家の一人として注目されていたが、この『クリングゾールを探して』で期待にそぐわぬ底力を知らしめることになった。

（二〇〇〇年四月号）

超短篇とエドムンド・パス＝ソルダン

エドムンド・バラデスという作家がいた。メキシコの短篇作家たちの師とも言われる。最大の功績は、彼が残した短篇を別にすれば、一九三九年に「短篇」誌を創刊し編集を続けたことにある。同誌はラテンアメリカばかりか欧米の作家の短篇をも掲載し、メキシコの読書人だけでなく作家にも大きな影響を与えた。アルゼンチンのメンポ・ジャルディネッリは軍事政権のときメキシコに亡命するが、バラデスの薫陶をうけ、帰国後「みんな短篇」誌を創刊。バラデス同様、短篇というジャンルを深化させつつ、新たな読者、創造者の発掘に力をそそいでいる。

だが、一口に短篇と言っても、何を基準にしているのだろう。日本では短篇、中篇、長篇と区分され、短篇に対してはさらに掌篇、ショート・ショートがあり、最近では超短篇という言い方も出てきた。いずれにしても物語の構造・主題とは無関係で、原稿用紙何枚かといった数的なものでしかないのだが、それぞれの境目は不明瞭。スペイン語では小説と短篇という区分が普通で、中篇は「短い小説」という。一方、短篇は語数によって区分されつつあり、なんでも整理しないと気のおさまらない人は一〇〇〇〜二〇〇〇語を「短い短篇」（英語のサドン・フィクション、あるいはショート・ショートはこれくらいか）、二〇〇〜一〇〇〇語を「とても短い短篇」、そして一〜二〇〇語を「超短い短篇」と呼ぶ。この「超短い短篇」あるいは「微小の短篇（ミクロ・クエント）」の孤高の華がアウグスト・モンテローソの「ディノザウルス」で「目覚めると、ディノザウルスはまだそこにいた」という一文（七語）の作品。それではラテンアメリカにおける最初のミクロ・クエントは何か。バラデスはボルヘスやアレオラの先駆的存在ともいえるフリオ・トッリの「キルケーに」を挙げる。

キルケー、尊い女神よ！　わたしはおまえの言いつけをきちんと守ってきた。だがセイレンたちの島を遠く目にしたとき、マストに体を縛りつけはしなかった。破滅する気だったからだ。静かな海のただなかに宿命の牧場はあった。水に漂う、菫の船荷のようだった。

キルケー、美しい髪の気高き女神よ！　わたしの運命は残酷だ。破滅したかったのに、セイレンたちは歌いかけてこなかった。

面白いことに、六七語のこの作品は『エッセイと詩』（一九一七）の巻頭を飾っている。ジャンルは違うのだが、バラデスは内容から判断してこれをミクロ・クエントと見なしたのかもしれない。ミクロ・クエントであれ超短篇であれ、短篇というジャンルに早くから理解を示してきたラテンアメリカではまさしく百花繚乱、楽しい作品が多い。

たとえば、ボリビアのエドムンド・パス＝ソルダン（一九六七〜）。処女作『無の仮面』（九〇）と『失踪』（九四）の二つの短篇集はいずれも合衆国でのスペイン語文学に与えられる〈黄金〉賞の最終候補となったが、その中からいくつか挙げてみよう。

「最後の望み」（一八語）

「最後の望みはなんだ？」と役人は訊いた。

「死にたくない」

「わかった」と役人は言った。「囚人を放してやれ」

「カップル」（三八語）

結婚して三二年になった日、彼は言った。

「テレビを買いにいくよ」

「どうして？」と彼女は言った。

「沈黙があんまり目立たんようにするためだ」

彼女にはすばらしい理由に思えた。

「論理」（五〇語）

誰かが発砲した。その音がぼくの耳でまだ反響している。誰かが銃弾を受けた。驚きと痛みの叫び声がまだ頭の中から消えない。

ぼくは発砲した人間ではない。ぼくは銃弾を受けた人間ではない。

よって、なにも起きてはいない。


超短篇は花火と同じ。花が開き、闇にその残像が残る。まさしく瞬間芸を見たときに抱く思いを与えてくれる。ただパス＝ソルダンの場合、いわゆる短篇の長さの作品も多く、その一篇「ドチェーラ」が九七年にファン・ルルフォ短篇賞を受賞した。

地方都市で新聞のクロスワード・パズルを作るラレードは、ある日、自宅近くで白い前髪の女性を見かけ、名前を訊く。彼女は「ドチェーラ（アルファベットで7文字）」と答えるとタクシーに乗り、あっというまに姿を消す。見覚えのあるその女性が誰だったのかを思い出そうとして寝つけない夜を過ごすうち、やがて、若いころ雑誌を万引きしようとした彼を許してくれた雑誌屋の女主人が夢に現れる。ラレードの思いはつのり、ついに「ドチェーラ」が正解になるような、「夜、タクシーを待ち、慰められることのない孤独な男たちの気をおかしくさせる女性。7文字。横2」という項目をパズルに入れる。読者は正解が分からないが、ラレードがそうだというなら、そうなんだと納得してしまう。そうしてラレードは毎日、自分の気持ちが伝わるはずの文句を考えてはパズルに仕組むが、五七のパズルが成果のないままになったとき、ふと、若いころ過ごした地区に出かけてみようという気になる。雑誌屋はレストランに変わり、あの女主人も亡くなっている。その日、ラレードはいままでのやり方ではだめだと気づき、〈ドチェーラ〉という言葉を礎石にした、まったく新しいパズルを創る。「ガンジス川の支流、4文字」正解はマルス、「合衆国の首都、5文字」正解はデレウ、というように。そうして彼女の名をもとに世界を再創造していく作業をつづけて二〇三日……。

着想と構成が素晴らしいが、この作品を収めた短篇集『不完全な愛』（九八）の他の作品も出来がいい。たとえば「あなたがいない苦しさ」。週末になるといつものモーテルのいつもの部屋に入り、ひとりベッドに横たわって、かつて激しく愛し合った人妻との情事の思い出にふけっては帰る男の姿を描いたものだが、その人妻との結婚に踏み切れなかったばかりに、結局は愛する対象を失くしてしまった男の虚しさが実にうまく現れている。ではパス＝ソルダンは短篇作家かといえば、その範疇を超えてしまう。短篇作家の書く長篇は往々にして、短篇を引き延ばしただけのものという批判を受けることが多いが、前述の二つの短篇集のあいだに書いた長篇『紙の日々』（九二）は母国のエリヒ・グッテンターク文学賞を受賞しているし、四五〇ページあまりの長篇『束の間の川』は昨年のロムロ・ガジェゴス賞の最終候補に残ってもいるからだ。超短篇から長篇まで書き分けることのできる才能には脱帽するしかない。

（二〇〇〇年五月号）

定型への挑戦

——ベネデッティ『俳句の片隅』

帰宅すると、まず郵便受けを見る。たぶん誰もがそうするのだろう。だが、ダイレクト・メールすら入ってないような日がある。すると、なぜかガッカリする。孤立した気分にさえなることもある、というのは大袈裟か。逆に、外国からの絵葉書でも入っていると、絆をとりもどしたような気分に。文面には旅をしている差出人の心の高揚が表れ、写真の風景が旅への衝動を駆りたてる。その絵葉書が旅をしてきた日数を思い、差出人のいまを思う。そうして、ポストから郵便受けへと、時を経て空間が結ばれる。

マリオ・ベネデッティ（一九二〇〜、ウルグアイ）といえば『モンテビデオの人々』（一九五九）、『火をありがとう』（六五）でラテンアメリカを代表する作家の一人となったが、なぜか日本では無名に等しい。これまで小説・評論・詩等、多分野で精力的に活躍してきているが、去年も二作を発表。まず、九月に四篇の詩と二五篇の掌・短篇を収録した『時のポスト』を。

両親は離婚。週末ごとに少年は父親の家に行くが、あるとき、見知らぬ女性が泊まる。夜半、物音で目を覚ました少年はその女性が父の部屋に入っていくのを目撃。母親のもとにもどってもそのことを口にしない。大人の世界を知った少年が一夜にして激変する「週末」。遭難した二人の男性と三人の女性が裸で小島に漂着する。当初は食べるために協力しあうが、飢えに対する怯えがなくなったとき、欲望が目覚め、五人の関係のバランスが崩れる「ロビンソンたち」。こうした掌編に独裁時代後のウルグアイを舞台にした「不在」という短篇が混じる。五年前に恋人フリアーナが突然失踪する。その面影を払拭できない作家ファビアンは彼女の実家のある田舎町に行き、妹のカルメーラにあう。二人はフリアーナの話をすることでそれぞれがフリアーナの未知の部分を埋めていくが、惹かれあうようにもなる。だがベッドではファビアンには姉と妹の肉体が重なり合う。やがて、ファビアンは仕事の都合でいったん首都に帰るが、数週間後にもどってみると、待っていたのはフリアーナで今度はカルメーラがいない。ベッドで、過去は聞かないでと懇願する彼女の体には傷口が残っている。ファビアンは不在になった妹の体を懐かしく思う……。

ベネデッティはいつもモンテビデオの人々を主人公にして、ユーモアに満ちた、あるいはアイロニカルないい短篇を書く。恋する男女の心の機微を描かせるとこれほどうまい人はいないのではないか、そんな気にさせられる。やはり、詩人なのだ。それは一九九九年度のスペインのソフィア王妃詩賞を受賞したから、というわけではない。『時のポスト』を形作っている作品群からも分かるが、掌・短篇を綴るのに言葉に過不足がなく、物語にうまく幕を降ろすつぼを心得ているからだ。

この『時のポスト』の二ヵ月後の一一月、「小説を詩として書くようになった」というベネデッティが長年あたためていた『俳句の片隅で』という句集が出た。「あらかじめ決められた分け方のある一七音節の中に愛情やユーモア、風景や一つのエピソードを凝縮することは遊びとして始まったんですが、ひどく難しいことでした」と語るが、そもそも彼の俳句との出会いはコルタサルの遺作『黄昏のほかは』（八四）のタイトルとなった詩「この道を／もう誰も行かない／黄昏のほかは este camino / ya nadie lo recorre / salvo el crepúsculo」。これを読み、詩形としての俳句に興味を覚え、やがてこの詩を訳したのがオクタビオ・パスであることを知る。

『俳句の片隅』には二二四の句が収められている。「古人の足跡をたどるな。彼らが求めたものを求めよ」という芭蕉の言葉をエピグラフとし、「黄昏に／陽が記憶なら／もう覚えていない si en el crepúsculo / el sol era memoria / ya no me acuerdo」で始まる同書から、いくつか紹介してみよう。

この橋を／越えていく、夢が／密輸品が
por este puente / transcurren ilusiones / y contrabandos
旅すれば／宇宙も人と／旅をする
cuando uno viaja / también viaja con uno / el universo
心が／愛に飽いたなら／役立たず
si el corazón / se aburre de querer / para qué sirve

日本の俳句に慣れていると、ここに挙げたものはいったい俳句と言えるのだろうか、むしろ警句・箴言の類ではないのかと思われるかもしれない。ベネデッティもたぶんそれは承知で、「もちろんわたしは日本の詩人たちを模倣したり、ましてや、彼らが好むイメージやテーマを取り込んだりはしてこなかった。せいぜい、大胆にもその叙情詩の規準に入れてもらったにすぎないのだが、それも日本的な主題ではなく、私自身の浮き沈みや不安、風景、感情に訴えかけてのことだ」と序文で述べている。エピグラフを思い返そう。古い殻をどうやって新しくするのか。殻を破らないかぎり、古人への追従でしかない。「古典俳句は、叙情詩の形として、わたしには常に挑戦と思われた。強いられた短さ同様固定した構造に対する挑戦と。たとえば、ソネットはスペイン詩の中ではおそらくもっとも堅固な古典的構造だが、それよりもさらにきつい。一七音節と不変の配分（五・七・五）をもつことで、俳句はそれじしん一つのまとまりであり、最小の、とはいえ完全な一篇の詩である。そこから、瞬間的なヴィジョンが、火花の状態が、ときにはユーモアやアイロニーの趣が生まれる」。スペイン語詩も定型から離れてひさしい。その一方で、パスが『奥の細道』を訳し連歌を巻き、あるいはボルヘスが一七の句を詠み、メキシコのホセ・エミリオ・パチェーコが今なお日本の俳句を訳すことで、自らの詩の新たな展開に向けての一つの試みとしている。ベネデッティにしても同じことがいえよう。

先に記したパスの訳詩は『奥の細道』の全訳の前に置かれた「松尾芭蕉の詩」という彼自身のエッセイにあるもので、元の句は「この道や行く人なしに秋の暮」。この句もそうだが、パスは必ずしも俳句の約束ごとの一つ、季語を入れて訳しているわけではない。それはベネデッティも同様で、季語や用語の制約のない……むろん日本のように四季がはっきりした国ばかりではないのだから当然かもしれないが……一七音節からなる三行詩、それを俳句としているようだ。

（二〇〇〇年七月号）

ポニアトウスカとの一日

ビルにはさまれた狭い空間をゆっくり上がるにつれ、視界が広がる。すると、大阪の町は広いわね、とつぶやく。揺れもなく地上一〇六メートルの頂点にいたるまで、大きな黒いサングラスがたびたびうつむく。隠れた目が追っているものに視線を向けると、眼下には貯水タンクやヘリポートのあるビルの屋上、紐のように細くなった街路、米粒みたいな車。そして、点と化した人間……。乗ろうと誘ったとき、ポニアトウスカは、怖いから、あなたがただけで乗りなさい、と言った。だが、足はどんどん前に進む。エレベーターで七階に上がり、大阪駅近くのビルの上にそびえる観覧車に乗り込んだ。未知なるものに積極的にアプローチし、理解し、自らの好奇心を満足させること、それが、彼女の小柄なからだからあふれんばかりのバイタリティーを生んでいるのかもしれない。

エレナ・ポニアトウスカ（一九三二〜）はいまもジャーナリストを自認する。その活躍は今年で四七年におよぶが、スタートしたころ女性としてはすでにロサリオ・サンソレスやロサ・カストロたちがこの分野で活躍していた。それでも「〔当時は働く女性に対する偏見が〕わたしの場合はあった。悪く見られてました。というのも、いい教育を受けた若い女性は働くべきじゃないし新聞に記事を書いて政治に関わったりしてはいけなかったから。その後、新聞でロシアのスパイと言われたこともあった。名前のせいでね。そう、でも当時はじつのところ反女性的な雰囲気だったし、いまもまだそんなところはあります。そして、そう、女性たちはとっても上品ぶった社交欄を担当していた。当時は女性はたいてい書かなかったし、家にいて結婚しなくちゃいけないとしか考えていなかった。新聞はなんにもしなかった。女性たちがここにいるか、それとも結婚するかを見きわめようとしてたの。そのため、ひどく扱われた。絶対プロになる気はない、ちょっとの間するだけと言われてた。だから社交欄から政治面に進出するのはとっても難しいことでした」

やがて彼女の名を欧米へも浸透させるような事件が起きる。たぶん誰もが、人生の転換点となるようなできごとをいくつか体験するものだが、ポニアトウスカとメキシコそしてメキシコ文学という面からすれば、最大のそれはトラテロルコ事件にほかならない。一九六八年に世界中に広がった激しい学生運動の波は、メキシコではオリンピックを梃子にして先進国の仲間入りをねらうＰＲＩ（制度的革命党）政府に揺さぶりをかけるが、一〇月二日水曜日、アステカ時代の遺跡、教会、そして近代的な外務省の建物というメキシコの歴史の歩みを象徴する建築物に囲まれた三文化広場に、政府との対話を求めて学生や民衆が集まる。ところが、突然の無差別銃撃。古代・植民地時代・現代と三つの文化が融合する地は血塗られる。それから三年後、いまだ事件が尾を引く中で、ポニアトウスカは五〇枚の記録写真を載せた『トラテロルコの夜』を出す。その冒頭は、

大勢いる。歩いてやって来る、笑いながらやって来る。メルチョール・オカンポ、レフォルマ、フアレス、五月五日通りを通って。ほんの数日前に縁日に出かけたときと同じように楽しげに腕を組んでデモをしている男女の学生たち。明日には、二日後には、四日後には自分たちが射的の的となる縁日のあと、そこ、雨の下で体を腫れあがらせることを知らない無頓着な若者たち。的になる子どもたち、なんにでも驚愕する子どもたち、毎日が祭りの日であるような子どもたち。やがて射的小屋の主人が、ゲームの鶏たちみたいにくっついて並んで、と命じる。たくさんの銀色の小さな鶏たちは前進する、カチ、カチ、カチ、カチ、目の位置にさしかかると、狙え、撃て！　そして赤いサテンの幕をかすめながら後ろに倒れる。

小屋の主人は巡査たちに、兵隊たちに小銃を与え、撃て、と、的に当てろ、と命じた。そこには銃身を前にして目に困惑の色を浮かべ唖然としている銀色の小さな猿たちがいた。撃て！　照明弾の緑の稲妻。撃て！　彼らは倒れるが、もう、バネに押されてぱっと立ち上がり、次の番にまた撃たれるようなことはしない。その縁日の仕掛けは違っていた。

バネは針金ではなく血でできていた。ゆっくり海をつくっていく濃い血で。三文化広場でのこの虐殺で踏みにじられた若い血で[1]」

二〇世紀メキシコの最大の汚点ともいうべきこの大量虐殺事件を扱った「『トラテロルコの夜』の出版がもとで、どのホールにも、講演を聴くためではなく、リーダーを、自分たちの考え方の違いを表現してくれるリーダーを探しにやってくる学生たちが集まりました」[2]。『トラテロルコの夜』は様々な階層の人々の証言をもとに当時の揺れるメキシコを活写し、権力とは何かを問いただすが、その中に、同年自動車事故死したポニアトウスカの弟ジャンの的確な言葉がある。「PRIは対話をせず、独白をする」。また、出版されるまでの三年という歳月が冷却期間にはならず、むしろ怒りをいっそう熱くする、そんな雰囲気に満ちており、ポニアトウスカが創りだした証言文学の一つのモデルともいうべき作品になっている。そのスタイルは、九五〇〇名の死者を出した八五年九月一九日のM8の地震のときにも活かされ、同じように三年後、『だれも、なにも』として出版される。地震のときの生々しい証言、被災地でのできごと、政府の対応、そして、何十万ものボランティアの出現。地震は天災だが、その後の対応の悪さは人災。一〇年後の九五年一月一七日の神戸と政府や市の対応を被災地から見ていると、『だれも、なにも』と似たシーンが繰り返されているのが分かる。

むろん虐殺と大地震だけが、ポニアトウスカの対象ではない。彼女はいつもはメモ帳を、ときには小さな、古いSONYのテープレコーダを使って取材する。「カルロス・モンシバイスもそうだけど、ジャーナリストであればインタヴューをもとにいろんなことをする。一つのインタヴューで一つの出来事のクロニカ（記録）を作るのはやさしいわ。一つの特定の事件について語ってくれるあらゆる人々のいろんな声を基にするの。そんなことがトラテロルコでも地震でも起きた。その声を聞きながら編集しクロニカを作る」。だが彼女の書くルポルタージュには、さまざまな形での政府批判が含まれている。そのうえ長年、野党PRD（民主革命党）を支持していることもあってか文学賞から縁遠く、与えられたのはシナロア州政府が授与するマサトラン賞で七二年の『生き抜いて』(一九六九)と九二年の『ティニッシマ』(九二)での二回。七八年には女性で初めてジャーナリズム賞を受賞するが、これは文学賞ではなく、メキシコ政府が出す賞とはいえ、その審査団の人選は優秀なベテラン記者たち。「たいていの場合、賞は政府よりの作家がもらう。地震やトラテロルコなんか書いてちゃだめ。でもルポルタージュはいまはもうそれほど関心がなく、小説や短篇に専念したい。だけど絶えず、したくない仕事が入ってくる。パウリーナ事件とか」。このパウリーナ事件とは、メヒカリに住む一三歳の少女が自宅で強盗に強姦されて妊娠し中絶を望むが、バハ・カリフォルニア州の超保守的な州政府・病院・教会等が生命の尊重を楯に介入、今年四月に出産を余儀なくされたというもの。こうした社会的・政治的事件が起きるたびにポニアトウスカは駆りだされ、ルポルタージュを書くことになる。まるで他に人材がいないみたいだが、たぶん、彼女のようには書けないと誰もが思っているのだろう。やはりインタヴューの仕方とルポルタージュのまとめ方、そして対象との距離のとり方がものを言うのだ。

初めてディエゴ・リベーラに会ったとき、最初にした質問は、どうしてそんなに太ってるんですか、だったという。この問いに、その後の彼女のインタヴュアーとしての特質が現れているのかもしれない。メキシコに赴任したアメリカ大使、つづくアマリア・ロドリゲスへのインタヴューでその経歴はスタートする。ものおじすることなく、対象を正確に見つめ、本質に迫る、さらには、相手に対する豊富な知識だけでなく、ときには友人となってインタヴューする。そのため数多い彼女のインタヴューからは、インタヴュー相手の世界をうまくまとめて読者に伝えようとする面と、ときには友人として相手を挑発して本音を聞きだすという面が重なり合う。おそらくこの点で他の追随を許さない。この一〇年間に『みんなメキシコ』というインタヴュー集が六巻出ているが、その相手は、ブニュエル映画の撮影をしたフィゲロア、ディートリッヒ、ドローレス・デル・リオ、ボルヘス、ガルシア=マルケス、マルロー、モーリヤック、タマーヨ、ジャン・ルイ・バロー等々の錚々たる人物。いずれも形式ばったインタヴューとは違う、新たな視線にさらされた生身の姿が浮かんでくる。たとえば一九七七年一二月のブニュエルへのインタヴュー。

「……わたしにとってポルノグラフィーとは生理的な行為を見ることなんだ」

「やっぱり、ずるいわね。それで、あなたのいう、そんな生理的な行為を一度も撮ったことないの?」

「一度も!」

「ほんと、ルイス?」

彼は首を横に振る。

「一度も! エロティックな映画を撮ったことなんかない。わたしの映画にはとってもきわどい瞬間があるが、八歳の子どもだって見ることができる」

「剃刀の刃で目を切り裂くところを八歳の子が見られる? びっこのトリスターナが、庭に面したバルコニーで、一本しかない脚を使ってガウンを開くところを八歳の子が見られる? 『欲望の曖昧な対象』を八歳の子が見られる?」

「ああ、見られるさ」(3)

交遊の広さはジャーナリストであるがゆえかもしれない。それが、たとえば、刑務所から彼女に宛てた手紙を中心にすえて詩人ムーティスの世界を露にした『アルバロ・ムーティスからエレナ・ポニアトウスカに宛てた手紙』(九八)やパスの内面を描いてこれ以上のものはないと言えるような評伝『オクタビオ・パス、樹の言葉』(九八)を書かせたのだとも言える。とにかく著名人のエピソードにはことかかず、聞いてるだけで時が過ぎる。「ホセ・エミリオ・パチェーコはいつも神父に間違えられてた。タクシーに乗るとき、運転手が言うの、神父さま、お金はけっこうです、ただ、祝福を与えてくださいって。でもそれも昔のこと。いまはもう太ってるからだめだけど。昔はとっても痩せてて内気だったから」。ラテンアメリカを代表する詩人であるパチェーコの若いころの写真を見ると確かにありそうな話。そのパチェーコと、批評家のカルロス・モンシバイスはポニアトウスカのことを「慎み深い、隠れたプリンセス」と言う。むろんポーランド貴族の血が彼女に流れているからということでもあるのだろうが、それでも、立ち居振る舞いや受け答え、そして魅力的な頬笑みからはそれらしい品のよさがにじむ。

＊

観覧車を降りたあと、地下鉄で天王寺に向かう。階段では手すりを使わず、しっかりとした足どりで昇り降りする。五月一九日生まれだから六八歳。その年齢の人の歩き方ではない。天王寺公園内にある大阪市立美術館で開かれているフェルメール展に向かうが、陽射がきつい。足どりがいっそう速くなり、置いてきぼりにされる。あわてて追いつき急ぎ足のわけを訊くと、陽射から逃げたいだけ、と言う。中に入り、デルフトの町のパネル写真を見つめたあと、一枚一枚、一七世紀オランダの画家たちの絵を眺め、フェルメールの前では、キャンバスに描かれた光の流れを食い入るように見つめる。だが、この日は平日だというのに人が多く、その圧力で出口へと移動を余儀なくされる。

大阪駅でコインロッカーを探しているとき、日本に来て初めてホームレスを見たわ、と彼女はつぶやいたが、かつてはこの天王寺公園あたりにも集まっていた。ポニアトウスカは出自とは逆に振り子が動いたかのように、底辺にいる人々を暖かく見つめる。『生き抜いて』の主人公ヘスーサ・パランカレスは「あたしの父さんはあたしを貧しい中で育て、あたしはいまも貧しいままだし、きっと死ぬまでこのまま、貧しいまんま。どうしてあたしに遺産なんかいる？　残してあげる人もいないのに」[4]と言う。写真家ティナ・モドッティの伝記小説『ティニッシマ』とともに作家としての彼女の代表作といえるこの作品はメキシコ南部オアハカ州のテワンテペックで成長し、革命時には夫に連れ立って戦い、やがて首都に来て職を転々としながら生きてきた実在の人物にインタヴューし、それをフィクションとして再構築したもの。革命の戦いも、男たちにつきそって戦場を移動した〈従軍婦人たち〉の側から描いていき、日の当たらない、言葉を発することのできない人々や女性たちの声を代弁するだけでなく、生に対する鋭い洞察が熱っぽい語りに支えられて、まさしく傑作と呼ぶにふさわしい。「証言文学は一つの必要性に答えていると結論づけなくてはならないのかもしれません。つまり、それは隠れていることを明らかにし、不正と貧困を記録すること、自分の声を聞かせる機会をほとんどもたず、社会問題に関心のある作家たちに助けを求める人たちの物語を書くこと」(5)

『レフォルマ通り』(九六)をのぞけばポニアトウスカの作品の主人公は女性。「一般的に、少数派に結びついてきたのは女性の作家たちです。事実、女性たちは政治・文化権力に関わることの中では少数派です。女性たちは歴史から大きく忘れられた存在なんです」(6)と言うかぎりそれも当然かもしれない。それではメキシコの女性作家はいまどんな状況に置かれているのだろう。昔のような女性に対する偏見は、「いいえ、それはないわ。逆に妬みがある。ラウラ・エスキベルのような作家がいるから。商業的に大成功をおさめたでしょ。〔『赤い薔薇ソースの伝説』は〕ニューヨーク・ブック・レヴューで一六〇週だったか、ベストセラーに入っていたし、これまで、そんなに売れた女性作家は一人もいないもの。イサベル・アジェンデだって。カルロス・フエンテスは彼女に祝福の手紙を書いた。でも二番目の作品(『愛の掟』)はよくない。処女作で全部出しきっちゃったのね」と言い、高く評価しているのは「ロサリオ・カステジャノス。ソル・フアナ以降、メキシコの女性作家の中ではいちばん完璧。ロサリオは生前は認められず、いい作家じゃない、インディヘニスタ(先住民問題を扱う作家)だと言われてた。かわいそうに。彼女はそう呼ばれるのを嫌がり、怒っていました。二冊のインディヘニスモ小説があると言われて。ちょうどアストゥリアスみたいに。それに『未来の記憶』という素晴らしい作品や短篇を書いたエレナ・ガーロ。いまではアンヘレス・マストレッタやサラ・セフチョビッチのように、とってもいい女性作家がいますし、サビーナ・ベルマンも大好き。彼女は戯曲と小説を書いてますが、「ビージャと裸の女のあいだ」という映画を監督してもいます。それにマリア・ルイサ・プーガも。『憎悪の可能性』が彼女のいちばんの作品。それと、わたしが英語版の序文を書いたイネス・アレドンド。彼女はとても孤立していた。ノイローゼで。体調が悪くなると部屋に閉じこもって天井を見てた……」

＊

六歳の真莉紗がクレパスで彼女の絵を描く。女の子らしい絵で、確かにプリンセス。「うまいわね」と褒める。九歳のミレナと真莉紗が我先にと習い覚えた曲を弾く。ときどきつかえたり、音をはずしたりしながら。弾きおわるたびに、「ブラーボ、とってもじょうず」と励ます。人懐っこい二歳のルシオが部屋を走り回り、彼女の膝に乗ったり、隣に坐ったりする。父親にはスペイン語で、母親には日本語で話しかける子どもたちの動きを、終始、にこやかに見つめる……。ポニアトウスカは九歳のときにパリからメキシコに移住。母親がメキシコ人であることも知らなかったくらいで、むろんスペイン語は話せない。英国系の学校に入れられ、家ではフランス語か英語を話し、スペイン語は家のメイドや街中、同世代の友だちたちから習い、結局、三つの言葉を習得したという。一方、当時は、ろくでなしの移民ども、国に帰れ、と野次られるようなメキシコの状況。いったいどんな女の子だったのだろう。そのころの彼女の一面が『リルス・キクス』に現れる。たとえば、その中の一篇「なにもすることがない……」

リルスは太陽とともに目をさます。四メートル四方の部屋にはカーテンがないので、太陽がだしぬけに入ってきて、枕をピシパシ鞭うつ。リルスはその光線を一筋手に入れ、それを曲げて指のあいだですべらせてみたい。お日さまの爪をしてたら、ほんとおもしろいだろうな！　夜、爪の光で、指が放つ火花の光で、本が読める。手を洗うときには（しょっちゅうすることではないが）、指先をあまり濡らさないよう気をつけなくては。ピアノを弾くときには、音符ごとにランタンをかざしてるようなもの。髪をとくときには、太陽の光が散らばって髪のあいだで輝く。たぶんリルスは見せ物としてサーカスに連れていかれ、ひげもじゃ女とぶくぶく女のあいだに並べられることになる。

きょうはなにもすることがない。いいわあ！　なにもすることがないと、リルスはなにもしない。階段のいちばん下の段に腰をおろし、アウレリアが掃除をしてるあいだ、ずっとそこにいる。窓がめいっぱい開けられ、太陽が入ってきて、埃が光の一筋一筋にぶらさがる。くもった金色の渦がまわる。リルスは両手で小さな埃の星をはたくが、太陽は星を守り、どの星もまた渦のなかの自分の居場所におとなしくもどる。そしてそこでまわり、太陽の光で暖まりつづける。

リルスはアウレリアと話をし、聞く。「あなたの恋人、どんなキス、してくれる?」

「すごいキスよ、すごいキス」……リルスはすごいキスってどんなか考えつづける。

リルスのお父さんは娘がなにもしないでいるのを目にするのが気にいらない。「運動しにいっといで。早く! なにを見てるのかは知らんが、そんなことしてるとアホになるぞ」。リルスのお父さんは、子猫が自分の尻尾にじゃれたり、一滴のしずくが葉をすべりおちたりしてるところを何時間も見ている、そんなリルスが理解できない。リルスはどうして石がひとりでいたがっているのか知ってる……。いつ雨が降るのかわかる。地との境がなくなって空が涙もろくなるから。両手でくぼみをつくってほの温かな鳥たちを迎えたり、生温かい羽を巣に入れてやったことがある。リルスははっきりした、明るい子。ある日、蛍をつかまえ、どうやって光をしまいこんでるの、と聞きながら一晩過ごした……。冷たい草や苔の上を、どうにもうれしくって、ぴょんぴょん跳ねたり、笑ったり歌ったりしながら裸足で歩いたことがある。リルスのお父さんはぜったい裸足では歩かない……。約束がありあまるくらいあるから。いっぱい行動したり決心したりして、まるで家を造るみたいにして、生活を作っている。毎日の計画を立て、リルスを厳しい秩序の中に押しこめようとする。リルスを苦しめる……。(7)

「リルス・キクスの意味は知りません。おぼろげに覚えているのは、マタ・キクスとかなんとか、(子どもをあやす)そんな言い回しがあったはず。それをもじって、主人公の名にしたんじゃないかしら。その後いろんな出版社から出ましたが、八五年にはエラ社がレオノーラ・キャリントンの挿絵をつけて出しました。レオノーラは素晴らしい人。絵はエラ社の本のサイズと同じで小さいんですけど、わたしは大好き」。キャリントンの挿絵は主人公をうまく捉えているが、リルスと彼女を取りまく世界を綴ったこの作品は、一九四五年に短篇の名手として名高いフアン・ホセ・アレオラが監修したプレセンテス叢書の第一巻として出版された。この叢書はつづいてフエンテスやパチェーコらを発掘する。彼らのその後の活躍を考えるとアレオラの眼力には驚嘆するしかない。「リルス・キクスはわたしであったといえるけど、わたしの世代の女の子でもあったの。この作品はむしろ思春期の女の子を反映した短篇といったほうがいいかもしれない」。『リルス・キクス』には処女作にしかない輝きがある。それを放っているのがリルスであり、そのリルスの心性はいまなおポニアトウスカに残っているような気がする。

＊ポニアトウスカは国立民族学博物館や日本ラテンアメリカ学会で講演するため、五月二八日夜、関西空港に到着。本稿は、六月一日の昼から翌朝にかけてポニアトウスカにしたインタヴューに講演草稿（これは結局、日本では未使用）、著作の一部をもとに構成したもの。今回の来日にあたっては北條ゆかり、オラシオ・ゴメス・ダンテス夫妻が大きな役割を果たしたが、おかげで一日の夜は夫妻の家にポニアトウスカともども宿泊して歓談するという貴重な体験をすることができた。拙文中登場する子どもたちはむろん夫妻の子である。今回の滞在でポニアトウスカが誰にいちばん感謝したか言うまでもない。

〈引用文献〉著者はすべて、Elena Poniatowska（1）La noche de Tlatelolco, ERA, México, 1987
（2）（5）（6）El testimonio dentro de la literatura actual（講演草稿）, 2000
（3）Todo México, Tomo I, DIANA, México, 1990
（4）Hasta no verte Jesús mío, ERA, México, 1987
（7）Lilus Kikus, ERA, México, 1987

（二〇〇〇年八月号）

二〇年の留守番
――ベルティ『ウェイクフィールドの妻』

駅に向かうとき交番の前を通る。掲示板には指名手配の写真が貼られ、逮捕された人間には×がついている。そこには肉体的な特徴、最後に着ていた服装等を記された家出人の写真もある。同じ空間に並べられてまるで犯罪者扱いされているような気がする。だが、いったいどんな罪を犯したというのか。むろん非公開のものもあるという。となるといったいどれだけの人が家族・知人の前から姿を消しているのだろう。理由はあれこれ想像されるが、正確なところは本人にしか分からない。いや、本人でさえ分かっていないケースもあるのでは。ふと家を出ただけという。

ホーソーンはそんな人物を主人公にして『ウェイクフィールド』（一八三五）を書いた。ある日、その男は、旅に出る、と妻に言い残して家を出、近くに借りた部屋で二〇年暮らしたあと、平然として妻のもとに帰る。『ウェイクフィールド』の語り手は新聞か雑誌で読んだそんな実話をもとにして、二〇年間におよぶ男の心の動きを推測していく。

ボルヘスはこの『ウェイクフィールド』が大好きで、最高傑作の一つと高く評価した。読者は語り手の説にいちおう納得するものの、謎解きが完全ではないため自分なりの解決を探ってみたくなる、それがこの短篇の魅力だろう。そして昨年、その答えを別の形で提示しようとする長篇が出版され、『ウェイクフィールド』を実に多くの読者のまえに甦らせることになった。

火曜日。週日、チャールズ・ウェイクフィールドが仕事から帰ると、妻はきまってお茶を出すが、彼はそれを二口、三口飲んだあと、唇にしわを寄せ、落ちつきはらった口調で言う。「ところで、今晩、仕事で旅に出なくちゃいけない。金曜よりまえにはもどれないんじゃないかな」

こうして始まるエドゥアルド・ベルティの『ウェイ

クフィールドの妻』（一九九九）は『ウェイクフィールド』で言及されることは全部盛り込んでおり、その枠組みから外れることはない。だが、一つ決定的な違いがある。ベルティは、ホーソーンの物語では飾り物でしかなかった、留守番をする妻を主人公にしたこと。したがって『ウェイクフィールドの妻』の語り手は妻の言動をとおして、彼女自身はむろん、ウェイクフィールドと彼の生きた時代をからめとろうとする。

ベルティはまず、ホーソーンの短篇ではウェイクフィールドという仮名を与えられた男にチャールズという名と司法関係の仕事を与える。そして妻にはエリザベス、メイドにはアメリア、召使にはフランクリンという名を。さらに数多くの人物を登場させ、時代背景を一八一一年から三一年にかけての二〇年間に設定。時まさに産業革命初期、紡績機械が工場に導入され、職を失うのを恐れた織工たちが機械を破壊するラッダイトの暴動が起きるような時代。フランクリンはこの暴動に関わった容疑で逮捕され、夫人の実の姉は不倫をし、姪は恋人にだまされて金を盗まれる、等々、様々な事件・出来事が起こり、夫が家を出るまでは家に引きこもっていた夫人は社会との関わりを余儀なくされる。

もう一つベルティは大胆な構成をする。つまり、夫人にすぐに夫の居場所を突きとめさせるのだ。ではなぜ会わないのかという問いがなされるかもしれない。だが、それは主人公を変えたために生まれる別の謎。夫人はその下宿屋の女主人と話さえするが、夫とは対峙せず、ひたすら家で待ちつづけることになる。そして世間の目をそらすため、黒い服をまとって未亡人のごとく振る舞う。ところが、教会に出かけたり、ウェイクランドという夫の姓に似た人物の墓を参ったりするうち、やがて、求婚者が現れ……。

語り手は物語の最後で「誰かがこの話を違った形で書くことだろう。誰かが……こうしたことをすべて短篇としてふたたび書き、自由に話ができるだけのスペースがないことを嘆き、〈わたしたちが気にかかるのは夫である〉ため、ウェイクフィールドの視点からできごとの一つ一つを説明していくことだろう。……物語全体が……まだ書かれておらず、この本が扱った物語はすぐに……二度語られた話に変わるはずなのだから」と記す。〈自由に話ができるだけのスペースがないことを嘆〉くのはホーソーンの語り手であり、〈二度語られた話〉はむろん『ウェイクフィールド』が所収されている短篇集『トワイス・トールド・テールズ』を指す。結局、ベルティは『ウェイクフィールド』の一六四年後に、逆に、その作品に先行するものとして『ウェイクフィールドの妻』を作ったのだ。それもホーソーンとカフカの愛読者を自認する作家にふさわしい筆致で。

ベルティはこの作品をめぐって「ぼくは『ウェイクフィールド』の書き直しを一つのポストモダン的な行為とみなされたくはない。……セルバンテスは『ドン・キホーテ』で一つのジャンル全体を、つまり騎士道小説というジャンルを書き直したし、時とともに彼のキホーテはたぶん最も書き換えられた本になっていった。アベジャネーダとかいう人物が署名した（それしてセルバンテス自身による第二部以前に出版された）贋の続編から、フィールディングの『ジョーゼフ・アンドルーズ』、ウナムーノやグレアム・グリーンのキホーテを経て、ピエール・メナールの途方もない書き直しにいたるまで。そうしたものはセルバンテスの本との関わりからすれば、ベラスケスのオリジナルに対するピカソの「ラス・メニーナス」と同じなのだ」と語っている。ウェイクフィールドの妻の二〇年間の心理と行動を綴るのに二四〇ページあまりのスペースを使っているが（とはいえ最初の数年の描写にその多くがさかれている）、ウェイクフィールドがなぜ留守にしたのかという問いは未解決のまま残し、その解読作業をホーソーンに任せている。ところが前述したようにホーソーンの語り手も一つの説を述べたにすぎず、その謎は謎のままで残る。となると、また誰かが答えを提示しようとするかもしれない。

ベルティは一九六四年、ブエノスアイレス生まれ。処女短篇集『鳥たち』が「パヒナ12」紙で九四年度のベスト・フィクションに選ばれ脚光を浴びたが、さらによく売れたのが処女長篇『アグア』（九七）。舞台は二〇世紀初頭のポルトガルの一寒村。その村に電気を引きにきた電気会社の技師ルイス・アグアが巻き込まれる賛成派・反対派の戦い。村を治めていた貴族が妻に残した、再婚したら財産を譲る、という遺言の意味。その妻と結婚したとたん先立たれる男のロマンス。そして、村と城を襲う熱病。古城の相続を主張する人物の出現……。さまざまな謎をちりばめて展開されていくこの作品を読み、エクトル・ビアンシオッティ（一九三九年、アルゼンチンに生まれ、五五年にヨーロッパに移ってフランスに帰化。『庭の探索』で七八年度メディシス賞を受賞）は「わたしは長年、生の原稿を読んで、七人の作家を発見した。その七番目がエドゥアルド・ベルティだ」と絶賛。むろん、それほどの作品ではないという批評家もおり、小説に何を求めるかで当然評価は分かれるのだろうが、肩のこらない面白い読み物に仕上がっているのは確かで、すでに仏訳されているのもうなずける。

（二〇〇〇年九月号）

刹那に生きる
――P・J・グティエレス『ハバナの王』

二〇〇〇年一二月七日。レイナルド・アレナス（一九四三～九〇）が自ら命をたって一〇年がたった。彼が糾弾したカストロ政体は依然として続き、キューバとアメリカとの関係もあいかわらず陽がさしたり曇ったり。ただ、ここにきてアレナス以後のキューバ文学の外観が見えてきた。五〇年代生まれの作家の活躍が著しいからだ。映画『苺とチョコレート』で一躍名を馳せたセネル・パス（一九五〇～）、ソエ・バルデス（一九五九～）、マイラ・モンテーロ（一九五二～）、アビリオ・エステベス（一九五四～）、エリセオ・アルベルト（一九五一～）といった作家たちの本がスペインで出版・紹介され、ブームみたいなものにもなっている。そして彼らから少し遅れ、まだ発表した小説は少ないものの、最近のキューバの底辺の世界を描いた短篇集『ハバナの汚れた三部作』（一九九八、すでに英訳されている）で脚光を浴び、「アレナスと同じくらい過激で、ソエ・バルデスよりずっと辛辣」と評され、「カリブのブコウスキー、あるいはハバナのヘンリー・ミラー」と目されているのがペドロ・ファン・グティエレス（一九五〇〜）。その二作目が『ハバナの王』（九九）。

ビルの屋上にある四×三メートルのボロ部屋で一〇〇歳になる祖母、少し頭の回転の悪い母親、一〇歳のネルソン、九歳のレイナルドの四人が暮らす。「一九九〇年の危機が始まったとき、彼女（母親）は床磨きの職を失った。そして多くの人とおなじことをした。鶏と一頭の豚、数羽の鳩を求めたのだ。（…）それを食べたり売ったりした。そんな動物の糞と悪臭のなかで生き延びたのだった。ときどき、そのビルには何日ものあいだ水がこなかった」。そんな劣悪な環境で、二人の子どもは「一日の唯一の食べ物がパンひとかけと水差しの砂糖水ということがよくあったが、それでも成長し」、鳩をつかまえては宗教儀式の生贄として売って家族を支えるまでになる。だが、あるとき母親はネルソンに突き飛ばされた拍子に鶏小屋の角から飛びだしていた釘が首に刺さって死亡。それを見てネルソンは屋上から飛び下りる。目撃者がいなかったため、一三歳のレイナルドが殺人犯と見なされ、少年院に送られる。やがて一六歳になり、文化センターにサルサを見に連れていかれたとき、隙を見て脱走。それがレイナルドの苦難の日々の始まりとなり、物乞いから初めて、かつての隣家の居候、ピーナツ売りをするマグダレーナを始めとする売春婦たちや豊かな生活をするホモセクシュアルのお相手、荷積み人夫、麻薬の運び屋、置き引き、浜辺の掃除夫等々あらゆることをして生き、ハバナやその近隣の最下層を移動しつづける。まさしく、「彼はどこへ行ったらいいのか分からなかった。腹を空かし、金もなく。彼の運命と不幸はまさしく現在の一分を生きていたことにある。前の一分をきっちり忘れ、次の一分を一秒すら先取りすることがなかった。その日暮らしをする人がいる。レイは一分暮らしをしていた。息をする一瞬の暮らしを」。そして、そんな暮らしが、やがて嫉妬のあまりマグダレーナを刺し殺し、腐敗した彼女の遺体をごみ捨て場に捨てるとき、おびただしいネズミにかみつかれたのがもとで一八歳で死ぬまでつづく。

　グティエレスは一一歳のときから働きはじめ、アイスクリームや新聞売り、工兵、水泳やカヤックのインストラクター、サトウキビ刈り、建築現場の技師、新聞記者、ラジオ・テレビのキャスター等々職を転々とし、いまは「ボエミア」誌の記者として働いているという。たぶんそうした彼自身の経験が作品に色濃く反映されているのだ。そうでなければこれほどリアルには描けない。『ハバナの王』でもグティエレスは、一九九七年から九八年にかけてのハバナを主な舞台にして、「眠るために横になった。町の巨大なごみ捨て場が、一〇〇メートルくらい先から、耐えがたい、むかつくような臭いを放っていた。レイはその臭いをかぎ、くつろいだ気分になった。貧困の臭い、つまり糞と腐敗の。居心地のいい、まわりを守られているような気分になった。うーん、いいなあ！　そして、落ち着いて眠り」込むことのできるような人物を主人公にして、キューバの底辺部を凝視する。

　大学を出ても、いまはホテルの庭の手入れをしなければならない土木技師。ドルを落としてくれる者だけしか入れないカリブのリゾート地。国内での貧富の格差。そして民衆の経済的な苦しさと政府に対する不満、諦め。

　野菜をのせた台が少なくても八〇はあった。みんなべらぼうな値段だった。客は通路を歩きまわって値段を訊き、ほんのちょっぴり買うか何も買わないか、眺めたり値段にびっくりしたり、ひもじい思いをしたりしつづけていた。何人かの老人がつぶやく。「やつらが百万長者になっていくのに政府はなんにもしやしない。民衆の敵だ。みんな民衆の敵だ」。誰も彼に耳を貸さなかった。何人かの老人たちは政府がときどき何かを解決してくれることを期待しつづけていた。そんな考えをたたき込まれ、もう遺伝子に組み込まれてしまっていた。

　そうした状況下でも人は生き、生きることに喜びを見いだそうとする。いや、一日一日を生き延びることが目的化しているのだ。

そこはいいところだった。汚くて、壊れて、荒廃し、なにもかもボロボロだったが、人々は不死身のようだった。生きていて、日々の生を聖人に感謝し、楽しんでいた。瓦礫とゴミの中で、でも、楽しんでいた。

だが、『ハバナの王』は社会批判のための本ではない。まさしく極限状態における生のありように対する問いかけとなっているからだ。生々しいとはいえドライなセックスシーンや暴力シーンが随所にはめこまれ、食欲と性欲を満たすことが、何も持たない若者、あるいは一皮剝いたときの人間にとってのぎりぎりの生存条件であることを見せつける。

まもなく死んだ。レイはショックでなにをしたらいいのか分からなかった。マグダの服を脱がせた。自分も裸になった。粘っこい血におおわれた二つのからだ。血はすぐに固まっていった。地面がそれを吸い込んでいた。彼女のからだはまだ温かかった。そしてレイは勃起した。彼女の両脚を開いた。中に入れた。彼女は動いていなかった。

「動け、畜生、動け、おれのミルクを吸いだせ、くそったれ！　なにか言え、さあ、なにか言ってみろ！」

すぐにレイはスペルマを放った。ミルクをしたたらせながらまだ屹立しているペニスを抜き、マグダの腹の上に坐った。日が暮れかけていた。そのままじっとしていた。血の海の中で死体に腰をおろして。暗闇で、どうしたらいいのか分からないまま。

グティエレスの本がキューバ内で発行されているのかどうかは不明だが、出回っているとすれば、キューバ政府も表現の自由にずいぶん寛大になったものだと思う。レイナルド・アレナスはその自由を求めてマリエル港から脱出せざるをえなかったのだから。

（二〇〇一年一月号）

引用で創りあげた小説
――フエンテス『メキシコの五つの太陽』

オクタビオ・パスが『孤独の迷宮』（一九五〇）を著してから五〇年がたった。数多いメキシコ（人）論の中でもいまや古典となっている評論だが、いまだ異彩を放ち、発表以来、多くの人々に影響を与えている。カルロス・フエンテスも触発された一人であり、自分自身の存在に対する問いと重ね合わせる形で、メキシコ（人）のアイデンティティを数多くの物語作品を通して追求しつづけてきた。そんなフエンテスが二〇〇〇年という記念の年に「一千年の記憶」という副題をつけた『メキシコの五つの太陽』でこれまでの探究の結果を形にした。

まず、二〇〇〇年二月という日付が入った「メキシコの五つの太陽」という序文でフエンテスはメキシコの起源をめぐる疑問からはじめて現代ラテンアメリカと世界との関わりまでをも俯瞰する。〈五つの太陽〉とは「古代メキシコ人は人間の時と言葉を一連の太陽、つまり五つの太陽の中に刻み込んだ。第一の太陽は水の太陽で、溺死した。第二は土の太陽と呼ばれたが、光のない長い夜がそれを猛獣のようにむさぼった。第三は火の太陽と呼ばれ、炎の雨に破壊された。第四は風の太陽であり、ハリケーンが運び去った。第五の太陽はわたしたちの太陽であり、その下でわたしたちは生きているが、この太陽もまたいつか水に、あるいは土に、あるいは火に、あるいは風に、あるいは運動というもう一つの別の要素によってむさぼりくわれることになる」と説明するメキシコ古代の宇宙観の根本をなす概念である。メキシコ人のアイデンティティを何に帰着させるのか。つまりメキシコの起源は何なのか。そこから出発した長い探索の旅はすでに『埋められた鏡』（九二）という評論となっているのだが、結局は、「革命の時代の自己発見のおかげでわたしたちはいまのわたしたちである。ホセ・バスコンセロスの哲学、アルフォンソ・レイエスの散文、マリアノ・アスエラの小説、ラモン・ロペス＝ベラルデの詩、カルロス・チャベスの音楽、オロスコ、シケイロス、ディエゴ・リベーラ、そしてフリーダ・カーロの絵画……そうしたもののおかげでわたしたちはいまのわたしたちなのだ。わたしたちはもう二度と先住民の顔を、メスティーソ（混血）の顔を、ヨーロッパの顔を隠すことはできない。みんなわたしたちの顔なのだ」と現状のすべてを肯定することになった。

この序文のあと、「永遠回帰　チャック・モール」と題された部分が続く。

「チャック・モール」はフエンテスの処女作『仮面の日々』（五四）の巻頭を飾る作品である。ラグニージャ（蚤の市）で買ったチャック・モールの石像――人間に多くの恵みを与えてくれる太陽を支援するため生贄の心臓をくり抜くときに使われた坐像――が時とともに軟化して歩きまわるようになり、像を買った男を支配し滅ぼす……。フエンテスはこの短篇で、キリスト教の聖週間にメキシコ古代の神を甦らせ、現在の首都メキシコ市はかつてスペイン人が破壊したアステカの首都テノチティトランの瓦礫の上に建っていることを知らしめたのだが、以後、彼自身、このメキシコ市＝テノチティトランという二重世界を念頭にメキシコ（人）のアイデンティティ探索に乗りだすことになる。このあとには「古代の声　思い出すのはわたし」と題した『テラ・ノストラ』（七五）からの抜粋が置かれて古代世界の宇宙観・〈仮面の日々〉の意味が示され、続いて「スペインによる征服両岸」では『オレンジの木』（九三）に収められた短篇「両岸」がそのまま転載されて、エルナン・コルテスの通訳として働いた人物の見たメキシコ征服を語る……。次いで、メキシコの歴史の流れに沿う形で、混血、植民地時代、スペインからの独立、サンタ・アナの独裁、フアレスの改革時代、フランスによる内政干渉、ディアス独裁、一九一〇年に始まる革命と反革命と権力闘争、革命後の国情、都市、上流社会と底辺層、合衆国との国境とマキラドーラ、一九六八年のトラテロルコ事件、一九九四年チアパスでのサパティスタの武装蜂起、そして新世紀に向けての希望が、先の三作のほか、『大気澄みわたる地』（五八）、『アルテミオ・クルスの死』（六二）、『盲人の歌』（六四）、『闇夜の錦』（七〇）、『メキシコの時』（七一）、『焼けた水』（八一）、『老いぼれグリンゴ』（八五）、『胎内のクリストバル』（八七）、『戦い』（九〇）、『埋められた鏡』（九二）、『新メキシコの時』（九四）、『ガラスの国境』（九五）、『ラウラ・ディアスとの歳月』（九九）、そして九九年一〇月七日の講演といった作品からの引用で描かれていく。

そう、この作品はすべて引用で成り立っている。フエンテス自身、序文で「このアンソロジーがわたしたちの記憶を、わたしたちの想像力を、わたしたち自身に対するわたしたちの疑問点をかきたてる役にたってほしい」と述べ、〈アンソロジー〉という言葉を使っているが、すべてが自作からの引用で作りあげた一篇の長篇として読むことも可能である。というよりはむしろ、間違いなく、それを狙ったものであり、試みという点では誰もしたことのないような大胆なものである。だが、前述したように数多くの作品、それも小説、中・短篇、戯曲、評論、講演記録等、もともとジャンルも本来のテーマも、そして書き方も違っている。それをいかにつなぎあわせるか。一つの作品としての成否はそこにかかってくる。

まずどんな構成になっているのか。長さは唯一の書き下ろしである序文（一一ページ）を含めて四二〇ページほど。長篇からは主に断章という形で抜粋されたものがあちこちに配置され、中・短篇集からは作品がそっくりそのまま一つのところに置かれている。たとえば、『テラ・ノストラ』は二度で一一ページ、『ラウラ・ディアスとの歳月』は一度で八ページ、『アルテミオ・クルスの死』は二度で四四ページ、『大気澄みわたる地』は四度で二五ページ、一方、『オレンジの木』からは二篇七七ページが、『焼けた水』からも二篇六一ページというように。

では、うまくつながっているのか。フエンテスの読者であれば、彼の長篇にはエッセイ的な部分がよく挿入されることは分かっているため、エッセイが入ってもそれほどの違和感はないし、戯曲からの引用は単なる独白とみなすことができる。だが、初めてフエンテスを読む読者はとまどうかもしれない。一人の登場人物が最初から最後まで登場するわけでもなく、断章があったり、短篇やエッセイが入ったりで、読み進めようというときの軸になるものが最初は見当たらないからだ。それでも、やがて気づくようになる。これはメキシコを主人公にした作品であることが。そして「生と死のあいだには記憶のほかに運命はない。思い出が世界の運命を織りあげる。人間は死ぬ。太陽は相継ぐ。都市は崩壊する。権力は手から手へと移る。（略）一つの時代が終わり、別の時代が始まる。記憶だけが死んだものを生かしつづけ、死なねばならぬ者がそれを知っている。記憶の終わりは世界のほんとうの終わり」という『テラ・ノストラ』からの抜粋にもあるように、その主人公メキシコに対する記憶を呼び覚まし、「いま、ここ」をテーマとする作品であることが。

（二〇〇一年二月号）

駒を自在に扱って

――イグナシオ・パディージャ『アムピトリュオーン』

メキシコ国立自治大学から少し北に行ったところ、東西にケベード通りがのびる。そこにガンディという書店がある。今は少し離れたところに建てた新しい店舗に移っているかもしれないが、平積みになった新刊本でさえ割り引きし、棚にはメキシコはむろんスペインやアルゼンチンで出版された本がすし詰めになっているため、面白そうな本との出会いを楽しみに時間が流れたものだった。疲れたら、二階に上がる。すると板張りの床のカフェにはコーヒーの芳しい香りが漂う。コンピューターのキーをたたく人、買ったばかりの本に目を通す人がいる。そしてたいていいくつかのテーブルではチェスをしている。一手指しては時計に手をかけ、自分の持ち時間を止める。そうしていかにして相手の駒を自分の予想するところに動かすかを競うゲームがつづく。チェスの世界チャンピオン、ゲイリー・カスパロフはIBMのコンピューター〈ディープ・ブルー〉と対戦、一九九七年に初めて負けて非難されたが、自殺することはなかった。ゲームには名誉がかかるが、命を賭けたとすれば……。

一九一四年、二人の若者がウィーンに向かう汽車の中でチェスをする。バルカンの東部戦線に徴集されたAが勝てば、ミュンヘン—ザルツブルク線の第九番小屋の転轍手の職につくBと正体を入れ替わる。負ければ、Aはウィーンに着くまでにピストル自殺する。その賭けに買ったAはビクトル・クレッチマーとして転轍手を勤めるが、三三年数十人の犠牲者を出した脱線事故の責任を問われる。裁判の席でビクトルの息子フランツは母親から父の本名はタデウス・ドレイヤーであると知らされるが、ビクトルが刑務所に入ると、家族の古くからの友人であるゴリアドキンという男が訪れ、二人に経済的援助を申し出て、フランツの後ろ楯となる。フランツは鉄道技師となり、そして三九年、ゲーリング元帥に近しい将軍となっていたタデウスと豪華列車の中で、チェスをする。タデウスが勝てばどんな指図にも従う、自分が勝てばタデウスはピストル自殺するという賭をして……。

一九一八年、死んだ牧師に代わって従軍神父の任にあたっている神学生リヒャルト・シュリーはベルグラード駅に幼なじみのユダヤ人ヤコブ・エフルッシが降り立つのを見かけ、本部で調べるが、ゴリアドキン曹長もそんな名の兵隊はいないし、ユダヤ人が前線にくるはずがないと言う。ふたたび彼を目にし、声をかけると、自分はタデウス・ドレイヤーだ、と答える。やがてオーストリア帝国軍は撤退を余儀なくされ、タデウスの軍も壊滅状態に陥りながらも持ち場を離れない。リヒャルトはタデウスの身を案じ、退却命令を持って前線に赴くが、彼は一人小屋にこもり、退却しようとしない。リヒャルトはタデウスが勝てば自分は自殺し自分のパスポートをタデウスに渡すが、勝てばいっしょに帰るという条件でチェスをする。リヒャルトが勝ったもののタデウスはピストル自殺をはかる。リヒャルトは彼の遺体をかついで本部にもどり、撤退準備に忙しいゴリアドキン曹長の前で、自分はタデウス・ドレイヤーだと……。

一九四三年、タデウスは危険な状況にそなえてナチスの重要人物の影武者グループを創るようゲーリングに勧め、〈アムピトリュオーン〉計画が進展。だが、やがてアイヒマンのユダヤ人虐殺に気がのらないタデウスは影武者と本人を入れ替えてしまおうと画策。それがゲーリングのライバルであるヒムラーの知るところとなり、ポーランドの故ブロック・シゼウスキー男爵の名を借りてジュネーヴに脱出……。

そして「帝国が崩壊するとアドルフ・アイヒマンはマーティン・ボーマンという名でドイツを脱出し、小アジアを長く巡り歩いたあと、リカルド・クレメントという人物としてアルゼンチンに落ち着いた。一九六〇年五月、ブエノスアイレスで捕まり、一九六一年四月から一二月にかけてエルサレムで裁かれ、最後に一九六二年五月三一日、テルアビブで絞首刑にされた。ところが、裁判のあいだに提出された数多くの証拠や証言にもかかわらず、史上もっともドラマチックな裁判の一つのあと、イスラエルの絞首台に上がった男の正体をめぐる疑問は少なくなかった……」

このイグナシオ・パディィージャの『アムピトリュオーン』（二〇〇〇）はフランツ、ゴリアドキン、リヒャルト、そしてジュネーヴでのタデウスのチェス相手であったダニエル・サンダーソンの四人の証言をもとに、タデウス・ドレイヤーの正体を、そしてイスラエルで死刑にされたアイヒマンが本人であったのかどうかを暴こうとするサスペンス。先に記したように場面場面でチェスが重要な役を担うが、登場人物の配置が実に見事である。作者自身が最後のチェック・メイトにいたるまで考えたうえで、登場人物をチェスの駒よろしく動かしているというべきか。パディィージャ自身、子供時代から好きなロシア文学や、ヘルマン・ブロッホ、ヨーゼフ・ロート、エリアス・カネッティといったオーストリア文学に対する好みから生まれた作品であり、ドストエフスキーの『分身』に対するオマージュであるというが、第一次大戦から第二次大戦の終わりまでという激動と混乱の時代を舞台にしたことで〈他人になりすます男〉はリアリティを持つことになった。

『アムピトリュオーン』は昨年、エスパサ・カルペ社が主催するプリマベーラ賞を受賞したが、一九九九年には友人のホルヘ・ボルピがナチスの核開発を扱った『クリングゾールを探して』でセイス・バラル社のブレーベ叢書賞を受賞している。二人とも、くしくも同じ時代・背景を使った作品でスペイン・デヴューを果たすことになったが、パディージャは「『百年の孤独』のような小説はどれも魔術的リアリズムとはまったく関係がなく、完全にリアルなものなんです。でもこちらの環境とは無縁なヨーロッパの読者にとって、そうした物語は非現実の様相を、最悪のときには異国情緒を呈するのですが、それこそ彼らが長年求めてきたものなんです」という。だが、パディージャやボルピを始めとする若い作家たちは「ぼくたちはできるかぎり革新的なものを、そして、いまや著しく衰退し、すでにイベロアメリカのマーケットを充たしてしまった魔術的リアリズムとは違うものを出しはじめています」。ラテンアメリカを舞台にしない、あるいはラテンアメリカ人を登場人物としない作品が評価される。これもスペインからラテンアメリカに進出した大手出版社が各地の才能を拾いあげる効果がようやく出てきたことを示すものかもしれない。

イグナシオ・パディージャは一九六八年にメキシコ市に生まれ、スペインのサラマンカ大学でセルバンテス研究で博士号を取得、様々な雑誌に関わっていたが、現在はラス・アメリカス大学で教鞭をとっている。これまでに八九年に短篇集『地下室』でアルフォンソ・レイエス賞、九四年には『窒息死した者たちのカテドラル』でファン・ルルフォ処女小説賞等、多くの賞を受賞。四六〇篇の中からプリマベーラ賞に選ばれた『アムピトュリオーン』はまもなく、フランス語版をガリマール社が出版、そしてオランダ語版も出るという。

（二〇〇一年四月号）

ニューヨークのラティーノ
――ロベルト・ケサーダ『ビッグ・バナナ』

かつて、ラテンアメリカの作家たちは活躍の場を求めてマドリッドやバルセローナに向かった。そこがスペイン語圏の文芸出版の中心地だったからだ。スペインの大手出版社がラテンアメリカ各地に進出したいまもその傾向はあるのだが、そこにもう一つ目的地が加わっている。それがニューヨーク。合衆国におけるヒスパニック（ラティーノ）の数が爆発的に増え、スペイン語が商業ベースに乗るせいもある。ロベルト・ケサーダもニューヨークに向かった一人である。

ケサーダは一九六二年ホンジュラス生まれ。八五年に短篇集『脱走兵』を出し、八九年からニューヨークに在住。処女長篇『船』（一九八八、英語版九二）が合衆国で大成功を収め、二作目の『ビッグ・バナナ』（二〇〇〇、英語版一九九九）も同様に好評を博した。カート・ヴォネガットは「ロベルト・ケサーダは人を楽しませ、示唆に富んだ考え方をする元気のいい、才能のある作家だ」と評している。この評は『船』に対して出されたものだが、たぶん、ヴォネガットに捧げられた二作目の『ビッグ・バナナ』のほうがケサーダの資質をいっそう明らかにしていると言えるだろう。

『ビッグ・バナナ』の筋立ては単純で、決してドラマチックなものではない。主人公エドゥアルドは大スターになることを夢見てホンジュラスからニューヨークにやってくる。そしてブロンクスに住みはじめるが、映画界との接触がもてないまま、ビルの内装や改装をする会社で仕事があるときだけ雇われるという不安定な生活を送る。やがて、ある女性の口利きでオーディションに参加することになり、スピルバーグの目に留まる……。この縦糸に、ロジャー・ムーアの007に熱をあげすぎて、両親から精神分析医による治療をホンジュラスで受けさせられつづけているミリアンという、エドゥアルドの恋人でありジャーナリスト志望の娘と分析医の話が絡む。だからといってたわいもない話かといえば、そうでもない。脇役となる人物が、それぞれ挿入されるエピソードが面白いからだ。

とりわけ、エドゥアルドをクイーンズから自分の安アパートに引っ越しさせる五二歳のチリ人、三〇年の間合衆国に住んで、いまだ六〇年代に憧れつづけるカサグランデとの会話が。そう、このカサグランデをはじめ、さまざまなラテンアメリカ人との間でかわされる会話や議論、そしてニューヨークや人種差別、戦争をめぐる随想がこの小説の美点を形作っている。

ところで、わたしたちはホンジュラスについて何を知っているのだろう。面積は北海道の約一・四倍。人口は現在六〇〇万ほどで、首都テグシガルパのそれは八〇万あまり（いずれのデータも古いかも知れませんが）。一九五〇年代から軍事クーデターが頻発するも、八二年に民政移管。八五年には親米路線をとり、中米におけるアメリカの軍事拠点化。輸出入も対米依存度が高い。名高いのはコパンという古典期マヤ文明の遺跡。そもそも日本人にとって中米の国をイメージするのは極めて難しいのではないのだろうか。それはたぶん、〈バナナ共和国〉という蔑称で中米の諸小国をひとまとめにするアメリカ人にとっても同じ。〈ビッグ・バナナ〉というのはバナナ共和国からビッグ・アップル（ニューヨーク）に来た男、ということでカサグランデがエドゥアルドにつけたあだ名である。

そのビッグ・アップルの安アパートでエクアドル、チリ、ホンジュラス、コロンビア等々の国から来た人間たちが酒を飲み、ときにはマリファナを吸いながら、話し合う。「チリの地理はひどいな。チリは断片でできてるんだ」「ホンジュラスはヤンキーの軍事基地しか生産してない」「信じられん、バナナ共和国、おまえに考えることができるなんて。真面目な話、おまえの国みたいなちっぽけな国の出身者で、考える、それも見事に考える人間に出くわすなんて思ってもみなかった。俺はもっとバナナを食わなきゃならんな」「エクアドルは足らんもんがいっぱいだ。チリはラテンアメリカでいちばん有能な国だ。ノーベル賞作家は二人いるし、じき三人目が出るだろう」

むろん、こうしたお国自慢と他国に対する誤解・無理解だけでなく、自国に対する批判も俎上に載せられる。たとえば、先住民と白人との混血が九〇パーセント、先住民が六パーセント、黒人が二パーセントというホンジュラスの人種構成からくる差別。あるとき、ホンジュラスの黒人が集まるブロンクスの非合法クラブが放火されて多数の焼死者が出る。それを事故だったというエドゥアルドに向かって幼なじみの黒人マイレーナは「事故、そう、事故さ。でも、どうして偶然、その大半がガリファナ（黒人）だったなんてことになるんだ？　ホンジュラスでもここでも、どこでも、おれたちは差別の対象ってことを示してるんだ。黒人に未来はないのか？」

差別されていると感じている側の思いをもまとめてエドゥワルド、つまりケサーダの分身は「ぼくたちはぼくたちの国の影なんだ。ホンジュラスはまさしくぼくたちみたいなものさ。知的だけど、チャンスがない。計画はあるけど、実現する金がない。評判が悪いのはぼくたちを個人的に知らないせい。ぼくたちは怠け者じゃない。払いが悪けりゃ働く価値がないだけ。ちょっと変わってるけど、ぼくたちはそれを欠点ではなく長所と考えてる。それがヒューマニズムの源かもしれないから」とホンジュラス（人）の本質を説く。

さまざまな国籍のラティーノが集うのにいちばんふさわしい都市といえば、やはり、ニューヨークなのかもしれない。成功するか失敗するか、中途半端のない「ニューヨークはカサグランデの言うように、ビジネスや芸術、文学で成功したがっているあらゆるタイプの人間であふれている。そうした何百万の人間の多くが夢を果たせず、いい映画のいい観客、芸術通、知的な読者、あるいは単に自分の楽しみのために書く作家となる」。ところが、そんなニューヨークはそこに住む者に自分が誰かを思い知らせる。エドゥアルドに会いにきて、ニューヨークに一生いたいと言うミリアンに向かって、一八歳のときからいるコロンビア人のアンドレアは「おすすめしないわね。ひと月で充分。そのあとは毎日が繰り返し。そして国と家族が懐かしくなる。それが執拗な悪夢となるの。（略）どんなとこにいても同じだと思う。問題なのは町じゃなくて、外国人であるっていう事実。国なんかいらないとどんなに強がってみせても、意識してるか無意識かはともかく、いつか帰って暮らそうって思ってるのよ」と諭す。おそらくはニューヨークに来たラティーノたちは皆、そう思っているのだろう。

（二〇〇一年五月号）

夜の暗さ
――ファン・アブレウ『海の陰に』

レイナルド・アレナスが初めてカストロを間近で見たのはホテル・ハバナ・リブレでのことだった。その一三階の部屋の窓からは海に接するマレコン通りが、そして右手彼方にはモーロ要塞までもが見渡せる。だが、夜になり、そうした景色が黒く塗りつぶされたとき愕然となる。その暗さに。およそ一国の首都の明るさとは思えない。それが経済的に依存してきたソ連の崩壊に起因するものなのか、それとも、もともとこんな暗さなのか。あるいはこれでも明るくなったのか。

アレナスの履歴にも暗い、不明な部分が多い。たとえば、いつ出所したのか。リリアーヌ・アッソンが一九八五年春にしたインタヴューでは七五年末と答えているのに、『夜になるまえに』では七六年初めと綴っている。アレナスが亡命してからの友人ドローレス・M・コッチに訊くと、たぶん七五年末。それでも不安になって、彼女にファン・アブレウを紹介してもらい、問い合わせる。すると、たぶん七六年初め、との返事。アブレウ兄弟とアレナスの関係は『夜になるまえに』で綴られているが、ファン・アブレウはアレナスが七四年に警察に逮捕される間際から七五年八月に彼と開放刑務所で再会するまでの出来事を勤務先や自宅で綴り、それを友人たちにあずかってもらい、八〇年にマリエルから脱出したあと回収している。五〇の「序文」(章という言葉の代わりに用いている)からなるその証言集は合衆国のプリンストン大学に収められ、アレナスが『夜になるまえに』を書くときの参考にもなった。その後、アブレウはその「序文」集に手を加え(これは、監視下にあったために書けなかったことを加筆する一方、公表すると友人に害がおよぶところは削除したものだが)、さらに、バルセローナ、ハバナ、マイアミのことを語った「前置き」とアレナスが七四年一一月一五日に書いた「コミュニケ」の直筆原稿の写真版、および、八一年から八八年にかけてアレナスが書いた一六通の手紙、そしてアレナスも写っている一三枚の写真を加え、『海の陰に――レイナルド・アレナスとのキューバでの日々』（一九九八）として出版。「序文1」は次のように始まる。

「ここ二日、彼の所在を突きとめようとするがうまくいかない。約束した場所の一つで手に入れたメモでは元気だと書いてある。それに一九七四年一二月九、一〇、一一日にはどこで会えるかも。（略）一一日、レーニン公園の映画館で夜の八時に彼と会わなくてはならないが、その約束の時間に行くことができない。国家公安局の局員がぼくの家と、家を訪れる人全員を厳しく監視しているからだ。まだ幼い妹までその対象となっている。そんな状況が何日か続いた。だが監視の数は、なぜか分からないが、減ったり増えたりしていた。まさしくその日、レイナルドの母オネイダが訪ねてきてから事態は一変した。考えられることだったた。彼女は一一日の水曜日にやってきた。すっかり絶望して、オルギンでの不確かな情報に耐えきれなくなり、どうなってるのか見にきたのだった。彼女を見るのはつらい。苦悶を隠そうとし、逃亡者である息子のために品物のいっぱい詰まった小袋を手にしてる。まるでぼくたちはビルヒリオ・ピニェーラのある作品に住んでるみたいだ。彼女は自分の息子の居場所を知っている唯一の人間のところへどうして来られるのだろう、警察がいつも尾行してることを知りながら（知っていないといけないが）。むろん一人では来なかった。いかにもそれらしい恰好をし、抑圧的な機関のものとはっきり分かるアルファ・ロメオに乗ったかなりの人数のたくましい若者たちがついてきていた。彼女が帰った瞬間から、彼らはもうぼくたちを放さない。その存在を隠したり偽ったりせずに、自分たちがそこにいることをぼくたちに知らしめようとする」

この書き直された「序文」集が優れているのは、『夜になるまえに』を補足するからではない。なによりり作品として自立しているからだ。アレナスとの交遊、アレナスの逮捕、先送りされる裁判、アレナスを助ける人物たちにおよぶ追求、そうしたことに揺さぶられる当時二二歳のファアン。そんな彼の吐露である「序文」はまとまって、友人に誠実でありつづけた人間の、抑圧者に対する、そして自分自身に対する精神的な戦いを余すところなく描き出す。

この作品でもうひとつ興味深いのはアレナスの母オネイダをめぐる記述である。むろんモーロ刑務所にいるアレナスから話を聞けるのは母親だけという事情もあるが、メッセンジャーとしての役割も担っているオネイダの言動から浮かび上がるのは我が子の行く末に心を砕く母親の姿。「面会は二週に一回だけど、差し入れできるのは二回の面会で一回だけ。お腹をすかしてて、パンをその場で食べてしまった。(略) 痩せてて、ボロボロで、マミ、ぼくはボロボロだよって言うの、いったいどれだけ責められたのか」。アレナスはアレナスでこの母を心配する。〈四月二一日〉の日付が入った「序文43」では「(略) 面会はできていた。あの子はとても落ち込んでて、落ちつきがなかった、と言う。差し入れは規定の重量を超えていた。何かを抜かなくてはならなかった。彼女は持っていった本の一冊を抜こうとしたが、レイは鉄格子の向こうから、ほかのものにしてくれ、と叫んだ。彼女は砂糖を抜いた。フランスから届いた一通の手紙を渡した。ぼくの手紙の裏にこう書いた。／愛する友よ、ぼくはまだ命がある、そして、いつかまたきっと、いっしょに海を見ることになると思う。ぼくの母、ぼく自身の苦しみのあのひとかけらに気を配って、励ましてやってくれ。そしてきみの最良の兄を信頼し自信を持って待っててくれ。レイナルド。追伸、〈罰せられずに偉大である者はいない〉。ほかのみんなによろしく」

フアン・アブレウは一九五二年生まれ。八〇年にマリエル港から脱出。八三年にアレナスとともに「マリエル」誌を創刊する。現在はバルセローナに在住。画家としての作品は合衆国のいくつかの美術館に収められているが、文学の面ではこの『海の陰に』と、ニコラスおよびホセという他の二人の兄弟とともに、交通事故で亡くなった母親へのオマージュとして書いた短篇集『ハバナの女だった』(九八)の二作しかなかったが、この春、モンダドリ社から『ゴミの国』(二〇〇一)を発表。同書は未来社会を扱った長篇がスペインで話題になっている。

(二〇〇一年一〇月号)

アレナスの声

——アレナス全詩集『インフェルノ』

バルセローナから小包が届いた。差出人はファアン・アブレウ。中身はスペインで出たばかりのレイナルド・アレナスの全詩集。ところが『インフェルノ』というタイトルがつけられている。〈地獄〉という意味だが、アレナスの詩をなぜそんなタイトルのもとにまとめたのか。アブレウ自身、序文で次のように記している。

「世界は住みにくい、地獄のような場所だとレイナルド・アレナスは考えていた。何度もぼくにそう言った。だから当然、まとまった彼の詩は、彼の抱いていた世界観に合わせて『インフェルノ』という題になる。(…) 彼はまた、神はぼくたちに罠をしかけた、地球は地獄だ、そして（この点になると彼は悪意のあるような、希望を抱かせるような頰笑みをきまって浮かべたものだったが）ぼくたちは全然心配しなくていい、だって、死んだら、空いてる場所は天国しかないんだから、とよく口にしたものだった」。そしてまた、このタイトルは死の直前まで、『インフェルノ』という作品に取り組んでいた、アレナスの師であり友であるホセ・レサマ＝リマへのオマージュでもあるという。アレナスの『インフェルノ』はこれまでスペインの小出版社ベタニア社から出ていた『ハンセン病療養所』（一九九〇）と『意思表明をしながら生きる』（八九）をまとめたものである。二つの詩集は長らく絶版になっていたが、今回それが、アレナスの希望どおりこうして一冊の本として、やはりスペインのルーメン社から出版された。多くの詩集を出している出版社ゆえのことかもしれないが、ゆったりとした組み方で、紙質、紙の色も違い、ページを開くと、まるで新たな作品を読んでいるような錯覚にとらわれさえする。

アレナスの詩に先立って置かれているアブレウの序文は、これはもう近しい人にしか書けないような文章であり、アレナスへの、そしてアレナスの詩への素晴らしいオマージュ。誰もが気づくことだが、アレナスの場合、散文に比べると詩の数が少ない。そのうえ、そうした詩にも散文的なところが多々ある。ところが逆に、圧倒的な量を誇る小説群には詩的な要素がふんだんにとりこまれている。それは、この一月に邦訳で出る小説『夜明け前のセレスティーノ』でも明らかであり、氾濫するイメージ、飛翔する想像力、言葉に対する執着……やはり詩人という呼称は詩の数で与えられるものでないことが分かる。そんな詩人アレナスの詩をアブレウは「それは独創的な唯一の息全体のなかで際立った部分である。著者の根本的な強迫観念、すなわち祖国（…）、ノスタルジー、母親の神秘、肉体の絶頂と消耗、偽善的で凡庸な、いかなる偉大さもない世界で創造者が引き受ける呪い、あらゆる種類の権力に対する軽蔑、自由への彼の愛を正確かつ直截に例証することに役立つ部分である。（…）彼の詩には凶暴な、遊びの、辛辣な、不気味な、そして感情を害するような性格がそなわっている。ぼくたちにケベードの的なバロックを、アルチュール・ランボーを、フランソワ・ヴィヨンを、ボードレールを、そしてロートレアモンを参照させるような。／レイナルド・アレナスの詩は彼の作品の根本的なベクトル、つまり、あらゆる権威の否定、悲惨な人間の状況に対する怒り、いかなる犠牲を払ってでもする完全な自由の主張を揺るぎないものにし、豊かにしている」と評している。

映画『夜になるまえに』でハビエル・バルデムはアレナス役を好演した。そしてスペイン語のショットではバルデムの朗読する短篇や詩の一部が流れた。だが、アレナスはいったいどんな声をしていたのだろう。レーニン公園や海辺で、あるいは遠出したときに、『インフェルノ』に収められた詩の多くを直接アレナスの口から聞いたアブレウは次のように描いている。

「土に、雨に汚れたような、草の汁にまみれたような起伏のある声、葉にあたってつぶれた声、牧場に引きずられ、岩場の汗をかき、ミミズと精虫でぬりたくられた声をしていた。彼は書くとおりに話したものだった。彼と彼の文学上の言葉遣いは一つの律動的な全体を、原初的で洗練された、角ばった旋律的なマグマを形作っていた。囚人の千枚通しみたいに尖り、荒っぽい寄る辺ない甘美さにあふれた声。混血の両義的な、カタルシスを起こさせる並外れた、抒情的で厳かな言葉遣い。天啓を受けた農民の声」。そんな声でアレナスは「自作の詩を読む、その魅力的な読み方。彼は恐ろしい、落胆させるようなことを描いた詩を読んで、聴いている者を健康的に心地よく笑わせることができた。恐怖を究明しながら、深い無道徳な幸せを、つまり生に対する凄まじい愛の果実を見つけていた。その幸福は自作の詩を読むときに漂っていた。聴く幸運にありつけた人は誰でも、彼の朗読が一つの本当の祭りであることに同意するだろう」

そんな声、そんな読み方を想いながら、たとえば『意思表明をしながら生きる』で「地獄からソネット」の名のもとにまとめられた三七篇のソネットの一つ、「一生は死なのかもしれないのだから」という詩に耳を澄ましてみよう。

どの生も死なのかもしれないのだから、
生は死から現れるのかもしれないのだから、
生まれることは、死のために生きること？
死ぬことは、生を確認すること？

でも、すべてが生でありながら死であり
どの生も豊かな死であるとき、
死ぬことは、生を選ぶこと？
生きることは、死をうけいれること？

生であっただけでなく死でもあった
（死で終わるから生、
生が何かぼくたちは知ったから死）

そんなぼくたちの生を死が取り囲むとき
どんな新たな生がその死から現れるのだろう？
生を産むあの死はどんな死なのだろう？

（二〇〇二年一月号）

五〇ニシテ惑ウ

――セサル・アイラ『誕生日』

今でも子供は早く大人になりたいと思っているのだろうか。どういう存在が大人なのかという問題はさておき、かつての子供たちは、二〇歳になれば大人、大人になればなんでもできると感覚的に捉えていたような気がする。では、二〇歳になったその日になにか変わったのか。たぶん、なにも。高揚感はあったのかもしれないが、結局は日常の中に埋没する一日。むろん自分から行動を起こさなければなにも変わるはずもなく、以後、誕生日を迎えてもとりわけ感慨はない。それでも、三〇、四〇、五〇といった一〇年刻みの区切りとなる日を前にすると、またぞろ心は揺れるものだ。

一九九九年二月二三日にセサル・アイラは五〇歳の誕生日を迎えた。「つい先日、五〇歳になった。それまでその日に期待をふくらませていたが、それは生きてきたことをそのとき検討できるからというよりは、新しくすること、再開すること、習慣を変えることを考えていたからだった」。

ところが「わたしの誕生日の日は来て、過ぎ去った。終えていない仕事、平凡な仕事、この歳になるとひどく横柄になる日常の力、そうしたものが争って、その日は可もなく不可もなく過ぎた」。

普通なら、そうした日常性に引きずられるがままになるのだが、その数ヵ月後、アイラはひとつの発見をする。妻といっしょに朝、通りを歩いているときのこと。空を見ると左手に半月、右手に太陽が出ている。それを見て、妻に言う。「月の満ち欠けは、地球が月と太陽のあいだに入ったとき、地球が投げかける影でできるっていうのは嘘にきまってるね。だって、いま太陽と月はふたつとも空に出てて、地球はこれっぽちもあいだに入ってないけど、それでも月は欠けてるんだから。ぼくたちはだまされてたんだ！……」と。すると妻は夫に「月の満ち欠けを作るのは地球の影だなんて、誰が言ったの？　いったいどこで聞いたの？」と訊く。「プリングレスで教えてもらったんだ」とアイラは嘘をつく。「そんなはずないわ。そんなばかげたこと、誰にも思いつかないわよ」と妻は答え、月の満ち欠けの仕組みを夫に説明する。

誰でも思い違いはする。だが、「間違っても言い訳できるようなことでではなく、実にはっきりとした、明白なこと、明白さの模範とも言えそうなこと」をなぜ間違えて覚え、それを五〇歳になるまで信じつづけられたのか。それも三〇冊あまりも本を出し、フランス政府から叙勲され、知識人と見なされている作家が。このことがこの『誕生日』（二〇〇一）という本を書くきっかけとなる。月の満ち欠けに対する誤謬をいったいいつ、どういう状況で犯したのか。子供時代に原因があるらしいが、「そうした遠い過去全体は忘却と発明がもつれ混じり合ったものの中に紛れ込んでいて、そしてそこから、解き放たれた断片が行き当たりばったりで姿を現す」ものだ。それでも思い起こさなくてはならない。一〇歳にもならないころの故郷プリングレスの町、わずかばかりの街灯もアスファルトの道にしかない。町の外れにある自宅の背後はまったくの闇。ある晩、月を背にして親友が駆けだし、アイラは後を追う。友人は三〇メートル先で足を止め、「あそこに、同じとこにある」と月を見て言う。また、両親といっしょに家具屋に行ったときのこと、店主の妻が壁にかかった絵にそなわる特殊能力を説明する。その肖像画に描かれた女性は見る人がどこへ移動しても自分を見る人を見つづけるという。「わたしはそのあと、ずっと横に移動したり、前に進んだり、後ずさりしつづけていた」

かすかな記憶をたどり、思い違いをしそうな現象を考えていくうち、アイラはさらに、五〇歳の誕生日にはしなかった、これまでの自分の人生の検討を始め、現実、世界、歴史、文学、読書、書くこと、作家であること、生きること等々をめぐって、私的なエピソードや読書をとおして知り得た知識を織り込みながら綴っていく。プリングレスの町のカフェで出会った作家志望のウエイトレスの娘の話からは、自分がこれまで正面から取り組んだことのない死について。一夜で理論をまとめ、翌朝の決闘に負けて二一歳で死んだ数学者ガロアのエピソードを使って「死の前夜に小説は書かれない。わたしが書く、ごく短い小説でさえ。それをさらに短くしても書けない。小説には固有の時の蓄積が、違った日々の継続がある。それがなければ小説ではない……」と時間と作品について。また時と世界については、リップ・ヴァン・ウインクルに触れて「自分は二〇歳じゃないと気づくと、突然、もう若くないことが分かる……ほかのことを考えているあいだに、世界は変わった」というように。

最後にアイラはそれまでの考察をまとめる。

「最後に要約をしなくてはならないのなら、問題は、わたしは全生涯、知識を探し求めたが、時の外でそれを探し求めたのであり、時はほかの場所で生じることで仕返しをしたということだったと言えるかもしれない。だからこそ、経験はわたしになにも（月の一件を）教えてくれず、知識は幻覚的な面に残った。そしていま気づいたのだが、その面もわたしを追い払って、褶曲し、姿を消す……。いい小説の中では、幻想は付随的な表出の積み重ねを通して達成される。そしてそうした仕事をするためには信じなくてはならない。前日には信じなくてはならないし、翌日には信じたのでなければならない。〈日〉と言ったが、それはわたしが一冊の本を終えて日付を記す日（今日）に没頭しているからだ。人はある日に死ぬからでもある。〈年〉とも〈年代〉とも言えるかもしれない。だが、わたしの年とわたしの年代はもう過ぎ去った。書くためには若くなくてはならない。うまく書くためには類まれな才能のある若者でなくてはならない。五〇歳ではもうエネルギーと精密さの大部分は失くなっている」

この作品はエッセイなのか、小説なのか。結びの言葉はそのままうけとるべきかどうか。もしかしたら、月の満ち欠けのエピソードでさえフィクションではないのか。「わたしにはスタイルがない……」と言って思いをめぐらすアイラだけに、こうしたこともまた仕掛けなのかもしれない、と思わせさえするのが、アイラのアイラたるゆえんなのだが。

（二〇〇二年三月号）

ホルヘ・エドワーズの来日

ホルヘ・エドワーズが国際交流基金の招きで三月一八日に来日し、四月一日まで滞在。「日本の伝統文化についての知識を深める」という目的で、東京↓京都↓東京と移動しつつ、歌舞伎・能を鑑賞し、大相撲見物や東京・京都観光をし、二七日には東京大学で講演を行う。そうしたスケジュールの合間を縫って、二三日、京都でエドワーズと会った。聞けば、どこでも同じ質問、来日してからもいろいろ難しいことを訊かれたとのこと。この先もたぶん似たような質問をされるだろうし、きちんとしたインタヴュー記事はどこかの雑誌に載るかもしれない、そう考えて、エドワーズの作品を読んで気になったことだけ訊き、あとはチリのワインにいたるまでの雑談となった。

そうした話の流れの中で、日本の絵画に関心はないかと訊くと、ある、との答えで、早速、京都国立博物館で開催中の雪舟展に出かけることになった。博物館の駐車場は列をなしていたため、通りの反対側にある三十三間堂に車を入れ、前日来れなかったとのことで、まず、ここを見学。一〇〇一体の観音像と二八体の国宝の仏像が並ぶ光景はさすがに壮観で、たいていの外国人には強く印象に残るものらしい。しばしば足を止めては、英語の説明に目をやり、像をしげしげと見つめていた。三十三間堂を出て博物館に向かうと、土曜日ということもあってか長蛇の列。「最後列　三〇分待ち」という看板の下に立って順番を待つが、この日は寒がもどったかのように寒く、おまけに雨が降り始め、傘の列は少し進んでは止まるといった動きを繰り返す。今度、雪舟展が開かれるのは五〇年後、と言うと、じゃあ、あの子たちは見られるんだ、と制服姿の高校生たちを指さしながら、エドワーズは答える。

五〇年後の予測はできないが、逆に五〇年遡ってみると、エドワーズはちょうど『中庭』（一九五二）という短篇集を出したところ。誌面の制限もあるので、その『中庭』のいちばん短い作品、「蠟の聖母」を紹介しよう。

＊

「ねえ」と、陽射しに目を細めながら、ペドロが言う。「賭けてもいいけどな」

彼女は、太陽に撫でられるがままになっていたが、顔をあげた。

「なにに？」

「中庭のまんなかでパンツ脱げないってほうに」

「ふん！」と彼女はばかにするように叫んだ。「そんなの賭けにならない！」

「だよな」。ペドロは石段をのぼっている一匹の蟻をいじめはじめた。「むりするなよ」

「そんな賭け、いかさまよ」と彼女は強調した。

ペドロは棒で蟻をいじめている。蟻はあちこち走って、先に進もうとしていた。

ペドロが黙り込んでいるので彼女は落ちつかなかった。

「いいわ」と、彼を見ずに言った。「できるほうに賭ける」

ふたりは立ちあがった。半開きの台所のドアから、のんびりしている野菜の列が見える。

「中庭のまんなかだよ」とペドロが言った。

彼は目を細めたまま、彼女の後につづいた。暑さにいらだって、蝿たちがごみ箱のそばで飛びまわっている。猫はだるそうに寝そべっていた。

「猫ちゃん、猫ちゃん」と彼女は、身をかがめ、おいでというように指を動かしながら、言う。

ペドロは中庭のまんなかで立ちどまった。ズボンのポケットに両手を突っ込んだまま、一瞬彼女を見て、言った。

「やめたはなしだよ。できないって言いなよ」

「できるわ！」と彼女は言う。みんなが見てるんじゃないかと思い、近所の家をそれとなく眺めた。しばらく彼女の顔には不安の色が浮かんだ。そのあと、急いで立ちあがった。

蝿は暑さにいらだち、ごみ箱のそばで旋回していた。猫はまどろんでいた。一瞬のうちに、彼女のショーツはすべり落ちた。両足を揺すると、ショーツは中庭のまんなかにぽつんと残った。ぽつんとある、その丸まった小さな塊のそばを蝶が飛んだ。

「ほら」と言って彼女はその場を離れはじめた。スカートの下がひんやりし、腰から下が裸みたいな気がした。近所の家の窓をまた見た。めいっぱい開き、穏やかな室内が見えるひとつの窓に目が止まった。ミシンの音が聞こえてきた。

ペドロはショーツを拾い、小指にかけて揺すった。『バカ』と彼女は思った。彼を見ずに、食堂に向かった。太陽はガラスを突き抜け、野菜を照らしていた。静けさの中、足音が鳴り響いた。

「走れ！」とペドロが叫んだ。「走れ！　見られたみたい！」

彼女は中庭に急ぎ、家の横にある庭に逃げた。芽を出したばかりの、湿っぽい植物を倒しながら芝生を走った。走り、食堂に入った。動きのないひんやりとした空気は熟れたリンゴの匂いがしていた。弟の叫び声を思いだし、心臓が狂ったように弾むのを感じた。

食器戸棚の陰でまるくなり、両手でスカートをのばした。スカートの下は鳥肌が立ってるようで、手足がガタガタ震えていた。『バカ！』とちぢこまりながら思った。『バカ！　バカ！』。スカートをにぎりしめている両手がひきつった。一分近くたった。細心の注意を払いながら頭を上げ、庭を眺めた。眠そうな蜂たちが太陽にきらめきながら、花から花へと飛んでいた。ミシンは止まっては動いていた。突然、頭を引っ込めた。花を越えてくる人影が見えたのだった。『あっちに行って！』と彼女は祈った。『マリアさま、あっちに行って！』。蠟の聖母が、うわべだけの冷ややかな頬笑みを浮かべて、姿を現した。『あっちに行って！』と彼女は頼んだ。

影は部屋を動きはじめた。少しずつ進んだ。部屋は暗くなりつづけ、影は食器戸棚に近づいてきた。

「そこから出てって！」と彼女は憤りに声を震わせて叫ぶ。「そこから出てって！」。『マリアさま！』と彼女は震え、食器戸棚の陰でちぢこまりながら祈った。赤らんだ手が宙に上がり、ひどく荒々しく落ちた。蠟の聖母は頬笑んでいた。

＊

エドワーズの作品の邦訳は『テーマとバリエーション』（六九）という短篇選集に収録されている「痩せるための規定食」（『集英社ギャラリー・世界の文学　ラテ

ンアメリカ』所収）しかない。この選集の編者は詩人のエンリケ・リン。リンはその序文で、「エドワーズは、『仮面』に収録されたひとつの短篇のエピグラフに〈作家は公的な実験者である。彼は執拗で不実であり、自分が勧めるものを変化させ、ひとつの技法、つまりテーマとそのバリエーションの技法しか知らない〉というロラン・バルトの言葉を用いているが、チリ文学というものが存在するなら（中略）、彼自身が引き合いに出したこの〈公的な実験者〉の例として重要な位置をしめることになるだろう」と述べ、また『中庭』について、「書くことは人となりであり、ホルヘ・エドワーズの『中庭』は紙の鏡、つまり、著者を生き生きと映しだしたものである」と評した。エドワーズが若干二一歳で、八篇の短篇からなる『中庭』を出版したころのチリはミストラル、ネルーダ、ウィドブロといった詩人の国であり、どの出版社も散文に対しては冷たく、若い作家にとってはなおさらだった。この時代に作品を発表しはじめた作家たちはやがて〈五〇年世代〉としてくくられるようになるが、その最年長はホセ・ドノソ（一九二四～九六）、最も若いのがエドワーズ（一九三一～）。五五年に処女短篇集『避暑』を出したドノソは「わたしたちはみんな、頼み込んだり粘ったり、自費や出資してもらったりと、かなり恥ずかしいやり方で自分の本を出版していた。わたしの本はイネス・フィゲロアの店で、キンチャマリの陶磁器や他の工芸品といっしょに売られていたが、ホルヘ・エドワーズも同じように、そうやって『中庭』を出したのだ」と『ブームの履歴書』で述べている。

その後、エドワーズは『中庭』、『都会の人たち』（六一）、『仮面』（六七）と短篇集を出し、まず短篇作家として知られるようになる。だが、それまでにも長篇『夜の重み』（六四、九九年に改訂）を発表しているが、エドワーズの名を世界に広めたのはなんといっても『ペルソナ・ノン・グラータ（好ましからざる人物）』である。

エドワーズは五七年に外交官として働きはじめる。そして、アジェンデ政権時、ハバナにチリ大使館を設立するため、七〇年一二月七日から七一年三月二二日までキューバに滞在。その三ヵ月半ほどのキューバでの体験を同年四月から翌七二年四月末までかかってまとめたのが『ペルソナ・ノン・グラータ』なのだが、時代を考えれば分かるように、出版までには紆余曲折があった。なぜなら、ラテンアメリカの知識人として初めてカストロ体制を批判した本となったからだ。この回想録がとりあえず日の目を見たのが七三年一二月、そして時が流れ、情勢の変化をうけて完全な形で出しえたのが、八二年。『中庭』を出したとき「チリ文学よりも外国文学のほうがよく知っているし、関心がある」（『ブームの履歴書』）と言って国内で騒ぎをまきおこしたエドワーズだが、彼がキューバを離れる前日にエベルト・パディージャが逮捕されるという事件が起きる、そんな当時のキューバの政治的・文化的状況を生々しく伝える本書は欧米やラテンアメリカではるかに大きな騒動を巻き起こす。帰国間際のカストロとの最後のやりとりはスリリングでさえあるが、そこにはパディージャと親交のあったエドワーズが次のようにカストロに答えているシーンがある。

「作家という天職に誠実であり、できうるかぎり最善のものを書こうとしてます。たぶん、あなたが言われるように、価値のある作品は書けないかもしれない。でも結果がすべてじゃない。人は個人的な強迫観念から書く。そうした強迫観念がひとつの歴史的な瞬間がもつ大きな不安のいくつかと一致するとき、耐久性のある芸術作品となってあらわれるかもしれません。芸術家はそうした場合、自分の時代を解釈しはじめるんです。あなたに確約できるのは、わたしとしては、書きつづけるということだけです、よかれあしかれ」

エドワーズ自身、いまなおそう考えているとのことだが、彼の作品にはこの言葉に見られるように、時代と社会、そして政治と絡みあうものが多い。むろんそれは外交官という職が垣間見せてくれた世界なのかもしれない。七一年三月にキューバを離れたエドワーズは四月からフランスのチリ大使館で働く。このときの大使がネルーダであり、エドワーズはいっそうネルーダと近しい関係になる。七二年一一月にネルーダは帰国するが、それまでの体験をもふまえて、やがてエドワーズにおけるネルーダ像は『さよなら、詩人《ポエタ》』（九〇）の主人公として昇華する。人間と政治の関わりは『ペルソナ・ノン・グラータ』ほど生々しくはないにしろ、この作品でも、あるいは長篇『石の招客たち』（八五）や『接待役』（八七）、また最新作の『歴史の夢』(二〇〇〇)でも物語に深く関わってくる。

七三年九月一一日にピノチェトのクーデターでアジェンデ政権が崩壊すると、エドワーズは外交官の職を離れる。そして、七八年末に帰国してピノチェト独裁に反対するグループに加わるまでバルセローナで亡命生活を送る。亡命が作家に何をもたらすのか。レイナルド・アレナスは『夜になるまえに』で「亡命地では人は幽霊に過ぎない。自分の完全な現実には決して到達することのない誰かの影に過ぎないのだ。亡命地に着いてからぼくは存在していない。そのとき以来、ぼくは自分自身から逃げはじめたのだった」と記した。エドワーズは六八年から九四年までの間に書いたエッセイを集めた『詩人たちのウイスキー』(一九九七)で、「去る者は帰らない。帰る者は別人である。長いこと自分の居場所を棄てる者はもうどの場所にも属さない。どこの人間でもない。永久に順応できない人間になっているのだ」と綴っている。さらに『歴史の夢』では「ここに来るように、いったい誰に言われたのかと彼は考えていた。国は、結局、彼の記憶にある国となんら関係はなく、別物だった。そして彼自身も。だったら?」と、一〇年近い亡命の後、いまだ危険な祖国にもどった主人公は思う。アレナスの一文をエドワーズに示して、あなたは帰国しようと考えつづけていましたか、と訊いた。すると間髪をいれずに、もちろん、と答えた。チリでは七八年まで検閲があった。それを考えると、七八年末に帰国したエドワーズは微妙な立場にあった。だが、『歴史の夢』は主人公が、失った時を、失くしたものをとりもどそうとする物語でもある。主人公は帰国後、国をリードする階級との関わりの中で独裁時代を追体験するとともに、七三年のクーデターのときに攻撃された大蔵省の建物を設計したイタリア人建築家をめぐる一八世紀の書物に熱中し、当時のチリ社会を再構築する。そうして営々と続く過去とのつながりを確立することで、エドワーズは亡命で失われた五年を回復しようとしたのかもしれない。

身動きとれないほどの会場で、エドワーズは雪舟の肖像を見て、これがいちばん気に入った、と言い、出口では展覧会の絵はがきと「国々人物図巻」の複製を求めていた。彼の関心はやはり人間にあるようだ。


(二〇〇二年五月号)

日本のフィクション、フィクションの日本

マリオ・ベジャティンは一九六〇年七月二三日、メキシコ生まれ。ペルーに移ってリマ大学でコミュニケーション学を修め、八七年にはキューバに留学して映画を学んでもいる。そのため『塩の女たち』（一九八六）をはじめとする初期の作品はペルーで出版しているが、現在はメキシコで活躍している。彼を「悪の語り手」と呼ぶ批評家もいるが、一九九九年にフアン・ルルフォ賞を受賞したセルヒオ・ピトールは「マリオ・ベジャティンとともに小説はふたたび主要なジャンルとなる」と持ち上げている。注目度の高さを証明するかのように、『美容院』（九九）は二〇〇〇年度のフランスの最優秀外国文学賞の最終候補となったし、『花』（二〇〇一）で今年、メキシコのハビエル・ビジャウルティア賞（一九五五年創設。第一回の受賞者はフアン・ルルフォ）を受賞した。

そのベジャティンの最近の二作『ムラサキ夫人の庭』（二〇〇〇）と『シキ・ナガオカ、フィクションの鼻』（〇一）を読むうち、妙な気分になった。たぶん、一読者というまえに自分が日本人であることを思い出させられたからだ。

『ムラカミ夫人の庭』は一〇〇ページほどの中篇で、人物の内奥をアレコレ描いたものではなく、物語は淡々と進む。美大で学ぶ主人公イズはあるとき、美術品の蒐集で名高いムラカミ家の所蔵物を見物する機会に恵まれる。ただその所蔵物に対する率直な批評を雑誌に寄稿したことから、美術界に動揺が走る。一方彼女の大学は二派に分かれて勢力争いをしており、イズは改革派の教員マツエイ・ケンゾウと雑誌の主幹ミゾグチ・アオリに気にいられている。ところが、ある日二人が学長選での不正を画策していることを知り、それを保守派の教員に告げる。そのため二人は失脚し、イズは大学を退学、初めてあったときからイズに求愛している年配のムラカミと結婚。やがてムラカミは病に倒れ、イズとは一つ違いの女中エツコの胸を触りたいと言って死ぬ。イズは自分に遺された屋敷に住み、

池では金色の鯉が泳ぐお気に入りの庭を眺めて暮らすが、やがて蓄えがなくなり、その庭をつぶす決心をする……。

妙な気分になったのは、まずこの作品につけられた三六の脚注のせいだ。futon, tatami, shiatsu といった語はまだしも、shoji は「ライスペーパーで覆われ、乾いた大豆の胚芽を燃料とする枝付き燭台。燃料は数日光を放つが、いったん点けると、消えるまで交換できない」、sudare は「海苔巻きを作るために特別に考案された鍋。入手困難なため、国内では、とりわけ中上流階級の間でひどく珍重されている」という説明。また、otsu という語には「墓地でよく使われる土地の尺度。一 otsu は五〇センチ平米に相当する。そのため死者の多くが立ち姿で埋葬されるのも珍しくはない」。もう一つには本文中で、たとえば、ムラカミの葬儀でイズのまとう衣装が「背中には羽を広げて飛ぶ二羽の鷺が描かれ」ている「結婚式で着たラベンダー色の着物」に「濃い赤の帯」であったりし、冬の終わりの日々が「夜明けには零下、午後には三五度になることもあった」りするからだ。日本が舞台、日本人が登場人物と思って読んでいると、日本語や日本に対するこうした誤解の多さが目につき、鼻持ちならなくなる。だが、確かに日本、日本人らしくはあるのだが、ベジャティンはそうだと明確に記しているわけではなく、アルファベットで綴られている syoji が「障子」、そして sudare が「簾」でなければならないいわれはない。そのことは本文の末尾に置かれた「『ムラカミ夫人の庭』の物語の補遺」として挙げられている一三の項目からもいえるかもしれない。たとえば「1　明白には言われていないが、ムラカミ夫人は谷崎潤一郎のエッセイ『陰翳礼讃』と奇妙な関係を保っている。件の関心がどんなものかはっきりさせることはできなくなっている」とか「15　イズの母親の長い白髪は立ち上がるとひどく乱れて見えたものだった」というような。この補遺は一つの読書を終えた読者に、あなたは何を問題にして読んできたのか、あるいは、別の読書があったのではと問いかける。

同じことが『シキ・ナガオカ、フィクションの鼻』でも展開される。本文はルルフォやアルゲダスと親交のあった、異常に鼻の大きな作家シキ・ナガオカの一生を再構築したものだが、「イケノ半島に居を移した谷崎潤一郎」とか「芥川龍之介の『鼻』をこの作家の人生にインスピレーションを得た物語と見なせば」といった記述にあふれている。さらにその本文の後にはメキシコの若い女性写真家ヒメーナ・ベレコチェアが集めた「シキ・ナガオカをめぐる写真記録」として四〇数枚の白黒写真が載せられているのだが、写真とそのキャプションを見比べるとどうもおかしい。「ナガオカ・エッコ著『ナガオカ・シキ、鼻に張りついた作家』」という写真に移っている本を虫眼鏡を使って読んでみれば「貿易地制限にひきつづいて、つぎの手が打たれた。まえに述べたように、元和六年（一六二〇）八月、平戸のオランダ、イギリス両商館員は……」といった文章で、およそタイトルと関係がない。また「大伯父の『日記（遺稿）』を持つエッコの孫」として正面を見すえる女性が手にしている本は『私本　太平記』である。となると、シキの存在そのものが疑わしくなる。

『ムラカミ夫人の庭』の脚注や『シキ・ナガオカ、フィクションの鼻』の写真を前にしたとき、日本語が分からない読者は、その説明になるほどと思ったりするかもしれない。後者にはおまけに鼻をめぐる二篇の短篇、一つは「作者不詳（一三世紀初頭）」とあるから『宇治拾遺』の「鼻長僧事」の、もう一つは芥川龍之介の『鼻』の翻訳が載せられている。こうしたものは本来であれば、本文のリアリティを堅固にするために付加される。おかげで、読者はそのもっともらしさに寄りかかってのんびり読書できることになるのだが、ベジャティンのこの二作の場合、日本語の分かる読者は逆に、そのリアリティが破壊された、まったくの虚構と対峙せざるをえなくなる。いずれもスペイン語圏で話題になっているが、リアリティ、そしてフィクションというものを考えるとき、日本人が読んだほうがいっそう興味尽きないものとなるのではないか。

（二〇〇二年六月号）

庭とエロス

――ルイ＝サンチェス『モガドールの秘密の庭』

広場は出会いの場である。楽器を鳴らす、演説や説教をする、彫刻と化す、秘伝の品やとっておきの芸を売る、アスファルトにチョークで絵を描き、逆文字を書く……そんな人々のまわりに、何かを期待して人が集まる。たとえば、モガドールの広場では、ひとりの語り部がまわりを取り囲む老若男女に「愛する者が細心の注意を払って聞いてくれるような声」「愛するものの肉体に住むために声」に変わった男の話を始める。こうしてアルベルト・ルイ＝サンチェスの『モガドールの秘密の庭』の物語は、わずか数ページのうちに小説の語り手のもとを離れ、以後の語り手となる語り部へと受け継がれる。そして読者は、広場の人々と同じように、「声に変わった男」の話に耳をすますことになる。だが、その語り部が語る物語の主人公は「わたし」。では、小説の語り手→語り部→「わたし」へとバトン・タッチして語られるのはどんな話なのか。

わたしは迷路のようなモガドールの市場を歩いていると、奇妙な花売りを目にする。手に様々な花の花びらをのせて、注文をとっているのだ。肝腎の花は後で、別の場所で渡すという。その花売りはわたしの横を通り過ぎるとき、花びらのいくつかを指でつぶす。そのにおいに惹かれてわたしは彼女のあとを追う。翌日、その女、ジャシバの家に招き入れられるが、わたしは彼女に魅入られ、それっきりその家から出られなくなる。そうして四カ月、彼女は妊娠する。しかしその妊娠で彼女の肉体、欲望が変化し、やがて、「モガドールは庭の町じゃないって言われてる。でも〈欲望の町〉と呼ぶことにはみんながうなずくなら、庭の町でもあるべきよ。ひそかな類まれな庭のある町。そんな庭をあたしのために見つけて。それがいまのあたしにとって最大の望み。わしらが見るすべてのものの中に庭がある、と父は死ぬ前にあたしに言った。わしらが楽しみ方を知っておれば、光にただよう埃の粒の中に、わしらを待ちうけている庭があるのだと。モガドールにありそうなありとあらゆる庭のうち、最初の庭はてのひらの中にあるのだと。それが強くくすぐるのを感じられたらいつだって。庭といっしょにあたしに触れにきて、それかもう二度とあたしに触れないかのどっちか」と言って、わたしに挑戦する。

こうしてわたしはジャシバの「シェヘラザード」「少なくとも物語の語り部、ひとつの声」となって、庭の話をしなければならなくなる。すぐに分かるような庭でも想像ででっちあげた庭でもないような庭の話を。男シェヘラザードとなったわたしはモガドールの町を歩きまわって人々から聞き、あるいは自分の目で確かめた庭、およそ想像もつかなかったような庭の話をする。手の中の楽園、目にみえないものの庭、織物の祭儀の庭、旅するサボテンの庭、花とそのこだまの庭、雲の庭、声の庭、風の庭、火の庭……。

妊娠が原因で欲望のありようが変化した女、自らの欲望の対象である女の欲望を充たそうとして様々な庭の話をするうち、わたしの欲望さえもが変化してくる。そうしてわたしとジャシバは欲望の別の次元へと入りはじめるのだが、やがてある日、わたしは広場でひとりの語り部の口から、外国から来た庭師とジャシバの話を聞く。二〇年あまり世界の庭の手入れをしていたその庭師は〈モガドールのリヤド〉が世界に現存する庭の中でも最も驚異的なもののひとつと聞いて、訪ねて来る。ところが、その庭を作った男はすでに亡く、娘のジャシバが守っている。庭師とジャシバはたがいに惹かれあい、夜を共にするうちに、おたがい、より深い満足感を与えあうような存在へと変わっていく……。

庭をめぐる掌篇、俳句（とおぼしき短い三行詩）、声が綴るラブレター等様々な要素を組み合わせ、ハッサン・マソウディの書を随所に取り入れ、エロチックな描写やイメージにあふれたこの『モガドールの秘密の庭』はおそらくルイ＝サンチェスの代表作と見なされることになるだろう。昨年一二月に出版されると、メキシコでもスペインでもベストセラーとなった。

著者のルイ＝サンチェスは一九五一年一二月七日メキシコ市生まれ。七〇年代初めにはフアン・ガルシア・ポンセ主宰の文学ワークショップに出る一方、七〇年から七四年にかけて、首都にあるイベロアメリカーナ大学で情報科学工学の修士課程に学び、七五年から八二年の間はパリに留学して、ロラン・バルトのゼミで博士論文「ピエル・パオロ・パゾリーニの詩学」の指導を受ける。帰国後、八四年から二年間オクタビオ・パスの雑誌「ブエルタ」の編集長を、八八年からは雑誌「メキシコの芸術」を運営している。

ルイ＝サンチェスはパリに渡った年に初めてモロッコを訪ねているが、そのとき、モロッコとメキシコが古代アラビア・アンダルシア文明の子孫であることから文化的にきわめて類似していることを知ると同時に、エッサウィラという名に隠れたモガドールの町を発見する。そしてその町は以後、『空気の名前』（一九八七、ハビエル・ビジャウルティア賞受賞）や『水の唇のなかで』（九六）といった、彼が発表することになる作品のほとんどの舞台となった。つまりルイ＝サンチェスは、エッサウィラの旧称であるモガドールを現在の時間の中で捉えることで、名が変わらなければ続いていたかもしれないモガドールという町を創りあげ、その創りあげた（そして、創りあげつつある）世界の中で、男の、そして女の欲望をめぐって繰り返し考察しているのだといえる。彼のモガドールは想像上の町だがどうにも魅力的であり、このさい現在のエッサウィラへでもいいから出かけてみたい気分にさえさせられる。フェニキア、モーリタニア、ポルトガル、そしてアラビアの文化が作りあげてきた町、かつてジミ・ヘンドリックスが曲想を求め、オーソン・ウエルズが映画『オセロ』の舞台に選んだ町。そこへは、たとえばイベリア航空で行くとすれば、東京・パリ・マドリッドを経由してカサブランカまで早くて一八時間半ほど、そしてそこから週二便（金・日）の飛行機で一時間、あるいは一日二本のバスで七時間。

（二〇〇二年七月号）

フィクションとノンフィクションのあいだで

――ハビエル・セルカス『サラミスの兵士たち』

昨年三月に出版されるとたちまちベストセラーとなり（手元にある版は今年四月で一九刷）、バルセローナ市賞、サラムボー賞など五つの賞を獲得して、いまなおベスト10に入っている本がある。九月にバルガス＝リョサが「エル・パイス」新聞に「長い間読んできた本の中で最良の一冊であり、エンタテインメントと呼ばれる軽い文学が流行となった今、無数の読者を得るにふさわしいものである。なぜなら、そうした読者たちは、真面目な文学、重大なテーマにあえて挑んで気楽さを避ける文学には退屈なところがないことが、逆に、読者に違った影響を与えるばかりか、その目をくらませるものであることを確認するだろうから。（略）いわゆる社会参加の文学は死んだと信じていた人たちは読まなくてはならない。ハビエル・セルカスのような作家の手にかかると、それがどれほど生き生きとして、どれほど独創的、実り豊かなものであるかを知るために」と高く評価したことも一因だろうが、それだけでは昨今、これほどの読者の触手を動かしはしない。では他にどんな理由があるのか。答えは単純、とはいえいちばん大切なことなのだが、読んで面白いということ。だからこそ人の口にのぼって連鎖が始まり、ベストセラーと化していくのだ。

ハビエル・セルカス自身をも一躍、時の人にした『サラミスの兵士たち』は原文で二〇〇ページあまり。ほぼ等分の三部構成になっている。

第一部「森の友人たち」――本を二冊出して文筆活動に専念しようとして失敗。結局は文才がないことを悟って新聞社にもどり、薄給で文化欄を担当しはじめた若いジャーナリスト、セルカスはある日、ラファエル・サンチェス・フェルロシオにインタビューすることになる。話はサラミスの海戦から、ラファエルの父、サンチェス・マサスの銃殺事件へと移る。一九三三年一〇月、独裁者プリモ・デ・リベーラの息子ホセ・アントニオの友人であり、彼とともにファランヘ・エスパニョーラ（やがてフランコが継承）を創設したサンチェス・マサスは「〔三六年七月一七日、モロッコでの軍部の反乱を契機としてスペイン本土での反乱が起きる翌〕一八日をマドリッドで迎え、チリ大使館に逃げ込まなくちゃならなかった。そこで一年あまりを過ごした。三七年の終わりごろ、その大使館を抜けだし、変装してトラックでマドリッドを出た。たぶん、フランスに行くつもりだったんだ。ところが、バルセローナで捕まり、フランコ軍がその町に近づいたとき、国境間近のコリエルにつれていかれた。そこで〔逮捕され投獄されていたファシストたちはそろって〕銃殺され」ることになるが、そこから運よく逃げ、穴に隠れる。ところが追手の一人に見つかる。そのとき、「そこにいるのか、という声が聞こえた。父の話だと、その兵士はちょとのま父を見つめていた。そして見つめたまま、ここにはだれもいない、と叫び、踵をかえして行ってしまった」。そのおかげでサンチェス・マサスは一命をとりとめ、三人の「森の友人たち」に助けられ、やがてフランコ軍に合流。以後はフランコ政権下で政治に関わったり、小説を書いたりすることになる。セルカスは彼を見逃した兵士に興味を覚え、関係者に会い、数多くの本・資料をあさりはじめる。

第二部「サラミスの兵士たち」は収集した資料・証言をもとにセルカスがマサスの生涯を綴ったもの。

第三部「ストックトンでの約束」――セルカスは脱稿した「サラミスの兵士たち」が不満で出版せずにいるが、ある日仕事で、ロムロ・ガジェゴス賞を受賞したチリの作家ロベルト・ボラーニョをインタビューすることになる。ボラーニョがセルカスの作品を読んでいたこともあって話ははずみ、いつしか「英雄とはどんな存在か」という話題になる。ボラーニョは自分が作家として売れないころに出会った人物のことを話す。その男ミラリエスは共和国軍の兵士として参戦するが、やがてフランコ軍に追われて国境を越え、フランスの外人部隊に入ってアフリカに渡り、砂漠を越えてイタリア軍、ドイツ軍と戦い、戦後はフランスに居住。その話を聞き、セルカスは自分の作品に不足しているものを発見する。つまり、「ここにはだれもいない」と叫んだのは誰だったのか、その男がサンチェス・マサスと目を合わせたとき彼は何を思ったのか。もしかしたら、自分の作品に欠けていたパズルの最後の一枚はミラリェスではないのか。セルカスはボラーニョの記憶を頼りにふたたび捜索を開始し、見つからないと諦めかけたとき、フランスの養老院にかけた電話に当のミラリェスが出る……。

本文中に登場するセルカスもボラーニョも、サンチェス・マサスも実在の人物だが、当の本人たちの実像かどうかは知る由もない。ミラリェスはおそらく虚構の人物だろう。さらには第二部に置かれた「サラミスの兵士たち」は事実を提示することに主眼を置いて書かれているせいか物語というよりは「本当の話」といったものに近い。そしてその「サラミスの兵士たち」を核にしてできあがっているのが『サラミスの兵士たち』となると、この作品はノンフィクションとフィクションの境にあっていかにうまくバランスを保っていることか。さらにはスペインの暗い過去とそれを描くときのユーモアのバランスも。

二〇世紀初頭から前半のスペインは、共和派とファシストの戦い、反ファシスト側の内紛、ドイツやイタリアの干渉、国際義勇軍の参戦等、複雑な様相を見せながら揺れに揺れ、おびただしい死傷者を出し残虐な光景を日常化したが、結局は、フランコ率いるファシスト側が勝利をおさめる。そんな、いまだ不明の部分のある暗い時代を背景にした作品から多くの読者は何を読みとるのだろう。謎の解明、それとも歴史の新たな解釈。いや、たぶん、スペインのファシズムの基礎を築き戦後は体制の中で安寧な生活を送った人物、そして敵側にもかかわらずその男の窮地を救い青春のすべてを戦争に費やした人物、その二人の生き方を対比させつつ、人間の生に対してなされた問いかけだろう。

この作品はこの春、映画化された。監督のダビッド・トルエバは「映画は感情に中心を置き、この場合、女性の視線が最適」として、小説上の若い男性ジャーナリストを女性の大学教授に替える。視線の違いでどんな『サラミスの兵士たち』ができるのか、興味が尽きない。なお、著者ハビエル・セルカスは一九六二年、スペインのカセレス県イバエルナンド生まれ。短篇集『モビール』（一九八七）、小説『下宿人』（八九）、『鯨の腹』（九七）等を発表。現在はスペインのヘローナ大学でスペイン文学を教えている。

（二〇〇二年八月号）

戦士のその後

――オラシオ・カステジャノス＝モヤ『男の武器』

八月七日、コロンビアでは、対話を進めたものの実効が上がらなかった前パストラーナ政権に代わって、対ゲリラ強硬路線を唱える新大統領アルバロ・ウリベの就任式をつぶそうとする爆弾テロが起きた。となれば、この先、また激しい戦闘が繰り返されることになるのだろう。

一〇年前の一月、エルサルバドルでは和平協定が調印され、七万五〇〇〇の死者、一〇〇万にもおよぶ亡命者を出した、一二年間におよぶ内戦が終結。協定の合意事項には、政府軍の縮小、新たな国家警察の創設、ＦＭＬＮ（ファラブンド・マルティ民族解放戦線）の武装解除と政党への転換、といった点が挙げられてもいる。だが五万の軍を一万に削減し、ゲリラ兵を社会復帰させるとき、それまで敵味方に分かれて戦っていた兵士たちはどのようにして新たな生活に入っていたのか。

「小隊の連中はおれをロボコップと呼んでいた。おれはアカウアパ大隊の突撃隊に属したが、戦争が終わったとき、除隊させられた。そのときおれは宙ぶらりんになった。自分のものはＡＫ-47が二つにＭ-16が一つ、弾倉が一ダース、手榴弾が八個、おれの九ミリ口径の銃が一つ、それに補償金としてくれた三カ月分の給料にあたる小切手だけだった」

この一節で、主人公フアン・アルベルト・ガルシア、通称ロボコップが戦後を語るオラシオ・カステジャノス＝モヤの中篇小説『男の武器』（二〇〇一）が始まる。一九八三年、二〇歳のときに徴兵されて以来戦いつづけ、一度も敵に捕まったことのない、負傷すらしたことのない男には和平自体が信じられない。戦いが始まったときに家族は合衆国に出国しており、また戦うこと以外に男はすべきことも見出せない。やがて補償金も残り少なくなってきたとき、かつての戦友ブルーノと出会い、車を強奪してそれをブルーノの知人に売りさばいてもらうことで金をかせぐようになる。そのころ、いっしょに作戦行動をしたことのあるサウル軍曹と出会い、彼から、自分たちの大隊の司令官であったリナレスが一つのグループを作って非合法的なテロリスト組織の壊滅をはかっていることを知り、その仲間に加わることになる。そして、リナレスに命じられてガルシアは、三歳の娘を保育所に送りとどけようとしている元テロリストを、ブルーノの手をかりて射殺。この事件を皮切りに、ガルシアの武器を手にした戦いが始まるが、その戦いは命令を実行に移すことに明け暮れた内戦時代とは違って、裏切りが茶飯事で敵味方のはっきりしないもの、国境を超えたスケールを持つものとなっていく。生きのびるために彼は自ら判断しなければならない。「おれの部下だったやつらの多くが死んだ。だが、それも戦争の一部だ。弱い者は生きのびられん」という信念にそって。

原文一一〇ページほどの物語が三七の章立てになっていることからも分かるかもしれないが、ガルシアが悩んだり考えたりするシーンは皆無といってよく、一人称で語られる物語はガルシアの視線に合うように読者を誘導し、ひたすら行動するガルシアの後を追わせる。そうした構成が、そしてごてごてと飾らない、むしろ素っ気ないほどの文章（見事に見出した文体）が、プロの暗殺者へと変わっていく主人公のドライな性格を際立たせ、作品にハードボイルドの趣をうまく付与している。

九二年に和平が結ばれたとはいえ、その後すぐにテロがなくなったわけではない、そんなエルサルバドルについて、カステジャノス＝モヤは「極端に暴力的な状況下で育てられると、人には痕が残る。きみは一軒のバルにいる。誰かがきみだと気づいて、きみに一発おみまいする。こんなことを言うのも、ぼくが特別な人間だからじゃなくて、そんなふうにエルサルバドルの社会が作用しているからなんだ。交通事故がもとで撃ち合いになったり、サンサルバドルのど真ん中で手榴弾を爆発させたりする連中がいる（悪党たちは手榴弾を使って抗争するんだ）。極度のパラノイアと神経性ストレスを抱えて生きる社会なんだ」と述べている。

オラシオ・カステジャノス＝モヤは一九五七年生まれ。だが七九年にサンサルバドルを出て、カナダ、コスタリカ、メキシコと移り住み、メキシコではジャーナリストとして活躍。九一年末にはサンサルバドルにもどり、雑誌「テンデンシア」副編集長、週刊紙『プリメラ・プラーナ』の編集長を務めた。これまでに四冊の短篇集や『ディアスポラ』（八九、中央アメリカ大学賞）、『蛇たちとのダンス』（九六）、『吐き気、サンサルバドルのトマス・バーンハード』（九七）、『鏡の悪魔』（二〇〇〇、ロムロ・ガジェゴス賞候補作）といった小説を出しているが、エルサルバドルの倫理的・政治的状況を糾弾した『吐き気』がもとで死の脅迫を受けたため、サンサルバドルを離れメキシコに亡命せざるをえなくなった。そんなカステジャノス＝モヤを友人でもあるロベルト・ボラーニョは「彼は物鬱げで、火山の多い自国のどこか火山の底で生きている、そんな感じで書いている。この言葉は魔術的リアリズムを思わせる。でも、彼の本には魔術的なところなどまったくない。たぶんスタイルへの意欲は別だが。彼は生存者だが、生存者みたいには書かない」と評している。

この六月、故国での『ディアスポラ』出版契約のためにカステジャノス＝モヤは久しぶりに一時帰国したが、そのとき「ディアリオ・デ・オイ」紙のインタヴューで次のように語っている。「なぜ暴力なのかと、何度か訊かれたことがあります。帰国するたび、ぼくは国がひどく暴力的であるのを知り、国をひどく暴力的に書く。〈暴力の手段〉について誰かに訊かれると、ぼくは、自分にとって暴力は一つの手段ではないことに気づく。それはエルサルバドル的なるものの一部なんです。とても暴力的な文化であり、家族、制度、国家、すべてに浸透する。だからこそ暴力は文学で表現される。ぼくのに限らず、国で書かれるさまざまな文学の中で。ホンジュラス、エクアドル、ボリビアといったとても貧しい国、とても似通った状況で現れても、あまり暴力的でない別の文学もあります。たぶん、コロンビアの文学が暴力という強力な構成要素をもっているんじゃないでしょうか」

『その時は殺され……』等邦訳のあるレイ＝ローサはグアテマラの暴力を描きつづけているが、『男の武器』の舞台にもなるそのグアテマラとエルサルバドルには、いまだ一三〇万あまりの非合法的な武器があるという。それが暴力を支えているものだとすれば、いずれの国にとっても内戦の残したものがいかに重く、容易に片づけられないものであるのか、思い知らされる。

（二〇〇二年九月号）

二人のカルロス・フエンテス

齢を重ねると、多くの作家が回想録のようなものを書いたり、日記を出版したりする。創造力の枯渇からくる苦し紛れともとれる場合もあるが、作者と作品との関係がいっそうよく理解でき、興趣尽きないものも多々ある。昨年、たまたま二人の作家がそんな作品を発表した。一人は一九二七年生まれのガルシア＝マルケスで、久野量一氏が紹介された『語るために生きる』（「ユリイカ」二〇〇三年一月号）。そしてもう一人は二八年生まれのカルロス・フエンテスで、『これを信じる　A／Z』。

ガルシア＝マルケスの『語るために生きる』は幼少年期の思い出をも描いた長い物語としても読みうるものになっているが、フエンテスの作品はAからZまで、つまりAmistad（友情）からZurich（チューリッヒ）まで、四一の言葉を選んでその言葉をテーマにしたエッセイ集。選ばれているのはバルザック、ドン・キホーテ、フォークナー、カフカ、小説、読書といった文学に関わるものはむろん、教育、グローバリゼイション、市民社会、政治といった時事的なもの、愛、嫉妬、自由、セックス（性）といった、人の生にまとわりつくものなどなど、幅広く、エッセイというよりは告白というにふさわしい文章さえある。扱っているテーマにはこれまでフエンテスが作品で表現してきたものもあるのだが、こうして新たにまるでモザイクのように組みなおされてみると、フエンテスという作家がなぜオピニオンリーダーの一人となっているのか、なぜその作品が多数の読者に読まれるのかがいっそうはっきりする。

本書は二六歳という若さで他界した息子カルロス・フエンテス・レムス（一九七三〜九九）に捧げられている。画家、写真家であり（ガルシア＝マルケス、ノーマン・メイラー、アリ、ソンタグ、ラシュディ、グラス、ポランスキー、ヘプバーンらの写真に父のフエンテスが文を綴った『時のなかのポートレート』を一九九八年に出版）そして詩人として『言葉は生きのびる』を遺したレムスだが、彼の死はフエンテスに大きなショックを与えた。『これを信じる　A／Z』のHはHijos（子どもたち）。そこでは二人の娘のことに続いて、このレムスのことが語られている。「よちよち歩きを始めるとすぐ、彼の体は青あざだらけになり、関節は腫れあがっていた。わたしたちはすぐそのわけを知った。カルロスは、遺伝子変異のせいで、血液の凝固を妨げる病気、血友病を患っていたのだ。ごく小さな頃から彼は凝血効果のある注射をしてもらわなくてはならなかった。煩わしいとはいえ、この処置で生涯安らぎが見出されるとわたしたちは思った。だが保存血液のエイズ・ウィルス汚染は血友病患者たちを見棄てた。ときには医学上の誤った決定のせいで、またときにはヨーロッパやアメリカ合衆国の当局の犯罪的な無責任な法的措置のせいで。血友病者は寄る辺なくなった。恐ろしい感染や自分自身の免疫システムの衰弱に対して無防備のまま」

一九九九年の長篇『ラウラ・ディアスとの歳月』には、主人公ラウラが画家である若い息子の死に直面するシーンがある。フエンテスは、そこの描写は予言ではなく、悪魔祓いをするつもりで書いたのだという。だがその予言どおり、レムスは死ぬ。若くして死ぬこと、それはMの項、Muerte（死、死神）で触れられている。「わたしたちは自分の人生の総括をするが、知っているのだ。本当の検察官は死神であることを、そしてわたしたちには彼の判定があらかじめ分かっているということを。最後の、避けることのできない道連れ。だが、友だちなのか敵なのか？　敵、いや敵というよりはライバルなのだ、わたしたちから愛する者を奪うときには。なんという不公平な、性悪な、卑劣なやつなのか。わたしたちをではなく、わたしたちが愛する者を殺す死神は。（略）若者の死は不公平そのものである。そうした残酷さに逆らううちに、わたしたちは少なくとも三つのことを学ぶ。一つめは、若者が死ぬと、もうなにもわたしたちを死から引き離してくれないということ。二つめは、死んでいっそう愛される若者がいるということを知ること。そして三つめは、わたしたちが愛した若い死者は生きているということを知ること。なぜならわたしたちを結びつけていた愛はわたしの人生で生きつづけるからだ」

この『これを信じる　A／Z』の一年前、つまり

『ラウラ・ディアスとの歳月』の二年後になるのだが、フエンテスは『イネスの本能』を発表し、前作同様、評判をとった。物語は大きく二つに分けられる。一つは、マルセイユ生まれの世界的な指揮者ガブリエル・アトラン＝フェラーラと一三歳年下のメキシコ人ソプラノ歌手イネス・プラーダの出会いから、その奇妙な別離を描く恋物語。そしてもう一つは、原初的な男女ネ・エルとア・ネルの出会いから、やがて一つの人々の集まりの中で父権が確立するまでを語ったもの。ストーリーそのものはむしろ単純といえるだろうが、その構成はそれほどでもない。

というのも、いろいろな仕掛けがあるからだ。作品そのものは、九三歳になったガブリエルの回想で始まる。つまりはガブリエルとイネスの話はガブリエルが取り戻す過去でもある。二人が初めて出会った一九四〇年末のロンドン、四七年のメキシコ、イネスが姿を消した六七年のロンドン、そして一九九九年にガブリエルが引退公演をするザルツブルグと時間と場所を変える。ただそのいずれの場所・時間でも、二人を結びつけるベルリオーズの歌劇『ファウストの劫罰』の音楽が絶えず流れる。これに対して、自然の音にあふれ、人のうめき声や叫びが言葉に、そして歌へと変わっていく、そんな時代を舞台にしたネ・エルとア・ネルの話はまるで原始時代の物語のようではあるのだが、過去形ではなく未来形で綴られているため、もしかしたら、いまの世界のあとに始まる世界、未来の出来事のようにもとりうる。

九章に分けられて並行して進み、まったく異なるように思えるこれら二つの時間・空間は、やがて、まさしく『ファウストの劫罰』の舞台で、交差し、不足するものをたがいに補完しあう。現在、過去、未来を。「自分の時間、自分の空間に見つけられない、そして別の時間、別の空間で見つけなくてはならない男に恋した女のラヴ・ストーリーです」とフエンテスはスペインの「エル・パイス」紙のインタヴューで答えている。一九〇ページほどの中篇だが、幻想小説という枠組みの中で、『これを信じる　A／Z』とは違った形で、時間、生と死、愛、芸術についてを考察した、本読みにはこたえられない作品でもある。

（二〇〇三年四月号）

アメリカとドミニカの間で
――フリア・アルバレスとトルヒージョ

五月二日（日本時間）、ブッシュはイラク戦争の戦闘終結宣言をしたが、いまだに大量破壊兵器は見つかっていない。これまで合衆国は、自らの正義を振りかざし、合衆国市民の安全を守るという名目で兵を進め、目的を達成すると退却ということを繰り返してきた。イラクの独裁者は姿を消した。だがイラクという国はどうなっていくのだろう。新たなフセインを生みだしはしないのか。合衆国の国境の南、ラテンアメリカではたびたびそうした循環が起きた。独裁者を創りだす種をまいて育て、都合が悪くなると刈りとる。たとえばドミニカにおいても。

ラファエル・レオニダス・トルヒージョ・モリーナ（一八九一～一九六一）は、一九三〇年八月から六一年五月、CIAにそそのかされた側近将校たちによって射殺されるまで、三一年にわたって独裁体制をしいた。この間、耕地面積の三分の一、そして多くの大企業を私物化し、三九年には首都サント・ドミンゴの名をトルヒージョ市と改名、五八年にベネズエラのヒメネス、五九年にはキューバのバティスタという二人の名だたる独裁者の亡命を受け入れている。こうしたことからも強権政治のありようが理解できよう。

バルガス＝リョサはこのトルヒージョとその時代を、支配する側に焦点を当てて『山羊の宴』（二〇〇〇）に描いた。逆に、フリア・アルバレスは『蝶々たちの時代に』（一九九四）で、支配される側から描いた。

この作品は、一九六〇年のトルヒージョによるミラバル姉妹の暗殺という実話にもとづいている。アルバレスは「三一年におよぶあの恐ろしい体制の間、意見の不一致を暗示するものはどんなものでも結局は反対者の、そして往々にしてその家族の死につながった。それでもミラバル姉妹は命を懸けた。いったい何が彼女たちにそんな特別な勇気を与えたのか、とわたしは絶えず自分に問いかけた」。その答えを求めて書きはじめたのが本書だが、文献にあたり、関係者たちから話を聞くうちに登場人物たちが動きはじめたため、結局は自分の想像の中でミラバル姉妹を創りあげていくことにしたという。ミラバル家には四姉妹がいた。パトリシア（一九二四～一九六〇）、デデ（一九二五～）、ミネルバ（一九二六～一九六〇）、マリア・テレサ（通称マテ、一九三五～一九六〇）。信仰篤いパトリシアは聖書の教えに従って生き、平凡な主婦で終わるはずだったが、反体制グループに加わっていた少年が兵隊に虐殺されるのを目の当たりにして、反トルヒージョの運動に加わる。ミネルバは国内の不正を正すために大学の法学部に進学するが、卒業してもトルヒージョのせいで弁護士としては働けず、革命家のマノーロと結婚し、革命運動のリーダーとなり、仲間からは蝶々《マリポーサ》と呼ばれる。ロマンチストのマリア・テレサはミネルバから生き方を教わり、彼女に憧れ、革命家のレアンドロに恋をして運動に加わる。やがて、彼女たちの夫や息子たちが、そして彼女たち自身も投獄される。だが、米州機構の人権侵害の告発を機に、彼女たちは釈放される。釈放後も警察の監視下に置かれ、ときおり夫たちとの面会に出かける。ところがある日、夫たちは別の刑務所に移送される。そこへ三人そろっておもむくが、出発する前、デデは虫の知らせか、行くなと言う。また、面会のとき、マノーロは町に泊まるようミネルバに頼む。だが、三人は帰途に着き、その途中、待ち伏せされ、運転手もろとも暗殺される。そうしてミネルバ四姉妹のうちデデだけが生き残るのだが、彼女は他の三人とは違い、夫が許さないという理由で運動には加わらない。それでも自分一人が生き残ることには異常なほど恐怖を抱く。姉妹が暗殺されたあとは人から事件の話を聞く役に、そしてその後は事件を語る役を引き受けることになる。『蝶々たちの時代に』の物語はそのデデが語りはじめる一九九四年を現在にして、三八年から六〇年までの四姉妹の人生を四姉妹それぞれに焦点を当て、少女時代から暗殺へと時間の流れにそって描いたものだが、物語全体の起伏を作っているのは男性上位社会に異議を唱え、パトリシアやマテを革命運動に巻き込むミネルバの行動であり、カトリックの寄宿学校時代、国家を讃える劇をトルヒージョの前で演じたとき、親友がトルヒージョに矢を向け、取り押さえられる、また、トルヒージョに見初められてパーティに招待されたときダンスの最中に平手打ちをくらわせる等々、彼女をめぐるエピソードである。

独裁者に象徴される男社会に異議申し立てをすると同時に四姉妹の心の動きを描いて巧みなこの作品は二〇〇一年、スペインのマリアノ・バロソが監督、ミネルバにサルマ・ハエック、トルヒージョにエドワード・ジェームズ・オルモスを配してＴＶ映画化された。なお、ミラバル三姉妹が暗殺された日、一一月二五日は一九八一年からフェミニズム運動の活動家にとっては暴力反対の日となったが、九九年の国連総会で「女性に対する暴力撤廃のための国際デー」に指定された。

フリア・アルバレスは一九五〇年三月にニューヨークで生まれるが、生後まもなくドミニカに引っ越す。そして六〇年、父親が反トルヒージョの活動に巻き込まれたために、逮捕を恐れて一家で合衆国に移住。アルバレスは同地で中高等教育を受け、コネチカット大学、ミドルベリー大学、シラクサ大学で学んだあと、様々な大学で教えるようになり、一九九一年に発表した処女作『ガルシア家の女の子たちはどのようにして訛りをなくしたか』で注目される。これは子供時代を過ごしたドミニカを離れてニューヨークに移住したガルシア家の四人の女の子たちが、合衆国の文化と衝突しながら成長する過程で様々な体験をする、そのエピソード（短篇）をつないだもの。この作品に登場したヨランダ（通称、ヨ）・ガルシアを主人公にしたのが『ヨ！』（一九九七）であり、そこではヨの少女時代の交遊と、夏を過ごしにドミニカに帰ったときの体験が綴られている。また、二〇〇〇年には、一九世紀ドミニカを代表する詩人サロメ・ウレーニャの人生と、その娘で母の顔を知らずに育ち合衆国で長年教授職にあったカミーラの人生を交差させて描いた『サロメの名において』（二〇〇〇）を発表。こうした長篇だけでなく、海底に住む種族の女の子が陸に上がって普通の人間の優しさを知る『秘密の足跡』（〇〇）や、トルヒージョ体制下に残った一二歳の少女の目を通して独裁政権の姿を描いた『自由になる前』（〇二）といった少年少女向けの作品や、ドミニカに休暇旅行に出かけたアメリカ人農夫が本当のコーヒーを作る人々と出会い、それを世界に広める『カフェシート・ストーリー』（〇一）といった中篇、あるいは詩集『もうひとつの側』（一九九五）、エッセイ集『打ち明けるべきこと』（九八）というように幅広いジャンルに手を染めている。常に英語で執筆しているものの、いずれもドミニカが作品の中心にすえられているのは、トルヒージョ独裁期に少女時代を過ごし、ミラバル姉妹が暗殺される年に合衆国に移住したことが、彼女のトラウマになっているからなのだろうか。

（二〇〇三年六月号）

書簡体の政治小説
――フエンテス『鷲の椅子』

この春、国連の安全保障理事会の非常任理事国であるメキシコはイラクに対する武力攻撃を容認しようとしなかった。反対にもまわらず、アンゴラ、チリ、パキスタン、ギニア、カメルーンとともにイラクの武装解除の履行を四五日間延長するという再修正案を出す中間派の一員となった。イラク攻撃が終わった五月半ば、アメリカは積極的に味方につかなかったメキシコに対して、国有企業ＰＥＭＥＸ（メキシコ石油）へのアメリカ企業の資本参加を迫った。これがいわゆる報復措置とみなされている。

イラクをめぐるそうした動きの中、二月にカルロス・フエンテスは二年ぶりに長篇『鷲の椅子』を発表。「鷲の椅子」とは「大統領の椅子」のことであり、作品はそのタイトルにふさわしい政治小説になっている。フエンテスはこれまでもメキシコの政治を『大気澄みわたる地』、『アルテミオ・クルスの死』、『胎内のクリストバル』等、多くの作品でとりあげてきており、目新しいテーマではない。自ら、「二〇年前から、PRI（制度的革命党）が長く覇権を握っていたときに行っていた大統領の継承をめぐる小説を書くための材料を蓄えてきた」と言う。ところが、ある日、「ビル・クリントン大統領が電話をかけてきて、メキシコに副大統領がいない理由を訊いた。副大統領がいた時代、彼らは大統領を失脚させることに専念していたため、現行憲法から副大統領を排除したのだと答えた。じゃあ、大統領が在任中に死んだときには――とビル・クリントンは訊いた――いったいどうなるんだ？」（メキシコの「シエンプレ」誌、二〇〇三年三月二三日発行）。この問いがもとで、テーマが変わる。

二〇〇〇年にPAN（国民行動党）のビセンテ・フォックスが大統領に就任するが、それまで七一年におよぶPRI（制度的革命党）によるほぼ独裁的な時代には、大統領が指名した人物が次期大統領となった。その継承をめぐるドラマはすでにルイス・スポータ（一九二五〜八五）が『権力のシナリオ』（一九七五）で描いている。スポータがその作品で物語展開上主に用いたのは憲法第八二条に記された七つの「大統領となるための必要条件」だが、フエンテスの『鷲の椅子』ではさらに、共和国大統領が完全に不在になった場合の暫定、臨時、代理大統領の選出の仕方を規定した第八四条、そして「大統領は一二月一日に職務遂行を開始し、六年間その職務に就く。一般選挙によるものであれ、暫定、臨時、代理の性格をもつものであれ、共和国大統領を務めたことのある市民は、いかなる場合も、いかなる理由からも、ふたたびその職に就くことはできない」と〈再選禁止〉を明記した第八三条が巧みに使われている。

時は二〇二〇年、舞台はロレンソ・テランが大統領に就任して三年目のメキシコ。政界は八つの党に分裂し、地方では知事や実力者が幅をきかせている。おまけに、麻薬撲滅を理由にしたアメリカ合衆国のコロンビアへの出兵に反対したために、報復としてインターネット、電話、ファックス等、通信手段のすべてが遮断されている。連絡には手紙を使うしかない。

この混乱したメキシコを導いているのが謹厳実直な

大統領テラン、彼の顧問で「セネカ」と呼ばれるハビエル・サラゴーサ、次期大統領を狙う内務省長官ベルナルル・エレーラと官房長官タシト・デ・ラ・カルナル、穏健な防衛庁長官モンドラゴン・フォン・ベルトラブ、ベルトラブを味方につけ、国内の乱れに乗じて権力を手中におさめようとする連邦警察庁長官シセロ・アルーサ、ベラクルスのカフェの常連となって時節到来を待っている老人（元大統領）と海上の刑務所サン・フアン・デ・ウルアに幽閉されている謎の男、亡命先のスイスから戻り、憲法を改正して大統領に返り咲こうと画策する前大統領セサル・レオン、彼の大統領期の農業大臣で現上院議長オネシモ・カナバル、莫大な遺産を受け継ぎ、政界で暗躍するマリア・デル・ガルバン、彼女から「わたしがあなたをメキシコ大統領にしてあげる」と言われる若いニコラス・バルディビア。

こうした一癖も二癖もある人物を配して、フエンテスは未来のメキシコの政界の影の部分をあらわにしていく。バルディビアはマリアの口利きで副官房長官となりデ・ラ・カナルのもとで働きはじめ、彼の不正を発見する。また、ベラクルスに出向いて元大統領から政治術を学ぶ。テランは、政府の長官は大統領になるためには選挙日の六ヶ月以上前にその職を離れなければならない、という憲法八二条第六項を念頭に、デ・ラ・カナルとエレーラに辞職して選挙戦に備えるよう促す。そしてバルディビアは官房長官に昇進。だが、テランは白血病がもとで急死する。一月から五月の間に、偶然や脅迫、暗殺といった様々な事件、政治家間の駆け引きがあったのち、バルディビアは代理大統領になる。だが、彼はカナバルの友人の議員パウリーナ・タルデガルダの入れ知恵で、憲法を改正し権力の座に居つづけようと考えはじめる。次期大統領候補が次々に脱落し、対抗馬がエレーラ一人になったとき、マリアは恋人のエレーラを大統領にする決意をする……。

登場人物の口からは妙に納得させられるような言葉が述べられる。元大統領「政治とは顔色一つ変えずにガマを飲み込む術なんだよ」。レオン「大統領という勝利は必然的に元大統領という敗北に通じる」。エレーラ「メキシコ人はなんでも〈体制〉のせいにする。どんな体制であってもね。個人として、あるいは市民として自分をとがめたりはしない。いつだって〈体制〉。そしてその体制の頭が大統領なんだ」。バルディビア「わたしたちは六年ごとに希望を新たにし、そしてすぐ失くす、そんなことしかしてこなかった」。セネカ「一八〇〇年にフンボルトは真実を口にした。「メキシコは黄金の山に坐った乞食だ」と。つまり、推理物では、最後になってようやく誰が犯人か分かる。ところがメキシコでは犯人があらかじめ分かっている。犠牲者はいつも国なんだ」。タルデガルデ「政治は私的情熱の公的な活動」。むろん批判されているのはメキシコの政治だけではない。フエンテスは、得票総数では負けたにもかかわらず大統領になったブッシュとその政権に対しては常々批判的だが、本書でも「大統領ブッシュ・ジュニア、まったくのぼんくら、金融と石油の世界に直接結びついた取り巻きにとっての腹話術の人形」と登場人物に語らせるほど手厳しい。

小説の書き方を模索してきたフエンテスだが、七〇の手紙（とはいえ、手紙の代わりにときどき〈スパイ大作戦〉よろしく録音テープ）からなる作品は初めてであり、書簡体のもつ直截さ、艶めかしさが、政治というどこか生臭いテーマとなぜかマッチし、実に楽しく読める。一方、この作品にはアメリカとの国境の南北で生きるメキシコ人たちを描いた九つの中篇からなる小説『ガラスの国境』（一九九五）に登場する人物が再登場する。このことからも、フエンテスがメキシコを舞台にした〈人間喜劇〉を書きつづけていることが分かる。

（二〇〇三年七月号）

忘却と回顧

――雑誌「マリエル」創刊二〇周年

ひと月ほど前、ニューヨークのドローレス・M・コッチから大きな封筒の航空便が届いた。開けてみると、レイナルド・アレナスの写真が目に飛び込む。そしてその タブロイド版の印刷物の最上部に記された「二〇年後・マリエル、文芸誌」「記念特別号」「二〇〇三年、春」。虚を突かれた思いになった。すっかり忘れていたからだ。

一九八三年四月二三日に創刊され、八五年四月に八号で廃刊となったマリエル誌については、アレナスが『夜になるまえに』で一章をあてて、ネストル・アルメンドロスの話とともに語り、「亡命文学にとって、またキューバ文学全体にとっても本当の挑戦となっているような号がいくつか残ることになった」と自負している。そして、この創刊二〇周年記念号では、『夜になるまえに』の記述を裏付け、あるいは補完するかのように、マリエル誌創刊の経緯、関わった作家・詩人・画家たちのその後が明らかにされている。編集に携わったのはレイナルド・ガルシア=ラモス（一九四四〜）、ファン・アブレウ（一九五二〜）、マルシア・モルガード（一九五一〜）だが、彼らはまた、ルイス・デ・ラ・パス（一九五六〜）、レネ・シフエンテス（一九五三〜）らとともに寄稿してもいる。

一九八〇年四月以降、国外に出ることが認められていた五カ月間に一二万五千人がマリエル港からキューバを後にした。しかし合衆国に着いた彼らの多くは、不景気や失業問題といった経済状態の悪さだけでなく、キューバ政府が紛れ込ませた何百人もの犯罪者や精神異常者たちが亡命者全体にもたらした中傷のせいもあって、「他の州で仕事を見つけるために大急ぎでフロリダから離れなくてはならなかった。というのも、〈マリエリート（マリエル港からの脱出者）〉であることは突然、ほとんどの職の入口を、あるいは、何年も前にキューバを出ていたわたしたち自身の親類たちにもその入口を閉ざすような烙印になったからだ」（ガルシア=ラモス）。ところが各地に散り散りになった作家・詩人たちはやがてアレナスを中心にして一つにまとまる。そしてアブレウ、シフエンテス、デ・ラ・パス、ロベルト・バレーロ、カルロス・ビクトリア（一九五〇〜）、ガルシア＝ラモスといった、その〈マリエリートたち〉グループはキューバとは違って、何の規制もうけずに自由に作品を発表できる雑誌を出すことになる。そのためには各号ごとにそれぞれが一〇〇ドルを拠出しなくてはならない。「正規の入国書類を持ってさえいない新たな亡命者たちにとって、自分のわずかばかりの収入から三カ月ごとにその額を出して（略）文化的な企てにあてることは」（ガルシア・ラモス）どれほどの負担を彼らに強いたことか。

だが、リディア・カブレラが顧問となり、ネストル・アルメンドロスが協力し、当初は「合流」という名で出すことになっていたがアレナスの強い要望で名を変えた「マリエル誌は亡命地の文化環境に足跡を残した。そしてその衝撃があまりにも強かったため、すぐに〈マリエルの世代〉が話題になりはじめた」（ガルシア・ラモス）。それでもなお、アレナスの存在はその雑誌にとって不可欠だった。だからこそ、この特別号はアレナスが中心に据えられている。雑誌の真ん中のページには短篇『物語の終わり』（一九八二）が彼の写真とともに転載され、「このマリエル誌の記念特別号の〈合流〉欄は、痛ましくも議論の余地なく、著名なキューバ人作家レイナルド・アレナスにあてられている。痛ましくも、というのもアレナスの自殺は亡命地とキューバ文化全般から最も精力的で実りの多い重要人物の一人を奪ったからである。議論の余地なく、というのも『老ローサ』の著者は並外れた才能と創造的な仕事をする能力をそなえた人間であるだけでなく、その名声でマリエルの作家や画家たちがそれぞれの作品を広める仕事を容易にしたからでもある。（略）マリエル誌は一九八三年から一九八五年の間に八号出されたが、〈合流〉欄はそれぞれの号の知的な中心をなし、二〇世紀キューバ文学における基本的人物の一団に捧げられた。つまり、理解されなかったり、糾弾されたり、さらにひどいことには、一九五九年にキューバ島をわがものにした文化的組織によってゆがめられたり、利用されたりした人物たちに。この欄は発行順に、ホセ・レサマ＝リマ、ビルヒリオ・ピニェーラ、エンリケ・ラブラドール＝ルイス、カルロス・モンテネグロ、ホセ・マヌエル・ポベーダ、ガストン・バケーロ、そしてホセ・マルティに捧げられた。それぞれの号で〈合流〉で紹介された作品にはいつも同じ言葉が添えられていたが、今日、われわれはアレナスに、その言葉を捧げる。《作品を創造した芸術家の誰かが存在しなくなっても、その作品はいずれもわれわれのほうに合流する。その輝きでわたしたちが輝くように》」と記されている。

フアン・アブレウは「二〇年たって振り返ってみると、マリエル誌が作られたのは叫ぶためだったということがはっきり分かるが、わたしたちを別れさせ、抱擁し、独立させ、ののしり、愛し、祖国の文化と関わる、そしてその中に一つの場所を求めるためでもあった」と語る。『物語の終わり』には「フアン・アブレウとカルロス・ビクトリア、勝利者すなわち生存者に」という献辞がある。このときにはキューバから脱出できた「勝利者すなわち生存者」の中にはアレナス自身も含まれていた。だがそれから二〇年余り、マリエル誌に深く関わったリディア・カブレラもアルメンドロスもアレナスも、ロベルト・バレーロ（一九五五〜二〇〇三）、ギジェルモ・ロサレス（一九四六〜九三）もいない。そのほか多くの作家・画家たちも。一方、存命中の作家たちは「生存者すなわち勝利者」として、困難ながらもそれぞれの文学世界を構築しつづけている。

＊

二年前の九月に封切られて、ハビエル・バルデムの演技が話題になった映画『夜になるまえに』のDVDがこの九月に発売されるが、エンドクレジットで使われたオルランド・ヒメネス・レアル監督の『PM』（一九六一）が特典としてつけられている。『PM』はアルメンドロスの『58-59』にならった短篇映画だが、これが政府に押収されたのを機にアルメンドロスはキューバでの映画作りをやめ、テレビ・ニュースのカメラマンとして働きはじめる。『夜になるまえに』の時代と政治を考える一つのヒントになる。

（二〇〇三年八月号）

権力への問いかけ

――セルヒオ・ラミレス『ただ影』

「セプテンバー11」（二〇〇二）は見応えがあった。国籍の違う一一人の監督が9・11という日に喚起されたイメージをそれぞれ一〇分あまりでまとめたオムニバス映画だが、アメリカに肩入れせずに暴力そのものと取り組み、それぞれの映画に対する姿勢、文化的・社会的背景の違いさえもがよく現れていた。この映画でケン・ローチは、同じ9・11でも一九七三年のその日、つまり、選挙で選ばれた社会主義政権、チリのアジェンデ大統領がピノチェトのクーデターにより倒された日にスポットを当て、ドキュメンタリー・タッチの画像で、暴力に対する怒りをスクリーンに映しだしている。ローチは以前、『カルラの歌』（一九九六）でも「ＣＩＡがなければコントラも戦争もない」と登場人物の一人に言わせている。この映画は、一九八七年の平穏なイギリスの町グラスゴーと内乱ただなかのニカラグアの一地方を舞台にしたラヴ・ロマンスで、若干中だるみのようなところがあるものの、アメリカの援助を受けたコントラ（反政府ゲリラ組織）と社会主義を押し進めようとするサンディニスタ政権との間の血なまぐさい戦いで精神的トラウマを負った女性カルラの心の揺れがうまく描かれている。

そのサンディニスタ政権でセルヒオ・ラミレス（一九四二〜、ニカラグア）は副大統領を務めた。ラテンアメリカでは大使や領事になる作家はままいるが、大統領、副大統領となるとさすがに少ない。ここで、ラミレスが関わったサンディニスタ革命の経緯を見てみよう。一九二七年、アウグスト・セサル・サンディーノは占領軍であるアメリカの海兵隊基地を攻撃し、以後、徹底したゲリラ戦を展開。アメリカはアナスタシオ・ソモサ・ガルシアを国家警備隊（国軍）の司令官に任命して、海兵隊を撤退させる。三四年、ソモサはサンディーノを暗殺し、三六年、大統領に就任。彼は五六年に暗殺されるが、その後は息子たち一族が交替してニカラグアを支配。六一年、カルロス・フォンセカ・アマドールがＦＳＬＮ（サンディニスタ民族解放戦線）を結成して反ソモサ運動を展開、七四年には各国大使や大臣らを人質にして政治犯を釈放させる。だが七六年にフォンセカが、そして七八年には反ソモサの論陣をはっていたジャーナリスト、ペドロ・ホアキン・チャモロが暗殺される。それを契機に、反ソモサ運動が激化し、ＦＳＬＮが武力蜂起。七九年七月、ソモサがアメリカに脱出することで四三年におよぶソモサ一族のニカラグア支配が終わり、革命が成就する。ところが八二年にはアメリカの援助を受けた旧ソモサ軍を中心とするコントラがホンジュラス国境から進入して内戦となる。八五年にＦＳＬＮのダニエル・オルテガが大統領に就任、八八年にはコントラと停戦して九〇年二月大統領選挙を実施するが、ＦＳＬＮは敗北。野党連合の候補で、暗殺されたチャモロの未亡人ビオレタ・チャモロが四月大統領に就任、六月、コントラの武装解除でニカラグアの内戦は終わる。ソモサ独裁、そしてコントラとの長い長い戦いでおびただしい血と多くの命の上に成就した革命はわずか一〇年で頓挫し、実際に武器をとって戦った人々は虚脱感にとらわれた。ニカラグアは何を得たのか。セルヒオ・ラミレスは〈サンディニスタ革命の回想〉という副題をつけた『さよなら、子供たち』（一九九九）の序で「革命は抑圧された人々が切望した正義（公正さ）をもたらさなかったし、富も発展も創出できなかった。しかし、最善の果実として民主主義を残した」と記している。革命は、国民が政府に向かって自由に「ノー」と言える環境を整えたとはいえるが、ＦＳＬＮはいまなお政権に返り咲いてはいない。一方、ラミレスは政治に別れを告げた。〈オルテガ時代の副大統領〉という肩書は永久に消えることはないが、作家としての自分に集中できるようになってようやく、『ただ影』（二〇〇二）のような作品を創りだせるようになった。

この作品の舞台は一九七九年六月、ニカラグア南部の国境近くの村トラ。ソモサ政権崩壊の直前、アリリオ・マルティニカは海からの脱出をはかるが、二〇歳前後のサンディニスタ軍兵士たちに捕らえられ、人民裁判にかけられることになる。その取り調べの過程で、彼はソモサ政権内での事件、自分の過去を露にしていく。大学時代、彼はイグナシオ・コラル、ハシント・パラシオスと親しくなる。名高い旧家の息子であるイグナシオはＦＳＬＮの闘士となってソモサ打倒をめざすが、七一年に逮捕されて拷問を受けたあと、火山の火口に投げ込まれる。そのイグナシオに惹かれていた、莫大な遺産をもつ孤児のロレーナ・ロペスはアリリオと結婚。昔から賭博好きなロレーナがルーレットで遺産を使い果たしたため、アリリオは、ゲリラに殺されたハシントの父であり、ロレーナの後見人でもある国会議長マカリオ・パラシオスの仲介で公職にありつき、やがてソモサ大統領の私設秘書となって彼の政治と私生活を裏で支える。ところが七六年、未成年に対する男色が発覚してソモサから離れ、以後、トラ近くの大農園で暮らすうち脱出せざるをえない事態を迎える……。兵士たちによる事情聴取が終わる。だがその尋問は形式に過ぎず、その後弁護士のついた裁判ではなく、民衆を裁判官とする戸外での公開裁判となる。アリリオは「悪辣な搾取者、帝国主義に身を売った、独裁の腰巾着、売国奴のブルジョア」と糾弾する人々に対して自己弁護をしなくてはならない。彼を利することといえば、ソモサ打倒をはかって逆に暗殺された父と同様、学生時代は無血革命を願ったこと、そして、イグナシオをかくまったこと。そうした事柄をドラマチックに話して、民衆から拍手が得られれば無罪放免、得られなければ銃殺……。

『ただ影』の中心テーマは権力のもつ怖さなのだが、書き方が巧みでまるで事件を目撃しているような気分にさせられる。それはつぶやくようなアリリオの回想、アリリオとゲリラ兵との会話、セルヒオ・ラミレスという語り手が高所から登場人物全員を見渡し、その言動や思いを時には説明し、時には補足していく声、あるいは七一年七月に軍事法定に出廷したアリリオの証言、イグナシオ事件を扱った七一年八月の新聞記事、二〇〇一年七月のロレーナ・ロペスからセルヒオ・ラミレスに宛てた手紙、七四年一〇月のアリリオとゲリラ兵との交信記録等々、様々な声にあふれているからだ。そうしたポリフォニックな構成、また、文章にピリオドがなく延々と続いたり、地の文と会話文が融合していたりと、まさしくバロック的な装いをそなえ、さらには、『ただ影』の物語が終わったあと〈本書を書く助けとなった資料について〉というセルヒオ・ラミレスによる資料解説がついている。いったいこの作品はノンフィクションなのか、それともフィクションなのか。FSLNの内部にいたラミレスだけに〈資料〉と書かれると、読者は事実だと思わされる。そうした仕掛けを含めて、本書は政治家ではなくなったラミレスの作家としての優れた技量をうかがわせるものとなっている。

（二〇〇三年一〇月号）

あまりに暴力的な
――フェルナンド・バジェホ『断崖』

『シティ・オブ・ゴッド』を見おわった観客の一人が、ムチャクチャやな、とつぶやいた。凄まじい暴力シーンを目にすれば無理もない。事実をベースにした映画の、その事実に対して、ムチャクチャ、と言ったのか、それとも物語の展開そのものを指してそう言ったのかは分からない。いずれにしても、過剰な暴力は大人がふるうものと捉えているわたしたち日本人にとって、子供たちが拳銃で殺しあう話はまるで絵空事にさえ思われる。だが、年少者による暴力はブラジルだけの特殊事情として片づけられはしないようだ。

この一二月、ようやく日本で『暗殺者の聖母』（二〇〇〇）が封切りになるらしい。監督はバーベット・シュローダー。シナリオは原作者であるコロンビアのフェルナンド・バジェホ（一九四二、メデジン生まれ）自身が担当したが、「二〇年くらいまえに映画に興味をなくしたが、監督を喜ばせるために書いた」と言う。原作のタイトルは『シカリオたちの聖母』（一九九四）で、シカリオ＝暗殺者（あるいは、殺し屋）と日本語に置き換えると、シカリオという言葉のもつニュアンスがうまく表われてこない。原作では、「シカリオというのは頼まれて人を殺す少年のこと。ときには子供のこともある。大人は？　ふつう大人には使わない。ここでは、シカリオは子供か少年のことなんだ。十二か、十五、十七歳の。愛するアレクシスみたいな」と語り手が説明しているからだ。

物語はほぼ時間の流れにそって進む。三〇年ぶりにメデジンに帰った作家（語り手）は少年たちをあてがう売春宿で一六歳のアレクシスと知り合い、安アパートでいっしょに暮らすことになる。アレクシスは、金をもらって人を殺し、やがては別の若者に殺されることになるシカリオたちの一人だが、気に入らないというだけで、正面から、相手の目を見つめてリボルバーの引き金を引いたりもする。そんな彼ら、シカリオたちが唯一安心して過ごせるのが教会であるため、作家はアレクシスとともに街を歩き、教会に入ることになる。だが、ある日、アレクシスが何者かに殺され、作家は犯人を探しはじめる。そしてアレクシスに似た少年ウィルマルに出会う……。

バジェホの原作は「長年にわたって文学がわれわれに与えてくれてきた、愛と破滅の、最も美しい、常軌を逸した歌である」という「フィガロ」紙に見られるように、フランスで絶賛されたが、逆に、コロンビアではコロンビアがまるで暴力社会であるかのような印象を与えるバジェホの描写、その毒舌ゆえに激しい論争を引き起こすことになった。

その後、バジェホは二〇〇一年に『断崖』を発表。ここでも、コロンビアに対する非難・弾劾・告発はとどまるところを知らない。「偉大なるポン引き、コロンビア」「ばかでとんまなコロンビア」「狂ったコロンビアの気狂い沙汰にとりつかれて」といった言葉から「コロンビアは保守主義者と自由主義者に分かれていた。いまじゃ、暗殺者と死体に分かれている」「父と何時間も何時間も、哀れな祖国、血と石油の流れる中で死につつある血の気の失せた祖国のことを話したものだった。役人たちに略奪され、麻薬取引に買収され、ゲリラに爆破され、これでもまだ足りないといわんばかりに、何百万、何百京とわたしたちに襲いかかる詩人の大群によって荒廃させられた祖国のことを」「今日、コロンビアはわたしたちの目には悪徳弁護士の腐敗にむしばまれ、派閥主義の癌にさいなまれ、保守主義、リベラリズム、カトリシズムの激しい飢えに消費され、衰弱し瀕死に見えるが、明日には最期のベッドから起き上がって、焼酎をひっかけ、平然と、また放蕩へ、蓄殺場へ、どんちゃん騒ぎへ！」というような文にいたるまで。

物語には『シカリオたちの聖母』のような山はない。作家である主人公（語り手）はいちばん仲のいい弟ダリオの病状の悪化にともない、現在住んでいるメキシコから、今は母親、そして、いちばんそりのあわない末弟の二人が暮らしているメデジンの実家に帰る。作家はエイズが原因で数カ月下痢で衰弱を続けているダリオの看病をし、話し相手になる。やがてメキシコに戻る日が来たとき、ダリオに別れも告げずに雨の中をタクシーで空港に向かうが、途中、彼が死んだという電話が入る……。このように筋らしい筋はなく、作品を構成しているのは様々な断片である。農場で過ごした子供時代、ダリオと暮らしたニューヨークでの生活、かつて父と交わした会話、その愛する父の死といった様々な過去。父親をメイドのようにこき使った抑圧的な母親への憎悪、メデジンの町やコロンビアという国への批判をあらわにする現在。そうした過去と現在が錯綜するなかで、つねに問題にされるのが、誰にもまぬがれることのできない最後の暴力である死。「わたしたちは死ぬために生まれる。それ以外はくだらんことだ」。こうした、神の死を前提とした死に対する言及や考察が、『断崖』を単にコロンビアの暴力的な現状を糾弾するセンセーショナルな作品という分類から抜けださせるとともに、優れた文学作品に見られるような、読者を立ちどまらせ、ひとときにせよ、自分の生を考えさせる、そんな深みを加えている。

この『断崖』でバジェホは今年度のロムロ・ガジェゴス賞を受賞した。一九六四年に創設された同賞は二年に一度作品に対して与えられるもので、現在の賞金は一〇万ドル。「われわれは、途轍もない言葉の力を通して、劇的な現状のテーマを映す実に文学的、感動的な小説を前にしている。日常の暴力、家族の危機、病いは、『断崖』で、スペイン語文学でこれまでにない刷新をとげた」というのが、二四六作品の中から選ばれた理由であり、この賞は過去にはバルガス＝リョサ、ガルシア＝マルケス、カルロス・フエンテスらが受賞していることからも分かるように、作家のその後の知名度を一気に引き上げもする。ところがバジェホは、バルセロナを舞台にした『平行したランプラス』（二〇〇二）を最後に、「もう文学作品は書かない。でも、光と重力という二つの不可解な謎をめぐる物理エッセイをいくつか書くつもりだ」と言う。『野蛮な探偵たち』（一九九八）で同賞を受賞し、以後も精力的な仕事をしていたチリのロベルト・ボラーニョが今年の七月一五日に五〇歳の若さで肝臓病で他界。バジェホとあわせて、刺激的な作品を読むことのできる可能性がますます狭まってしまった。

（二〇〇三年一一月号）

バルガス＝リョサの受賞と『ケルトの夢』

例年、カルロス・フエンテス同様、下馬評はかんばしくないものの候補にはなっていたバルガス＝リョサがついにノーベル賞を受賞。理由は、直訳すれば、「権力構造の地図作成と個人の抵抗、反逆、敗北に対する辛辣なイメージ」。このうち後半は「個人の抵抗、反逆、敗北を辛辣に描きだした」と訳せばいいが、「地図作成」という言葉に、最初は戸惑う。解析とか分析とかいった言葉をなぜ使わなかったのか。だが、地図を作るための要点は何かと考えてみれば、正確な方位と距離（そして縮尺）ということになるだろう。さらにそれを登場人物とからめてみると、言いえて妙、バルガス＝リョサの主要作品の核を実にうまく表現した言葉ということになるだろう。

この受賞の知らせを、プリンストン大学で教えるためにニューヨークに居住しているバルガス＝リョサは、発表の一五分前に王立科学アカデミーから知らされるが、二〇〇人を超える記者団を前に「〔知らせを〕冗談だと思いました。もうずいぶん前からわたしの名は最終候補の中にあがっていません。（略）いちばん楽しんで書けたのは『パンタレオン大尉と女たち』で、初めて文学にユーモアを利用したからです。わたしはサルトルのせいでユーモアを信用していなかった。彼の作品には頬笑みはありません。それは文学とは相容れないものだという誤った考えを吹き込まれたのだと思います。そして、いちばん書くのに苦労したのは、まもなく出版される『ケルトの夢』です。わたしにとってまったく見知らぬ領域に入ったからで、コンゴやアイルランドといった国々を研究し、訪ねなくてはなりませんでした。主人公は、アマゾンやコンゴで暮らし、アイルランド独立のための闘いと結びついているアイルランド人です。もう一冊、同じように苦労したのは『世界終末戦争』。ブラジルを知らなかったし、あの巨大な国とその歴史を見出さなくてはならなかったから」と語る（スペイン、エル・パイス紙、一〇月八日）。

バルガス＝リョサは申し分のないストーリーテラーであり、小説に全幅の信頼を置いている。それは「読書とフィクションを称えて」と題された一二月七日の受賞記念スピーチからも分かる。「フィクションは娯楽以上のもの、感性を研ぎ澄まし、批判精神を目覚めさせる知的な運動以上のものです。それは文明が存在し、刷新しつづけ、人間性の最良のものをわたしたちの中に保ちつづけていくために必要不可欠なものです」「文学は生の偽りの表現ですが、それでも、わたしたちが生をよりよく理解する手助けをし、わたしたちが生まれ、過ごし、死ぬことになる迷宮の中でわたしたちを導いてくれるものなのです」

新作『ケルトの夢』（脱稿はこの四月）からもこうしたバルガス＝リョサの文学観が見てとれる。同書は、一一月初め、表紙そのものに「ノーベル文学賞」と刷り込まれて出版されたが、実在の人物、ロジャー・ケイスメント（一八六四〜一九一六）の生涯を描いたもの。一九〇三年、コンゴ自由国ボマ在の領事であったケイスメントは、ベルギー国王レオポルド二世が私物化していたコンゴ自由国における植民地経営、とりわけゴム採集を強制される黒人に対する非人間的扱いを報告書にまとめて告発、それが欧米で国際問題化し、やがてコンゴ自由国は崩壊する。次にケイスメントはブラジルに領事として赴くが、アマゾン川流域でゴムの採集で収益を上げるイギリス系企業ペルー・アマゾン会社の先住民プトゥマヨ族虐殺に対する告発が雑誌に掲載されたことから、その真相を確かめるため、一〇年にペルーのイキートスに向かう。ここでもまたコンゴ以上に残忍な先住民に対する人権蹂躙と確固たる支配構造ができていることを聞き知り、克明に記録する。それが公刊されるとペルー政府は関係者の処罰と先住民の待遇改善を約束するが、約束の履行を確認するため、一一年にふたたび派遣される。その実情のひどさを報告すると、また国際問題化。やがて、一三年に領事職を辞任し、「コンゴでは、不正や暴力と同居しながら、植民地主義という大きな嘘を見つけ、自分が〈アイルランド人〉と感じはじめた。つまりアイルランドを疲弊させ、萎えさせた帝国によって占領され、搾取された国の市民だと」というコンゴ時代に芽生えていた思いを、アイルランド解放への活動へと発展させ、そのために様々に画策する。その最たるものが、折から始まった第一次大戦に乗じ、ドイツ軍に英国侵攻を決意させ、その侵攻と同時に、ドイツ軍から供与される武器・弾薬で独立の戦いを開始しようというもの。だが、彼のドイツ政府・軍部との様々な交渉は結果として実を結ばず、アイルランドの独立派は復活祭に単独で武装蜂起し、すぐに鎮圧されてしまう。ケイスメントも、四月二一日に逮捕される。そして売国奴のレッテルを貼られ、また、逮捕後に発見された彼の手帳に記された「やがて、ホテルの自室で、日記に書く。〈公衆浴場。スタンリー・ウイークス、逞しい、若い、二七歳。巨大で、とっても硬い、少なくとも九インチ。キス、噛む、叫び声とともに挿入。二ポンド〉」等々の記述が、彼の人格を貶めようとする勢力に利用されたために、多くの作家・文化人・知識人たちの助命嘆願の声も空しく、八月三日にロンドンのペントンヴィル刑務所で絞首刑になる。

『ケルトの夢』からは、複雑な経歴をたどった人物を主人公とする難しさが、読みとれる。ケイスメントのセクシュアリティに対しては、エピローグで、「わたし自身の意見――もちろん、小説家として意見――では、ロジャー・ケイスメントは名高い日記を書いたが、少なくとも、書かれていることをすべて体験したわけではなかった。誇張と作り話にあふれているし、あれこれ書いたとしても、それはそうした体験をしてみたかったからであり、実際に体験することはできなかった」と補足するが、「あのアフリカでの二十年、南アメリカでの七年、アマゾンのジャングルの真ん中での一年ちょっと、ドイツでの孤独と病気とフラストレーションの一年半、そうした歳月の犠牲はもっともなものだったのだろうか」と思わせるのであれば、とりわけ、第三部では、アイルランドの独立を目指してひたすら奔走するケイスメントの懊悩がもっと語られてもいいように思われる。ただ、ケイスメントは支配・被支配のありようを物語るための素材にすぎず、四五〇ページあまりの長篇の核心は、ケイスメントの時代だけでなく今なお世界中で散見する専制や強権支配、暴力を告発することにあるのだとすれば、読書を先へと進めさせる物語展開のうまさにも支えられて、まさしく、「個人の抵抗、反逆、敗北を辛辣に描き」だすことに成功している。

（二〇一〇年一二月二五日脱稿）

死後の名声
——ボラーニョ現象

二〇〇三年七月一四日の肝不全によるロベルト・ボラーニョの訃報に接して、スーザン・ソンタグは「スペイン語で書く彼の世代の中でいちばん影響力があり称賛される作家。五〇歳での彼の死は文学にとって大いなる損失である」と述べ、同年冬に初めて英訳出版された本の紹介文では、「素晴らしい、感情のほとばしり、みごとな歴史的な瞑想、魅惑的なファンタジー。『チリ夜想曲』は類まれな本物の奇跡のひとつで、世界の文学に永久にひとつの場所を占める運命にある現代小説である」と評した。このときから、アメリカにおけるボラーニョ評価は方向付けされたのかもしれない。だが、ブームのような現象が起きるのは、一九九八年にエラルデ賞、九九年にロムロ・ガジェゴス賞を受賞した『野生の探偵たち』の英訳が二〇〇七年に出てニューヨーク・タイムズ・ブック・レビューのベスト10に選ばれてからであり、続いて二〇〇八年に『2666』がやはりベスト10に選ばれて全米批評家協会賞を受賞すると、その現象は沸騰し、『スケート・リンク』(二〇〇九)、『ムシュー・パン』『アントワープ』(一〇)、『第三帝国』(一一)等、小説はもちろん詩やエッセイ、インタビューまでもが英訳出版されていく。

だが、このブームの遠因は何か。それはボラーニョとホルヘ・エラルデとの出会いだろう。エラルデは、スペイン内外の現代作家の作品を積極的に出版しているアナグラマ社の創立者であり社主だが、編集人としての才覚にも優れており、『アメリカのナチ文学』(一九九六)をセイス・バラル社から出したものの、あまり評価されなかったボラーニョの才能を見抜いて『2666』(二〇〇四)にいたるまで、まるで二人三脚のようにボラーニョに付き添い、没後発見された作品にしても慎重に検討して出版し続けている。

では、そもそもボラーニョとは何者なのか。エラルデは二〇〇五年に『ボラーニョのために』という薄い本を出した。ボラーニョへの弔辞に始まり、ボラーニョと関わるエッセイ、新聞・雑誌の質疑応答等が収録されているが、そこには一九九七年にグッゲンハイム奨学金を得るためにボラーニョ自身が書いた申請書がある(財源不足を理由に助成されなかったが)。その冒頭で「十五歳までチリで暮らしました。十六歳のとき学業をやめ、書いたり、働いたりしはじめました(あらゆる職業をしました)。一九六八年に家族はメキシコに住みつきました。一九七三年八月、わたしはチリにもどりましたが、どうにもめぐりあわせが悪く、ひと月後にはクーデターを経験しました。一九七四年一月、メキシコにもどりました。一時期、アヴァンギャルド詩人グループであるインフラレアリスムに加わりました。一九七七年、ヨーロッパに旅をし、最後にバルセローナに落ちつきました」と自己紹介している。インフラレアリスムのインフラはシュルレアリムのシュルの逆の概念を示す接頭辞であり、『野生の探偵たち』の邦訳では〈はらわたリアリズム〉として登場するが、ボラーニョ自身の言葉によれば「メキシコ風ダダ」。ボラーニョはメキシコの詩人マリオ・サンティアゴとともにこの運動の中心となったが、そのころの様子は、『野生の探偵たち』で、それぞれアルトゥーロ・ベラーノ、ウリセス・リマとして登場しているので、ある程度分かる。また、次の「ロマンチックな犬たち」と題された詩からも。

あのころぼくは二十歳で／イカレてた。／ひとつの国を失くしたが／ひとつの夢を手に入れた。／その夢があれば／ほかのことはどうでもよかった。／働くことも祈ることも／明け方勉強することも／ロマンチックな犬たちのすぐそばで。／そしてその夢はぼくの心の隙間で生きていた。／木造の部屋／薄暗がりの中／熱帯の肺のひとつの中にある。／そしてときどき自分の中にもどり／夢を訪ねる。透明の思いの中で／永遠化した像／愛の中で／身をよじる白いうじ虫。／奔放な愛。／夢の中の夢／そして悪夢が言った、おまえは成長する、と。／苦痛と迷宮のイメージを後に残して／忘れるだろう。／だが、そのころ、成長するというのは犯罪みたいなものだった。／ぼくはここにいる、とぼくは言った、ロマンチックな犬たちといっしょに、／そして、ぼくはここに残る、と。

二〇〇三年七月のモニカ・マニスタインによる生前最後のインタビューで、メキシコでの生活で懐かしく思い出すことは、と訊かれて、「青春時代、そしてマリオ・サンティアゴとの終わりのない散歩」と答える。だが、スペインに移ってからは、家族の生活のために詩を秘かな愉しみにとどめて小説やエッセイを書き始め、ロムロ＝ガジェゴス賞の主催者に送った自己紹介文で自作を次のようにまとめることになる。「わたしの詩はほとんど誰も知りませんが、それでいいのかもしれません。わたしの小説には誠実な読者が何人かいますが、不相応なことかもしれません。『熱烈なジョイスのファンにあてたモリソンの弟子の忠告』（一九八四、アントニ・ガルシア・ポルタとの共著）で、わたしは暴力について書いています。『スケート・リンク』（九三）では、長続きしない、最後にはきまって惨憺たるものとなる美について書いています。『アメリカのナチ小説』（九六）では文学実践の至善と悲惨さについて書いています。『遥かな星』（九六）では絶対悪への、ささやかなアプローチを試みていま す。『野生の探偵たち』（九八）ではきまって思いがけ ないものである冒険について書いていています。『お守り』（九九）ではギリシア人的資質のあるひとりのウルグアイ人女性の怒りの声を読者に届けようとしていま す。三作目の小説、『ムッシュー・パン』を省きましたが、その粗筋は判読できないものです」（『余談として』（二〇〇四））。

二〇〇八年には、ボラーニョと親しかったエンリケ・ビラ＝マタス、ロドリーゴ・フレサン、彼をリーダーと見なすホルヘ・ボルピ、エドムンド・パス＝ソルダン、フェルナンド・イワサキといった作家たち二五人あまりが寄稿してオマージュ『野生のボラーニョ』（〇八）を捧げる。ソンタグはボラーニョを「彼の世代の中でいちばん影響力があり称賛される作家」と言ったが、なぜ、ボラーニョとは違う小説世界を構築している新しい世代が『野生のボラーニョ』という本を出すほど彼を慕ったのか。それは、「ぼくは自分がブームの継承者だとはまったく思わない。たとえ飢え死にしかかっていてもブームの施しをこれっぽちも受けるつもりはない。コルタサルやビオイ＝カサレスのようにたびたび読み返す作家はいるけど。ブームの遺産は怖い。例えば、ガルシア＝マルケスの自他ともに認める継承者ってだれ？　そう、イサベル・アジェンデ、ラウラ・レストレポ、ルイス・セプルベダといったところかな。ぼくにはガルシア＝マルケスは日ごと、サントス・チョカーノやルゴーネスに似てくる」、「ガルシア＝マルケスは、たくさんの大統領や大司教と知りあったことで満足している人」（『ボラーニョのために』）という言葉からも推察できるように、新たな小説世界をめざしていること、体制然とした作家たちに対する舌鋒鋭い批判、たとえばイサベル＝アジェンデをへぼ作家と言って物議を醸す、多分にアヴァンギャルド的なその姿勢にあるように思われる。

（二〇一一年五月二二日脱稿）

第III部

ラテンアメリカ文学の
さまざまな貌《かお》

既視のボマルツォ

I　聖なる森の謎

　庭という言葉から、人はどんな庭を連想するだろう。兼六園、後楽園、偕楽園、竜安寺の石庭、あるいは神宮の内・外苑、それとも、自宅の庭、箱庭？　ヨーロッパの王侯貴族の庭園、アメリカやカナダの森林公園を思い浮かべる人もいるかもしれない。だが、最初に廃園を思い浮かべる人は、たぶん、いないだろう。それでも、廃園に関心を抱く人は少なくないかもしれない。往時を、所有者の栄枯盛衰に思いを馳せれば一つのドラマを創りあげることができるからだ。イタリアのヴィテルボの町から一七キロのところにあるボマルツォの聖なる森もそうした庭園の一つであり、大戦後まで多くの人の目にとまることなくエトルリアの地で眠っていた。だが、再発見されるやその森の謎を解こうとする人々が現れる。聖なる森を創らせたボマルツォ公ピエル・フランチェスコ・オルシーニ（通称ヴィチーノ）の資料がないも等しく、また、観光名所ともなっている人の目に美しい他のイタリア式庭園とはまったく違う雰囲気を漂わせて人を気がかりにさせるからだ。ヴィチーノはなぜ、何のために、誰に異様な巨像を配した庭園を造らせたのか。

マリオ・プラーツは一九四九年一〇月に「生い茂る灌木に囲まれた岩壁の上に身を横たえた船のような城館を中心としたボマルツォの町」(1)を訪れるが「優雅なイタリア美術とはあまりにかけ離れた印象」(2)を受けて『ボマルツォの怪物』（一九四九）という一文を記した。彼らの前にはサルバドール・ダリが撮影隊とともに訪れ、自分が主役となる短篇映画を撮ったという。プラーツはボマルツォでの体験をもとに自問自答する。「アンニーバレ・カーロは、一五六四年一二月一二日付のヴィチーノ・オルシーニ公宛の書簡で「ボマルツォの驚異」に触れている。またオルシーニ公の城館に巨人伝説をどのように描かせるか（巨人伝説を描かせるという着想がオルシーニ公自身の思いつきであったことは注目に値する）について彼は助言を与え、その主題は「ほかにも異様で超自然的なものが数多くあるその場所にふさわしいものです」と述べている。それらは別の書簡（同年一〇月二〇日付）で言及されているボマルツォの「劇場と霊廟」のことなのであろうか、そしてこれがエトルリアの遺跡を指すのであろうか。あるいはこの庭園の巨大な彫像群のことを言っているのであろうか。公爵の空想力が巨大なものや異様なものに傾いていたことを考えあわせると、そう理解するのが順当なようだ。…（略）…城館のフレスコ画はツッカリ兄弟の描いたものであり（アンニーバレ・カーロは一五六四年一〇月二〇日付の書簡で、タッデオ・ツッカリを適任者として推薦した）、いわゆる公園の彫像群も、フェデリコ・ツッカリがローマのパラッツォ・ツッカリのグレゴリアーナ通りに面した外壁に考案した奇矯な窓や入口を模倣したため大味で田舎くさくなったと結論するのが正しいと思われる。逆に、ボマルツォの怪物とグリゴリアーナ通りの巨大な仮面の入口との緊密な関係から、ツッカリは着想をボマルツォに提供したというよりもむしろそこからとったのだ、とも考えられる。ヤーコプ・ヘスが示唆しているように、ミケランジェロの弟子で召使であった、かのヤコポ・デル・ドゥーカがボマルツォの彫刻の制作に参加したと想像するのは魅力的である…(略)…奇怪な彫像群はヴィチーノ・オルシーニ公爵の存在があってはじめて実現され、アンニーバレ・カーロは制作のための示唆を与えたと考えるのが妥当ではないだろうか。…(略)…一六世紀の庭園に共通する人目を楽しませようという意図が、ここでは人を驚かせ脅えさせるという意図に転じている」(3)と述べ、さらに後年『マニエリスムの奇矯な彫刻』(六〇)でもふたたびボマルツォに触れ、「ボマルツォの奇妙な彫像群は、この一六世紀に特有な文化的風土に適合していることと、とくにその再発見がわれらが同時代人サルバドール・ダリによってなされたという事実だけで、十分に一六世紀のマニエリスムの中に位置づけることができるだろう。…(略)…アンニーバレ・カーロの暗示した「ボマルツォの驚異」という言葉が、もしこれらの怪物を表現した彫像を指していたならば(それ以外の解釈はむずかしいと思うのだが)、これらの彫像は、プラトリーノの庭園の池の辺にジャンボローニャが据えつけたアペニン山を寓意する巨大な擬人像に、またローマのパラッツィオ・ツッカリの中庭に通じる入り口の門と窓に施された装飾に先駆していたことになるだろう」(4)と語ってボマルツォの独創性を評価する。だが、彫像群の作者がツッカリなのかドゥーカなのか断定せず、なぜヴィチーノが中世の城砦をヴィラに変えるという時流にはのらず、世界の八番目の不思議ともいわれるようなものを創ったのか、その聖なる森が、彫像群がどんな意味を持つのかということには触れてはいない。

このプラーツから発表前の『マニエリスムの奇矯な彫刻』を借りたマンディアルグは、カーロの書簡を根拠にして「ボマルツォの怪物群がヴィキノ・オルシニ公爵の気紛れから生み出されたということ、それから、一部分にせよ全体にせよ、すでに一五六四年以前に怪物群が存在していたということ(必要とあらば、レバント海戦の捕虜の物語を無効とするものであろう)」(5)と確信し、「ボマルツォの怪物は、いま述べた日付から判断して、ツッカーリ宮の正面玄関の上部に彫られた巨大な口よりも古いということになる（ツッカーリ派の画家たちは、ヴィキノ公爵の計画した壁画制作に協力していたのだから、ボマルツォの人食い鬼にヒントを得て、彼らのローマの館の扉や窓の意匠を考案したにちがいない）」[6]と断定するが、彫像の作者については「ミケランジェロの弟子で造園家であったヤコポ・デル・ドゥカが、共同作業に参加していたのではないかと言っている。この仮定は、この凡庸な芸術家…(略)…が、つねに傾向として示していた『アカデミック』な趣味を考慮に入れるならば、あまり本当とは思えない」[7]と推論してプラーツの説を否定し「ボマルツォの怪物は単なる職人の作品であるとともに、また技術に熟練した彫刻家の作品でもあると思う。…(略)…いたるところにごろごろしている岩の塊りは、自然の状態のままで、人間の形や動物の形をしているのであり、これをそのまま利用して、鑿の先からそれらの形を引き出してくるには、大した想像力をも必要としないのだ」[8]と名もない彫刻家の作とする。だが、マンディアルグにとって謎解きは二義的なことなのかもしれない。彼はロートレアモンの「解剖台の上のミシンと蝙蝠傘の偶然の邂逅のように美しい」という言葉をひき「それはあまりにも有名な、衝撃的な文章であって、久しい以前から、芸術と詩とがその最良の成功をつかむには、不調和な言葉のショック、意想外なもの、激発的なもの、裂け目から噴出してきたもののように調子を狂わせる、異質な奇妙な要素の荒々しい侵入によるということを認めさせてきたのであった。自然の形態学においても、風景の輪郭から木目や石目、さらには花や昆虫や熱帯魚の構造にいたるまで、美はしばしばマルドロール的な邂逅の形で現れる。…(略)…自然の力に助けられて、無秩序な世界に人間の手で創り上げられた幾つかの場所は、真に狂気の美ともいうべき性格にふさわしいものとなった。私の知る限り、ヨーロッパで、こうした性格に最もふさわしいと思われる場所は、ボマルツォの谷よりほかにはないのである」[9]と語り、いわゆる古典的な美とは別種の美が存在することを強調するためにボマルツォを利用し、「ボマルツォの怪物は、幸いにも、骨董屋のために取っておかれた領分にいるのではない。構成や質感のみならず精神においても、この怪物は、一六世紀や一七世紀の模倣者が安易に満足している、あのニスを塗ったカンヴァスよりも、むしろはるかにブーリの麻布や、ジャン・デュビュッフェの恐るべき熔岩やタールなどに近いのだ」[10]と、その歪んだ物体が浮かびあがらせる美の現代的意味を称揚しているからだ。

一方、グスタフ・ルネ・ホッケはプラーツの『ボマルツォの怪物』を読んだあと「ボマルツォの〈聖なる森〉」という一文に次のように記す。「茫々たる廃園の中の怪物、巨人、寓話の獣たち——それは、どこかマニエリスム画法の魔術的風景を思わせるが、同時にマックス・エルンストの一連のヴィジョンを髣髴とさせるものがある。…(略)…混成的—寓話的な怪物、知性による幻想の産物である。…(略)…このボマルツォの庭園は、あきらかに造形美術と建築学上の驚異である。この庭園の中のあまたの碑銘からは、この聖なる森 Sacro Bosco が何を意味しようとしているかが、明白に読みとれる。すなわち——〈他に比べるものもない聖なる森〉だ。そこでは、森羅万象が歪曲されている。はては道さえが——。…(略)…ヴィキノ・オルシーニの庭園は、ルドルフ二世の妖異博物館、フランスおよび英国の一八二〇年以降の恐怖ロマン主義、超現実主義者たちの衝撃的絵画との精神的親近性を物語る。…(略)…人間の身体、建築、構図、自然の歪曲はもとより、天地創世論の歪曲にいたるまで、ここではあらゆる不具化が偏執狂的な計算にもとづいているのだ。それは意識的に美学的手段として援用されている。…(略)…ボマルツォの庭園にはもうひとつの碑銘があった。曰く——〈それ(庭園)はただ自身のみに似て、他のなにものにも似ていない〉と。これこそはマニエリスム的主観主義の、距離と区別への偏執狂的志向の一公式にほかならない。その結果があらゆる道や建築学的法則の〈捩れ〉である。…(略)…彼〔ボマルツォの作家〕もまた、やはり神秘を——異常なものや徹底的に風変わりなものを前にして、すなわち相反するものの一致、錯綜したもの、というよりは〈悪趣味〉が、突如として調和する、その効果を前にして感じる〈魂の震撼〉を表現しようとしたのだ。…(略)…ひとはボマルツォにおいて、単に〈イデア〉の自然、フェデリコ・ツッカーリのいわゆる精巧な人工自然を眼前にするだけでなくて、〈近代〉のある〈源泉〉に立ち会っているのだ[11]」と語り、ボマルツォを構想したのはベルナルド・タッソの『アマディージ』にヒントを得たバルトロメオ・アマムナーティとし、その設計者としては、プラーツの示唆にもとづき、フェデリコ・ツッカーリとしている。

　また、ジョルジーナ・マッソンは『イタリアの庭園』の中で、多くの作家にその美しさを讃えられているヴィニョラ設計のランテ荘について触れた後、ランテ荘からわずか八マイル程しか離れていないにもかかわらず、意図の点で雲泥の差があるオルシーニ荘について語る。オルシーニ荘に関する事実としてはカーロの手紙を資料として、ヴィチーノが城に描く巨人族の敗北のフレスコ画に対する助言を求めていたことに触れるが、巨人族の絵というのはマントヴァのテ宮やパラーディオが設計したヴェーネトのマルコンテンタ荘にも類似のものがあり、当時とすれば珍しいものでもない、ただヴィチーノか一族の誰かが巨人たちに魅せられていたため岩にも同じような彫刻をした庭を作ったのではないかと指摘。マッソンはその庭の不気味な雰囲気を味わうためには蒼白い月の光の下か、むしろ谷全体に霧がかかる冬の日がいいとガイドまでしたあと、オルシーニ荘の設計者としては、よく候補に挙がるヴィニョーラではなく、オルシーニ家と関わりのあったピッロ・リゴーリオと考えるほうが無難、いずれにせよ、真相は依然として謎のままという。[12]

　ボマルツォはわが国でもようやく観光ガイドにも載りはじめている。かつては当のイタリア人すら出かけなかった場所に目を向けさせることになったのは澁澤龍彥のおかげかもしれない。澁澤はマンディアルグの『ボマルツォの怪物』を一九七一年に翻訳したが、自身は七〇年一〇月二七日にボマルツォを訪れている。そのときの紀行文は『ヨーロッパの乳房』に、また、ボマルツォに関してはすでに『幻想の画廊から』に一文がある。いずれもマンディアルグからの影響が色濃いが『幻想の画廊から』で澁澤は「今は荒れはてた廃園となり、生い繁った雑草や茨が小径をかくし、凝灰岩の彫像はびっしり苔に覆われ、かつては美しかったであろうイタリア式庭園の構図も、想像するに由なき物寂びた有様となってしまっているが、それでも、たまたま、ここを訪れた旅行者は、森の樹々の葉がくれにちらちら見える異様な巨人や、神話の怪獣の立ちならぶ景観に、あたかもこの世ならぬ別天地に迷いこんだかのような、強烈な印象を味わうことになる」(13)と記したあとボマルツォの彫像を簡略に説明、諸説を披露していき、「ゴンザガ家の宮廷建築士ジゥリオ・ロマーノが、マントヴァのテー宮殿に『神々と戦う巨人たち』の大壁画を描いたのも、同じく十六世紀の中頃、つまり、マニエリスムと呼ばれる奇怪な幻想風の支配した時代であった。ボマルツォの「聖なる森」も、そういったマニエリスム精神の流れの一環として、とらえ直してみる必要があるだろう」(14)と結んだが、『ヨーロッパの乳房』では「一五七二年に造られた（ピエール・ド・マンディアルグの意見では一五六四年以前）という、このイタリアの地方貴族の庭園こそ、幻想と驚異をあれほど花咲かせたバロックという時代の、まさに息絶えようとする最後の噴出であった」(15)という。どう読んでみても、「最後の」なのだろうか、という疑問は払拭できず、聖なる森を見るとき、バロック・非バロックというエウヘニオ・ドールス的な分け方にくみするのか、それともルネサンス－マニエリスム－バロックという時代区分的な図式に乗るのか、判断がつかない。

Ⅱ 「聖なる森」の透視図

これまでプラーツ、マンディアルグ、ホッケ、マッソン、そして澁澤と、ボマルツォの謎をめぐるそれぞれの説を見てきたが、いずれも疑問は疑問として残している。ところが彼らの抱く疑問のすべてに解答を与えた作品がある。それが、ムヒカ＝ライネスの『ボマルツォ公の回想』。(16)

ムヒカ＝ライネスは一九五八年七月一三日に初めてボマルツォを訪ねる。彼にとってボマルツォはペロン大統領の時代（一九四六〜五五）に新聞で数枚の写真とともに載った記事を読んで強烈な印象を受けたものの名前すら忘れてしまう、そんな存在だったのだが「わたしたちはまずヴィテルボを訪れ、タルキニアにあるエトルリアの墓を見ました。最後に、ボマルツォに着き、その庭園に降り立ったとき（とっても暑い日でしたが、蝶と太陽と、樹々の間を流れる小川のせせらぎをいまも思いだします）、以前そこにいたことがあるという奇妙な感覚にとらわれました。これまで既視感といわれるものを体験したのはそのときだけです。その感覚があまりにも強かったため、わたしは二人を案内したんです。『あそこに』とわたしは言いました、『あの茂みの向こうに、石の象が、その奥にはセイレーンがある』と。そしてそのとおりだったのです。そこで、そのときわたしは、このピエル・フランチェスコ・オルシーニについての、いまもほとんど人に知られていない人物なんですが、話をすることになると確約したんです。アルゼンチン人がそんなことをするのは無茶だと言われました。でも、わたしは書く、書いて、きみたち二人に捧げるよと言い張り、実際、そうしたんです」。(17) わずかばかりの記事、一冊の写真集、五六年ローマ大学建築学部が出した六〇ページほどの小冊子とボマルツォの村の司祭が記した小冊子、ブエノスアイレスにある国立図書館の書庫で発見した数巻からなるイタリアの家系に関する本、それだけの資料をもとにムヒカ＝ライネスは、ボマルツォ公が庭園の岩を変形させたとき、その変形は気まぐれの結果ではなく公爵の伝記を明らかにするものだと推論。ルネッサンス研究と執筆に五年、大部な八冊のノートをとって六二年『ボマルツォ』を脱稿、発表する。その中でムヒカ＝ライネスはどのようにピエル・フランチェスコ・オルシーニを捉え、聖なる森を透視しているのか。少し長くなるが、『ボマルツォ』の物語の展開にそって見ていくことにしよう。

やがてボマルツォ公となるピエル・フランチェスコ・オルシーニ（通称ヴィチーノ）は一五一二年三月六日の午前二時、ちょうどその三七年前にミケランジェロ・ブオナロティがエトルリアのとある村で生まれた時刻に、生まれる。生まれついての奇形（傴僂）であったため、傭兵隊長である父や教皇への夢に生きる祖父には蔑まれ、兄のジロラーモ、弟のマエルバーレにはからかわれ、苛められる。その不幸を埋め合わせるほどに祖母は彼に愛情をそそぐ。一一歳のとき、兄に無理やり女装させられ耳に孔を開けイヤリングをつけられたため祖母の部屋に逃げ込む。そのとき、祖母は〈絵画の洞窟〉で発見された、ボマルツォ付近がいまだポリマルティウムと呼ばれていた頃のものという甲冑（現在はヴァチカンのグレゴリウスのエトルリア美術陳列室に展示されている）を彼に贈る。だが、女装という情けない姿のヴィチーノを目にした父からは罰として隠し部屋に放りこまれる。そこで萎れた薔薇の冠をかぶった骸骨（現在はガラスのケースに入れてボマルツォ城に陳列されているミイラ）を見つける。やがて、一三歳を間近にして、人生修行という名目で小姓のベッポー（父の庶子、一八歳）らとともにフィレンツェに行かされ、一五二四年から二七年までメディチ家の宮殿に滞在し、クレメンス七世によってイッポリト（一五歳）やアレッサンドロ（一三歳）の家庭教師に任じられたピエロ・ヴァレリアーノのもとで、ジョルジョ・ヴァザーリとともに学ぶ。その間、幼いカタリーナの童女であるアドリアーナ・

ダッラ・ローザに恋をする。彼女が熱病にかかり病魔と戦っているとき、祖父の企みで高級娼婦パンタジレーアのところに送りこまれるが目的を果たせずに終わる。また、ベッポーがアドリアーナに横恋慕したことを知り、アブール（ボルトガル王の命令で教皇への贈り物であるハンノーネ〔ラファエッロがその似姿を描いた象〕をローマに連れてくるが、ハンノーネの死後はイッポリトに仕え、イッポリトからヴィチーノに贈られた黒人）に遠回しに殺害を依頼。アドリアーナが病死した直後、ヴィチーノは彼女の付き人であったネンツィアに童貞を奪われる。ベッポーは殺され、アブールは逃亡。二七年五月の皇帝軍によるローマの略奪後、メディチ家がフィレンツェを後にしたのにあわせてビイチーノもボマルツォにもどる。ふたたびボマルツォでのもとのような生活が始まるが、兄が水死、父がフィレンツェ攻防戦で戦死。ヴィチーノは一八歳でボマルツォ公を受け継ぐ。家長になると、かつて閉じ込められたときに見た骸骨が城の病源のように思われその隠し部屋を探しているうちに、偶然、城から森に抜ける通路を発見する。三〇年二月、教皇クレメンス七世の要請を受けてボローニャでの皇帝戴冠式に参加。その地でガレアッツォ・ファルネーゼの娘ジュリア（一五歳、セバスティアーノ・デル・ピオンボが肖像画を描く）を見初め、祖父に結婚の仲介を依頼。ヴィチーノはカール五世（三〇歳）に叙爵された後、ガレアッツォから結婚の同意を得ると、金の象眼をした鋼の指輪（一二歳のとき、浜辺で知り合い、ベンヴェヌート・チェッリーニが記念に贈ってくれた指輪）を婚約の印として渡すが、ジュリアの若さを理由に結婚は一年後と決まる。その婚約時代、ヴィチーノは祖母の幾何学的なイタリア庭園の向こう、草木の生い茂る小さな森が侵入しているところに「あの木々とあの岩々との間には、はっきり突きとめることのできぬ何かが、古の夢の霞のかかったような躊躇いを告げるような、そして、不死の探究と同じくらい私の存在理由、私がこの世にいることの意味とぴったり結びついた何かが隠されている［344］」と感じる。弟のマエルバーレは枢機卿になることを断念。ヴェネツィア共和国のために戦っている父の従兄弟ヴァレリオ・オルシーニの下で傭兵隊長になるために赴く。ヴィチーノはロレンツォ・ロットに肖像を描いてもらうために同所に向かうが、途中、発病。パラケルススのことを耳にし、ヴェネツィアで彼に病気を治療してもらう。ロットによる肖像画〔現在はヴェネツィアのアカデミア美術館で『書斎の若者』として掲げられている〕が完成すると帰郷し、結婚準備のために城を改装し、ローマから先祖の絵を運び巨匠たちの絵を購入して壁に掛ける。オルシーニ、ゴンザーガ、ファルネーゼ家の面々とアレティーノ、チェッリーニ、サンソヴィーノ、ピオンボが出席した結婚式前夜の祝宴でジュリアと踊った途端、自分が傴僂で脚が悪いという劣等感が頭をもたげ憂鬱な気分にさせられる。式のとき、魔除けでもあったチェッリーニの指輪がジュリアからふたたびヴィチーノの指にもどるが、その夜、徹底的に改装されたはずの夫婦の寝室でジュリアは悪魔の陶板を発見、妻が平然としていることが逆に不安になったヴィチーノは不能に陥る。その補完として村の女たちを襲いにでかけ絶倫とまで噂されるようになるが、妻との関係が持てず悶々としているとき、祖父が危篤になりローマに向かう。祖父の死後もローマに残り、また、旅に出て親類の宮殿を転々とする。三四年、ヘンリー八世を破門したクレメンス七世が死去、アレッサンドロ・ファルネーゼがパウルス三世として教皇に選出される。カール五世はイタリアに上陸したことのある海賊バルバロッサをチュニスで敗走させ、三五年一一月、ナポリに凱旋。ヴィチーノは妻とともに、四ヵ月におよぶその祝勝会に出席したあと、三六年六月、フィレンツェでのアレッサンドロ・デ・メディチの婚儀に出席。ボマルツォを守るために誰かにジュリアを孕ませようと考えたヴィチーノは弟マエルバーレに白羽の矢を立てて罠を仕組む。そして、弟との情交を終えたばかりの妻に襲いかかり、初夜にできなかったことをようやくにして果たすが、旅立った弟をすぐに毒殺させる。その知らせを聞いた高齢の祖母はショックがもとで死亡。二ヵ月後、弟の妻は男の子を出産。隣国のムニャーノ公が祝いにミノタウルスのトルソ〔現在はヴァチカンのピウス・クレメンティス博物館に所蔵〕を贈る。三七年アレッサンドロがロレンツォに暗殺され、コジモがフィレンツェ公となる。ジュリアに子が生まれオラッツィオと命名。ヴィチーノは魔術の研究に専念しはじめ、城の収蔵品を整理、その役にローマからマエルバーレの庶子フルヴィオを呼ぶ。そして、かつて父親の部屋で発見した谷へと抜ける秘密の通路の出口に「他の君主の所領を飾る噴水のある館《ニンフォマニア》に似せて、噴水と彫像、果樹と洞窟の部屋からなる巨大なニンフェオを造りたかった…（略）…その部屋の内部には私の蒐集品を並べる、そうすれば私は外面的には伝統的な装飾を施して人の目を欺き偽装した、自分の、自分だけの場所を持つことになるのであり、そこはいつでも私が閉じ籠りうる場所となる［449］」と考え、ニンフェオを建造。四五年トリエント宗教会議の開始、四七年親しかったピエル・ルイジ・ファルネーゼが殺害され、四八年ロレンツォが暗殺され、五〇年教皇はユリウス三世となり、あちこちで火の手があがる。ピエル・ルイジの息子オラッツィオから皇帝に対抗するアンリ二世の軍に援助を求める手紙が届き、ヴィチーノは自分にふさわしい甲冑を探すようチェッリーニに依頼。彼からジュリオ・ロマーノが作った甲冑が届く。そうしてヴィチーノは五二年のメッス、翌五三年のエスダンで皇帝軍と戦うが、甲冑を棄てて敗走し、パリでカテリーナ・デ・メディチを表敬したあと帰郷。ボマルツォでヴィチーノは「人生の転機を迎えた、城に自分の足跡を残す気であれば急がねばならない［496］」と考え、自分を中心にして一族の勝利を物語る光景を描く決心をし、ミケランジェロに手紙を書く。しかし、当時、八〇歳を越えてなお聖ピエトロ寺院に精力を注いでいたミケランジェロは自分の助手を務めたことのあるヤコポ・デル・ドゥカを推薦。ヤコポ（三五歳）は弟子のシチリア人ザノッピ・サルトリオ兄弟とともにボマルツォを訪れ、ヴィチーノの話を聞いて構想を練り、実際にフレスコ画を描きはじめるが「彼女と結ばれるのは私には一つの贅沢であった。彼女に面と向かうのは一つの拷問であった。彼女を失うのは一つの絶望、所有するのは一つの重荷であった［506］」そんな妻のジュリアが五七年に病死。ボマルツォとは切ってもきれぬ人間と見なしていた妻の死に影響されてフレスコ画の主題に疑問を持ち、制作を中止、ドゥカに一週間の暇を出す。その間に、ザノッビの言葉に目から鱗が落ちたかのように「私の人生……象徴に変わった私の人生……何世紀も保護された……永遠の……不朽の……。これこそ、私がボマルツォで語らねばならないことであった。しかし、それは…(略)…ヤコポ・デル・ドゥカの儚いフレスコ画を通してではなく、森の古い岩を使ってである。その森はボマルツォの聖なる森、寓話の、怪物の森となろう。…(略)…愛、芸術、戦い、友情、希望と絶望……すべては、私の先祖たちが何世紀もの間自然の無秩序としてしか見なかったそれらの岩から湧きあがる。それらの岩々に囲まれて、私は死ぬことができない。死なないのだ。私は石の書を書かねばならない。そしてわたしがその二つとない書の素材となるのだ［515］」と気づいて、ヤコポを呼び返し、「私はボマルツォの森が厳密な論理からなる左右対称的な庭園、あらゆる建物が計算された対応と均衡に応えている庭園に変えたくなかったのである。そんなものはイタリアの他の君主たちの庭園にまかせておけばいい。私の人生の鏡となる私の庭園は他のどれとも違ったもの、思いもよらぬもの、人を不安にさせるものとなるのだ。その中で調和のとれた力をもつものはまさしくその幻想を称揚するために役立たねばならない［518］」という信念を抱いて、四〇人の家臣を何ヵ月も使って伐採と地ならしをして平坦な台地にする。そこにまず、最初の仕事として、ヴィニョーラの建造物の縮小版ともいうべき礼拝堂を建ててジュリアへの敬意の証とするため「カプラローラの町の美的先入観に満ちたヤコポ・デル・ドゥカはその建築に全力を投入［519］」。ヤコポには礼拝堂だけをまかせ、ヴィチーノとザノッビが庭園全体を担当。礼拝堂ができ、マドルッツォ枢機卿に聖別してもらうとヤコポはローマに発ち、ボマルツォの岩の彫刻はサルトリオ兄弟の監督下、村に住む職人たち、「われわれの土地のエトルリア的伝統に想像力をつけ加えた幻想的な荒々しい像を彫っていた〔523〕」男たちの手で進められる。「一風変わったものを造りあげたいのなら、それを造る者も変わった人間でなければならない。有名な、あるいは、熟練した芸術家ではだめであり、賢明な専門家であってもならない。この土地の者、火山の窪地で生れ扱いにくい土地に根ざした人間、夏の午後、私が村の通りを馬で行くとき、あばらやの玄関先で、暇を潰すために、器用な手をふさぐために、お喋りしながら素直な石片を刻んでいるあの男たちでなければならない。ミケランジェロ・ブオナロティがボマルツォの岩を刻むことができないのなら、他のどの師匠にも刻めはしまい〔523〕」と理由づけし、仕事に選ばれた者たちには「ムニャーノ、ブラッチアーノ、カプラローラ、バニァイアばかりかローマやフィレンツェにもわれわれの巨像に比肩すべきものは何一つない〔523〕」といって土地の者としての彼らの誇りをくすぐる。そして、彼らが彫る像に〈メンフィスも過去の世界のいかなる奇観も／聖なる森には道を譲る／この森は唯一無二　模倣もかなわず〉とか〈もしロードスが自らの奇観を誇るなら／我が森も人の誇りとなるに相応しい／故に全力を投じるのだ　我が森に〉といった碑文、「落ちついた、あるいは、荒々しい姿勢の像の迷宮はその迷宮を訪れる者を当惑させるために私自身が作った碑文〔529〕」と結びつけていく。仕事が最終段階になると「友人の知識人たちに特別の敬意――奇妙にも辛辣な敬意――を払うことに決めたが、そのためには彫像ではなく、極めて均整のとれた小さな建物を地面に対して斜めにたてたらどうかと思いついた。そんな家であればその小さな部屋を歩くのは難しいものとなる〔530〕」と考えて造らせる。こうして、怪物の庭園の整備と造園はヴィチーノの余生をかけるものとなるのだが、その間には、カール五世が死に（五八年）、アンリ二世が死ぬ（五九年）。ヴィチーノが五二歳になった頃、テーヴェレ川で悪魔だらけの船を、聖人たちが乗り込んだ船を、庭園で馬に乗った骸骨を見たという噂が立ち、ミケランジェロが死（六四年）の直前、モンテ・カヴァロの自宅に描いた骸骨を、棺を背負う骸骨を思い出す。その頃、盗みをして出奔していたザノッビがもどってくる。彼に惹かれるビッチーノは彼を赦し、庭園を見おろす柱廊に大きな絵を描かせることを考える。その主題は弟マエルバーレのために刻んだ彫刻と同じもの、つまり、巨人族の戦い。彼が望んだものは「ベリーノ・デル・ヴァルガがジェノヴァでアンドレア・ドリアのために為した『巨人の戦い《ギガントマキアー》』や、ジュリオ・ロマーノがマントヴァのテ宮殿で作ったようなもの、しかもいっそう複雑で、いっそうアリオスト的、百腕の巨人ブリアレオース、三体の巨人テュポーンといった桁外れの概念に近いもの、城まで庭園の幻想的な概念を広げ、私の想像物の美的統一を強調する混乱した空想的な一種の解剖模型［536］」だった。そうした内容のことを書いてヴィチーノはまずアンニーバレ・カーロに手紙を出す。カーロからは「ボマルツォの壁の一つを使って死すべき者たちと不死との永遠の戦いを描こうとお思いなら、絵はタッデオ・ズッカーリに依頼しなさい［536］」という返事。ヴィチーノはザノッビをカーロのもとに送って話させると、カーロはザノッビなら適任という連絡をよこす。こうして六八年にザノッビが描きはじめた『巨人の戦い』の「素描は完璧さからはほど遠いものであった。それにもかかわらず、そのバロック的な混乱、神々の揺るぎない軽蔑のまわりで縺れあい渦巻いている燃えあがる触手のような繋がりからは、憎悪の衝突からもたらされる残酷な振動のようなものをロッジアにもたらす荒々しい力感が滲みでていた［538］」。やがて、聖なる森の建設のために財政が逼迫し、ヴィチーノは、相続遺産で富裕になった女性、貴族の仲間入りに憧れるクレリアとやむなく再婚するが、その態度に嫌気がさし、オスマン・トルコのイタリア侵攻が間近に迫っていることを理由にチヴィタヴェッキアに赴き、バリャーノ公マルカントニオ・コロンナ率いる艦隊の一つに乗り込む。そこからナポリ、メッシーナへと進み、その港でスペイン軍を待つが、あるとき喧嘩の巻き添えになって負傷し、ジュリオ・アクアヴィーヴァ枢機卿の近習であるスペイン人に助けられる。感謝の印としてアリオストの『オルランド』の写本を渡すと、その近習は前年出版されたばかりのガルシラーソ・デ・ラ・ベーガの作品集を彼に贈る。七一年八月、カール五世の庶子、総司令官であるドン・ファン・デ・アウストリアが合流。トルコとの戦いに向かう船上でヴィチーノは近習から贈られた本を読み、そこにミゲル・デ・セルバンテス・サアベドラという署名があることに気づく。トルコ軍がレパントにいるという情報が入って全艦隊がそこに向かい、一〇月七日、オスマン・トルコのガレー船二〇八隻対キリスト教世界のガレー船及びガレアス船二〇九隻の戦いが開始され、[18]「七千五百のキリスト教徒、二万五千のトルコ兵が死後の名声を得たり忘却に流されたりした［590］」凄まじい戦いは終わる。ヴィチーノはこの戦いで倒れた息子オラッツィオを聖ステファヌス騎士団の墓に埋葬するためピサに立ち寄ったのち帰郷。その旅の途中、再婚する前に城で開こうとした仮面舞踏会の夜、寝室の鏡に映った魔王と神について考える。「ボマルツォの庭園の象徴的な怪物の制作者たる私は矛盾の狡猾な統合を為し遂げようとしたとき、自分自身が一怪物に変ってしまったことに気づかなかった…(略)…私は病み、幻覚を見、彷徨っていた。罪人たちに囲まれ、私の時代を満たす罪の濁った空気を嗅ぎつつ、まるで自分一人が罪人であるかのように、まるで自分一人が有罪、あらゆる罪の償いをする代表でもあるかのように振舞っていた。消し去ったものとばかり思っていた劣等感が孤独の中、私を窒息させていた。私の傴僂、浅ましさ、果てしない孤独な絶望感が私を押し潰していた。根本的な不安が私に爪を立てていた［593］」ことがもとで「私の避難所となる庵、地獄の恐怖を感じさせる庵を造らねばならない。…(略)…あらゆる者たちの記憶から消え、粗末な服にロザリオだけの恰好で地上の地獄に引き籠って一刻一刻、日々、失くした恩寵を取り戻すのだ［594］」と思い、ボマルツォに残る最後の岩には魔王を刻むことにする。その作者は息子のオラッツィオの奴隷で彫刻が得意なユダヤ人サムエル・ルナ。サムエルは彼の指示に従って下絵を書き、ヴィチーノがレパントの海戦の報償として得た三人のトルコ人を使って「岩の内部を洞窟のごとく抉り抜き、その巨大な岩を、俄隠者の部屋［596］」に変えはじめる。やがて、一五七二年五月、「私をボマルツォの心臓部、ポリマルティウムから永久追放するように思える地獄の口［602］」が完成。その中でヴィチーノは「不安を抱くどころか類い稀な幸福感を味わった。精神分析医であれば、それは私がその闇の中で、母胎内での幸福感を、私が思いだしえない母親の避難所、あるいは私の祖母、素晴らしいディアナ・オルシーニの膝の庇護をふたたび見出したことに起因するものと説明するであろう［604］」と思う。そして、そんな避難所ともいうべき庵で彼は長年の研究の末にできあがった不死の薬を飲むが、中にはマエルバーレの息子が入れた毒が入っている……。

Ⅲ　怪物たちの、聖なる森の意味

前章では『ボマルツォ』の物語を聖なる森の創造との関わりの中でまとめながら、ヴィチーノの、つまりはムヒカ＝ライネスの聖なる森に対する考え方を明らかにしたが、それでは庭園の巨大な彫像群はそれぞれ、どんな意味を持っているのだろうか。ボマルツォを訪れたマンディアルグが目にし『ボマルツォの怪物』に記した順に後を追いつつ、ムヒカ＝ライネスの見方を見てみよう。(19)

	マンディアルグ	ムヒカ＝ライネス
ミイラ化した人間	彫像ほど古くはない。幻想的なコレクションの、理想的な番人	子どもの頃、ヴィチーノが父に閉じ込められた秘密の部屋にすでにあったもの
神殿 ⑦	ジュリア・ファルネーゼの思い出のために、建てさせた。ヴィニョラの設計	〔礼拝堂〕ジュリアへの敬意の証。ヴィニョラの作と見なされうるほど似ているが設計はヤコポ・デル・ドゥカ
頭の三つある一匹の犬	地獄の門の番犬ケルベロス	〔ケルベロス〕
巨大なニンフ ②③	龍舌蘭の植木鉢を厳かに頭の上にのせた、ボードレールの「巨大な女」もかくやとばかりの彫像	〔豊満な裸体のニンフ〕＝ネンツィア。鉢に一本の木をのばすことで彼女がメディチの宮殿と同じくらい広く思える影でヴィチーノを包みこんでいたことを示す
ニンフの岩の彫刻	ニンフが食いちらかした彼女の恋人や女友達の残骸でもあるかのよう。一種の残酷なエロティシズムで見る者をぎょっとさせる	三角の台座の片蓋柱にある頭蓋骨と脛骨＝ヴィチーノの憎しみの証拠である恐ろしい骸骨。一人の少年の逞しい姿を俯せに押さえつけている翼ある人物たち＝ヴィチーノの兄弟の迫害の象徴

上の表は以後五ページにわたって続くが、そこからは、マンディアルグとムヒカ＝ライネスで意見の違いはむろん、それぞれが見なかったもの、見ても採り上げる必要がないと感じた像がいくつかあることがわかる[20]。それは紀行文と小説という差、あるいは作家としての資質の違いがもたらすものかもしれない。いずれにせよ、二人が同じ意見ではないことに意味がある。誰が見ても同じようなものに謎はないからだ。

一方、この表はヴィチーノとボマルツォを構成する個々の要素との関わりを重点的に示すものだが、他の庭園と比較すれば、この聖なる森は、オルシーニの庭園

石の断片		一匹の牡羊と牡獅子であろう一匹の「神話の獣」	記述ナシ
わざと傾けて建てられた家	⑤	これ以上傾ければ倒れてしまうという、ぎりぎりの限界で不安定にたっている	ヴィチーノの友人の知識人たちに辛辣な敬意を払うためのもの
象	④⑥	背中に四角い石材の「城」をのせている。長い鼻を一人の兵士の身体にぐるぐる巻きつけている。大きな耳には楯の紋地のような模様	〔象〕＝ハンノーネ。象の背に結んで固定された〔櫓〕の上に立っていたはずのアブールは時間に腐食されて磨滅。ローマ人兵士の衣装をつけて象の鼻にまかれているのは小姓の〔ベッポー〕
巨大な人間の首	①③④⑤⑥	人食い鬼だと言われている。自然の岩を彫り込んだ一脚のテーブルと腰掛け	ヴィチーノが鏡で見た〔魔王〕の像。〔庵〕でもある
巨大な女		さっき見た巨大な女の妹のよう。鈍重な月のような大きな丸い顔。獣のような肉感的な感じ	〔ニンフ〕＝最初に腕をからませてきたときヴィチーノが何もできず、放っておいたパンタジレーア

はどう位置づけられるのだろうか。ドミトリイ・S・リハチョフは「庭園は世界を認識するためだけではなく、それを改良するためにも使われた。世界の正しい認識のみが人間に世界を改良する権利と可能性をもたらしたのである。かくして庭園というところは、自然認識に立脚して、自然を世界のために変え、地上に真の楽園をつくり出すところとなる」[21]という。ヴィチーノの、また、一六世紀イタリアで造園を企てた人物の認識はどのようなものであったのか。『ボマルツォ』では「ルクレツィア・ボルジアの息子でティヴォリの知事、当時、そうした役人たちの古い屋敷になっていた昔の修道

顎鬚のはえた老人	河の神もしくはネプチューン。腰まで地面に呑みこまれた姿	〔ネプチューン〕海の、無限の大洋の、永遠の、不死の、ヴィチーノが初めて目を開いたときに生まれた偉大なる夢の象徴
ドラゴン ④⑥	紋章の印のある翼を生やし、牡獅子と雌獅子（あるいは巨大な犬か）を向こうにまわして猛烈な死闘。不思議に東洋的なスタイル	〔一匹の龍と二匹の犬の戦い〕ヴィチーノの戦いの際の行動を示したもの。龍＝カール五世。二匹のブルドッグ＝メッスとピカルディーにおけるヴィチーノの戦い
スフィンクス	『戦艦ポチョムキン』の気難しい狂信的なギリシア正教の司祭を思い出させる	ヴィチーノの初恋の相手、ときに優しく大胆、ときに薄情で不実だった娘アドリアーナ・ダッラ・ローザの記念
洞窟（グロッタ）	股間の孔から水を吹き出していたはずの実物大よりも大きなニンフの像がある	〔ニンフェオ〕城内から森に出る秘密の通路の出口にあり、好きなときにヴィチーノが閉じこもりうる場所として造る

院を最も美しい宮殿に変えようとやっきになっていたイッポリト・デステ〔524〕」がボマルツォを訪ね、ヴィチーノと話し合う箇所がある。ティヴォリの町にあるエステ荘はもともとベネディクト派の修道院だったものを一五五〇年イッポリト・デステ枢機卿が改装を開始。設計はリゴリオがあたり、数十種の様々な形の噴水で名高い。この宏壮なエステ荘はローマ近辺では、アレッサンドロ・ファルネーゼ枢機卿がヴィニョーラに設計させ、マリオ・プラーツが「イタリアの一六世紀の文化の総合であるだけでなく、その庭園や洞窟、噴水によって、イタリアの夏の軌跡を償還する劇場」[22]と高

巨大な亀	甲羅の上には奇妙な台座、台座の上には一個の球、球の上には危なかしく平均をとって立っているニンフ、あるいは「噂」の女神	〔亀〕音楽的な彫像をいただいた亀。その彫像からは水を送る巧みな仕組みが柔らかな音を立てており、ヴィチーノの詩の敗北と苦悶を意味する
ぱっくり開いた口の形に彫られた大きな一個の岩	羊飼いたちは「鯨」と称している。この「海の怪物」（あるいは苔に覆われた怪物の残骸）はどこか猥褻な感じがする	〔鯨〕ベンヴェヌート・チェッリーニがヴィチーノの愛読書『狂乱のオルランド』の登場人物アストルフォの生まれかわりと感じていたため、そのアストルフォが実際は鯨である島で孤立した風景を描いたもの
天馬（ペガサス）	たぶん九人のミューズたちの山である、小さな人工の山の上に立っている	記述ナシ
巨人 ①②④⑤⑥⑦	身の丈八メートルないし九メートル。たぶんヘラクレス。一人の若い人間を引っくり返して二つに引き裂こうとしている	〔一方が他方を切り刻んでいる瓜二つのティターンたちの戦い〕マエルバーレの死の象徴。ヘラクレースとカークスの挿話でもポリュペーモスがユリシーズの仲間たちをずたずたにしている姿でもない

く評価するカプラローラ荘やガンバラ枢機卿がヴィニョラに設計させたランテ荘と肩を並べる。ムヒカ＝ライネスがボマルツォに近いバニャイアにあってエステ荘同様水の扱いに優れたランテ荘ではなく、ティヴォリのエステ荘とオルシーニ荘とを比較するのは、ヴィチーノをイサベッラ・デステの称賛者として設定していることもあるが、まさしく両者が、そこの考案者をも含めて、この時代の対極をなすものと考えたからにほかならない。ヴィチーノはイッポリトとの違いを、たがいにわかりあえない理由を次のように列挙していく。「彼の別荘は水の勝利を称賛するための建築の供物として計画

小さな彫像群	ニンフ		あられもない姿でぐったり横たわっている。地上の逸楽の表現	記述ナシ
小さな彫像群	女面鷲身獣		首が落ちている	〔ハルピュイア〕二枚舌の蛇、蛇の尾の形をしている
小さな彫像群	他は跡形もない		記述ナシ	〔双頭のヤーヌス〕ヴィチーノが愛に目覚めて以来、正反対の補完的な顔で彼を責めた。
熊		⑥⑦	後脚で立ちあがり、胸のところに紋章の薔薇の花を捧げ持つ。オルシニ家の家名をもじった紋章	〔家紋の薔薇を掲げる熊〕
その他		①⑥⑦	記述ナシ	〔額に球がのっている恐ろしい怪物〕ヴィチーノ自身の象徴。一族の栄光の紋章の重みを支える奇形の象徴。上方にボマルツォの要塞を型どる。
その他		⑦		〔広い膝のニンフ〕ボマルツォの母なる地から現れるヴィチーノの祖母の姿

されていたが、私のそれは石の称揚であった」「彼は遠くからティヴォリへ、その土地とはまったく繋がりのない名門の歴史を胸に赴任したのだが、私は世紀の初めから精神的、肉体的にボマルツォに根をおろしていたのである」「私はエトルリア人であり、彼は半ばイタリア人、半ばスペイン人というコスモポリタンであった」「ティヴォリの噴水や階段、洞窟、そして望楼の間にばらまかれた彫像は、湿った苔のビロードの下、浸食にひび割れ、フェラーラ・ボルジアの子孫たちが増やした震える涼気のカーテンと羽飾りの中から姿をのぞかせていたが、やはり水でできているかのようであっ

た。ところが、ボマルツォの岩は私を岩に結びつける絆、その岩を通して不透明な素材の中に沈み、通過し、大地とそして古代の墓の中心へと到達する絆が持つ親しみを厳かに力強く表していた」「二つの概念が向かいあっていた。噴水の騒々しさを背に際立つイッポリト枢機卿の儚い、宮廷的な、華やかな概念と、石の怪物の無言の不動の背景に浮かびあがるボマルツォ公の封建的、深遠な、不穏な、極めて個人的な概念とが。一方には時がその泡の中に消えていくことから時を嘲笑する多彩色の羽飾りの透明さが、軽やかな傲慢さが、そして他方にはしっかと根をおろした頑固さが、世紀の石化し静止した力が」「彼の別荘の庭園は私の城の庭園とは比べものにならないくらい広大であり壮麗なものであったが、私の庭は私のものであり、いつも私たちのものであった。ところが彼の庭はティヴォリの官僚的な知事たちから受け継いだものであったのだ［525］」。ヴィチーノが子どもの頃から惹かれつづけたエトルリアの地。ローマに様々な影響を与えながらも、いまだ民族の起源、文化、言語において謎めいているその土地に住んだ「エトルリア人は動物や精霊のなかに、自分たちの喜びをみいだしている。とくに動物にたいしては、その優しさと獰猛性を愛した。…（略）…動物を悪魔の力を持ったものと考えていた」[23]という。華やかな浮薄な別荘が各地に造りあげられていく一六世紀において、その時流に逆らってヴィチーノが自らの血の起源であるエトルリアの神話的世界を現出せしめながら、自らの過去と思考を彫り込んだものが聖なる森なのだといえよう。

Ⅳ　新たな神話の創造

『イタリア百科事典』を調べたマンディアルグにならって、スペインのエスパサ・カルペ社の世界最大規模の『百科事典』でオルシーニ家の項をひくと「ローマ貴族の家系。家系の始まりは一二世紀末にさかのぼり、コロンナ家に対抗して教皇派の主張を支持した。その最初の著名な人物は教皇ケレスティヌス三世の甥、ウルス（オルソ）である……」で始まり、代々の主要人物についての簡単な説明を加えたあと、特に重要な人物は別項でも扱われている。一六世紀の人物としては、フルヴィオ・オルシーニが別項で「ローマ生まれの古美術研究家、文献学者（一五二九〜一六〇〇）。傭兵隊長マエルバーレ・オルシーニの庶子……」と記載されているが、伯父であるピエル・フランチェスコ・オルシーニの名はどこにもない。[24]この百科事典の執筆当時にはヴィチーノとボマルツォの聖なる森が評価されていなかったのか、執筆者が評価しなかったのかは不明だが、現存資料がカーロの二通の手紙だけということもその一因かもしれない。歴史上の人物、事項を扱う場合、資料の少なさは致命的であり、資料がなければ重要人物とも重要事項とも見なしえないからだ。だが、少なければ少ないほど、小説を書くにはいっそうの自由が与えられるものかもしれない。ムヒカ＝ライネスはヴィチーノにこう語らせている。「伝記作家は偶然の気紛れが残した辻褄のあわない、脈略のない記録を使いながら良心的にその人物のパズルを組み合わせていくが、その人物の親交、そして本質的な特徴や記録は往々にして逃げていくものである。伝記作家は一種の測りしれない親近感が自分を結びつける人間を博学と注釈の網で捕らえたと信じるが、それは難破船のいびつな残骸を掻き集めているに過ぎないのだ。もしもそうした研究の対称にされている人間が研究の結果を調べうるなら、呆然となり、認めはしないであろう。私がそのいい例である。

カーロの手紙は私を追いまわす。彼の他は誰も私に関心を寄せなかったと人は言うかもしれない。そして手紙が示す関心はひどく慎ましやかなものである。幸い私はこの回想録を綴るという超自然の特権を享受している。そうしなければ――そして忘れられた私の思い出を守るためにしてきた多大の努力にもかかわらず――誰一人として僅かな系譜上の情報や概して誤りばかりの僅かな伝記的断片の他は私のことを知りえないからである［537］」。ボマルツォ公の七割は想像の産物という。ムヒカ＝ライネスはヴィチーノのために、チェッリーニを友人にし、ヴァザーリを学友にし、パラケルススに治療させ、カール五世に叙爵させ、ロットに肖像画を描かせ、セルバンテスと引きあわせる……。ヴェネツィアのアカデミア美術館にあるロレンツォ・ロットの『書斎の若者』をヴィチーノの肖像画と捉える想像力はさらにその肖像画の中に入り込み、その絵に「テーブルに置かれた青いショールの上にいる蜥蜴―（略）―、鍵束、ペン、私がめくる本の傍にばら蒔かれた薔薇の花びら、そして背後には、チェッリーニのメダルのついた私の帽子が見えるその同じ平面上には、狩の角笛と死んだ鳥という意外な寓話がロットの描いた他の肖像画に見られる神秘的な品々――黄金の爪、ランプ、小さな髑髏、萎れた花、ジャスミンの花束、そして宝石――とともにその作品の中で親しく交歓している［337］」といった説明を加える。こうした類稀なムヒカ＝ライネスの想像力が『ボマルツォ』では、まるで額にまで絵を描くことでキャンバスの絵を外に解放したクリムトのように、一六世紀ヨーロッパの史実という枠組の内外を自在に行き来し、ヴィチーノの、そして、聖なる森の豊かな履歴を創りあげているのだ。『ボマルツォ』に刺激されてスイス人女性がピエル・フランチェスコ・オルシーニという人物の研究に没頭し、オルシーニ家の資料にあたって『ボマルツォの不思議』を書いたが、その本によれば、彼女の公爵はムヒカ＝ライネスの公爵の一五年前に生まれているし（ムヒカ＝ライネスが書いたときには生年月日の資料はなかった）、傴僂でもない、また、ホロスコープもない（これはムヒカ＝ライネスの友人の星占い師がしたもの）という。だが、その女性の本が出版されたあと、ムヒカ＝ライネスがボマルツォを再訪したとき、彼とは知らないガイドはムヒカ＝ライネスの創りだした公爵の話をしたという。[25] 創りだされた事実が歳月とともに、やがては歴史的事項として定着してしまうのかもしれない。ヴィチーノの驚くべき人生を、そして、プラーツが、ホッケが、そして、マンディアルグや澁澤たちが取り組んだ聖なる森の謎を解明するのに、ムヒカ＝ライネスは原文六五三ページをも費やしたが、その本の厚みはもう一つ大きなテーマを展開するに必要なものでもあった。〈不死〉というそのテーマは作品冒頭に書かれるヴィチーノのホロスコープの説明から直ちに察せられる。ボルヘスは死にたくても死ねない不死の人を描き、ビオイ＝カサレスは立体映像に定着した不死を描いた。そして、ムヒカ＝ライネスは伝統的手段にのっとり錬金術を介して不死に迫ろうとする。だが、聖なる森の創造と絡みあうように進むこの不死のテーマをめぐっては、また別の機会に譲りたい。

註

（1）マリオ・プラーツ『官能の庭』若桑みどり他訳、ありな書房、一九九二年、一二二頁。
（2）同右。
（3）同書、一一七〜一二二頁。ボマルツォの怪物とツッカリの巨大な仮面の入り口との類似は同書九六頁掲載の写真に見てとれる。

（4）同書、九四頁。
（5）A・P・ド・マンディアルグ『ボマルツォの怪物』澁澤龍彥訳、大和書房、一九七九年、五二頁。
（6）同右。
（7）同書、五三頁。
（8）同右。
（9）同書、一一頁。
（10）同書、六二頁。
（11）グスタフ・ルネ・ホッケ『迷宮としての世界』種村季弘・矢川澄子訳、美術出版社、一九六八年、一五一〜一五六頁。
（12）Georgina Masson, *Italian gardens*, London, Thames and Hudson, 1966, pp.174-178.
（13）澁澤龍彥『幻想の画廊から』青土社、一九八一年、八六頁。
（14）同書、九三頁。
（15）澁澤龍彥『ヨーロッパの乳房』河出文庫、一九九三年、二八頁。針ヶ谷鐘吉は『西洋造園変遷史』（誠文堂新光社、昭和五二年）でエデンの園から現代の公園にいたる庭園の歴史を綴っているが、オルシーニ荘についてはルネサンス末期（バロック）の章で触れ「一五七二年ピエルフランチェスコ・オルシニが造り、ここにはバロック趣味の横溢した庭園がある…（略）…ここは公爵の亡妻を記念して設計したといわれ、デザインは建築家ヴィニョラといわれている（同書一三〇頁）」と言葉少なに語るだけで、あとは澁澤の『ヨーロッパの乳房』からの引用で埋めている。また、岡崎文彬は『ルネサンスの楽園』（養賢堂、一九九三年）で「カプラローラのファルネーゼ宮とバーニャイアのランテ荘見学のついでならともかく、造園家にとってここだけを目当てに訪れる必要があるかどうか疑問である（同書二二八頁）」と語る。
（16）マヌエル・ムヒカ＝ライネス『ボマルツォ公の回想』土岐恒二・安藤哲行訳、集英社、一九八四年。以後、原著のタイトルに従って『ボマルツォ』と略記し、また、同書からの引用は引用箇所のあとに〔　〕でその頁数を記す。

(17) María Ester Vázquez, *El mundo de Mujica Láinez*, Bs.As., Belgrano, 1983, pp.84-85.

(18) 塩野七生『レパントの海戦』(新潮社、一九八七年)では犠牲者の数の差はあまりない。

(19) 表に記した彫像個々の名称及びマンディアルグの説明はほぼ、澁澤訳。なお、①はマンディアルグ『ボマルツォの怪物』、②は澁澤龍彦『幻想の画廊から』、③は同『ヨーロッパの乳房』、④はホッケ『迷宮としての世界』、⑤はＮＨＫ『フィレンツェ・ルネサンス６　花の都の落日』(日本放送出版協会、一九九一年)、⑥はプラーツ『官能の庭』、⑦は岡崎文彬『ルネサンスの楽園』に写真掲載。

(20) ちなみにマリオ・プラーツが『ボマルツォの怪物』でとりあげている彫像は、熊、ドラゴン、象、ヘラクレス、鯨、亀、河神、ニンフ、横たわるアリアドネ、ペガサス、スフィンクス。

(21) ドミトリイ・S・リハチョフ『庭園の詩学』、坂内知子訳、平凡社、一九八七年、一〇三頁。

(22) マリオ・プラーツ、前掲書、一三〇頁。

(23) 三輪福松『エトルリアの芸術』、中央公論美術出版、昭和四九年、一五七頁。

(24) *Enciclopedia universal ilustrada, tomo XL*, Madrid, Espasa-Calpe, 1981, pp.689-693.

(25) María Ester Vásquez, *op.cit.*, pp.86-87.

(『ユリイカ』一九九五年二月号)

ゲイの受容——メキシコとルイス・サパータ

「そいつはなおさら誇張しだしたんだ　仕種を　ポーズを　だんだん女みたいになって
ある日気づいたんだ　自分の関心はホモなんかじゃなくて　え？　女になることなんだって
なぜって　そりゃ　違うもの　な？　ホモになれるよ　男の子が好きなんだから　女になりたく
ないんだから　でも　そいつはなりたかったんだ　そしてある日　そのお　女の服を着て
そのまんま通りを歩きだしたんだ[1]」

——ルイス・サパータ『ローマ区のヴァンパイアー』

ラテンアメリカでは、おそらく、ふたつのものがそこに住む人々の心理に大きな影響をもたらしてきている。一つはカトリック、もう一つはマチスモ（男性至上主義）。まるで遺伝子に組み込まれているかのようなこのふたつのものの呪縛から逃れることは容易なことではないらしい。文学作品の中にもそれは読みとれる。生殖を目的とするセックスだけを正当なものとするキリスト教と男は男らしくあらねばならないというマチスモの幻影が依然として性を扱う作品の中に現れているからだ。

たとえばキューバのレイナルド・アレナス。アレナスは、同性愛者を収容して教化する刑務所に入れられ、そこを脱出しようとして射殺される主人公の姿を中編『アルトゥーロ、一番光る星』（一九八四）で詩的に綴ったが、その中に次のような一節がある。「彼を探していた、すべてが組織化され、きっちり、不気味なほどに組織化され――監視され――ていた、そして彼らは彼を探していた、そこにほかの者たちがいた、大尉、中尉、少尉、伍長、兵長、衛兵、新兵と身分、階級で格付けされて、一つの秩序があった、きちっとあらかじめ考えられ、合法化され、遵守される秩序がいつもあった、その秩序に従って、一番上の者は自分につづく者を辱め、二番目は三番目を辱める、そうして順送りに彼ら、誰からも辱められている者たちのところまでくるが、彼らはもう誰をも辱めることができない、そこで辱めの階段が終わるからだ」[2]。この一節からもうかがえるかもしれないが、アレナスの作品における同性愛は抑圧、限定すればフィデル・カストロに象徴される絶対的な父権に対するアンチテーゼともなっている。アレナス自身、九〇年にエイズを苦に自殺してカストロとの闘いに自ら終止符を打ったが、生前出版された最後の作品集『ハバナへの旅』（九〇）の表題作では一般の刑務所内で囚人たちから言い寄られたり疎まれたりするゲイを主人公にしている。この主人公はその後、刑期をおえてアメリカに渡るがやがて望郷の思いにかられて帰国。知り合った若者と一夜を過ごすものの持ち物全部持ち逃げされて丸裸に近い恰好で帰郷すると、待っていたのはその若者、つまり、成長した自分の息子と妻。父と子は口論になるものの妻にとりなされてクリスマスの祝いの席につくといった筋立てだが、革命のイデオロギーが浸透しているはずのキューバで妻と子がまだ信仰を捨てずにいるという結末に、逆にカストロ政権が崩壊して国に自由が戻ることを願うアレナスの希望を読みとることもできる。また、アレナスの次世代の代表ともいうべきセネル・パスはカトリックに取って代わった革命のイデオロギーを信奉する若者といまだカトリックを信じるゲイの交遊を『狼と森と新しい人間』（九一、邦題『苺とチョコレート』）に描いた。同書は九三年に映画化されて話題となったが、パスもその中で登場人物に「ホモセクシュアルという呼び方はね、ある程度その気があっても自制の効く人間の場合。しかも、その手の人間は社会的な立場によって、（つまり政治的立場のことだけど）干しブドウになってしまうくらい抑制されているの」(3)とか「戦う？　無理よ。私は弱いし、あなたたちの世の中は弱い人間向きにはできていないから。それどころか、あなたたちの振る舞いときたら、まるで私たちみたいな人間なんか存在していないみたいだし、さもなきゃ、私たちがあなたたちに嫌がらせをしたりゴミ溜めの虫けらどもと意気投合しているだけの存在であるかのようなんだから」(4)と語らせ、カストロ体制と強者による同性愛者への抑圧を露にしている。

このパスにも、アレナスにも、また、『歌手たちはどこから』以来、たびたび作品の中で女装趣味者やゲイを取り上げ、九三年にエイズで死んだセベロ・サルドゥイにも大きな影響を与えたのは今世紀キューバ最高の詩人といわれるホセ・レサマ＝リマだが、彼は六六年に長篇小説『パラディソ』を発表。この作品は一応は主人公ホセ・セミの五歳から二五歳までの成長を綴った教養小説という骨組みをとっているが、セミに影響を与える人物たちの弁舌はレサマ＝リマ本人の思想を直截に吹き込んだもの。同書の第九章では、哲文学部希望にもかかわらず母を喜ばせるために法学部に入ったセミと彼の学友フロネシス、その年上の友人で弁護士事務所で働いているフォシオンが同性愛をめぐって熱っぽい議論を展開する。神による男女の創造の差、両性具有、古今東西の哲学者・宗教家・詩人・作家たちの考え方に対する彼らの解釈には、おおよそ二〇歳前後の若者たちという人物設定が無理と思われるほどの該博さが披瀝される。

こう綴ってくると同性愛をめぐってはキューバの作家の独壇場といった感があるが、アルゼンチンのマヌエル・プイグの『蜘蛛女のキス』は広くわが国でも読まれているし、チリのホセ・ドノソは『境のない土地』で女装趣味者を、メキシコのカルロス・フエンテスは『海蛇』でゲイの結婚詐欺師を、また、ペルーの（いまや、スペインの、というべきなのだろうか？）バルガス＝リョサは『ラ・カテドラルでの対話』の中でゲイの父親を登場させるなどしており、新しい世代の作家を含めれば枚挙にいとまがない。ただ、一口に同性愛者が登場するといっても、サルドゥイやドノソ、プイグの作品に登場する人物は異性の衣装をまとって女性であろうとしている人物であり、そうした人物の願望は疑似異性愛ということになる。だが、単に男が男を求めるという同性愛の場合もある。いずれにせよ、近年、同性愛はラテンアメリカ文学の前景に一つの位置を占めるようになった。だが、最初に登場したのはいつのことだろうか。

1　アドルフォ・カミーニャ『ボン・クリオーロ』

ラテンアメリカの最初のゲイ小説はいまからちょうど一〇〇年前の一八九五年に生まれた。作者はブラジルのアドルフォ・カミーニャ。作品名は『ボン・クリオーロ』。

まず、この作品の時代背景を理解するために前世紀のブラジルについて簡単に触れておきたい。一九世紀初頭、ほとんどのラテンアメリカ諸国は宗主国から独立を達成するが、ブラジルは、スペインからの完全独立をめざしたイスパノアメリカ諸国とは違い、ポルトガル王家の皇太子を迎えるという形で一八二二年に独立。その帝政は八九年まで続き、四〇〜八九年のドン・ペドロ二世の第二帝政時代にコーヒー産業の発展にともなってヨーロッパ移民の流入、各種産業部門の近代化が進み、国情も安定。この間、五〇年に奴隷輸入の禁止が決められはするが、コーヒー園保護のために完全な奴隷解放は八八年まで遅れる。そして、八九年、病気療養のため皇帝が渡欧していた隙に、軍と共和派が結んで無血クーデターを起こし、コーヒー園主を中心とする共和派主導の共和制となり、一九三〇年まで続く。こうしてブラジルはまず宗主国ポルトガルと緊密に結びついた帝政で始まったため、書店の店頭はヨーロッパの書籍があふれ、知識人・作家たちもヨーロッパ文化に追従することになり、文学の面でもロマン主義から象徴主義、自然主義と移行。だが、九〇年代になって自国文化を見直す機運が高まりはじめ、これがやがて近代主義へと発展していく。

アドルフォ・カミーニャは一八六七年、セアラ州のアラカチ生まれ。父親のことははっきりしないが、母親が七七年に死亡するとリオ・デ・ジャネイロの伯父にひきとられ、一六歳のとき海軍学校に入学。八七年に少尉となってセアラにもどり、フォルタレーザに居を構えるが、陸軍士官と結婚していた一六歳のイザベルに横恋慕し、イザベルがカミーニャのもとに走ったため海軍、陸軍の反目を生む。この事件は結局大臣が調停。フォルタレーザ財務局の書記の仕事を得て、自由な時間ができたため文学に取り組む。九二年にリオに引っ越してジャーナリズムで活躍し、小説『実習生』（九三）や合衆国紀行『ヤンキーの国』（九四）を、そして九五年に『ボン・クリオーロ』を出版するものの、九七年、三〇歳を迎える前に結核で死亡。カミーニャが活躍したのは九〇年代だが、アルイジォ・アゼヴェードの『ムラート』（八一）に始まりジュリオ・リベイロ『肉』（八八）で終わる自然主義の流れに遅れて乗ったとも言われる。カミーニャ自身の実人生も波瀾に富んでいるが、『ボン・クリオーロ』も同じで、出版後、テーマが卑猥と批判されてスキャンダルになり完全な形での再版が難しくなる。さらに一九三〇年代になると海軍が侮辱的な本としてその流布を妨げ、結局、五六年まで再版されないままになった[5]。

『ボン・クリオーロ』の物語が展開するのは、奴隷解放はまだ先の時代。農園を逃げだし海軍に入隊した黒人アマロは数ヵ月のうちに長距離砲をも扱えるようになって士官たちから優秀な水兵と言われるようになる。そんな彼の乗るコルベート艦に南部生まれの、青い目をした若いハンサムな新兵アレィショが配属される。アマロは彼に惹かれ、厳しい軍隊生活の中で彼を守ってやろうとするが、その気持ちがやがて愛情に、恋に変わり、独占欲にとりつかれる。六ヵ月の長旅を終えて艦がリオに帰港してドッグ入りすると、アマロは、昔、強盗たちに襲われているところを救ったのが縁で親しくなった女性ドニャ・カロリーナが営む下宿屋に部屋を借りてアレィショと同棲し、そこから船に出かけて仕事をしては三日ごとに寝に帰るという日々を過ごす。ところが、その幸せな生活もアマロが綱鉄製の新型船に配属変えされたため終わりを告げる。アマロは酒を飲むと手がつけられなくなるという噂を聞いた新型船の船長が彼に上陸許可をなかなか出さないため、アマロの精神状態はいっそう不安定になっていく。ある日、日用品の調達を目的とするグループに混じってアマロはようやく陸に上がるが、アレィショに会えず酒を飲んで暴れたために厳しい体罰を受け、それがもとで入院。病院に閉じ込められているうちに次第に体力が衰え、逞しさも消えていく。一方、ドニャ・カロリーナはアレィショを一目見たときから好きになり、アマロが下宿に来ないのを利用して誘惑。アレィショは女性とのセックスに悦びを見いだし、彼女にのめり込んでいく。やがて、病院でかつての同僚からアレィショの噂を聞いたアマロは病院を逃げだして下宿屋へ向かいアレィショと出くわすが、拒否されたため刺殺する。

タイトルの『ボン・クリオーロ』は〈生粋のブラジル人〉の意味だが、作品中では筋骨逞しい立派な水兵としてのアマロの仇名として使われている。アレィショをよく知るまえ、アマロは体罰で裸のまま一五〇回棒で叩かれても身動き一つしないが、アレィショに会えないせいで憔悴したあとでの体罰では最後の一打でぶっ倒れてしまい、やがて、顔の骨が見えるほどに衰弱してしまう。そんなアマロの悲劇を異性愛にめざめ、アマロとのことを汚らわしい出来事として払拭しようとするアレィショがいっそう過酷なものにする。だが、立派な水兵と見なされていた男が男色に走ったあげくに殺人まで犯すという筋立ては、帝政時代のブラジル海軍の水兵たちの行動や船を支配する慣習が物語の展開にそってうまく描きこまれているために、ことさら海軍の反発をかったのも無理はない。また二人の人物設定、つまり「その大男の体には骨が見えなかった。広く逞しい胸、腕、腹、腿、脚は見事な、筋肉の集まりとなって超人的な肉体の強さの概念を与え」(6)るようなアマロと、華奢でまるで女のような優男のアレィショという好対照をなすカップルの設定は、とりわけ男らしさが称揚される軍隊という限定された空間、そして、艦長が甲板に集めた乗組員に向かって「不服従、酒酔い、男色は第一級の犯罪である。忘れるな！」(7)と訓示を垂れたあと体罰を実施する時代を背景にした同性愛のありようを現在によく伝えてくれる。むろん時代のせいだろうが、男同志の性行為を克明に綴った部分はない。それでも、アマロがアレィショの裸体をまじまじと眺めるときの、そして、彼を抱きしめるときの気持ちの昂りの描写がエロチックではある。

　この『ボン・クリオーロ』についてメキシコのゲイ作家ルイス・サパータは次のように書いている。「『ボン・クリオーロ』の最大の長所の一つはカミーニャが発見、もしくは、直観しえたことにある。つまり同性愛者たちはステレオタイプではないということだ。プルーストの登場人物たちの繊細な、物憂い姿からはほど遠い、フォスターやジッドの小説の知的で過敏な主人公たちからはほど遠い、六〇年代メキシコ映画の〈ホト

〔訳注、ゲイ〕〉たちからはほど遠い、そんな人物が黒人のアマロ、ボン・クリオーロだ。酔っぱらいで、騒ぐのが好きで遊び好き、だが、純真で寛大、優しく、恋に気が狂う男」。(8)

2　ルイス・サパータと同性愛

『ボン・クリオーロ』を初めて本格的にスペイン語圏に紹介したのはこのルイス・サパータであり、自らスペイン語に翻訳し、紹介文を付して一九八七年にメキシコのポサダ社から出版。サパータは五一年ゲレロ州のチルパンシンゴで生まれ、メキシコ国立自治大学でフランス文学の修士号を取得、中世フランス文学の専門家として様々な新聞雑誌に寄稿しているが、本領はやはり小説にあり、七五年の長篇『最良の家庭の中でさえ』を皮切りに『ローマ区のヴァンパイアー』(七九)、映画化された『しおれない花びら』(八一)、『メロドラマ』(八三)、『ばらばらに』(八五)、『アンヘリカ・マリアの秘密の姉妹』(八九)、『どうして行かないほうがいいの』(九二)等の作品を発表している。彼を名を一躍高めたのはグリハルボ賞を受賞した『ローマ区のヴァンパイアー』である。同年、メキシコで初めてゲイの権利を求めるデモ行進が組織されたこととあわせて考えればこの受賞は意味深い出来事と言える。なぜなら、メキシコにおける最初のゲイ小説という栄誉はマヌエル・バルバチャーノ・ポンセの『ホセ・トレドの日記』(六四)に譲るとしても、『ローマ区のヴァンパイアー』の受賞は同性愛者が主人公というそれまでにない特異性を、ポンセの作品以上に、一般読者にいっそう強烈に訴えることになったたからだ。むろん、受賞は作品を支える語りと技法によるものだが。拙文ではこの先、『ローマ区のヴァンパイアー』から始めて『メロドラマ』『ばらばらに』といったゲイを主人公にしたサパータの作品を見ていきたい。

①『ローマ区のヴァンパイアー』

この作品は『ローマ区のヴァンパイアー』と略されることが多いが、正確には『ローマ区のヴァンパイアー、アドニス・ガルシアの幸運と不運と夢』という。むろん、ピカレスク小説の祖となった『ラサリーリョ・デ・トルメスの生涯、およびその幸運と不運』をもじったものであり、H・デ・ルナ『ラサリーリョ・デ・トルメス第二部』からの引用「ピカレスクな人生こそ人生であり、それ以外のものは人生という名に値しない……」を全体のエピグラフとし、七巻のテープのそれぞれにリサルディ『ペリキーリョ・サルニエント』からケベード『大悪党』までピカレスク小説の系譜を形作る様々な小説の一部をエピグラフとして用いることで、一見してこの作品がピカレスクであることを読者に予測させている。いま七巻のテープといったが、これが『ローマ区のヴァンパイアー』の技法上の新しさであり、語り手（主人公）は誰かを（あるいは読者を、あるいは単にテープを）前にひたすら話しつづけ、テープの切れ目が章の切れ目と符号するという仕組みであり、大文字はいっさい用いられず句読点もなく、話し言葉をそっくりそのまま綴り、語り手が息を継ぐときや言葉につまったときにスペースをあけるという処理をしている。

主人公の父はスペイン人亡命者、母はメキシコ人。どちらも再婚だが、主人公が生まれたときには水道ポンプの保全・管理を仕事にしている父親は六〇歳、母親は四〇ちょっと。主人公が一〇歳くらいのとき、もともと心臓の悪い母親が死に、一三歳くらいのときに、主人公の兄と喧嘩した父親が倒れた拍子に腰骨を折って三ヵ月入院するが、ギブスのせいで両足が壊死、それがもとで死亡。兄はそのままメキシコの伯母のところに残るが、主人公は地方都市レオンの異母兄に引き取られて中学生活を送り、球突きをしたり、酒を飲んだり、あるいは学校の方針に反対するような壁新聞を作ったりして楽しく過ごすものの、異母兄とその妻との仲が険悪であるためいづらくなって家出する。七七年一月、メキシコ市に雪が降った日、主人公はようやく兄のいるホテルに着くが兄はゲイと同棲中。そのゲイの友人レネからアドニスという仇名をつけられ、以後、主人公はその名を通り名として使う。アドニスはレネに可愛がられ、童貞を失う。ある日、レネから体を売って稼いでいるという話を聞き、アドニスが繁華街ソナ・ロサに出かけると、実際、男が言い寄ってくる。その日は気分を悪くして帰るが、簡単に金が稼げるならと思いなおして次の日の夜、ふたたび出かけ、レストランの前で待つ。車に乗った男に声をかけられ一緒に家までいき一五ペソという報酬を得る（五〇ペソが標準、一〇〇ペソが上客という時代）。ふたたびソナ・ロサにもどると、また声をかけられて車にのるが、車がオンボロで途中、押して進むということを繰り返したため家まで何時間もかかる。その男は翌日、バス停までアドニスを見送り、二五ペソ手渡す。こうして、アドニスのデヴューの夜の稼ぎは四〇ペソに終わるが、その後、相手は金をくれたりくれなかったりする。やがて、レネとともにローマ区に引っ越して共同生活をはじめ、淋病にかかったり、毛虱をうつされたり、コンドームを使う客に出会ったりしながら仕事を続けるうち、インフルエンザにかかって寝込み、兄に施しをうけるほど金に困るが、そんなときサバレータという外交官が客になる。彼は仕事のない日はきまってアドニスを高級住宅地ラス・ロマスにある豪邸に呼んだり、旅行に連れていったりする。レネがこのサバレータに焼き餅をやいたことから気まずくなり、レネは家を出るが、アドニスもいろんな仲間たちと部屋で馬鹿騒ぎしたため家主に追い出される。宿無しとなったアドニスは外国に行っていたサバレータと久しぶりに再会し、言われるままに彼の屋敷に移り住む。だが、サバレータが海外出張したときの身持ちの悪さが知れ、屋敷を追い出される。その後、ベラクルスで知り合ったペペと暮らしはじめ、マリファナと酒に溺れる。そのころ、アドニスはタロット占いをする客から、友人のせいで警察沙汰に巻き込まれると予言される。ペペは客の家の鍵をもらって自由に出入りしていたが、絵がなくなったのを疑われ、警察が捜査をするとマリファナ嗜好者たちの溜まり場と分かって全員逮捕される。その余波でアドニスも三日間勾留され取り調べを受ける。マリファナ中毒が進み、治療を受けながらも仕事を続けるうち、ある男と出会い、誘われて酒場に出かける。二週間前に治療が終わっていたために軽い気持ちでビールを飲むがそれが引き金となってふたたび毎日酒を飲みつづけ、死神を見るほどになる。酒量が増えて完全にアル中になり肝炎を患い、医者を何人もかえるが完治しない。それでも電話をつけるために貯めた金でオートバイを買い、それに乗って仕事を続けていくうち、その恰好が好まれて実入りがよくなる。そうしたローマ区での生活にも飽いてきたころ仲間の一人に誘われて別の区に転居することにする。

　こうして『ローマ区のヴァンパイアー』では主人公が生まれて、幸運不運の波に揺さぶられながらも一本立ちし「世界一素敵な区　この町で一番のホモ区[9]」というクワウテモック区に移る決心をするまでが描かれる。現在メキシコ市は二〇〇〇万を超える人口を擁しているが、豊かさは急勾配のピラミッド型をなして底辺が圧倒的に広い。そのためこの底辺から上昇しようとする人間たちを主人公にして現代社会を描くピカレスクは数多く生まれている。『ローマ区のヴァンパイアー』の主人公はそんな現代のピカロの一人だが、同性愛者の売春夫という設定をすることで、貧富の差を問わず男を求める男の多さとその実態を、そしてまた、メキシコ市のこれまで見えていなかった、あるいは、蓋をされていた影の世界を実にリアルに映し出すことになった。主人公はメキシコ市を次のように捉える。「あのころ俺はよくこう言った　『いいや　この町はひどくすけべなんだ　ラテンアメリカタワーが充分その証拠さ　ありゃあラテンアメリカでいちばん大きなペニスなんだ』　なぜってペニスみたいなもんだからさ…（中略）…それに下には玉さえついてる　四角いけどでも　そりゃやけっきょくは玉なんだ　あのころ俺にはタワーはラテンアメリカ一のペニスにそして国立芸術院は大陸一のボインに思えてたんだ　へ　町全体がそんなだったろ？　どんな街角にもとっても独特な魅力があった　とってもセクシュアルな魅力が　素晴らしかったよ　やれるんだ一日中　毎日　そんなとこがあった　いまもある　ただいまは監視の目が厳しくなってるけど」[10]。言われてみればなるほどと納得せざるをえないようなイメージだが、首都のシンボルとも言うべき建物を、観光名所でもある場所をこんなふうにイメージする作家はこれまでになく、ルイス・サパータのシニカルな面をもあらわにしているといえるが、それはタイトルからも分かる。淫靡なメガロポリスでアドニスは活躍する。アドニスとは、むろん、ギリシア神話に登場するペルセポネーとアプロディーテーの二人の女神から愛された美少年だが、猪に突き殺され、彼の流した血はアネモネに変わる。人の血を吸うヴァンパイアーと人の欲望を吸う売春夫、いずれも夜の闇の世界にしか生きられない。

このピカロは信仰も持たず信念もない。そのうえ、実に飽きっぽい。同じ相手とは三度としようとはしないし、アドニスのことを心配した名付け親が見つけてくれた新聞社の使い走りの仕事もひと月ほどは働くが、仕事に飽き、人に使われるのが嫌なのと、そこでの仕事のひと月分を売春なら五日で稼げるので辞めてしまうし、サバレータから将来を考えるよう言われて外国語学校に入って英語を習い、電子工学を通信教育で勉強しはじめてもサバレータが海外出張で出かけたとたん退屈し、夜の街を徘徊する。ペペに誘われて陶器工場で色塗りの仕事を始めるが、これも毎日同じ単純作業にうんざりして辞める。それでも、このピカロが唯一頼りにしているものがある。それは金。売春行為にも快感を覚えず、唯一金に対する信仰だけが彼を生かしている。アドニスは連れ合いを代えては共同生活をするが、いつでも孤独であるのにかかわりはなく、頼りになるのは金しかない。その信仰は仲間のレネがいなくなり、ある日、汚れた家に帰ったとき「つまり　死ぬときには誰もつきあっちゃくれない　一人で死ぬんだ　よな？　いっしょにいる人間たちがいたって　誰かが愛してくれていたって　あんたのために死にゃしないから　な？　それで　しばらくは忘れてたんだけど　死ぬまで俺といっしょにいる人間は自分だけだってことに気づいたんだ　それと俺が自分のためになんにもしないんなら　誰一人してくれやしないってことが」[11]とふと思ったときからいっそう強まる。『ローマ区のヴァンパイアー』では同性愛は一つの金儲けの手段として、また、同性とのセックスに対してもドライに描かれている。従ってこの作品は、同性愛をメイン・テーマにしたというよりは、あくまでも同性愛を利用してのピカレスク小説と言えるだろう。

②『メロドラマ』

映画好きのサパータが、映画を創るかのようにして綴った中篇。物語はショットを重ねるようにして進むが、カメラ・アイを通して浮かび上がってくるのは現代メキシコの常識に対する批判。舞台は裕福な家庭。父親は六〇歳間近。母親は夫の仕種にいらいらするほど神経過敏で鎮静剤を常用している。ある夜、母親は息子アレックスが電話で女言葉を使っていることにショックを受ける。アレックスは友人と試験勉強をするという名目で電話相手の男のところに出かけるが、そこにもう一人、美しくて魅力的で感じのいい男の子が来て、深夜二人が抱き合っているところを目撃する。アレックスは電話相手の男にふられたと思い、荷物をまとめて帰宅し、部屋に閉じこもる。母親は息子がドラッグに手を出しているのではと思い、気分変えに旅行に誘う。ベラクルスに着くと、あの電話相手の男から長距離電話がかかるが、アレックスはけんもほろろに切り、街に出て男を物色してホテルに行く。メキシコ市にもどるとアレックスの夜の外出が多くなったため、母親は私立探偵アクセルに息子の素行調査を依頼。アクセルは尾行をつづけるうちにアレックスに関心を寄せ、アレックスはバイクでいつも自分を尾行する男が自分に気があるのではと思い、ある夜、バーで彼をダンスに誘う。アクセルは自分の正体を知らせるが、その夜以来、二人は恋人同志となってホテルに滞在。しかし、金がなくなりはじめたため、アクセルはアレックスの母親のところに出かけて素行調査の代金をせしめようとするが、連絡が途絶えていたことを理由にあっさり断られ、追い返される。アレックスはアレックスでいったん家に帰り、荷物をまとめて出ようとするところを母親に引きとめられるものの振り切って出る。その直後、母親は階段から落ちて負傷。金に困ったアレックスは今度は自宅に忍び込んで宝石を盗み、それを売った金でアクセルとリオ・デ・ジャネイロに飛ぶ。一方、アクセルの妻は夫の共同経営者でもある名付け親から夫の行状を聞いてアレックスの母親をゆするが、二人で話しあううち、すっかり意気投合する。また、アレックスの父親は、妻が階段から落ちて負傷し寝込んだため、かいがしくなり、それがもとで夫婦仲がもとに戻ると同時に、二人とも息子の行為をも赦しうるほどになる。やがて、クリスマス・イヴの夜、リオから二人がもどり、アクセルはアレックスに両親、姉夫妻を紹介されてハッピーエンド。

家族それぞれが孤立し、心の通わない家庭。口やかましい妻に辟易しながらも、街で買った若者が成長した自分の息子とわかるような悪夢を見たあと「家族の心配をしてるんだ、アレックス。俺は父親としての、夫としての義務を怠っている。俺は妻子をほったらかしにしておいちゃいけないんだ」[12]と同性への愛に目覚めて悩むアクセル。だが、「違うよ、母さん、ぼくはプト〔訳注、体を売るゲイ〕なんかじゃない。ぼくはホモなんだ。ずいぶん差があるんだよ。それにぼくは恋してる」[13]とアレックスがあっけらかんと口にしたり、アクセルの妻と名付け親の不倫があったりして、深刻になるはずのテーマがコミカルに描かれているが、最後の親子の和解は、つまり家庭内のゲイを容認するというくだりはあまりにも安易。とはいえタイトルどおり。サパータの期待感を反映した物語展開と言えなくもない。

③『ばらばらに』

『ローマ区のヴァンパイアー』や『メロドラマ』における、同性愛を描くときの明るさは『ばらばらに』では一変する。この作品は二部構成になっており、第一部が「恋する男の日記」、第二部が「ばらばらに」。いずれも主人公セバスティアンが綴る日記だが、第一部ではAとの出会いから始めて一九日間の出来事が日毎記録されていき、やがてAとの幸せな日々が続きはじめると日時の区別がなくなる。第二部はAを征服するという希望がかなえられた後、Aの結婚という事件に振り回されて千々に乱れるセバスティアンの心理状態を表すかのように、ばらばらに、断片化している。

セバスティアンは自分が中心となるプロジェクトを遂行するため、首都を離れ、ある町の研究所に働きにきている。あるとき、セバスティアンはシネクラブで旧家の息子である学生Aと出会い、付き合いはじめる。だが、いつも彼が訪ねてくるのを、また、連絡してくるのを待つという関係を維持し、駐車場の中で、映画館の中で、あるいは、セバスティアンの家で愛を育むことになる。ただ、いつも自分が受け身にまわるのが唯一の不満であり、いつか逆の立場になりたいと願う。そして二人で海に旅行したとき、Aが病気になり安ホテルで寝込んだのに乗じて彼はその思いを果たす。旅から帰ると、Aは子供時代からの知り合いである女の子と結婚し、しばらくセバスティアンの前から姿を消す。だが、セバスティアンの仕事が終わりに近づき、メキシコに帰る間際になってふたたび現れ、町に残るよう彼を説得しようとする。セバスティアンは出発を一時的に延ばすが、やがて、首都に向かう汽車に乗る。

日記はセバスティアンの経歴や家族については触れず、誰とどんな仕事をしているのかすらはっきりしない。ただAとの愛に関わることだけが綴られていく。自分のために綴る日記ということで、「くそっ、とぼくは繰り返す、好きなだけ突っ込め、ばか。するとこんどは聞こえたのかぼくの言葉に刺激されて、いっそう深く指を沈めていき前立腺に触れる。ぼくは呼吸が困難になって窒息しかかり、彼を愛撫するのをやめる。すると、ぼくのペニスは、不意に、押しとどめていた毒を全部、逆上して吐きだす。それは映画館の高い天井まで跳ね上がり、その後、まるで花火のように観客たちの頭の上に落ちていく」[14]とか「彼の品のいい明るさの唾液とぼくの濃縮した粘りけのある精液が混じりあっている彼の舌を吸うことにぼくは多少むかつきを覚える。その感覚は奇妙なもので、嫌悪と魅惑との境に位置している（そういった感覚にありきたりの境界があればだが）。それは、味わったことのある他人の精液との味が違うせい、というよりむしろ、自分が飲んでいるのは自分自身のスペルマという確信によるものだ。まるで自分自身を食っているような［106］」とかいうようなシーンはまだ穏やかなものといえるくらい、見方の違いで、刺激的にもグロテスクにも映る同性間の激しい生々しいセックス・シーンが随所に挿入されている。だが、この作品はポルノでもなければ、ゲイが登場するだけの小説でもない。愛を求めてのセバスティアンの彷徨は同性間といった狭い範疇を超えて、異性間の恋愛、性愛へと敷衍され、広く恋愛小説、あるいは心理小説の傑作といえるものに仕上がっているからだ。

セバスティアンはAと出会ってからというもの、居場所の知れないAが連絡してくるのを、あるいは、訪ねてくるのを待つという受け身的な、異性間の交渉でいえば、女性的な立場に立たされる。「どんなことがあってもきみをぼくのものにするんだと決めた。きみのことを知っていき、きみをこの紙に捉えていき、やがてきみの意思がぼくの意思に、きみの不安がぼくの不安になるまで、きみが感じていることをそっくりぼくが感じるようになるまで〔40〕」。だが、セバスティアンは女性になりたいとも、女性のように振る舞いたいとも思いはしない。あくまでも男性としての自分を貫こうとする。「ぼくは彼の所有者になりたい。単に彼のセックスというだけでなく、彼という人間、彼の意思の所有者に。Aが完全にぼくのものであってほしい。奴隷みたいなものであってほしい。ぼくのいちばん大きな欲求を満たし、どんなささいな気まぐれでさえも満足させてほしい〔69〕」。また、セバスティアンはAが自分に対してつれない態度・行動をとってもその理由をいくつも考え相手の心理を、そして、自分の心理さえも分析するほど懐疑的な人間でもある。「人が死をことさら恐れるのは誰かに恋しているとき。それ以外の状況ならどんなときでも、死を受け入れるのはいっそうたやすいことだ。一人で死ぬのだから。恋していると、死に対する恐怖は倍加する。自分の死と愛する人の死を恐れるから。あるいは、愛する人の死を自分の死のように恐れるから〔57〕」。むしろ悲観論者ともいえる。「彼がいないと、ぼくの日々は意味がない。Aは世界を満たし、世界に生を吹き込む〔72〕」。だが、感情の起伏は激しい。「驚きは恋に基本的な役割を果たす。欲望を生き生きとさせ、一新する〔109〕」。Aが結婚した後、セバスティアンはAと一度関係したことのあるゲイのバネッサから、Aが自分以外にもたくさんの多くの男と交わったことを、それも、きまって受け身だったことを知らされ、裏切られたと感じる。と同時に、自分のときに限って逆の立場をとってきたAに怒りを覚え、バネッサにAとの仲を訊かれて、「話すことなんかない。ぼくの話は恋物語じゃないんだ。まやかしと裏切り、放棄の話なんだから。それに話せるようなものでもない。それを生き、苦しんだだけだから。エピソードなんかない。怒りと悲しさがあるだけ〔132〕」と答える。だが、セバスティアンにとってAはときには独善的、欺瞞的な人物、ときには「射精は、と彼は言う、死に、罪に接近するようなものだった。あまりにも強烈で、その瞬間死ぬんじゃないかと不安になった。そのあと、もしも死んだら自分の魂はどうなるんだろうと思った〔83〕」と口にするような理知的な人物、ときには鬱状態になってセバスティアンに慰めを求める子供っぽい人物というように様々な面を見せてなかなか正体をあらわさない。それがために逆にセバスティアンはAを切り捨てることができず、彼との交際の中で、期待、悦び、満足、猜疑心、不安、焦燥、怒り等、いわゆる恋する者が抱く様々な感情を体験する。だが、やがて、Aが結婚した以上自分たちの関係がどうにもならないことを悟らざるをえなくなる。「こんなことには決して終わりがない。ぼくたちの関係が繰り返しを余儀なくされていることを認めなくてはならない。／迷宮はない。もう驚きはない。あるのはただ、見た目には進展を、無限を装っている螺旋の、しだいに耐えがたくなっていく循環だけだ〔204〕」。こうしてセバスティアンの日記には「彼がくる。ぼくたちはセックスをする〔205-206〕」という一行だけが綴られていき、まさしく二人の関係が単なる繰り返しになったことを告げる。そんな状況を打破するためにセバスティアンは、まさしく男らしく、決断する。「そしておまえは生涯泣くことになるだろう。隙間はそこにあり続けるのだ。懐かしさはおまえが自分の孤独と向かい合う嫌な夜にこみあげてきつづけるだろう。そんなときおまえには言葉が見つからず、叫びがおまえの喉をふさぎ、おまえは取り戻しえないものの意味が身にしみて分かることだろう。／そして、おそらく何年かたてば、たぶん、Aがおまえの夢に現れるのを許すことだろう［207］」

3　ゲイの受容

『ばらばらに』は九四年、小説・評論集を安価に国民に提供するためにメキシコ文化芸術委員会が編集している〈メキシコ人の読書〉叢書第三期の一冊に加えられた。ということは読まれるべき本として公的機関からも認知されたと言える。その版にはルイス・サパータの友人で幅広い評論活動を続けながら、『供物を戴く乙女たち』（八三）や『殺してみろ』（九四）といったゲイ小説を発表しているホセ・ホアキン・ブランコの紹介文が載せられているが、その中でブランコは「多くの社会では、とりわけ、メキシコのような文化的に取り残された国々では――それも、『ばらばらに』の舞台となったバヒーオのような地域ではなおさら――同性愛者にとってはすべてが可能かもしれない。ただひとつ、付き合っている実際のカップルが人前に出ることを除けば。すべてがそのカップルを祓おうとする。家族も隣人も法律も。そのカップルには何十年も前と同じように、夜の酒場の穴蔵しか残されていない」[15]と書いている。七九年以降、ゲイやレズビアンのデモ隊が毎年のようにソカロ広場に面する大統領官邸に向かっても、それが新聞のニュースとして取り上げられてきていても、また、女性作家たちが性描写をするようになって八九年にメキシコで最初のレズビアン小説であるロサマリア・ロッフェルの『アモーラ』が出ても、ブランコの指摘どおり、いっこうに同性愛者が社会的に広く認知されないのは、一般大衆が同性愛を奇異な目で見つめ、異常なもの、忌避すべきものとしての心理が根強く残っているからだ。人目を忍ばねばならない関係。その噂を耳にしただけで人は眉をひそめる。『ローマ区のヴァンパイアー』の中でアドニスは相談にいった医者に「『診察してほしいのなら　それなら　そうだなまず始めにそのぐしゃぐしゃの髪の毛を切ってきてくれ』　とぬかすんだ　『短い髪で来てくれ　ごく短い　それにいまはいてるタイヤの靴　ヒッピーの　ものすごい　ひどい　そんなのは絶対にはいてこないでくれ　それにそんなブレスレットだとか首からちゃらちゃら垂らしてるものとか女がしてるようなものなんか　ここにはきちんとした恰好で来てくれ　それがここに診察を受けにくる最初の条件だなじゃまたそのときに』」[16] とけんもほろろに帰されてしまう。また、『メロドラマ』ではアレックスの母が「あんなにたくましい子が……いえ、そんなにたくましいというほどじゃありませんが、がっしりしてるのは確かです。あんなに健康な子が、病気といえば健康な人がかかるような病気しかしたことのない子が、インフルエンザとか風邪とか、下痢とか、小さいときには、お多福風邪とか、麻疹、百日咳とかいったような、でも、おかしな病気にかかったことはないんです、ほんとにひどい病気になんかなったことないんです、だからわたしは『あんなに健康で、あんなにちゃんと教育をうけた子がホモなんかであるはずがない』と思いました、もちろん、生理学的に見てのことですけど。というのも、一方では、わたしは威圧的な母親じゃありませんでしたし、そうなるための時間も気もありませんでしたから」[17] と医者にこぼし、アレックスに夫を寝とられた妻が「ほかの女と浮気していたと言ってほしかったのに。でも、こんなこと……ああ、こんなこと、あたし、耐えられない」[18] と名付け親に嘆く。また、『ずたずたに』ではAですら「僕も君と同じように君が好きになれるようになりたい、と彼は瞼に汗の粒を乗せ、ぼくの目を見つめながら言う、君のようなのが、君のすることが僕は好きだ。君が男じゃなかったら、僕は君に惚れることが、君に夢中になることができるかもしれない」[19] とセバスティアンを前に複雑な思いを吐露する。

むろん、同性愛者の側にも自分たちが一般社会から逸脱しているという思いがあるのかもしれない。だが、男は男らしくというマチスモの幻想にとりつかれた政治家たちの差別発言に人々はいっそう煽られているのかもしれない。評論家カルロス・モンシバイスはホルナーダ紙のインタヴューで次のように語っている。「どうにも遺憾ながらそのホモ嫌悪ははっきり表れています。[20] たとえば談話（フェルナンデス・デ・セバージョスの〈ホテレテ〔ホト（ホモ）から派生した侮蔑語〕〉という言葉）の中に。あるいは、ゲイと身体障害者を同時にPANの天空から追放するグアダラハラ市長セサル・コルの（『ホモは片端みたいなものだ』という）非常識そのものの中に。あるいは、ゲイやレズビアンに対するベラクルスのPANの最近の非難とか、ディアス・ミロン博物館からレイナルド・カルバジードを追放しようとする企てとかいったものの中に。…（中略）…ゲイが殺されても絶対にニュースにはなりません。『マリコン〔ホモ〕の問題だ』、つまり、本物の人間とは無縁なことなんです。だからこそ、リボリオ・クルスに対する残虐な殺人が解明されねばならないと思うんです。彼は一九歳の女装趣味の青年でしたが、一五人か二〇人かのグループの生贄になったんです。ホモ嫌悪はエイズ患者やHIV感染者と関連して進み、ひどく広がっています。わたしは性的不寛容について話してきましたが、宗教的不寛容はひどく深刻で、サン・フアン・チャムーラの追放者たちの件は唯一の事例というにはほど遠いんです〔一九九五年七月一〇日〕」。九四年一月にNAFTAが発効して経済的影響が著しくなるばかりか、文化面でもいっそうのアメリカ化が浸透しはじめているはずなのに、性的嫌悪は薄らいではいない。むろん、同性愛者の権利が確立されつつある合衆国にあっても権利は法的なものに過ぎず、果して個々人の感情まで変化し、同性愛に対して国民全体が寛容であるというレヴェルにまではとうてい達していないようだが。メキシコはアメリカに一〇〇年遅れている、とかつてある作家が語ったが、カトリックとマチスモに対する考え方が変わらないとすれば、形の上だけでもいまの合衆国に追いつくにはいったいいつのことになるのだろうか。

註

（1）Luis Zapata, *Las aventuras, desventuras y sueños de Adonis García, el vampiro de la colonia Roma*, Grijalbo, 1987, p.209.

（2）Reinaldo Arenas, *Arturo, la estrella más brillante*, Montesinos, 1984, pp.54-55.

（3）セネル・パス『苺とチョコレート』(野谷文昭訳、集英社、一九九四年)、六頁。

（4）同右、六八〜六九頁。

（5）カミーニャに関する事項は Adolfo Caminha, *Bom-crioulo*, Posada, 1987 所収のルイス・サパータによる序文（九-一二一頁）を参照。

（6）Adolfo Caminha, *Bom-crioulo*, Posada, 1987, p.48.

（7）*Ibid*., p.132.

（8）*Ibid*., p.20.

（9）Luis Zapata, *Op.cit*., pp.217-218.

（10）*Ibid*., p.200.

（11）*Ibid*., p.101.

（12）Luis Zapata, *Melodrama / De pétalos prerennes*, Posada, p.77.

（13）*Ibid*., p.94.

（14）Luis Zapata, *En jirones*, Consejo Nacional para la Cultura y las Artes, p.66, 以後、この章での同書からの引用は引用部分の最後にその頁数を記す。
（15）Luis Zapata, *En jirones*, p.11.
（16）Luis Zapata, *El vampiro de la colonia Roma*, Grijalbo. p.188
（17）Luis Zapata, *Melodrama*, p.20.
（18）*Ibid*., p.69.
（19）Luis Zapata, *En jirones*, p.78.
（20）ここではメキシコの野党ＰＡＮ（国民行動党）のことを指す。

参考文献

Arenas, Reinaldo, Viaje a la Habana, Mondadori, Madrid, 1990.

Foster, David William, *Gay and lesbian themes in Latin American writing*, University of Texas Press, Austin, 1991.

Kohut,Karl (ed.), *Literatura mexicana hoy II*, Vervuert, Frankfurt, 1993.

Lézama Lima, *José*, Paradiso, Era, México, 1976.

Ovied, José Miguel (ed.), *Literatura mexicana / Mexican literature*, University of Pennsylvania, Philadelphia, 1993.

（『ユリイカ』一九九五年一一月臨時増刊号）

スペイン語圏の文学賞

スペイン語を公用語とする国は二〇カ国。これにプエルトリコを加え、さらに、アメリカ合衆国内に住む、アルゼンチンの総人口を超える数のラティーノ（ヒスパニック）が創る空間を含めたものが、スペイン語圏といえるかもしれない。つまりスペイン語で書かれた文学を受容しうる、逆に、供給できる領域。一方、ラテンアメリカ全体で見ればスペイン語、ポルトガル語、フランス語、英語が使われている。となるといったいどれほどの文学賞があるのか。ここでは主にスペイン語圏に影響をもつ文学賞に限定したい。

ところで、どの国、あるいは地域の文学賞であれ、三つに分類しうるのではないか。Ⅰ　一人の作家の全業績に対して授与されるもの。Ⅱ　出版された作品のなかからベスト1を選ぶもの。Ⅲ　コンクール（ア、未発表作品が対象　イ、未発表・既発表を問わない）によるもの。以下、この分類に従って代表的な文学賞を追ってみよう。

I

作家の全業績に対して授与されるため、文学史上に欠かせない作家が選ばれることが多いが、かといって、必ずしも高名な作家に対する晩年のご褒美というわけでもない。

【セルバンテス賞】

スペイン語圏のノーベル文学賞と言われて久しい。候補者はスペイン語諸国のスペイン語アカデミー、前年度までの受賞者、文学関係の諸機関、そして審査員団のメンバーたちによって推薦される。審査員団はスペイン王立アカデミー長、中南米の各国スペイン語アカデミー長（毎年交代）、前回の受賞者、高名な学会・文学界代表の六人から成る。受賞者の発表は一二月、授賞式は翌年の四月二三日（セルバンテスの命日）に、国王臨席のもとで行われる。賞金九万ユーロ。セルバンテスという冠の賞だけに、受賞者の栄誉は計り知れない。そして受賞記念スピーチを集めれば、受賞者の文学世界だけでなく、それぞれのセルバンテス像を浮かび上がらせる刺激的な面白い本になるだろう。第一回（一九七六年）のスペインのホルヘ・ギリェンをはじめ、カルペンティエル（キューバ、一九七七）、ボルヘス（アルゼンチン、七九）、オネッティ（ウルグアイ、八〇）、パス（メキシコ、八一）、アルベルティ（スペイン、八三）、サバト（アルゼンチン、八四）、フエンテス（メキシコ、八七）、ロア＝バストス（パラグアイ、八九）、ビオイ＝カサレス（アルゼンチン、九〇）、バルガス＝リョサ（ペルー、九四）、セラ（スペイン、九五）、カブレラ＝インファンテ（キューバ、九七）、セルヒオ・ピトール（メキシコ、二〇〇五）等々、受賞者の名を列挙するだけで、スペイン語による現代文学の歴史が見えてくる。

先にも記したが、スペイン語圏のノーベル賞などと呼ばれたせいか、長い間、セルバンテス賞の受賞者はノーベル賞を受賞しなかった。そしてその逆も同じ。だが、その決まり（?）を最初に破ったのが、オクタビオ・パスであり、八一年にセルバンテス賞、九〇年にノーベル賞、パスに続いたのがカミロ・ホセ・セラで八九年にノーベル、九五年にセルバンテス。フエンテスとバルガス＝リョサはノーベル賞の万年候補となっているが、八二年にノーベル賞を受賞したガルシア＝マルケスがセルバンテス賞を受賞しないのが不思議。もうひとつの不思議は、コルタサルがいずれも受賞しなかったこと。

【フアン・ルルフォ賞（正式にはフアン・ルルフォ、ラテンアメリカ及びカリブ文学賞）】

メキシコのグアダラハラ大学がイニシアティブをとり、メキシコ文化芸術審議会、ハリスコ州、フォンド・デ・クルトゥーラ社その他の企業の後援で一九九一年に創設される。作家・評論家・発行者たち七人からなる国際審査員団が受賞者を決定。賞としては新しいが、ラテンアメリカ諸国およびスペイン、ポルトガルを含む地域で最も威信のある賞の一つと見なされている。資格は、カリブを含むラテンアメリカ、スペイン、ポルトガルの出身者で、表現方法としてスペイン語、ポルトガル語、フランス語、英語を用いていること。賞金は一〇万ドル、授賞式は一一月のグアダラハラ国際ブックフェア期間中に行われる。第一回（一九九一年）はニカノール・パーラ（チリ）、以後、フアン・ホセ・アレオラ（メキシコ）、エリセオ・ディエゴ（キューバ）、フリオ・ラモン・リベイロ（ペルー）と続くが、ブラジル人作家ではネリダ・ピニョン（一九九五）とルベン・フォンセカ（二〇〇三）の二人が、また、スペイン人作家としてはフアン・マルセ（一九九七）、フアン・ゴイティソロ（二〇〇四）、トマス・セゴビア（〇五）の三人が選ばれている。この賞は、長らくノーベル賞やセルバンテス賞と無縁だったが、一九九九年の受賞者であるセルヒオ・ピトールが、二〇〇五年にセルバンテス賞を受賞。なお、二〇〇六年はメキシコの評論家カルロス・モンシバイスに贈られた。

Ⅱ

作品に対して与えられる賞には、小説・詩・戯曲・評論等、ジャンルによってさまざまなものがあるが、以下、小説を主に見ていきたい。

【ロムロ・ガジェゴス賞】

一九六四年に当時のベネズエラ大統領ラウル・レオニが、傑出した作家の作品を不朽のものとし、栄誉を与え、スペイン語圏の作家の創作活動を刺激する目的で創設。第一回（一九六七年）はスペイン語圏に一三の審査員団を作り、それが五人からなる国際審査員団に推薦。それで一七の作品が集まるが、独自に国際審査員団に推薦する権利をもっていたベネズエラの審査員団が、バルガス＝リョサの『緑の家』を推薦。三一歳のバルガス＝リョサは六二年にすでにスペインのブレベ叢書賞を受賞していたが、この賞をも受賞することでスペイン語圏で不動の地位を築いたといえる。五年後の第二回からは、各国の審査員団は廃止され、運営は国立文化芸術協会が統括。審査員団には前回の受賞者であるバルガス＝リョサほか五名。一八カ国一三九作品の中からガルシア＝マルケスの『百年の孤独』が選ばれる。そして第三回はおそらくいちばんの激戦となったと思われる。一一五の作品の中には、カルペンティエル、ロア＝バストス、サルドゥイ、サバト、コルタサル、ビオイ＝カサレス、そしてプイグの作品もあったのだから。そうしたすでに名を成している作家の作品の中から、ガルシア＝マルケス、サルバドル・エリソンド、ファン・ゴイティソロら六人の審査員団はフエンテスの『テラ・ノストラ』を選んだ。

五年ごとの表彰であったのが、第五回（一九八七）以降は二年ごとに変わる。なお、ベネズエラ出身の作家の受賞は第七回、ウスラル＝ピエトリの『時の中の訪問』。また、女性の受賞者はこれまでただ一人、第一〇回のメキシコのアンヘレス・マストレッタで『恋の病』。昨年の第一四回、一八カ国二〇三作品の中から選ばれたのは、数多くの資料をもとに、六〇年代フランコ体制化で抑圧される一人の大学教授の体験と失踪した若者の話を絡み合わせて描いたイサアク・ロサ『むなしい昨日』。賞金は一〇万ドル。スペイン人としては、ハビエル・マリアス、エンリケ・ビラ＝マタスに続く三人目であり、バルガス＝リョサと同じ三一歳、最年少での受賞となった。

【ハビエル・ビジャウルティア賞】

現在、七万ペソ（一ペソは一一円前後）という賞金は、賞金の額としては低く思われるが、この賞のもつ意義はきわめて大きい。メキシコ文学を活性化し、支援し、広める目的で始まり、一九五五年の第一回はファン・ルルフォ『ペドロ・パラモ』が受賞。以後、審査に受賞者が加わるという形で、パス『弓と竪琴』（一九五六）、エレナ・ガーロ『未来の記憶』（六三）、サルバドル・エリソンド『ファラベウフ』（六五）、フェルナンド・デル・パソ『ホセ・トリーゴ』（六六）、エレナ・ポニアトウスカ『トラテロルコの夜』（六九）、フエンテス『テラ・ノストラ』（七五）等々を選出。メキシコ文学史ができあがるというだけでなく、ラテンアメリカ文学全体からしても、小説・詩・評論の分野で大きな意味をもつ作品がそろっている。メキシコ人作家だけでなくメキシコに移り住んでいる作家も対象になっており、唯一の条件は作品がメキシコで出版されていること。そのためグアテマラのアウグスト・モンテローソの『自選集』（七五）やコロンビアのアルバロ・ムーティス『イローナは雨とともに来る』（八八）等が受賞。また、該当作なしの年もあれば、複数の作品が受賞することもあるし、時にはその年の出版ではないものが受賞することもある。今年受賞したダビド・ウエルタの詩集『解釈』（初版一九七八年）もそうだが、これはむしろウエルタの全業績に対して贈られたと見るべきだろう。現在この賞は、一九七二年に創設され、第一回はボルヘスに授与されたアルフォンソ・レイエス賞とともに文化芸術審議会が統括している。

Ⅲ

コンクールによる文学賞の場合、その文学賞の傾向を探るのは難しい。審査員団の構成員が毎年替わるからであり、また、出版社が主催母胎となっていると、審査員団が「該当作なし」という判断を下せるかどうかが問題になるからだ。

【ブレベ叢書賞】

一九五八年に、スペインのセイス・バラル社が、「若い作家を刺激して現在のヨーロッパ文学の改革の動きに参加させる」目的で、受賞作は「厳密に現代の文学的・人間的諸問題に帰属していると思われるような作品、正真正銘革新的な資質を明らかにするような作品の中に数えられなければならない」という高い目標を掲げてスタートさせた同賞は、まさしく現代スペイン語圏の文学に大きな足跡を残したが、とりわけ、ラテンアメリカ文学のブームを支える大きな役割の一端を担うことになる。第一回はスペインのルイス・ゴイティソロ『郊外』だが、第四回（一九六二年）に二六歳のバルガス＝リョサの最初の長篇『都会と犬ども』が受賞すると、三〇歳のビセンテ・レニェーロの『石工たち』（一九六三）、三五歳のカブレラ＝インファンテの最初の長篇『三頭の淋しい虎』（六四）、三九歳のフエンテスの『脱皮』（六七）など、ラテンアメリカの作家たちの作品が続き、小説の新たな書き方を、スペインの作家や読者に知らしめることになったからだ。ただ、七〇年には社内紛争から、ドノソ『夜のみだらな鳥』が受賞せず「該当作なし」になるなど、社内のゴタゴタや検閲問題が絡んだ（たとえば、六五年の最終候補となったプイグ『リタ・ヘイワースの背信』やフエンテス『脱皮』が出版不可、そして、カブレラ＝インファンテ『三頭の淋しい虎』も六七年まで検閲のせいでスペインでの出版ができなかった）結果、所期の目的を達成したとして七三年に廃止された。

ところが、「現代の精神を最高に体現している小説を発見する」という目的で、九九年に再開される。未発表・既発表を問わない。賞金は三万ユーロ。再開後、最初に受賞したのはメキシコのホルヘ・ボルピの『クリングゾールを探して』。驚きなのは、この小説、スペイン語圏とはまったく関わりがないことだ。物語はワイマール時代からナチス支配やヒトラー暗殺未遂事件をへて連合軍による占拠にいたる時代のドイツを舞台に、核開発に携わる物理学者や数学者たちのエピソードをちりばめながら、ナチス政権で科学顧問を務めたクリングゾールという謎の人物を探りあてようとする主人公の動きを追う。審査員を務めたカブレラ＝インファンテは「歴史・政治・文学・科学のフュージョン」と評して絶賛したが、当時三一歳のボルピはやがて『狂気の果て』（二〇〇三）、『地球ではない』（〇六）で、一九六八年の学生運動からソビエトの崩壊、その後のグローバリゼーションにいたる歴史を背景に、まさしくフュージョンというしかない文学世界を作り上げていく。ともかくブレベ叢書賞を受賞することで、ボルピは華々しいスペイン・デビューを飾り、『クリングゾールを探して』は既に二〇カ国語に翻訳されている。なお、今年度はスペインのルイサ・カストロが、五七歳の男と二五歳の女性の激しい恋を描いた『二番目の女性』で受賞。

【アルファグアラ賞】

スペインのアルファグアラ社が主催する。賞金は一七万五〇〇〇ドル。一九六五年にヘスス・トルバードの『堕落』でスタートするが、七二年に中断。ところが九七年に装いも新たに再開される。かつて受賞者はスペインの作家に限られていたが、再開後は出版社のグローバル化を反映するかのように様々な国の作家の作品が選ばれており、第一回（一九九八年）はキューバのエリセオ・アルベルト『カラコル・ビーチ』とニカラグアのセルヒオ・ラミレス『マルガリータ、海がきれい』の二作が受賞。その後はマヌエル・ビセント、クララ・サンチェス（ともにスペイン）、エレナ・ポニアトウスカ（メキシコ）、トマス・エロイ＝マルティネス（アルゼンチン）、ハビエル・ベラスコ（メキシコ）、ラウラ・レストレポ（コロンビア）、グラシエラ・モンテス＋エレナ・ウォルフ（アルゼンチン）、そして今年は、二〇〇〇年の復活祭を舞台に、連続殺人の謎を解こうとする検事補の姿を当時のフジモリ政権下での社会的腐敗を絡めて描いたサンティアゴ・ロンカグリオーロ（ペルー）の『赤い四月』。ロンカグリオーロは最年少、三二歳での受賞。

【エラルデ賞】

スペインのアナグラマ社が一九八三年に創設。応募条件は、国籍不問、スペイン語で書かれた未発表小説、ペンネームも可。賞金は一万八〇〇〇ユーロ。第一回はスペインのアルバロ・ポンボ『マンサルドの屋根裏部屋のヒーロー』。翌八四年にメキシコのセルヒオ・ピトール『恋のパレード』が受賞したが、以後、ハビエル・マリアス（『センチメンタルな男』、ガルシア・モラレス』）、ビセンテ・モリーナ・フォクス（『ソビエトの二週間』）らスペインの作家の受賞が続いた。しかし、九七年にペルーのハイメ・バイリ『夜は純潔』が受賞してからは、ロベルト・ボラーニョ『野蛮な探偵たち』（チリ、一九九八）、アラン・パウルス『過去』（アルゼンチン、二〇〇三）、ファン・ビジョーロ『証人』（メキシコ、〇四）、アロンソ・クエト『青い時』（ペルー、〇五）と様子が変わる。今年度はまだ発表されていないが、受賞作には、ブレベ叢書賞のように、物語の構成、小説の書き方を問題にしている作品が多い。昨年度二四二の応募作の中から選ばれた『青い時』もそう。裕福な弁護士アドリアンは、あるとき、亡き父が海軍の将校であった頃、センデロ・ルミノーソとの戦いの中で、女囚たちを拷問し、強姦し、処刑する命令を下していたことを、そして一人の女囚を解放したことを知る。アドリアンはその女性をつきとめ、会おうとする。実話に基づいて、推理小説の手法で描かれたこの作品は当時のペルーの闇の部分をえぐりだす。

【プラネタ賞】

賞金の面ではスペイン語圏最大。一九五二年にスペインのプラネタ社が、スペインの作家を刺激するためという目的で創設したが、一九七〇年にアルゼンチンのマルコス・アギニスが『逆さ十字』で受賞し、慣例が崩れる。とりわけ九〇年代からは、バルガス＝リョサ『アンデスのリトゥーマ』（一九九三）、ブライス＝エチェニケ『恋人の庭』（二〇〇二）、アントニオ・スカルメタ『勝利のダンス』（〇三）等、ラテンアメリカの、それもすでに名のある作家の受賞が増えつつあり、そのことが逆に、賞に箔をつけたとも揶揄される。

国籍不問、スペイン語で書かれた未発表の作品、ペンネームも可、必ず受賞作一作を選ぶという方針。審査員団はプラネタ社が指名した七人。全応募作をプラネタ社が指名した査読委員会に送り、同委員会がすぐれた一〇作を選出。それを再読し報告書をつけて審査委員会にまわす。同委員会は多数決で受賞作を決定。受賞作の初版は最低二〇〇〇部、最高二〇〇万部、最終候補作は最低二〇〇〇部、最高一〇〇万部。五〇年あまり続いている同賞は、発表以前から受賞作が決まっているという噂が絶えない。確かに、前述の作家たち、あるいはカミロ・ホセ・セラがなぜ応募するのか。名を伏せて、真価を問いたいという意図だとしても、たとえば、バルガス＝リョサが応募した作品の主人公はリトゥーマ。『緑の家』以来、よく登場する人物である以上、誰が書いているのかは分かってしまうし、わざわざ応募しなくても、バルガス＝リョサの名であれば、新作はいつもベストセラーになる。とすれば、自分の文学は変わらないが、経済的にうるおった、というブライス＝エチェニケの声に代表されるように、作家がその生活基盤を支えるためめか。受賞作に六〇万ユーロ、最終候補作に一五万ユーロが与えられるのだから。だが、二〇〇五年度の選考をめぐって、前回から賞の評価、運営方法について改善を求めていた審査員の一人、フアン・マルセが、自分の提言が受け入れなかったことに業を煮やして、受賞作の発表後、審査員を辞任した。受賞作はマリア・デ・ラ・パウ・ハネル『ローマの情熱』、そして対抗となったのがハイメ・バイリ『そして突然、天使が』。マルセは「個人的な意見だが、わたしの手元に届いた最終候補の作品はレベルが低く、レベル以下のところもあった。(…)賞は、該当作なし、にはできない。だからわたしたちは、より悪くないものに投票することを余儀なくされた。(…)受賞作を祝うことはできなかった。わたしには失敗作に思えるから。(…)それぞれの作者のすぐれた意図を疑ってはいないし、二人には今後の冒険で最善を尽くすことを願っているが、すぐれた意図というのはすぐれた文学とは無関係だ」と言う。

＊

以上見てきたようなすでに歴史のある賞とは別に、最近設けられた文学賞のなかには気になる賞がいくつかある。たとえば、スペインのサランボー賞。

一九三〇年代のカフェ文化を再興したいという希望から一九九二年に生まれたのがバルセロナのカフェ・サランボー。そのカフェ・サランボーとフランス資本フナックのカルチャー・クラブがバルセロナ市の後援を得て創設したのがサランボー賞であり、前年にスペイン語で書かれた小説の中からベスト1を選ぶというもの。選者は一五人のスペイン語圏の著名な作家だが、ただし前年度小説を発表していないことという縛りがある。経済的なバックもないため、選者も関係者も無報酬。だが自分がこれぞと思う作品をどの出版社にも気兼ねなく選べる。そして第一回、ファン・ホセ・ミリャス、アルムデーナ・グランデス、ファン・ビジョーロ、エンリケ・ビラ＝マタス、マヌエル・バスケス・モンタルバンら一五人が二〇〇一年度のベスト1に選んだのは、ハビエル・セルカスの『サラミスの兵士たち』（トゥスケッツ社）だった。同書は二〇〇一年三月に発売されるや大ベストセラーとなりロングセラーとなっていく、そしてすぐさま映画化されるほどの作品。フランコが継承することになるファランヘ党を創設した人物サンチェス・マサスを中心に据え、セルカス自身も一登場人物となってスペインの過去を探るその構成力、筆力が突出している。対抗馬となったのが、エドゥアルド・メンドーサやセルヒオ・ピトールらの作品だった。以後、ハビエル・マリアス『きみの顔、明日』、ファン・エドゥアルド・スニィガ『栄光の首都』、ロベルト・ボラーニョ『2666』、そして、二〇〇五年度は、フランコ時代に生まれて倫理的・宗教的に厳しい制約を受けて育った人物と、フランコ以後自由になり性的にも解放された時代に生まれ育っている若者の出会いと交友を通してスペインのホモセクシュアルの現状を描いたアルバロ・ポンボの『反自然』が選ばれた。

＊

このほかの文学賞で名前だけでも挙げておきたいのはナダル賞。一九四四年、スペインで最初に創設された文学賞で、これまでスペインの現代文学を豊かなものとしてきた。また、一九六〇年創設の、キューバのカサ・デ・ラス・アメリカス賞も文学賞として名高いが、とりわけ九〇年代以降「該当作なし」のときが多くなっている。レベルの低い作品しか集まらないせいなのか、キューバの経済的理由によるものなのかは分からない。

若い作家を見出すことで定評のあるのが、前述のセイス・バラル社やアナグラマ社、それにトゥスケッツ社だが、そのトゥスケッツ社が未発表の小説を対象にしたトゥスケッツ賞を昨年創設した。七八五作の応募があったが、五人から成る国際審査員団は「該当作なし」とする。第一回ということを考えればおよそ前代未聞のことだろうが、世界の優れた作品を出版しつづける同社らしくもあり、今年どんな作品が選ばれるのか楽しみである。別の意味で、昨年ゴタゴタのあったプラネタ賞も同じ。

ところで、最近の受賞作を一瞥して気づくことは、受賞作に限らないともいえるが、ミステリ・タッチのものが多いこと。殺人事件は不可欠ではないが、一つの謎めいたことをまず提示し、そこに政治的・社会的・歴史的背景をからませながら展開する。謎解きが読者にページを繰らせ、サスペンスが緊張感を生む。そして、たとえば、スペインであればフランコ時代、ペルーであればフジモリ政権下といった時代背景が読者の関心を惹く。

文学賞は作家の知名度を上昇させる。ラテンアメリカ諸国ではいくら国内で名を上げても、他国に行けばまったくの無名ということもある。やはり、スペインでのデビューが欠かせない。そうなれば、他言語に翻訳され、ヨーロッパ、そしてアメリカ合衆国に名が広まり、自国でも成功した作家として評価が高まる。スペインの文学賞の意味はそこにある。一方、グローバル化で出版界もいくつかにグループ化し、大手はやはりベストセラーになるような作品、あるいはすでに世界的に名の通った作家の作品を扱わなければ経営がなりたたない。そのためにも、話題づくりとしての文学賞が重要となるのであり、本文には挙げなかったが、一九九〇年代後半からの新聞社・出版社、その他一般企業が入り乱れての文学賞創設ラッシュとなる。果たしてそのうちいくつの文学賞が今後意義をもつことになるのだろう。

（『文學界』二〇〇六年一一月号）

あとがき

三月上旬のパリ、サン・ミシェル大通りに面した大型書店ジベール・ジョセフ前のホテルに投宿。早朝、サン・ミシェルから東にのびるエコール通りを歩いていると、モンテーニュの坐像に出くわした。ローブを羽織り、左膝にのせた右脚の上で両腕を交差させ、若干、左方向を見つめている。やがて学生とおぼしき男の子が通りかかり、この像の前で片足を折って屈み、手を握り合わせて願いごとをするのか敬意を表すのか、そんなポーズをとった。ソルボンヌにはまだこんな学生がいるのだ……。

開店したジベールに入ると、スペイン語圏の文学の棚が二つほどある。ただ、スペインが隣国とはいえ、すべて翻訳書で、棚の前の台にはロベルト・ボラーニョやブームの作家の作品、新刊書や売れ筋の小説が平積みされている。むろん、スペインの作家のものも多い。そんな棚と台から、フランスにおける翻訳事情が垣間見える。ひとわたり眺めたあと、近くでスペイン語の本を置いている店に出かけてみると、扉が閉ざされている。休みの日ではないはずなのにと思いながら、番地を頼りに、カルチェ・ラタンにあるエル・サロン・デル・リブロに向かう。本は少ないが、スペイン語圏の文学や文化の情報提供をし、ときには催し物もする。店の主人に訊くと、三軒あったスペイン語図書を取り扱う店はここだけになってしまったとのこと。読者が減ったのか、それとも書店に行かなくてもAMAZONで原書が早く取り寄せられるからか。もしかしたら、書店に足を運んで本を手に取るという心ときめく儀式が消えつつあるせいなのかもしれない。

帰国翌日の一一日に東日本大震災。かつてエルネスト・サバトは「地震が日本やチリの広大な地域を壊滅させても、凄まじい洪水が揚子江流域の人間を何十万と押し流しても、三十年戦争のような、莫大な数の無意味な犠牲をだす残酷な戦いが、女や子供を不具にし拷問にかけ、殺害し暴行し、村々に火を放ち壊滅させてもすぐに、生き残った者たち、怯え為すすべもなくそうした天災や戦災を目撃した人たち、そうした絶望の瞬間にもう生きていたくない、もうやり直せない、やり直したくても不可能だと考えた人間たち、まさしくそうした男女（とりわけ女たち、というのも女は生命そのもの、母なる大地であり、希望を最後の最後まで失わないからだが）、そうした不安定な人間たちは、愚かとはいえ英雄的な蟻のように、ふたたび自らの日々の小さな世界を築きはじめる。それは確かに小さいとはいえ、小さいからこそなおさら、人の心を動かす世界なのだ。つまり、世界を救ってきたのは知性ではない、理性でもない、それはまったく正反対のもの、すなわち人間の抱く無分別な希望であり、生き延びるための執拗な激情であり、逆境に直面しても自らの小さな、頑なな、異様な日々のヒロイズムをできうるかぎり保っていたいという熱望なのだ。（…）希望は存在の隠れた意味の証拠、そのために闘う価値のあるものではないのか」と、希望は絶望に勝るという思いを『英雄たちと墓』（一九六六）で綴った。一九九五年の阪神・淡路大震災の折、被災地の外れに住んでいて実感したことは本書所収の「帰還のエレジー」に書いたが、震災で傷ついた心がもとにもどることはない。やがて時が、そして未来そのものである希望が傷をおおってくれるのを待つしかない。

四月三〇日、サバトは、六月二四日には百歳というところで、気管支炎がもとで他界。「人生はとても短く、生きるという仕事はとても難しい。それを学びはじめたとき、もう死ななくてはならない」とはサバトの言葉だが、書きたいことは三冊の小説で書いたとして、一九七四年以降、エッセイ集は出すものの小説は書かなかった。それでもラテンアメリカ文学を代表する作家の一人となり、一九八四年にセルバンテス賞を受賞、また何度かノーベル文学賞の候補ともなった。

一九八二年に同賞を受賞したガルシア＝マルケスは、三月六日に八四歳の誕生日をメキシコ市で迎えた。同日、ロンドンでは、読み終わったら他の人に渡すという条件で、『コレラの時代の愛』の特別版四万部が二万人のボランティアによって配られたという。ガルシア＝マルケスは九九年にリンパ腫を患うものの化学療法で克服。そうした体調のせいか、二〇〇四年に中篇『わが悲しき娼婦たちの思い出』を発表したとはいえ、長篇らしい長篇となると一九八九年の『迷宮の将軍』となる。自叙伝『生きて、語り伝える』（二〇〇二）の続きは書いているらしいのだが、小説はもう書かない、いや、『八月に会おう』を書いている等、情報は錯綜する。しかし、ファンの渇きをいやすかのように、昨年一〇月末、一九四四年から二〇〇七年までに人前で話した長短二二のスピーチを集めた『わたしは演説をしにきたのではない』が出版された。とはいえ、この先、多くを望むのは酷な気がする。

ガルシア＝マルケスとは違い、今なお長篇を発表し、旺盛な執筆活動を続けているのはバルガス＝リョサとカルロス・フエンテスだが、二人の間の長年にわたる賞取りレースはバルガス＝リョサに軍配が上がり、昨年待望のノーベル賞を受賞。そして、受賞直後という、この上ないタイミングで、コンゴ、アマゾンでゴム採集をする原住民に対する虐待を告発し、その人権を擁護したロジャー・ケイスメントを主人公とする長篇『ケルトの歌』が出版された。また日本では絶版であった翻訳が再版され、長篇『チボの狂宴』が出版され、さらに、本人が今年六月に来日して東京や京都で講演をした。一方のフエンテスはこの春、短篇集『カロリーナ・グラウ』を出版し、彼なりの〈人間喜劇〉を構築し続けている。

この二人と、この春に長篇『マヤの手帖』を出したイサベル・アジェンデは健在とはいえ、この一〇数年でラテンアメリカ文学の世界は大きく変わった。ブライス＝エチェニケは『パンチョ・マランビオの卑劣な仕事』（〇七）以来新作を発表していないし、今世紀に入って、カブレラ＝インファンテ、ロア＝バストス、ベネデッティ等々が亡くなり、一九六〇年代、欧米でブームを巻き起こし、その後ラテンアメリカ文学をリードしてきた作家のほとんどがいなくなってしまったからだ。

だが彼らがまいた種は着実に芽吹き、ラテンアメリカ文学＝魔術的リアリズムというラベルをはがし、グローバル化した文学界で存在意義を示そうとする世代が活躍しはじめている。六〇年代生まれのホルヘ・ボルピ、イグナシオ・パディーージャ、アルベルト・フゲッ、エドムンド・パス＝ソルダン、エドゥアルド・ベルティ、マルティン・ゴアン等、あるいは七〇年代生まれのファン・ガブリエル・バスケス、アントニオ・ウンガル、サンティアゴ・ロンカグリオーロ等々、枚挙にいとまがない。若い人たちが注目されるのは文学賞によるところが多いが、一発屋で終わらずに、この先、ブームの世代の作家たちのように継続的に世界的な支持を得てくれるようになるのを期待したい。それにしても彼ら若い世代が慕っていたロベルト・ボラーニョ（一九五三〜二〇〇三）が五〇歳で病死したのが悔やまれる……

という具合に、『ユリイカ』（青土社）の一九九〇年一月号の「ラテンアメリカ文学の現在」から「ワールド・カルチュア・マップ」と名称変更されたコラム欄がなくなる二〇〇三年一二月号までに一〇〇篇のコラムを書いたが、当時は、少なくとも一年以内に出た新作、日本ではなじみがないものの実力のある、あるいは話題になっている新しい作家やその作品を紹介しようと心がけていた。『ユリイカ』歴代の編者の方々は、なんだこりゃ、またこんなの書いて、もうマンネリ、埋草にもなんない、と内心思われていたのだろうが、それをおくびにも出さず、個人的な雑感＋読書ノートのようなものをそのまま載せてくれた。おかげで、本書の第二部を構成することができたが、一〇〇篇のうち小説をめぐるものを中心に七三篇を選んでくれたのは松籟社の木村浩之氏である（これだけは入れてと頼んだのは「帰還のエレジー」だけ）。そしてこの第二部には、本のタイトルともなる「ラテンアメリカ文学併走」というネーミングをしていただいた。言い得て妙だが、むろん「併走」というのはおこがましく、おおかたが「追走」どころか「周回遅れ」である。それでも併走らしくなったのは、インターネットの発達で最新の出版事情を知り、面白そうな本を直接注文できるようになってからで、それまでは一、二カ月ほど遅れる新聞・雑誌を見て外書取扱店に注文、その本が届くのに数カ月という時間がかかっていた。ただその頃のほうがゆったり読書していたような気がする。現在では本はすぐ手に入るが、その分、早く読めとせかされている気分にもさせられるからだ。

本書のように『ユリイカ』に書いたものを中心にして本にするという企画は以前、いくつかもちあがった。その最初が青土社の故津田新吾氏がもちかけてくれたものだった。彼が大阪で「ライフサイエンス」という雑誌の編集に関わっていたときからの付き合いだったが、彼が体調を崩したこともあって、その企画はなんとなく立ち消えになった。ただ、いま考えると、その段階では時期尚早だったのかもしれない。当時、「メキシコ現代文学」（元のタイトルは「メキシコ現代文学とアギラル＝カミン、マストレッタ」。

本書では分離した）と「アルゼンチン現代文学」（同、「アルゼンチン現代文学ノート」）は書いてあったが、メキシコ市とブエノスアイレスというラテンアメリカにおける二つの大きな文学界のありようをまとめたものであり、全体を見渡すといった視点が欠けていたからだ。その不足分を「マッコンドとクラック」という、新しいラテンアメリカ文学（とはいえスペイン語圏だけだが）の動きを伝える文を書くことで、ある程度補完することができたように思う。

雑誌に掲載した文という性格上消失しがちなものがこうして一冊の本にまとまると（この機に適宜、字句修正をしたが）、自分がどの時期に何を読み、何を考えていたのかが新たにされる。ク・セ・ジュ（わたしは何を知っているのか）とモンテーニュは言ったが、読書に向かわせたのは、おそらくは、その言葉どおりの思いからだったのだろう。

最後に、わたしの書いたコラムに目をとめ、こうして三部構成の本にすることで、時とともに失われる危機から救ってくれた木村浩之氏にここで深謝したい。また、本書に続いて、氏の編集で、松籟社からは「創造するラテンアメリカ」と銘打って、二〇〇三年にロムロ＝ガジェゴス賞を受賞したフェルナンド・バジェホの『崖っぷち』を皮切りに、セサル・アイラ、ルイス・セプルベダ等々、ブームの作家とは一味違う魅力をそなえた作品が翻訳紹介されていくことになっており、わが国におけるラテンアメリカ文学の裾野が大きく広がることが期待されるが、本書もまたその一助となれば幸いである。

二〇一一年八月二七日

安藤哲行

◉ 作家名索引 ◉

本文で言及した作家名を配列した。

【カ行】

【サ行】

【マ行】

【ヤ行】

【ラ行】

【ワ行】

※本書における作品名・作家名の表記について

作品名については、執筆時に邦訳が刊行されていた場合は原則としてその邦題を用いた。未邦訳の場合は独自に訳したが、その後、邦訳が刊行され、本書掲載のものとは異なったタイトルがつけられた作品については、その異同を以下にまとめた。作家名の表記についても同様の異同があるので、以下に挙げる。

サバト『作家とその影』→『作家とその亡霊たち』、現代企画室

タイボ二世『たやすいこと』→『三つの迷宮』、早川書房(ハヤカワ・ポケット・ミステリ)

ガルシア＝マルケス
『さまよう十二の短篇』→『十二の遍歴の物語』、新潮社
『ある誘拐のニュース』→『誘拐』、角川春樹事務所
→『誘拐の知らせ』、筑摩書房(ちくま文庫)
『恋ともろもろの悪魔たち』→『愛その他の悪霊について』、新潮社

ルイス・セプルベダ
『恋愛小説を読む老人』→『ラブ・ストーリーを読む老人』、新潮社
『カモメに飛ぶことを教えた猫のお話』
→『カモメに飛ぶことを教えた猫』、白水社

レイ＝ローサ
『船の救い主』　→レイローサ『船の救世主』、現代企画室
『アフリカの岸』→レイローサ『アフリカの海岸』、現代企画室

モンテローソ
『「全集」その他の短篇』→モンテロッソ『全集その他の物語』、書肆山田
『黒い羊、その他の寓話』→モンテロッソ『黒い羊　他』、書肆山田

ロベルト・ボラーニョ『野蛮な探偵たち』→『野生の探偵たち』、白水社

バルガス＝リョサ『山羊の宴』→『チボの狂宴』、作品社

フェルナンド・バジェホ『断崖』→『崖っぷち』、松籟社（2011 年 11 月刊行予定）

【著　者】
安藤　哲行（あんどう・てつゆき）

1948年岐阜県生まれ。神戸市外国語大学外国語学研究科修士課程修了。
現在、摂南大学外国語学部教授。専攻はラテンアメリカ文学。

訳書に、サバト『英雄たちと墓』（集英社）、フエンテス『老いぼれグリンゴ』（池澤夏樹＝個人編集 世界文学全集第2集所収、河出書房新社）、アレナス『夜になるまえに』（国書刊行会）、セプルベダ『パタゴニア・エキスプレス』（国書刊行会）など多数。

現代ラテンアメリカ文学併走

——ブームからポスト・ボラーニョまで

2011年10月31日　初版発行　　定価はカバーに表示しています

著　者　安藤　哲行
発行者　相坂　一

発行所　松籟社（しょうらいしゃ）
〒612-0801　京都市伏見区深草正覚町1-34
電話　075-531-2878　振替　01040-3-13030
url　http://shoraisha.com/
e-mail　books@shoraisha.com

印刷・製本　モリモト印刷（株）
カバーデザイン　安藤　紫野

Printed in Japan

　ISBN978-4-87984-296-1　C0098